백소연 작가

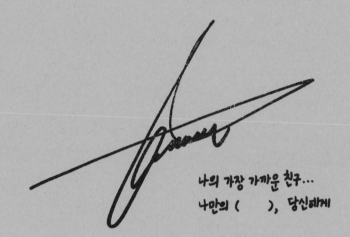

나의 가장 가까운 친구...
나만의 (　　), 당신에게

어쩌다 마주친, 그대와 함께해주셔서 감사합니다.
이렇게 조금 더 가까운 자리에서 또 한번 마주할 수 있어
더없이 기쁘고 설레는 마음입니다.
오랜 시간 동안 내가 기다려왔던 당신에게,
아름답고 행복한 순간들이 가득 채워지기를 응원하겠습니다.

김동욱 해준

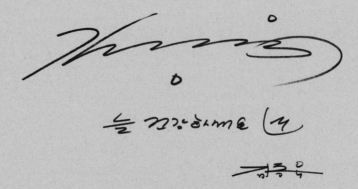

늘 건강하세요

진기주 윤영

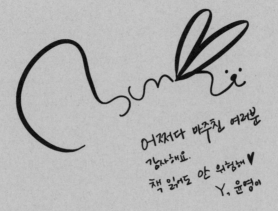

어쩌다 마주친 여러분
감사해요.
책 읽어도 안 위험해♥
Y, 윤영이

서지혜 순애

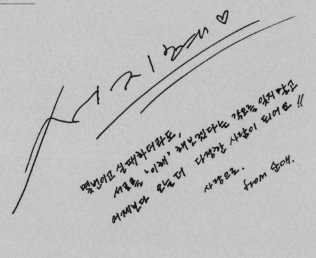

몇번이고 싫때하더라도,
서로를 "이제" 해보겠다는 경우를 잃지 많고
어제보다 오늘 더 당당한 사람이 되어요 !!
사랑으로. from 순애.

이원정 희섭

진희 어쩌다 마주친, 그대와
희섭이, 원정이를 사랑해주셔서
감사합니다 ♥

어쩌다 마주친, 그대

백소연 대본집

어쩌다 마주친, 그대 1

1판 1쇄 인쇄 2023. 7. 14.
1판 1쇄 발행 2023. 7. 21.

지은이 백소연

발행인 고세규
편집 김민경 디자인 유상현 마케팅 김새로미 홍보 반재서
발행처 김영사
등록 1979년 5월 17일(제406-2003-036호)
주소 경기도 파주시 문발로 197(문발동) 우편번호 10881
전화 마케팅부 031)955-3100, 편집부 031)955-3200 | 팩스 031)955-3111

값은 뒤표지에 있습니다.
ISBN 978-89-349-7921-0 04810
      978-89-349-5430-9 (세트)

홈페이지 www.gimmyoung.com   블로그 blog.naver.com/gybook
인스타그램 instagram.com/gimmyoung   이메일 bestbook@gimmyoung.com

좋은 독자가 좋은 책을 만듭니다.
김영사는 독자 여러분의 의견에 항상 귀 기울이고 있습니다.

어쩌다 마주친, 그대

1

백소연 대본집

김영사

전화 59-2937

호미식품(주)

우정차부상회

딩그레

딩그레

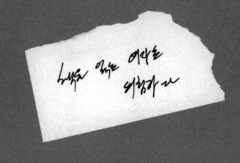

안녕하세요. 당신은 내가 오래도록 기다려온 사람입니다.

책상 앞에 앉아 모니터를 수없이 노려보면서, 밤 12시에 인적 없는 골목길을 수없이 돌면서, 풀리지 않는 문제들 탓에 머리를 쥐어뜯고 괴로워하면서도 당신을 생각하면 언제나 온순해지곤 했습니다. 내가 써보낸 글들을 마주할 당신이 조금이라도 따뜻해지는 상상, 조금이라도 행복해지는 상상을 하고 나면 모든 게 괜찮아지곤 했습니다. 그렇게 당신과 내가 함께 만든 16시간의 이야기가 마침내 끝이 났네요. 나는 당신이 되돌려준 수많은 것들을 통해 아주 많이 따뜻하고 행복해졌습니다. 길고 긴 시간을 돌아 마주한 당신에게, 한없이 감사한 마음입니다.

〈어쩌다 마주친, 그대〉는 끝에서부터 시작된 이야기입니다. 하나의 그림에서 분해한 조각들을 각각의 인물들 손에 쥐여주고, 그 손 안에 든 조각을 되찾기 위해서 그 사람의 사연을 들여다보아야 하는 형태로 짜여진 이야기입니다. 한 사건에 얼마나 많은 사연들이 얽혀있을 수 있는지, 그 사연들 속에 숨겨진 얼굴들이 우리 곁에 있는 사람들과 얼마나 닮아있을 수 있는지, 그리고 우리의 성실한 사랑과 시간이 어떤 방식으로 이어져 서로를 이해하고 위로할 수 있는지. 때로는 무섭도록 서늘하게, 때로는 슬프도록 아름답게 그 과정을 더듬어보고 싶었습니다. 우리의 이 구불구불했던 여정이 활자로 담긴 이 기록을 통해 한 번 더 새롭게 이어질 수 있다면 좋겠습니다. 그동안 나는, 당신과 다시 만날 날을 애틋하게 기다리며, 우리가 함께할 또 다른 즐거운 여정을 꿈꿔보고자 합니다.

꿈같았던 여정을 함께 나누어준 소중한 동료들에게도 마음 깊이 감사의 말을 전하고 싶습니다. 외딴 시대에 갇혀 이리 뛰고 저리 뛰느라 고생이 많았을, 그러나 그 와중에도 굳건하게 중심을 잡은 채 멋지고 사랑스럽고 다 해주신 우리의 믿음직한 주인공 해준과 윤영, 엄마와 아빠의 풋풋하고도 단단한 사랑을 너무나 잘 그려내 주었던 희섭과 순애, 얼굴만 봐도 눈물이 나게 만들어주셨던 87년 우정리 어른들 형만과 옥자, 병구 선생님, 종종 의심을 받게 만들어 죄송했지만 끝까지 든든하게 자리를 빛내주셨던 동식과 교련, 더없이 아름답고 서늘하고 애잔했던, 우리가 사랑했던 그 시절 속 그녀들 미숙과 청아, 떠올릴 때마다 마음 한구석을 아릿하게 만들어준 빛나는 청년들 유섭과 주영, 아마 지금쯤 새로운 미래를 되찾았을 우정리 귀염둥이 경애와 우정리의 성실한

CCTV 범룡, 어려운 역할이었음에도 아슬아슬한 긴장을 이어가며 상반된 두 얼굴을 보여주었던 연우, 우정리 마을을 한층 더 생생하게 만들어준 우리의 김이박(해경, 유리, 은하)과 민수, 오복 그리고 2021년에 없어서는 안 될 고맙고 애틋한 어른들 희섭, 순애, 어른 미숙 분과 그 밖에 저마다 반짝반짝 빛을 내며 화면을 채워주셨던 우정고 학생들, 기자 선배들, 반장님과 형사님들, 이장님과 마을 어른들, 용우와 용순 등등 모든 배우분들께 감사드립니다. 그 어떤 역할도 여러분이 아닌 얼굴은 상상할 수 없을 정도로 완벽하게 인물 그 자체가 되어주셨습니다.

B팀의 이웅희 감독님, 그리고 카메라 뒤 각자의 자리에서 너무나 멋진 역할을 해주셨던 모든 스태프 여러분들께 진심의 박수를 보냅니다. 여러분의 열정과 땀, 그 빛나는 손길로 만들어진 1987년 우정리 마을에 감동받은 순간이 많았습니다. 카메라의 안과 밖에서 여러분이 보여주셨던 아름다운 순간들을 오래도록 기억하겠습니다. 아크미디어의 김신아 PD, 강수경 PD님께도 감사의 인사와 애정을 전합니다. 이따금 스스로에 대한 의심과 불안으로 작아질 때마다 누구보다 큰 목소리로 "당신이 최고"라고 외쳐주던 윤재혁 CP님, 당신이 보내주었던 든든한 신뢰와 지지 덕분에 무사히 끝마칠 수 있었습니다. 감사합니다.

누구보다 저와 가까운 자리에서 믿음직하게 곁을 지켜준 이화주 보조작가님은 대본이 8부 이상 나온 시점에 합류하게 됐던 바람에 더욱 밀도 높은 시간을 보내야 했으나, 그 모든 순간을 두 배로 꼼꼼하게 채워주셨습니다. 해준의 방 벽면에 붙어있던 수많은 기사들과 경찰 자료들, 각종 문건의 초안은 그렇게 작성되었으며, 미래가 바뀔 때마다 달라져야 하는 디테일들 때문에 여러 개의 버전을 꾸려야 했습니다. 정말 고생 많으셨습니다.

이 모든 과정의 소중한 동반자였던 강수연 감독님, 대본에 적힌 모든 장면과 대사들은 우리가 함께해 온 그간의 시간들을 통한 무한 신뢰를 바탕으로 마음 껏 펼쳐질 수 있었습니다. 같은 꿈을 함께 꿀 수 있어 감사하고 행복했습니다.

출판사 김영사의 김민경 차장님, 덕분에 더 고마운 속도로 천천히 이 작품을 보내줄 수 있게 되었습니다. 책을 펴내는 모든 과정을 꼼꼼하고 깊게 살펴봐 주셔서 감사드립니다.

어머니와 아버지, 두 사람의 사랑 덕분에 지금의 제가 있습니다.
'나'를 만나기까지 부모님이 지나온 그 모든 시간이 제게도 애틋합니다.
언제나 감사합니다.

어쩐지 길어지고 말았지만, 내게 소중한 당신을 마주하기 위해
이토록 많은 배려와 도움들이 필요했음을 기억하고자 합니다.
감사합니다. 꼭, 다시 만나요.

2023. 07.
작가 백소연 드림

개요

여기, 1987년도로 출발하는 남자가 있다.

당연하게도 그는... '시간여행자'다.

멋진 빈티지 자동차(타임머신)를 끌고 향하는 그 작은

시골 마을에선 곧, 잔인한 연쇄살인사건이 일어날 예정이다.

원래대로라면 두 명이 죽고, 한 명이 실종될 테지만,

잘하면 모든 이가 살 수 있다. 남자는 그런 일을 할 것이다.

그리고 그곳에서 몇 가지 진실을 찾아낼 것이다.

그러니까 이건... 꽤 위험한 시간여행인 셈이다.

여기, 1987년도에 도착해버린 여자가 있다.

이상하게도 그녀는... 영문을 모른다.

어느 이상한 자동차에 좀 부딪쳤을 뿐인데 눈을 떠보니

34년을 백스텝해 과거의 작은 시골 마을에 와있는 것이다.

그러나 이곳엔, 아는 얼굴들이 있다.

열아홉의 엄마, 열아홉의 아빠...
여자는 이곳에서 해야 할 일을 곧장 알아차린다.
황당하게 들리겠지만, 두 사람의 결혼을 좀 막아보려고 한다.
그러니까 이건... 꽤 앙큼한 시간여행인 셈인데.

어쩌다 일어난 사고, 어쩌다 만난 그대...
우리는 우연일까, 운명일까.
이 황당한 사고로 엮인 남자와 여자는 어쩔 수 없이 함께 지내야 한다.
자동차(타임머신)는 완전히 고장이 나버렸고, 정체를 들켜선 안 되는
이 1987년에서, 2021년의 둘은 유일한 동시대인이기에.
서로의 목적을 적당히 감춘 채 각자 은밀하고도
바쁜 날을 보내는 동안 두 사람은 슬며시 깨닫게 된다.
이토록 달라 보였던 두 사람의 목표가 사실은 전부 이어져있다는 것을...!
세 명의 피해자와 세 명의 용의자...
힘을 합친 두 사람은 결국 필사의 추적 끝에 범인을 잡는 데
성공하지만, 동시에 너무나도 충격적인 진실을 맞닥뜨리게 된다.
1987년. 우리가 이곳에서 만난 건, 단순한 우연이 아니었던 걸까...?!

기획의도

'운명'이란 무엇일까.
지나고 보니, 결국은 그렇게 될 일이었더라, 곱씹어보는 것.
시간 앞에 무력한 우리가 할 수 있는 유일한 위로이자 낭만, 혹은 체념.
사소한 일상의 순간에 의미를 부여해 보려는 예쁜 손짓.
혹은, 누군가의 피와 땀과 눈물이 새겨진 의지의 총합...
이 드라마는, 운명이란 단어에 담긴 그 무수한 의미들을 이리저리 비춰보며
때로는 아름답고 때로는 짠하게, 때로는 우습다가 때로는 무섭게 얽히는
다양한 인간들의 얼굴을 그려보고자 한다.

2021년 현재에서 마주칠 듯 마주치지 못한 두 남녀는
1987년 과거에서 만난다.
각자의 사연, 각자의 목적을 가진 채 이 멀고도 아득한 시간을 뛰어다니던
둘은 곧, 서로가 서로에게, 거대한 운명의 끈에 얽혀있다는 것을 깨닫는다.
그리고 이곳에서 함께 하나의 사건을 해결하는 동안
여러 군상의 인간들을 만나며 엄청난 진실을 목격하게 될 것이고
마침내 미워하고 원망했던 누군가를 이해하고 용서하게 될 것이다.
또는, 사랑하게 될 것이다.

이 드라마의 주요 내용에는 살인사건이 등장하지만,
결국 남는 것은 '사건'이 아니라 '사람'이 되기를 바란다.
긴 시간에 걸쳐 곁에 있는 사람들을 이해하는 이야기,
긴 시간에 걸쳐 잘못된 선택들을 바로잡으려는 사람들의 이야기,
긴 시간에 걸쳐 사랑하는 이를 만나러 가는 그런 이야기를 그리고자 한다.

타임머신 사용법

1 차 내부 계기판의 네 자리 숫자를 이용해 당신이 가고 싶은 연도를 설정할
수 있다. (날짜와 시간은 지정할 수 없고, 현재와 동일한 날짜와 시간으로만 갈 수 있다)

2 연도를 설정한 뒤, 시동을 걸고, 당신 앞에 놓인 굴다리를 통과하면 해당
연도에 도착하게 된다. (도착 지역은, 현재와 동일 위치다)

3 기능이 작동되는 순간, 차체는 그 누구에게도 보이지 않도록 '투명'해진다.

일러두기

○ 이 책은 백소연 작가의 드라마 대본 집필 형식을 최대한 따라 편집하였습니다.

○ 드라마 대사는 글말이 아닌 입말임을 감안하여, 한글맞춤법과 다른 부분이라 해도 그 표현을 살렸습니다.

○ 띄어쓰기와 말줄임표는 다양하게 표현되어 있습니다. 이는 대사 시 호흡의 양을 다양하게 하고자 한 작가의 의도를 반영한 것입니다.

○ 쉼표, 느낌표, 마침표 등과 같은 구두점도 작가의 의도를 따랐습니다.

○ 이 책은 작가의 최종 대본으로, 방송되지 않은 부분이 포함되어 있습니다.

해준

타임라인

1988년 _ 서울 출생.

2013년 _ **방송사 사회부 기자**로 입사 → 최연소 주말 9시 **뉴스 앵커**.

2021년 3월 _ '타임머신' 득템, **시간여행자**의 삶 시작.

2021년 4월 _ '1987년' 우정고등학교, **국어교사**로 위장 취업.

2021년 5월 _ 시간을 오가던 중, 의문의 교통사고로 **'1987년'에 갇힘**.

냉철하다. 두뇌 회전이 빠르고, 직선적이다. 에둘러 말하기보단, 핵심부터 곧바로 파고드는 게 그의 스타일이다. 방심한 사람의 옆구리를 쿡 찌르듯 상대방을 동요하게 만들어야 '쓸 만한 진실'이 튀어나온다는 게 직업적 지론인데 결과적으론, 상대의 시간과 에너지를 절약하게 해주려는 배려이기도 하다. 그래서 질문을 훅 — 들어가는 대신, 대답도 훅 — 꺼내준다.

이따금 무표정한 얼굴로 빠르게 읊는 그의 수수께끼 같은 말들은 흘려듣자면 '미친놈'이라 욕하기 쉽지만 자세히 들으면 피가 되고 살이 되는 정보란 걸 알수 있게 된다. 사실 그는... 스스로의 생각 이상으로 따뜻한 사람이기 때문. 때

때로 '질문'보다 '위로'가 필요한 순간이 있다는 걸 알고 제 속도를 한발 늦춘 채 기다려줄 줄 아는 그는, 꽤 믿음직한 어른 남자다.

그러나 동시에, 매우 유치하고 삐딱하고 시니컬한 소년의 모습도 품고 있다. 어린 시절의 그는.. 끝없는 애정적 허기에 시달려야만 했으니까. 자신을 낳은 어머니는 출산 직후 해준을 내팽개친 뒤 야반도주했고 자신을 키워준 할아버지는 평생 그런 해준을 집안의 오점인 양 여기면서 매사에 끊임없는 비난과 질책, 외면만을 선사했으며 자신을 유일하게 사랑해 준 아버지는 교수직을 위해 홀로 외국에 나가 12월의 산타클로스보다 못한 방문을 간간이 해오는 식이었다.

가족에게 받을 수 있는 감정적 유대나 온기 따위를 일찌감치 포기해버리는 대신 해준은 조금 삐딱해지기로 했다. 그것도 매우 독특한 방식으로. 매사에 찬물 끼얹는 할아버지 앞에 맞서고 실컷 비웃어주기 위해 제 삶을 보란 듯이 멋지게 살아내기로 한 것이다. 명문대 졸업 후 우수한 성적으로 방송사에 입사해 기자로 거친 현장을 누비다 마침내 앵커가 되어, 꼬박꼬박 뉴스를 챙겨보는 할배에게 주말 밤마다 잘난 제 얼굴과 목소리를 꾸역꾸역 보고 듣게 만드는 괴로움을 겪게 해줬고, 당신이 준 상처 따위 그 어떤 영향도 없었노라, 병구 앞에 웃는 말로 골려도 줬다. 삐딱하기 위해 똑바로 사는 게 영리한 방법이란 걸 아는 사람이 해준이었고 감추고 외면하는 상처는 아물지 못한다는 걸 모르는 사람 역시, 해준이었다.

그렇다고 그가 온통 반항이나 결핍에 사로잡힌 삶을 산 것은 물론 아니었다. 해준이 '기자'를 택했던 건 순전히 그의 소신이었고 딱히 정의롭다는 자각조차 없이 강강약약, 불의 앞에서 강해지곤 했다. 필요할 땐 누구보다 집요하게 끝까지 밀어붙이는 능력으로 이 달의 기자상을 두 번이나 받고 앵커로서 명

성까지 착착 쌓아가는 동안 해준은 스스로 자각하는 것 이상으로 자신의 일과 삶을 즐기고 있었다.

그의 손에 '타임머신'이라는 황당한 물건이 들어오기 전까지는...

윤영

1993년 _ 서울 출생.

2013년 _ 문학 공모전에서 소설 입상.

2015년 3월 _ **출판사 편집자로** 입사, 베스트셀러 고미숙 작가 담당.

2021년 5월 _ 우정리 굴다리에서 의문의 교통사고로 **'1987년'에 떨어짐**.

2021년 5월 _ 어떤 목적으로, **우정고등학교 3학년 1반 학생**이 되어 잠입.

한때 안톤 체호프과 밀란 쿤데라, 필립 로스와 파스칼 키냐르의 세계에 푹 빠져 작가의 삶을 소망하던 순수하고 꿈 많던 순간들은 결국 '밥벌이'에 밀려났고, 현재는 매우 시니컬한 사회인이 되어버린 그녀였다. 유명하고 번지르르한 작가들의 '쪼잔하고, 초라하고, 환멸나는' 실체는 볼 만큼 봤고 어쨌든 그 사이에서 "선생님, 최고!"를 외치며 영혼을 탈탈 털어 을의 의무를 다하는 게 우리 직장인의 윤리 아니냐고 시원하게 인정하고, 까짓 거 화끈하게 해낸 뒤 완전히 방전된다는 점에서... 그녀는 이 시대의 평범한 직장인이었다. 이제 삶에 지친 그녀가 사랑하는 것은, 달달한 카페인과 피로회복제, 단짠단짠 지렁이 젤리와 각종 편의점 음식들뿐이었다.

어쩌면, 담당하고 있던 베스트셀러 작가 고미숙의 '갑질'과 '진상'에 시달려 온 어언 6년의 시간들이 윤영의 삶을 지금처럼 퍽퍽하게 만들었던 건지도 모른다. 그러나 꿋꿋하게 버텼다. 스트레스가 치솟는 어떤 날엔 엄마에게 대신 좀 화풀이를 하기도 했다. 괴롭히는 직장 상사(?)에겐 고분고분 착한 말만 하면서도 내 걱정하는 엄마에겐 괜한 짜증을 부리는 일은, 이 시대의 모든 딸들이 평범하게 하는 일이기도 하니까.

그러나... 그날 그녀가 내뱉은 짜증이 엄마가 이 세상에서 들을 마지막 말이 될 줄은 꿈에도 몰랐다. 길거리에서 한바탕 다툰 뒤 헤어졌던 엄마 순애는 그날 밤 '우정리'라는 낯선 마을의 강가에서 시신으로 발견되었다.

눈물로 길을 잃고 헤매던 윤영이 우정리의 버려진 '굴다리'를 지나게 된 그 순간, 어디선가 갑자기 달려온 '투명한' 차가 마치 윤영을 '밀어내듯' '통과하듯' 지나쳐 갔고, 정신을 차렸을 땐... 거짓말처럼 1987년의 과거로 떨어진 뒤였다.

그리고 그곳엔, 열아홉의 엄마가 있었다!

윤영을 친 사람은 해준이었다. 유일한 동시대인이자 동거인이 된 해준의 눈빛에는 어쩐지 갈수록 의심이 가득해 보이고.. 윤영 역시 무언가를 숨기고 있는 해준이 미심쩍지만 어쩔 수 없이 서로의 목적을 감춘 채 아슬아슬한 1987년 생활을 이어가는데. 두 사람이 각자의 일에 몰두하면 할수록, 1987년의 상황들은 두 사람을 자꾸만 한 곳으로 얽혀들게 만들고 만다. 기막히게 이어지는 우연이 반복될수록 둘은 점점 서로가 서로에게 어떤 운명의 끈에 연결되어 있다는 것을 느끼게 되는데...!

순애(19세, 여)

우정고등학교 3학년 / 해준의 앞집 소녀
훗날의 윤영母

그 시절, 누구보다 순수하고 반짝였던 문학소녀. 밝고 긍정적이다. 상상력이 뛰어난 만큼 겁도 많은 울보지만, 금방 잊고 털어낸다. 세상에 진짜로 나쁜 사람은 없다고 생각한다. 조금 약한 사람이 있을 뿐. 버지니아 울프와 헤르만 헤세, 도스토옙스키와 알베르 카뮈가 그녀의 유일한 친구지만, 그래서 더 행복하다 여기는, 맑고 감수성 넘치는 시골 여학생. 좋아하는 가수는 김승진 오빠와 이선희 언니. 밤마다 몰래 라디오 듣는 게 취미다. 이따금 전교 1등도 하고 백일장에서 입상도 하는 모범생이지만, 상장 받으러 구령대 올라가는 게 죽기보다 싫을 만큼 남들 앞에서 유독 긴장을 한다.

같은 반 여학생 '고미숙'의 주도로 친구들에게 은근한 따돌림과 괴롭힘을 당하고 있다. 그러나 타고난 긍정과 살짝 모자란 눈치 덕분에 그럭저럭 버티는 중. 어쩌면 내내 언니와 남동생에 치여, 싸우는 법보다 포기하고 체념하는 법을 먼저 배운 순둥순둥 둘째라 가능한 일인지도 모른다. 열 번 맞으면 열 한 번 참는, 짠한 맹꽁이. 그렇게 은은하게 속 터지던 어느 날, 순애 앞에 든든한 지원군 윤영이 나타나고. 어째선지 대신 싸워주고 지켜주고 꿈을 이루게 해주겠다며 스파르타 교육을 시켜대는데... 어째 그런 윤영이 더 무서운 것도 같아서 화장실에 들어가 몰래 또 찔끔 울어보는 순애.

그런데 갑자기 동네 이상한 아이들의 끈끈이라도 된 것일까? 이번엔 전학 오자마자 읍내 최고의 뺀질이가 된 기타남 희섭이 쫓아다니며 온갖 고백을 해대는데... 순애의 이상형은 오로지 앞집 사는 세련된 국어선생님 해준일 뿐이다. 하지만 늘상 도망다니기 바빴던 순애도 결국 어느 순간엔, 희섭이 좀 귀여워 보이고. 그 심경을 고백하자 도끼눈 뜨며 내 어깨를 잡고 마구 흔드는 윤영조차, 매우, 매우 좋아지고 말았다. 친구와 사랑은 책에만 있다고 여겼던 순애에게 윤영과 희섭은 각각 찐—한 '베프'와 '첫사랑'이 되어가고. 이제야 비로소 글자 밖 세상도 행복해진 것만 같다며 수줍게 미소 짓던 그때... 순애의 주변에서 이상한 일들이 일어나기 시작한다.

희섭(19세, 남)

| 우정고등학교 3학년 / 해준의 반 학생
| 훗날의 윤영父

그 시절, 누구보다 꿈이 많았던 매력적인 음악소년. 단순하고 활기차다. 유들유들 변죽 좋고, 해맑게 씩 웃는 미소가 킬링 포인트. 스무 살이 되면 서울에서 멋진 그룹사운드를 결성해 엄청나게 유명해질 계획이다. 백두산과 시나위 형님들에게 미쳐있고, 읍내 디스코 클럽에서 밴드 공연이 있는 날이면 무조건 달려가 1열 사수한다. 삐끼 형들과는 언제나 호형호제하고 있다. 훤칠한 외모에 뛰어난 패션 센스로, 읍내에서 좀 논다 싶은 누나들이 몹시 귀여워한다. 공부에 관심이 없는 것일 뿐 똑똑한 유전자 어디 안 가서 잔머리도 비상하다. 하지만 모든 가사가 '영어'인 백두산 형님들의 노래를 따라 부르는 건 아마도 조금 곤란한.

또래 소년들과 달리 여자한테는 관심도 없이, 오로지 거친 록 스피릿에만 빠져있던 열아홉 그 한가운데서, 우연히 순애를 발견하고 첫눈에 반한다.

♬ 얼굴만 붉히면서 애태우다 헤어지면 혼자서 너무도 너무도 속상해 가고 나면 후회할 걸 왜 말을 못 했나, 말할걸 그냥 말할걸 ♬

아, 그동안 샤우팅 기법에만 집중해 듣느라 몰랐는데, 그 가사가 이런 뜻이었구나...! 세상 모든 노래가 구구절절 내 마음 같아 논두렁을 걷다가도 수시로 심장을 부여잡아야 하는 첫사랑... 그 아름답고 귀한 것이 오고야 만 것이었는데. 근데... 뭐지, 저 방해꾼은? 얼굴은 예쁜데 성깔은 더러워 보이는 저 윤영이란 기지배가, 시시각각 둘 사이를 갈라놓아 부모의 반대도 없이 로미오와 줄리엣이 될 판이다.

작은아버지의 집 뒤뜰, 창고로 쓰던 작은 방에 얹혀 살게 된 지 얼마 안 됐다. 희섭은 이 마을에서 유일하게 사투리를 쓰는 전학생이자, 숙부 가족에 딸린 객식구다. 얹혀사는 걸 반기지 않는 숙모에게 면구스러워 최대한 집에서 일찍 나오고 늦게 들어간다. 해서, 유일한 피붙이이자 서울에 머무는 둘째 형 유섭이 찾아오는 주말이면 전날부터 즐겁다. 일상에 고달픈 순간이 없는 건 아니지만 세상에서 제일 자랑스러운 형과 세상에서 가장 좋아하는 소녀 순애, 그리고 신나는 이 록 음악만 있어주면 충분히 행복하다 믿었는데...

우정리에서 일어난 끔찍한 연쇄살인사건은, 희섭의 소중한 것들을 뿌리채 뒤흔들기 시작하고. 수렁에 빠질수록 그간 애써 지워냈던 고향, 7년 전 그 기억들마저 희섭을 괴롭혀온다.

병구 | 우정고등학교 교장 겸 이사장, 50세, 남

훗날의 해준 할아버지. 이 지역 최고의 자산가. 고향 우정리에 학교도 척척 세우고 어려운 이웃들도 착착 도와가면서 산다. 덕분에 이 마을의 경찰이고 유지고 누구든 병구를 모르는 사람이 없고, 존경하지 않는 사람이 없다. 늘 허허─ 웃으며 가벼운 농담을 던지지만, 이 마을에서 벌어지는 일들을 단 하나도 놓치는 법 없이 모두 파악하고 있다. 얼마 전 마을의 영웅이 되어 학교까지 들어오게 된 젊은 교사 해준이 예뻐 죽겠는 참이다. 매번 은근하게 자신에게만 삐딱선을 타는 것 같긴 한데, 이상하게도 밉지가 않다. 해준이 미래의 제 손자란 사실을 알 리 없이 계속계속 혼자서 짝사랑(?) 중인데...! 훗날 우정리 연쇄살인사건이 일어나면, 가장 바빠지게 될 인물 중 하나다.

연우 | 유학생, 25세, 남

훗날의 해준 아빠. 병구의 아들. 미국에서 긴 유학생활을 마치고 돌아온다. 전공은 기계공학. 해준이 자동차(타임머신) 고장 이후 믿고 기다려왔던, 숨겨진 카드다. 오랜 외국 생활로 영어는 유창한데 가끔 모국어가 꼬인다. 이 모든 게 '배운 티' 내려는 퍼포먼스라며 병구는 먼저 나서서 제 아들을 놀리지만 실은, 하나뿐인 제 아들이 자랑스러워 미칠 지경이다. 아버지 병구의 소개로 해준의 고장 난 자동차를 비밀리에 고치게 되는데 평범한 듯 평범하지 않은 이 자동차를 뜯어볼수록 조금씩 해준의 정체가 궁금해진다.

청아 | '봉봉다방' 운영, 26세, 여

훗날의 해준 엄마. 조용하게 모두를 휘어잡는, 강한 포스의 아름다운 여인. 이 동네의 그 어떤 날라리들과 변태들도 그녀의 앞에서만큼은 똑바로 눈을 못 뜬다. 산전수전 다 겪은 듯한 느낌이 은은하게 나는데, 정작 그녀의 과거를 아는 이는 아무도 없다. 열여섯 살 때, 마을 외곽에 혼자 살던 외조부에게 홀연히 흘러들어와 조용히 살다가 그가 죽고 나자 물려받은 재산으로 또 홀연히 읍내 중심에 다방을 차렸다. 꽤 맛있는 커피를 끓여내며, 꽤 맛있는 꽈배기와 단팥빵을 만들어 수완 좋게 팔고, 꽤 세련된 음악들을 틀고 있어서인지..

그녀의 다방은, 논다 하는 동네 젊은이들의 인기 있는 아지트가 된 지 오래다. 얼마 전부터 이 마을에 등장한 해준이 미래의 제 아들이란 사실은 꿈에도 모르고 있다. 물론 자신이 낳자마자 버리고 떠나게 될 아들이라는 사실은 더더욱 모르고 있다. 훗날, 우정리 연쇄살인사건이 일어나면, 또 홀연히 다방을 접고 사라지려 하는 인물이다.

윤영과 순애의 가족 및 주변 인물 ─────────────

미숙 | 우정고등학교 3학년, 19세, 여

윤영과 순애의 같은 반 학생. (2021년, 윤영이 담당하는 베스트셀러 작가)

차갑고 이지적인 분위기. 매번 순애와 전교 1등을 번갈아 차지하지만, 모범생은 아니다. 늘 어딘가 다른 곳을 보고 있는 느낌. 서늘한 눈빛에 젠틀한 미소로 무언가 부탁하면 또래 여자애들이 꼼짝없이 끌려갈 수밖에 없는 묘한 포스가 있다. 항상 책을 들여다보는데, 에드거 앨런 포와 서머셋 몸, 김성종의 추리소설들 혹은 정체불명의 과학책들이다. 생명체를 죽이는 갖가지 방법을 모으는 데 탐닉하는 괴상한 취미를 가진 소녀. 우정리 읍내 가장 큰 병원에서 의사로 일하는 유능한 엄마와 스물두 살의 오빠가 가족이다. 세상 어두운 것 따위 모른다는 듯 해맑은 순애가 마음에 안 들어 조금씩 괴롭혀 줬는데 어디서 왔는지 모를 윤영과 해준이 사사건건 제동을 걸자, 점점 더 잔인해지기 시작한다.

형만 | 읍내 차부집(버스 터미널) 운영, 45세, 남

순애의 아빠. 훗날 윤영의 할아버지. 호방하고 유쾌한 동네 유지(라 쓰고, '호구'로 읽는다). 감투 쓰기 좋아하는 그를 둥기둥기 띄워주면서 온갖 명목의 모임을 만들어 회장을 시켜준 뒤 돈을 쓰게 만드는 동네 사람들의 꾀를, 사실은 어느 정도 알면서도 당해주고 있다. 외지에서 왔음에도 이만큼 마을에 정착해서 살아온 건 다 그 덕분이라고 생각하기 때문. 타향살이의 서러움과 눈치를 알기에 앞집에 사는 윤영과 해준에게도 잘 대해준다. 매사 실없는 농담을 즐기고 뭐든 허허 웃지만, 자식들 키우는 데는 나름대로 진지하다. 두 딸들 시집 보낼 넉넉하고 좋은 혼처 구하고, 막내아들 공부시켜 대학 보내는 게 목표다.

옥자 | 가정주부, 45세, 여

순애의 엄마. 훗날 윤영의 외할머니. 욕쟁이. 건드리지만 않으면(?) 매우 우아하게 살 수 있는 사람인데, 그런 그녀를 자식 셋이 매일매일 차례대로 골고루 '돌아버리게' 만든다. (매일 '나대는' 남편은 덤이다.) 망할 년 1호인 첫째 딸 경애는, 읍내 최고의 술꾼으로 집안 망신을 다 시키고 다니지, 망할 년 2호인 둘째 딸 순애는, 하라는 밥은 안 하고 쓸데없는 소설책에 코 박고 다니지, 보물 1호인 막내아들 오복은, 쓸데없이 자꾸 부엌에 들어오겠다 설치지, 거기다

'바깥일'로 공사다망한 남편 대신 틈틈이 차부집 운영까지 돕느라 정신이 없는데... 그나마 맞은편 이웃으로 나타난 윤영이란 여자애 때문에 요즘 좀 살맛이 난다. 왜인지 모르게 윤영이 자꾸만 귀엽고, 예쁘고, 맛있는 걸 해서 먹여보고 싶다. 등짝을 후려칠지언정 언제나 모든 사건사고의 뒷감당을 책임지는 굳세고 강한 엄마.

경애 | 미용실 근무, 22세, 여

순애의 언니. 미스코리아가 꿈이지만, 세상엔 맛있는 게 너무도 많다. 밤에 먹은 찹쌀 도나쓰를 만회하기 위해 매일 디스코 클럽에 출석해 열심히 흔드는데 그러고 나면 갈증이 나서 맥주를 병째로 들이붓기 때문에, 또 망하고 만다. 그래서 별명은 '맥주 먹는 하마'. 그래도 읍내 최고의 패션 피플. 미니 스커트에 뾰족구두, 풍성한 파마 머리를 장착했으며, 최근엔 김완선 스타일에 빠져 괜히 눈을 홉뜨고 다닌다. 동생 순애를 볼 때마다 쥐어박으며 잔소리지만 엄마 몰래 과외비를 쥐여주기도 하는, 그저 노는 걸 좋아하고 쌍욕을 즐길 뿐 진짜 쎈 언니는 못 되는 속정 깊은 허당. 늘 엄마에게 등짝 맞는 1호지만 여전히 엄마의 사랑이 그립기도 한 슬픈 첫째. 우연히 서울대생 유섭을 보고 첫눈에 반해 그의 뒤를 쫓는다. 그러던 어느 밤, 연쇄살인범의 두 번째 피해자가 되고 만다.

오복 | 고등학교 2학년, 18세, 남

순애의 남동생. 집안의 애지중지 귀한 보물. 부엌에 못 들어가게 하는 엄마 때문에 밤마다 살금살금 온갖 야식을 뚝딱 만들어내는데 평소엔 티격태격하던 삼남매가 이때만은 합심해 음소거하고, 한 방에 모여 나눠 먹는다. 누나들이 혼자 엎어질 땐 그 누구보다 배꼽 잡고 크게 웃는 짓궂은 막내놈이어도 누나들을 누가 엎어뜨릴 땐 그 누구보다 먼저 달려가 한 방 먹여주는 든든한 막내.

희섭의 주변 인물 ────────────

유섭 | 서울대 국문과 학생, 23세, 남

희섭의 둘째 형. 자상하고 선량하다. 막냇동생인 희섭을 제 자신보다 살뜰하게 챙긴다. 어려서부터 명석한 두뇌로 주변의 기대를 한몸에 받았으나, 늘 겸손하고 수줍음 많았던 소년. 그러나 소년은 너무나 일찍 어른이 되어야 했다. 부모님과 큰형이 한날한시에 세상을 떠나버렸을 때, 그는 겨우 열여섯 살이었으니까. 단 하나뿐인 동생을 데리고 도망치듯 고향을 떠나 이집 저집 먼 친척집을 옮겨다니면서도 공부를 놓지 않아 결국 우수한 성적으로 장학금까지 받으며 대학에 입학했다. 최근엔 작은아버지 동식에게 희섭을 맡겨놓고 훗날 둘이 함께 살 돈을 모으며 학업 중이다. 그 바쁜 와중에도 주말마다 꼬박꼬박 내려오는 건, 늘 잘 지낸다고 밝은 척하지만 숙모 눈치에 슬슬 밖으로 도는 희섭이 안쓰러워서다. 하지만 그토록 애틋한 동생 앞에서도 완벽히 감추고 있는 것이 하나 있으니... 늘 잔잔해 보이는 그의 얼굴 아래에 이따금 걷잡을 수 없이 들끓어 오르는 '울분'이다. 모든 걸 잊은 척 지내지만, 유섭은 종종 참을 수 없는 분노와 증오가 솟구친다.

범룡 | 우정고등학교 3학년, 19세, 남

희섭과 같은 반 학생. 새침하고 도도하다. 매일 교과서를 읽고 있지만, 반에서 꼴등이다. 그래도 어떨 때 보면 좀 똑똑한가 싶은데, 그러다가 또 여지없이 맹하고, 역시 맹하다 싶으면 갑작스레 똑똑한 소리를 해서 여러모로 사람을 방심하지 못하게 만드는 인물. 록 밴드를 꿈꾸는 희섭에게 첫눈에 반해(?) 베프가 되어 졸졸 쫓아다닌다. 그러면서도 예쁜 여학생들을 발견하면 러브레터를 날리는 일을 소홀히 하는 법이 없으며, 여학생들 앞에서 늘 청결하고 위생적인 모습을 보이는 게 예의라며, 소독차가 지날 때 적극적으로 따라 달려 온몸을 소독하기도 한다. 숨겨진 여자친구가 하나 있는 그는, 훗날 우정리 연쇄살인사건의 주요 용의자 중 하나가 된다.

동식 | 강력반 형사, 36세, 남

희섭의 숙부. 말수 적고 무뚝뚝하지만, 한번 맡은 사건은 책임감 있게 끝까지 해결해낸다. 집에 들어오는 날이면 "왔다" "밥 먹자" "자자" 세 마디를 크게 벗어나지 않는데도 이상하게 아이들의 존경과 신뢰를 듬뿍 받는 가장이다. 마당 한쪽에 세워놓은 고장 난 자전거를 그저 힐끗 보는가 싶더니 밤새 말없이 고쳐놓고, 잠든 아이들의 책상을 또 힐끗 보는가 싶더니 필통을 열어 슬쩍 별사탕을 넣어놓는 등 늘 소리 없이 은은하고 뜨뜻하게 자신만의 사랑을 보여주는 아버지이기 때문. 그러나 일터에서는 초절정 카리스마. 깊은 속내까지 한번에 꿰뚫을 듯한 매서운 눈빛에 용의자는 물론, 옆자리 형사들까지 괜히 움찔, 없는 죄까지 털어놓고 싶어지게 만든다. 하지만 모종의 이유로 경찰서 내에서 은근한 따돌림을 받는 중이다. 언젠가부터 이 마을에 흘러 들어온 외지인 해준을 몹시 경계하고, 의심하며, 갈등하고 있다. 훗날, 우정리에서 살인사건이 벌어지자 특유의 집요함을 발휘해 수사에 몰두하는데... 자신이 겨눈 총구가 누굴 향한 것인지 깨닫곤, 충격에 빠지게 된다.

그 외 주변 인물

윤영과 순애의 같은 반 친구들: 김이박 트리오(19세/여)

김해경 | 중성적인 스타일/운동 잘함/반항적/의리를 중시하는 날라리
이은하 | 엉뚱한 4차원/늘 이상한 것에 꽂혀있음/군것질 대마왕
박유리 | 공주병/만년 3등 콤플렉스/고미숙이 주는 필기노트 때문에 충성함

윤영과 순애의 학교 인물과 가족 외

교생 | 이주영(24세/여), 연쇄살인사건 첫 번째 피해자
미숙의 가족 | 미숙모 서지현(42세/여), 미숙오빠 고민수(22세/남)
동식의 동료 형사들 | 반장 및 팀원들
동식의 가족들 | 미자(35세/여), 용우(8세/남), 용순(5세/여)

그리고 당연하게도, 이들 중엔...
기나긴 시간에 걸쳐 이어진 연쇄살인사건의 진짜 범인이, 숨어있다.
아주 태연하고 친밀한 얼굴을 하고서...!

씬 #S	장면(Scene)을 표시하는 것으로, 뒤에 숫자를 달아 장면의 순서를 표기한다.
인서트 Insert	화면의 특정 동작이나 상황을 강조하기 위해 삽입한 화면으로 이 화면을 삽입함으로써 상황이 명확해지고 스토리가 강조되는 효과가 있다.
(E) 이펙트 Effect	효과음을 뜻하며, 보통 등장인물은 보이지 않고 소리만 나는 경우에 사용한다.
(F) 필터 Filter	전화기를 통해 들려오는 대사나 마음속으로 하는 이야기를 표현할 때 사용한다.
(N) 내레이션 Narration	등장인물 사이에 오가는 대사가 아닌 독백이나 시청자를 향한 설명을 뜻한다.
몽타주 Montage	따로따로 편집된 장면들을 짧게 끊어서 연결해 하나의 긴밀하고도 새로운 내용으로 만드는 편집 기법을 의미한다.
Cut to.	하나의 씬이 끝나고 다음 씬으로 넘어가는 장면 전환 효과를 뜻한다.

작가의 Pick

1부　　"…… 웃어?"

처음부터 마음속에 정해놓은 엔딩이었지만, 막상 진짜로 쓰고 나서는 슬쩍 눈치를 살피고 말았습니다. 분명 누군가는 '갑자기 이렇게 미친 엔딩으로…?' 의문을 품을 것이라 생각해서요. 그러나 아무도 묻지 않았습니다. 다들 싱글 벙글 웃고 있기만 해서 도리어 제가 슬쩍 불안해졌어요. '아니 그런데.. 사람이 정말로 웃으면서 울 수가 있는 건가.. 게다가 그걸 헷갈리게 만들 수 있는 건가' '머리에 피를 한 줄기 흘린 채로 너 지금 웃는 거냐고 묻는 주인공 정말로 괜찮겠지..' 남몰래 손톱을 깨물어 보았습니다. 미친 공을 던졌는데 진짜로 받아줘버린 불안한 느낌.. 하지만 그들에게는 다 계획이 있었던 겁니다. 우리의 윤영이는 실제로 그 어려운 일을 해냈고, 해준만의 "웃어?"는 이 기막힌 상황에 대한 기대감을 불러일으키며 분위기를 반전시키는 데 부족함이 없었기에, 결국 저도 몇 번이나 돌려보는 소중한 장면이 되고 말았습니다.

2부　　"여기서 무심코 씨앗 하나 잘못 던져놓아도
　　　　30년 후에는 나무가 되니까."

시간여행의 흔한 규칙일 뿐이지만 두 사람에게는 서로에게 솔직하게 마음을 여는 데 가장 큰 걸림돌이 되기도 했던 말입니다. 단 하나의 변수도 허용할 수 없는 해준에게는 정말로 중요한 경고였고, 갑자기 떨어진 1987년에서 엄마를 살려내야 하는 윤영에게는 남의 미래까지 통째로 바뀔 수 있다는 그 경고가 무척 난감했을 테니까요. 한순간에 운명 공동체로 엮이긴 했지만 완벽한 남이었던 두 사람이 각자 선뜻 털어놓기 어려운 사연들을 품은 채로 만들어내는 묘한 긴장감이 재미있다고 생각했습니다. 극 초반부에는 조금 더 각자의 상황에 집중하면서 정보를 하나씩 풀어가야 쌓이는 이야기와 감정들이 있었기 때문에 필요한 장치이기도 했습니다.

3부　　"원래 아부지들은 다 요딴 걸 가르쳐주고 싶어허게 돼있다고.
　　　　긍게.. 니 아부지도 놓치고 싶어 놓쳤겄냐,
　　　　뭔 사정이 있었겄지.."

어그러진 시간들을 보내는 동안 희섭은 곁에 있는 어린 딸 윤영을 보면서 얼마나 많은 속앓이를 했을까요. 유치한 박치기 기술부터 자전거 타고 달리는 법에 이르기까지, 가르쳐주고 싶은 것이 얼마나 많았을지, 또 가르쳐주지 못해 아팠던 날이 얼마나 많았을지 짐작케 하는 몇 개의 장면들 중 하나입니다. 썼다가 삭제했던 씬 중엔 젊은 희섭이 북적이는 초등학교 운동장 밖에서 그 너머를 몰래 들여다보던 장면도 있습니다. 운동회 날, 아버지와 각각 한 발씩 묶은 채로 걸어나가는 시합을 하던 즐거운 아이들. 멀찍이서 그 모습을 물끄러미 보고 서있던 윤영. 그런 윤영을 한참 바라보다 집에 돌아온 희섭이 혼자 엉엉 울어버렸던 순간이요. 너무 직접적인 느낌이 들어 결국 걷어냈지만 희섭에게는 분명 그런 시간들이 있었을 거라고 생각합니다. 그런 생각으로 이 장면 속의 희섭 얼굴을 보면 더없이 애틋한 마음이 들어요.

4부　　"그런 엄마의 꿈은 결국 이뤄졌다... 나에게서."

한때 나보다 더 앳된 소녀였던 엄마의 순수하고 맑은 꿈, 어쩌면 그 꿈이 무너진 자리에서 얻은 양분으로 자라난 것이 나인지도 모릅니다. 비록 이번에도 엄마의 마음을 한발 늦게 깨달은 윤영이었지만, 잃어버린 엄마의 시간을 돌려주겠다는 그 다짐이 결국 이뤄지도록 끝맺을 수 있어서 참 기뻤습니다. 윤영이도 아주 기뻤을 거예요. 아마 먼 미래에서 자신의 아들이 그런 윤영의 되찾은 시간을 보며 기뻐하던 것과 아주 꼭 닮은 모습으로요.

5부 **"함부로 자기 자신을 미워하고 또 포기하려고 했잖아요.
끝까지 엄마를 구해야 될 사람, 당신 아니야?"**

5부 엔딩의 "미치겠네..."와 더불어 제가 최고로 애정하는 해준의 모먼트 중 하나입니다. 지옥 속에 빠져있던 나를 건져 구해주기는 하는데, 그게 이제 머리끄덩이를 붙잡고 건져 올리는 거라서 좀 아프기는 한, 그런데 그것 좀 아프게 했다고 교무실에서 혼자 이마를 쿵쿵 두드려대고 미제 젤리를 챙겨다 주기 바쁜 그런, 냉철하고도 다정한 사람 말이죠. 냉탕과 온탕을 정신없이 오가는 가운데서도 멋지게 중심을 잡아준 해준 덕분에 더욱 빛이 났던 순간이었습니다.

6부 **"앞으로 내게 어떤 어둠이 찾아올지라도..
그 반짝이는 것들만 놓치지 않을 수 있다면
아무것도 두렵지 않을 것만 같았어."**

실제로 윤영이 목격했던 순애의 미래는 그렇지 못했기 때문에 더욱 마음을 아프게 하는 반짝임이지만, 어쩌면 순애는 정말로 이 문장을 꼭 끌어안은 채 살고 있었는지도 모릅니다. 무너지고 변해버린 희섭 속에서도 그때의 그 예쁘고 반짝이던 모습을 떠올려낼 수 있는 건 오직 순애 한 사람 뿐이었으니까요. 희섭과 순애는 일그러진 시간 속에서도 서로가 서로의 반짝임을 발견하고, 기억하고, 품어주는 관계로 그리고 싶었고 그 모든 순간을 알게 된 윤영에게도 자연스럽게 그 사랑의 모습이 이어지는 이야기를 그려보고 싶었습니다.

7부   "안다는 건 바꿀 수 있다는 뜻이고, 그건.. 꽤 무거운 희망이니까."

이야기를 진행하면서 가장 고민했던 부분 중의 하나는, 주인공이 어떻게 보여지는가에 대한 점이었습니다. 가려고 하는 이야기의 전체적인 방향과 전개 방식에 따라 우리의 주인공들은 소위 말하는 '사이다' 장면보다는 어쩔 수 없이 무력해지는 순간들을 더 많이 마주해야 했고, 자칫하면 그 무력감이 시청자 분들에게도 옮아갈 수 있다는 생각에 많은 고민을 해야 했습니다. 그래서 오히려 해준이 스스로 짊어지고 있는 무게를 전달하는 일이 꼭 필요하다고 느껴졌습니다. 때때로 변수에 휘청이고 몰아치는 운명 앞에 속절없지만, 여기 이토록 무겁고 간절한 마음으로 애쓰는 사람이 있다고, 그 사람은 단지 '안다'는 사실 하나만으로 다른 사람들을 위해 이 먼 곳에서 목숨을 걸고 뛰어다니는 중이라고, 그 바닥에 자리한 것은 어쨌든 '희망'이라고. 그런 사람을 '알아주는' 일이 우리에게 가능하다면 8부에서 곧 맞이하게 될 커다란 절망도 실패했다는 실망감보다는 안타까운 마음으로 느껴주실 거라고, 무너진 해준이 다시 일어서기를 응원해 주실 거라는 마음으로 써 넣었던 장면이기도 했습니다.

8부   "그냥 잠깐 안아줄까요, 우리?"

가혹한 운명의 소용돌이 속에서 힘겨운 하루를 보낸 해준과 윤영이 마침내 서로를 마주했을 때, 그 먹먹한 순간에 서로가 무엇보다 필요로 했을 오직 한 마디. 각자 등 뒤의 세상이 온통 막막하고 멀게 느껴지는 밤이었기에, 품 안의 온기 속에서 서로의 존재를 가까이 느끼는 일만큼 위로가 되는 사실은 없었을 거라 믿습니다. 그래도 우리가 지금 여기 함께 있다는 그 사실이요. 멀리서 지켜보는 제게도 두 사람에게 서로가 있어 참 다행이라고 여겨졌던 순간입니다.

어쩌다 마주친, 그대

chapter 1

어쩌다, 1987

씬1.   우정리 강가. 밤 (2021, 회상)

인적 없는 강가. 우르르— 쾅! 내려치는 천둥과 함께 거칠게 쏟아지는 굵은 빗줄기. 쏟아지는 빗물을 맞고 출렁이는 검푸른 강물, 어쩐지 위태롭고 스산한 분위기 풍기는 가운데 근처 작은 다리 위를 힘겹게 나아가고 있는 고급차 한 대 보인다. 그 위로,

해준(N)   **돌이켜 보면... 정말 이상한 밤이었지.**

씬2.   우정리 시골길, 차 안. 밤

말끔한 셔츠 차림의 해준, 답답한 듯 넥타이를 헐겁게 풀며 앞을 주시한다. 차창을 사정없이 때리는 뿌연 빗줄기에 앞은 거의 보이지 않을 지경이고, 연신 정신 사납게 깜빡이는 내비게이션, "겨, 경로를 이, 이탈하였습니다.." 무한반복 중인.

해준(N)   **그렇게 한꺼번에 모든 게 조화롭게 맛 가기도 어려운 일이니까. 빌어먹을 날씨, 정신 나간 내비게이션, 그리고 핸드폰..**

액정이 완전히 깨진 휴대폰 지나, 거치대에 꽂힌 커피잔으로 손 뻗는 해준, 한 모금 마시는데.

해준(N)   **그때였어. 내 앞에 그게 나타난 건.**

갑자기 흐릿하던 창 앞으로 쨍한 색감의 크고 길쭉한 무언가가 훅— 모습을 드러내면 순간 커피 놓친 채 빠르게 핸들 꺾어 충돌을 피하는 해

준! 날카로워진 얼굴로 휙 돌아보는.

씬3.   우정리 굴다리 앞. 밤

차에서 내리는 해준, 커피로 젖어 엉망이 된 옷으로, 잔뜩 찌푸린 채 성큼성큼 다가가는데 순간 멈칫— 조금 멍해진 얼굴로 앞을 바라본다. 구름처럼 자욱한 안개 사이로 서서히 드러나는 무언가, 바로 예쁜 색감의 빈티지 자동차다! 급하게 버려지기라도 한 듯 앞문이 활짝 열린 채 홀로 놓인 차 내부를 슬쩍 훑어보면 옛날식 윈도우 크랭크(빙빙 돌려 내리는 창문), 카세트 플레이어, 튀어나온 초크 레버 등등.. 구식이라는 것 빼곤 특별할 게 없어 보이는 그 내부에서.. 무언가를 골똘히 보는 해준. 바로, 한쪽 계기판에서 반짝반짝 빛을 내고 있는 작은 디지털 숫자 네 개, '2, 0, 2, 1'이다.

관찰하듯 좀 더 유심히 둘러보는 해준, 문득 운전석 옆에 꽂힌 종이* 한 장을 집어 들고는 펼쳐 읽는데... (??!!) 돌연 심각해지는 듯한 얼굴 위로,

해준(N)   **거기엔... 타임머신에 대한 사용법이 적혀있었지.**
            그래. 소설이나 영화 같은 데 나오는, 그 '타임머신' 말이야.
해준   (황당하다는 듯 주변을 둘러보면.. 사람의 흔적 같은 건 없다)
해준(N)   **기자로만 7년을 살았어. 팩트만 쫓아온 사람한테 그건, 너무 판타지잖아. 그딴 황당한 판타지의 주인공이 될 생각은 눈곱만큼도 없어서.**

• '타임머신 사용법'

획 — 종이를 다시 던져 넣는 해준. 미련 없이 뒤돌아선 제 차를 향해 성큼성큼 가는 위로.

해준(N)   **그런데 변수가 있었지... 망할 놈의 호기심.**

슬쩍 걸음을 멈추는 해준, 다시 힐끗 고개 돌리곤, 얌전히 꽂힌 자동차 열쇠를 바라본다.

씬4.   우정리 굴다리 앞, 차(타임머신) 안. 밤

탁 — 소리와 함께 문 닫고 운전석에 앉은 해준, 종이를 들여다보며, 계기판 숫자로 손 뻗는. 반짝반짝 빛나는 디지털 숫자 '2, 0, 2, 1' 각각의 숫자 옆 버튼(▲ / ▼)을 차례대로 아무렇게나 눌러 새로운 숫자를 만들어본다. '3, 0, 8, 9'. 곧 기어를 풀고, 시동 걸고, 초크 레버 당기고, 능숙하게 차를 뒤로 후진시키는 해준. 정면에 굴다리가 오도록 차를 위치시켜 놓곤 잠시 굴다리를 보다.. 결심한 듯 액셀을 밟는다. 그러자 굴다리를 향해 빠르게 달려나가는 차체의 외부... 놀랍게도 점점 '투명'해지더니 순간 파밧 —! 하며, 어떤 '통로'처럼 생겨난 하얀 빛들 사이로 쑥 — 들어가 사라져버리는! 잠시 후, 다시 피융 —! 소리와 함께 굴다리 안의 빛에서 빠져나오는 해준의 차.

해준(N)   (!!!!!! 뭔가 엄청난 것을 보고 온 듯, 잔뜩 상기된 얼굴 위로)
            ... 3089년.. 거기서 뭘 보고 왔냐고? 중요한 건 그게 아니야.
            그다음이지.

흥분한 채 조금 고민하던 해준, 이번엔 신중하게 '2, 0, 3, 7'로 숫자 바꾸고는 다시 차를 돌려 빠르게 굴다리 속으로 파밧―! 들어가 사라지는데..

씬5.　　우정리 굴다리 앞. 낮

어느새 맑아진 날씨. 쨍쨍한 햇볕 아래, 여전히 인적 없이 고요한 굴다리 앞이다. 그때서야 다시금 피융―! 하고 빠져나오는 해준의 차, 빠르게 멈춰 서는데.. 좀 전과 달리 완전히 가라앉은 채 초췌한 해준, 무언가를 꽉 쥐고 있는 손이 조금씩 떨려온다.

해준(N)　　**... 거기서 나는.. 뭘 보고 왔을까. 내가 거기서 본 게..**
　　　　　대체 뭐였을까.

용순(E)　　(핏발 선 해준의 눈빛에 점차 힘 들어서는 위로/ 해맑은) 뭘
　　　　　보고 왔는데여?!

씬6.　　마을 슈퍼 앞. 낮 (1987, 현재)

작은 구멍가게 앞에 내어놓은 평상. 그 위에 나란히 앉은 용우(8세, 남)와 용순(5세, 여), '깐도리' 아이스크림 하나씩 입에 물고 호기심 어린 눈빛으로 보면, 조금 떨어져 앉은 해준, 텀블러에 담아온 블랙커피 한 모금 여유롭게 마시며 먼 곳을 본다.

해준　　글쎄.. 아무튼 그 이후로 내 인생도 완전히 경로를 이탈하게
　　　　된 셈이었지. 너희들 앞에서 이렇게 헛소리까지 주절대고
　　　　있으니까.. (미소로 한 모금)

용순　　(용우 향해 슬쩍 고개 돌려, 속닥) 미친 아저씨 같애, 오빠..

용우	(다정하게 제 소매로 용순 콧물 닦아주며) 불쌍하잖어..
	그냥 들어주자..
해준	(담담히 손목시계 체크하곤) 아까 준 건 잘 갖고 있나?
용우	(접힌 종이 들어 보이며, 미소로) 네에.
해준	나중에 와서 계산해 줄 테니까 먹고 싶은 만큼 먹고, 15분
	뒤에 보자.

일어서는 해준, 가게 안쪽을 힐끗 쳐다보면, 주인 할머니가 보고 있는 구식 텔레비전. 87년도의 뉴스가 나오고 있다. 그 위로, 자막 〔**1987년, 우정리**〕 뜨면. 지나쳐 가는 해준.

씬7.　　우정리 강가. 낮

떠들썩한 분위기. 피워놓은 모닥불에 갓 잡은 생선을 굽고, 파전에 막걸리를 나눠가며 잔치 중인 87년의 우정리 어른들이다. 그 앞으로, 무스로 단정히 넘긴 2:8 가르마 위에 새마을 모자를 얹어 쓴 형만(45세, 남), 숟가락으로 놋주전자 땅땅― 두드려 주목시키는.

형만	자자― 다들 아시다시피 우리 우정리가 요번에도 무려 (손
	가락 쫙) 5회 연속 '범죄 없는 마을'로 선정이 됐어요. 크
	으...! (강 가리키며) 물 맑지, 평화롭지, 정말 이 얼마나 살기
	좋은 곳입니까, 여러분?!
마을사람들	(옳소~ 그렇지~! 저마다 추임새 넣는데)
옥자(45세, 여)	(뒤쪽에서 홀로 형만 찌르며) 지가 상을 탔나, 하여튼 꼭 나
	대요. 저 웬수.
미자(36세, 여)	(옆에서 민망한 미소로) 형님두, 참.. 보기 좋으신데요, 뭐.

형만	이렇게 살기 좋은 마을을 만든 일등공신!! 우리 마을 모두가 존경하는 등불!!
병구(50세, 남)	(파전 뜯다, 벌써부터 쑥스럽단 듯 손 휘젓고 난리인)
형만	우리 윤병구 교장 선생님이시자 이사장님, 소개하겠습니다! 한 말씀 하세요!!
마을사람들	(와아~ 박수 치고 환호하면)
병구	(마구 내저으면서도, 자연스럽게 일어나 숟가락 마이크처럼 잡고) 에―― 내가 한 게 뭐 있겠습니까. 그저 첫째! 우리 우정리 여러분들의 선량한 인품 덕분, 둘째! 호부호자(虎父虎子)로다, 우리 아이들도 착하게 잘 자라준 덕, (하는데)
해준(E)	(툭 끊듯) 아니던데.
일동	(??! 뭐여.. 하는 얼굴로 돌아보면)

어느 틈에 강물 근처에 와 서있는 해준, 텅 빈 제 텀블러를 열어 강물을 슥― 담아 올리면서.

해준	그렇게 서로를 잘 알지도 못하면서 무턱대고 믿으니까, 비극을 맞은 겁니다.
마을사람들	(??! "뭐래는 거야.." "누구래...?" 불쾌한 듯 웅성대면)
해준	(손목시계 힐끗 보곤) 약 30초 뒤쯤, 저 뒷산에서 괴성이 울리고 나면 불량 청소년 여섯이 각각 다른 방향으로 날뛰기 시작할 겁니다. 전부 본드를 흡입한 상태고 그중 셋은, 이 마을 여학생이에요.
병구	("말두 안 돼~" 술렁이는 사람들 틈에서, 날카로워진 눈으로 보는데) ?!
해준	마침 그 정보를 미리 입수한 방송국 기자 하나가 서울에서

오는 중인데 5분 뒤면 도착하니까, 주어진 시간은 4분 30 초? 그 안에 수습해야 됩니다.

마을사람들   ("바.. 방송국...?" 좀 불안해져서 보면)

형만   (!! 도전적으로 다가서, 해준 향해 삿대질로) 당신 누구쇼?! 외지 사람 같은데.. 거 어디 남의 마을에 함부로 끼어들어서 황당한 소릴,

해준   우정고등학교 3학년 1반, 김해경.

형만   (헛?! 돌연 순해져서) 우리 둘째네 반인데..?!

해준   같은 반 이은하,

마을사람1(남)   (막걸리 마시려다 툭 뱉으며) 우리 귀염둥이 막둥이?!

해준   역시 같은 반 박유리.

마을사람2(여)   (국자 든 채 화들짝 일어서며) 우리 손녀딸인데요?!

해준   (덤덤히 으쓱하며) 괜찮으시겠어요들? 현재 유해 화학 물질 관리법에 따르면.. (그 순간, 뒷산에서 들려오는 꺄아악— 여자의 괴성에) 아, 벌써 30초 지났나.

마을사람들   (!!!?? 오소소 소름이 돋는다.. 수런거림 더 커지며 동요하는 가운데)

형만, 마을1,2   (!!! 어떻게 하면 좋겠냐는 듯, 초조하게 병구를 보면)

병구   (가늠하듯 뚫어져라 해준 보다) 애들 문젠데.. 믿어봅시다!

씬8.   우정리 뒷산. 낮

여전히 좀 미심쩍은 얼굴로 웅성대며 뒷산을 오르는 마을 어른들. 그때, 저만치서 달뜬 얼굴로 꺄아아악— 괴성 지르며 달려 내려오는 여학생, 은하(19세) 보인다. 80년대 잠자리 안경에, 양손에는 비닐봉지 뱅뱅 돌려가며 마구 돌진해 오던 은하의 발을 톡— 걸어 세우는 이, 해준이다.

철퍼덕 흙길에 엎어지는 은하에 "어구구.." 놀라 보는 어른들.

은하	(횡설수설, 안경 추키며) 아닌데요.. 아무것도 안 했는데요, 난..
해준	(그 옆에 무릎 굽혀 앉아선, 확인하듯) 5, 9?
은하	(?! 보다, 구구단이구나, 반가운 얼굴로 외치는) 팔십사!
해준	8, 7은?
은하	(밝고 자신 있게) 삼십팔!
마을사람1	(눈에 불꽃, 튀어나오며) 삼십팔 같은 소리허네, 막둥이 이 미친 기지배야!
병구	(저쪽 가리키며, 이글이글) 잡어, 잡어!!

보면, 저만치서 와르르— 달려 내려오던 남학생 세 명과 유리(19세), 뿔뿔이 흩어져 도망치면 동시에 일사불란하게 달려가는 우정리 어른들, 학생들을 잡느라 난리인데.

해준	(씬7의 텀블러를 은하에게 건네며) 마셔. 여긴 아직 물이 깨끗하더라.
은하	(!! 제대로 눈 떠보니, 잘생긴 얼굴이다... 헤 웃으며) 근데, 누구세요..?
해준	저 낭떠러지에 발 헛디뎌 열아홉에 인생 끝내기로 되어있던 네 운명을, 방금 전에 바꿔놓은 사람?
은하	(?? 잘 모르겠지만, 예쁘게 웃어본다) 참 잘생기셨어요.. (쿵, 기절하는)
해준	(그저 손목시계를 힐끗, 저만치 다른 곳을 본다. 그 방향 따라 비추면—)

씬9.   우정리 뒷산 일각. 낮

진짜 낭떠러지 끝에 아슬아슬하게 서서 양팔 벌린 채 바람을 맞고 있는 해경(19세, 여). 청청 패션에 날카로운 단발머리를 한 채, 까마득한 아래를 내려다보면, 우정리 강물 보인다.

해준(E)   ... 밀어줄까.

해경   (?! 확 찌푸린 채 돌아보면)

해준   (주머니에 손 찔러넣은 채 천천히 걸어오며) 본드 불자고 애들 꼬드긴 게 너잖아. 거기 서서 위태로운 척 해봐야, 진짜 죽는 건 다른 애들이었다구. (가벼운 한숨으로 먼 곳 보며) 멀쩡한 애들 둘이나 보낼 뻔한 양아치는 도와줄 생각 없으니까, 원한다면 말해. 밀어줄게.

해경   ... 뭐야, 저 새끼는. 안 꺼져? (하다, 순간 휘청해 발이 미끄러지면) !!

해준   ! (순간 빠르게 달려가 해경의 손을 탁— 붙잡는)

간신히 해준의 손을 붙잡고 매달린 해경, 반쯤 떨어진 절벽 아래를 두렵게 내려다보는데. 저만치서 막 잡은 학생들 데리고 오던 마을 어른들, 그 광경에 헉— 놀라 탄성을 내지른다! 입술을 악무는 해준... 곧 다른 손으로 곁의 암석을 붙잡고는, 힘껏 해경을 끌어 올리면, 조금씩 끌려 올라오는 해경...! 마침내 확 위로 올라와 쓰러지면 저만치의 우정리 사람들, "와아—!!" 너나 할 것 없이 마구 박수치며 환호한다. 그중에서도 병구와 형만, 매우 감격한 얼굴로 해준을 보며, 서로 얼싸안고 난리인.
해준, 거친 숨 몰아쉬며 아무렇게나 앉아, 절벽 너머 환히 보이는 우정리를 멀리 바라본다.

해준	... 네 어머니가 남들과 좀 달라서, 사는 게 힘들어?
해경	(?! 가쁜 숨 몰아쉬다 멈칫, 당혹스레) 뭐? 뭐.. 뭘 안다구, 니가..
해준	(슥 보며) 네 어머니는 네가 이렇게 좀 달라도, 너 때문에 사시는 거야.
해경	(!! 조금 흔들리는 눈빛으로 보면)
해준	그러니까 다신 애들 데리고 이딴 짓 하지 마.. 알겠어?
해경	(입술 질끈 깨무는데)
해준	(이내 좀 풀어져선) 나도 귀찮거든. 굳이 너까지 보태지 않아도 앞으로 이 마을, 살려야 될 사람투성이라고. (끙.. 일어나 툭툭 털고 가면)
해경	(??! 가는 해준을 멍하니 보는 데서)

씬10.　　우정리 뒷산 초입. 낮

해준의 양옆으로 친한 척 찰싹 달라붙은 채 환히 웃으며 내려오는 병구와 형만. 그 뒤로, 불량 학생들 업거나 쥐어박으면서 데리고 따르는 마을 사람들. 그 무리와 반대로 저만치 옆, 산을 오르고 있는 87년의 기자와 대형 카메라 든 스태프 보인다.

| 기자 | (옛날식 마이크 들고) 예, 요즘 심각한 사회문제로 대두되는 불량 청소년들의 일탈 소식입니다. 지금 이곳에서 학생들이 본드를 마시고 있다는데요. (하다, 마이크 내리고 짜증스레 두리번..) 대체 어딨다는 거야, 이것들? |

그 소리에 얼른 조용조용.. 아이들을 뒤로 감추고 방향 틀어 산을 내려오는 마을 사람들. 병구, 흡족한 얼굴로 해준 향해 엄지를 치켜들면, 'ㅎ...'

가짜 웃음 지어주는 해준에서.

병구(E)   이거, 감사의 인사를 어찌 드려야 할지..

씬11.   우정리 강가. 낮

완전히 호감의 눈빛으로 변한 마을 사람들의 시선 받으며 선 해준, 병구
를 마주한 채.

해준   딱 한 번의 일탈이었어요. 아직 보호받아야 될 학생들을 무
        조건 내몰기보다 안으로 품어주고, 이끌어주는 게, 우리 어
        른들의 당연한 의무 아니겠습니까.
병구   (!! 감동) 아니 어떻게.. 제 마음속을 들여다보기라도 한 것
        같은 말씀을...!
형만   (획 끼어들며, 호기심 가득한) 근데.. 어떻게 그렇게 미리 다
        아셨대요? 30초가 어쩌고, 5분이 어쩌고, 아주 시간까지 딱
        딱 들어맞았잖아요?!
해준   (.. 흐흠.. 하다, 드디어 왔구나! 저쪽을 획 보면)

저쪽에서 각자 과자 한 아름씩 품은 채 허둥지둥 달려와 서는 용우와 용순.

용우   (외운 듯 어색한 말투로) 아까 이거 떨어뜨리고 가셨습니다,
        선생님.
해준   (씬6의 접힌 종이를 받아 쫙 펼치면, 80년대의 교원 자격증
        이다) 아, 이거 큰일 날 뻔했네.. 제가 이걸 떨어뜨리고 갔네요.
병구   (알아채곤, 반가운) 윤 해준 선생님...? 심지어 교사였습니

까?!

용순	(역시 외운 듯 또박또박) 마침 서울에서 우리 마을로 이사 오신답니다.
병구	아, 그래요? 세상에! 그럼 혹시.. 새 일자리는 구하셨습니까?
해준	(몰랐던 척) 아니요, 아직..
병구	마침 제가 운영하는 학교에 공석이 하나 있는데!
해준	아, 그렇습니까? 어떻게 이런 우연이 있나..? 국어를 담당하고 있습니다. (산뜻한 미소로 악수하는 위로)
해준(N)	**... 그렇게 나는 1987년, 거기서, 가짜 삶을 시작했습니다.**

씬12.　　우정고등학교, 복도. 낮 (다른 날)

87년도의 국어 교과서를 들고, 저벅저벅 모델마냥 멋지게 복도를 걸어가는 해준. 교실 안쪽의 여학생들, 창 너머 해준에게로 한껏 이목 집중한 채 홀린 듯 바라본다.. 그 안에는 삐딱하게 앉은 해경, 머리에 롤 마는 유리, 빵 뜯으며 해준에게 윙크 날리는 은하, 그리고 단정하게 앉아 발그레한 얼굴로 해준을 보는 순애(19세, 여)의 맑은 얼굴도 보인다. 해준, 무심코 고개 돌리다 그런 순애와 눈이 마주치곤, 흠칫 놀라는 위로.

해준(N)	**내 삶에서 한 번도 원해본 적 없던 선생님이 되었고,**
해준	(!! 부담스럽게 초롱초롱 깜빡이는 순애 눈빛에, 얼른 고개 돌려 외면하는)

씬13.　　해준의 집 앞. 밤

아담한 마당을 보유한, 깔끔하고 번듯한 이층 양옥집. 활짝 열린 대문으로 들어가는 이삿짐을 한쪽에 서서 보는 해준 위로.

해준(N)   **내 삶에서 한 번도 원해본 적 없던 시골 마을에 집까지 얻**
          었죠.

해준, 문득 부담스러운 느낌에 고개 돌리면, 바로 맞은편 앞집 대문 앞에
쪼로록 나와 서서 구경 중인 형만과 옥자, 그리고 그들의 딸 순애.
또 반짝이는 그 눈빛에.. 흠칫 외면하는 데서.

씬14.   해준의 집 앞. 새벽
인적 없는 새벽. 한쪽의 차고 문이 열리면, 조용히 빠져나오는 해준의 차
(타임머신). 주변 훑으며 조심조심 나서는 해준의 차 안쪽 계기판을 비
추면, 현재 년도를 가리키는 '1, 9, 8, 7' 네 자리 숫자가 반짝반짝 떠있다.
그 위로

해준(N)   **한 달을 꼬박, 그렇게 지냈습니다.**

씬15.   우정리 뒷산, 굴다리 앞. 새벽
다시, 인적 없는 산길을 시원하게 달려나가는 해준의 차. 굴다리 앞에 다
다르는 순간, 투명해지더니 '파밧―!' 하얀 빛 사이로 사라진다. 그 위로,

해준(N)   **왜... 그렇게까지 해야 했냐고요?**

씬16.　　　교도소, 접견실. 밤 (2021)

죄수복을 입은 채 삐딱하게 기대앉은 범인(56세, 남), 이해할 수 없단 듯 노려보면, 유리벽을 사이에 두고 담담하게 마주 앉아있던 해준.

해준　　(뚫어지게 보며, 차갑게) 1987년 우정리 연쇄살인사건. 34년 전 그때, 당신이 죽인 사람들이 아직 살아있으니까요. 거기선.

범인　　아냐.. 내가 아냐.. 내가 안 죽였다고!!

해준　　(지그시 보다, 휙 — 다시 몸을 세워 똑바로 앉고는) 압니다.

범인　　(?! 혼란스러운 눈으로) 뭐...?

해준　　그래서 진짜 범인 찾으러 가는 거니까. 그래야 당신도, 나도, 살거든.

범인　　대체.. 그게 무슨...?

해준　　(일어나며) 내일 아침에 출소하시죠? 그럼 우정리에서 봅시다. '대체, 그게 무슨' 의미인지 알려드릴 테니까. 그러니까 내일 아침까지 꼭, 살아서, 버텨보세요. (의미 있게 보다, 나가면)

범인　　(? ... 하다, 어떤 속내를 들키기라도 한 듯.. 문득 충격으로 보는 데서) !!!

씬17.　　　거리. 밤 → 낮

저마다 스마트폰을 들여다보거나, 블루투스 이어폰을 꽂은 채 걷는 2021년의 거리. 그 거리의 끝에서 걸어오는 해준, 역시 휴대폰을 꺼내며 인파 속으로 무심히 섞여든다. 해준이 사라지고도 여러 번 오가는 사람들이 바뀌고 나면... 곧 날이 밝는다. 그렇게 밝아진 거리 위로, 반대편에서 성큼성큼 걸어오는 한 여자. 양쪽 어깨에 노트북 담긴 커다란 에코백과 삐죽삐죽 종이 뭉치 나온 묵직한 가방을 하나씩 걸쳐 메고, 한껏 집중한 채 원고 묶음[•]을 읽으며 오는 그녀, 바로 윤영이다. 빨간색 플러스펜으로 문장을 적어 넣느라 잠시 멈추기도 하면서 바쁘게 걷는 그 위로,

윤영(E)   (나직하고도 피로한 목소리로) 또 왜.

씬18.   버스 안. 낮

흔들리는 버스에 앉아서도, 플러스펜을 든 채 원고 묶음을 들여다보던 윤영. 이어폰 낀 채 통화하다 황당한 얼굴로 휴대폰 화면 보면, 통화 중인 사람 [엄마] 뜬다.

윤영   (기막히다는 듯) 이번엔 또 비디오야...? 뭔데요, 그건.

순애(F)   그거 있잖아. 어렸을 때 너 엄청 귀엽게 노래 부르던 거, 그거 찍어둔 건데 요즘 영 버벅대는 게 불안해서.. USB인가, 그걸루 변환해 줄 수 있댔잖아.

윤영   (? 떠올리다, 어렴풋이 생각나선 대충) 알았어. 담에 해다 줄게.

순애(F)   (순간 머뭇대다) 그래준다구 한 지가 1년이 넘었는걸..

윤영   (작게 한숨 내쉬곤) 내가 일부러 안 해요?

순애(F)   요즘두 계속 바빠? 일요일인데 또 출근하는 거야?

윤영   충성해야지, 그나마 밥줄인데.. (하며, 막 들어오는 카톡창 열어보면)

•   고미숙의 새 소설 chapter1 원고. 교정지에 인쇄된 10페이지 분량.
     빨간색 펜으로 이곳저곳 빼곡하게 윤영의 글씨들 적혀있다. 고칠 부분들 체크하고 메모한 것.

실시간으로 올라오는 '편집장님'의 카톡들.

[윤영씨 어디야 / 오고 있는 거 맞지? / 쉬는 날인 거 아는데...

선생님이 또 윤영씨만 찾으니 어떡하냐. / 윤영씨??]

윤영, 그 밑에

[거의 다 왔어요. / 어차피 못 쉴 줄 알았고요.]

입력해 보내고는 새삼 밀려오는 스트레스에, 진정시키듯

가방에서 지렁이 젤리 하나 꺼내 입에 넣는데.

순애(F)	맨날 힘들어서 어뜩한대.. 그래두 오늘은 늦게라두 집에 올 거지?
윤영	(원고 접고, 하차벨 누르며) 오늘? (하다 곧 떠올리곤, 표정 냉해지는)

씬19.　　길가 + 순애의 집, 거실. 낮

버스에서 내리는 윤영, 차가운 얼굴로 길에 우뚝 서면, / 마치 그 모습 보이기라도 하는 듯 조금 움츠러드는 순애(53세), 촌스러운 뽀글머리와 시장표 꽃무늬 옷, 고무장갑을 끼고 있다. 옆에는, 낡은 비디오와 TV 한 대. TV 속에는 무언가 일그러진 화면 하나가 고정된 참이다.

윤영	왜 아빠 생신을 매번 챙겨야 돼, 우리는? 엄마 생일에 뭐 꽃 한 송이라도 받아본 적 있어? 집에 제대로 들어오시기나 하면 다행이지. (지도 어플로 방향 확인하고) 어차피 상 차려 놔 봐야 맨날 우리 둘뿐이잖아.
순애	(괜히 비디오 투입구에 손가락 넣었다 뺐다) 바쁘니까 글치,

니 아부지가..

윤영   (걸음 옮기며 냉랭히) 뭐 하느라...? 술 마시고 아저씨들이랑 싸우느라?

순애   그러지 말구... 맛있는 거 많이 해놓을게. 너 좋아하는 잡채도 하구, 응?

윤영   괜한 고생 마, 어차피 안 갈 거니까. (저 앞에 북카페 보이자, 좀 누그러져선 작게 한숨 내쉬곤) 용돈 좀 더 보낼게.. 나가서 옷도 사 입고 바람도 쐬고. 답답하게 옛날 비디오 같은 거나 돌려보지 좀 말구 응? 끊어요! (끊고, 뛰면)

순애   (시무룩한 얼굴로 잡채 담긴 고무대야를 바라보다, 고장 난 TV 화면 위 어린 윤영의 코를 괜히 꾹 찌르는 데서)

씬20.   북카페 안. 낮

분위기 있는 넓은 카페. '**고미숙** 작가와 함께하는 **저자와의 대화**' 현수막 붙은 책장 앞. 화려하고 고급스럽게 차려입은 미숙(53세), 우아한 미소를 띠고 앉은 채 마이크에 대고,

미숙   그러니까... 그동안 제 소설 속 살인범들이 왜 전부 여자들뿐이었냐고요? (으쓱) 글쎄요? 다 늙은 아줌마가 책 쓰는 건 이상하지 않은가 보죠?

진행자(30대, 남) (수많은 청중들과 함께, 따라 웃으면)

미숙   특별할 이유가 없다는 겁니다. 세상의 어떤 남자들이 어디선가 살인을 저지르듯이, 어떤 여자들도 잔혹한 살인들을 하고 마는 것이죠. 저는 그중에서... 제가 좀 더 '잘 아는' 이야기들을 골라, 쓸 뿐이랍니다. (미소)

그때, 조용히 뛰어들어 오는 윤영. 뒤편에 서있던 관계자들과 편집장(40대, 남) 옆으로 간다. 안도하는 편집장, 윤영 향해 미안하다고 두 손 모아 흔들면, 씩 웃고 마는 윤영. 윤영, 저 멀리 미숙 향해서도 꾸벅 인사하면, 미숙, 알아보고 반갑게 눈웃음 찡긋하는데.

진행자	(질문지 넘기며) 그럼 이번엔, 선생님의 데뷔작에 대한 질문 좀 읽어볼까요? (뒤에 놓였던 책 들어 보이는) 1987년에 발표된 첫 소설 〈작은 문〉이죠.
미숙	(?? 책 보는 순간, 미세하게 굳는 표정)
윤영	(!! 동시에 설레는 얼굴, 좀 부풀어서 책을 보면)
편집장	(웃으며 속삭이듯) 나왔다, 윤영 씨 최애 소설.
윤영	(픽 웃고) 이 지옥으로 절 끌어들인 애증의 소설이죠. (하다 미숙 보곤) ?
미숙	(제 목걸이의 '꽃' 모양 보석 펜던트를 가만히 만지작거리는)
윤영	(! 뭔가 마음에 안 드는구나 감지하고, 좀 걱정스러워지는데)
진행자	(모른 채) 선생님의 책 중에 살인범이 나오지 않는 유일한 작품인데요. (감탄으로) 이 훌륭한 책을, 선생님께선 불과 열아홉의 나이셨을 때 쓰셨,
미숙	(불쑥, 그러나 부드럽게 끊으며) 과거 이야기는 좀 지루하지 않나요? 그보다는 지금의 제게 가장 중요한 사람을 하나 소개해 드리고 싶은데.
청중들	(? 호기심 어린 얼굴들로 보면)
미숙	(윤영 쪽을 가리키며) 저기 저 뒤에, 화사하고 예쁜 여성분 보이시나요?
윤영	(!!? 모여드는 시선에 조금 당황하는데)
미숙	아까 말씀드렸던 제 담당 편집자이자 영혼의 동반자, 아니,

이제는 딸 같은 존재죠. 얼마나 똑똑하고 꼼꼼한지... 제 성
공의 8할은 저 친구의 숨은 노력 덕분이랍니다.

윤영   (곧 청중들이 박수를 보내면, 쑥스러운 미소로 미숙을 보고)

미숙   (더없이 자애로운 미소로 마주 보는 얼굴 위로 / 곧 날카로
        운 E) 빌어먹을!!!

씬21. 주차장, 고미숙의 차 안. 낮

운전석에 앉은 윤영, 제 옆으로 스칠 듯 휙 날아드는 하이힐 하나에 움찔
놀란다. 뒷좌석의 미숙, 다른 쪽에 신고 있던 하이힐도 마저 벗어 신경질
적으로 집어던지며.

미숙   누가 이따위 행사를 기획했니? 가뜩이나 글도 안 써지는데
        오라 가라, 별 엿 같은 질문이나 해대고. 대체 언젯적 소설을
        들춰 지껄이는 거야? 100만 부 넘게 팔아댄 책이 몇 갠데 아
        직도 그 허접한 초짜 책 얘길..!

윤영   (익숙하단 듯 하이힐 정리하며, 싹싹하게) 아이.. 또 남의 책
        대하듯 하신다. 선생님 팬들 중에 그 첫 소설 때문에 입덕한
        독자들이 얼마나 많은지 모르세요? (돌아보며 저를 가리켜,
        방긋 웃고) 제가 그 1호 팬이잖아요. ... 선생님 문장들 아니
        었으면 전 지금쯤, (하는데)

미숙   (서늘하게 보며) 내가 지금 니 사연 듣자는 것 같니?

윤영   (얼른 입 오므리고, 운전대 잡으며) 작업실로 갈까요?

미숙   (냉랭히 폰 꺼내며) 스트레스 좀 풀자. (전화 걸곤, 급 화사
        한) 어~ 우리 딸!

윤영   (쓸쓸하지만, 이내 씩씩하게) 넵. 그럼 출발하겠습니다, 선

생님!

씬22.   백화점, 신발 코너. 낮

나름 한껏 차려입고 나온 순애, 목에는 빨간색 땡땡이 스카프도 예쁘게
둘러 묶었다. 맑은 눈으로 이리저리 구경하다 문득 떠오르는 윤영 생각
에 새침해지는.

순애   쌀쌀맞은 기지배... 누가 돈 달랬나? 지 얼굴 한번 보고 싶어
        그러는걸.. 내가 뭐 돈이 없어 비디올 돌려보는 줄 아냐구,
        참 나. (하면서 반짝이는 빨간 구두 발견, 오...! 손 뻗다가, 가
        격 보고 화들짝 바로 뗀다) 에구, 비싸!

쩝... 입맛 다시던 순애, 돌아서려다, 그 옆에 놓인 단정한 슬립온 운동화
에 시선 간다. 가격표에 똑같은 금액 적혔으나, 이번엔 어쩐지 선뜻 집어
들고 골똘히 보는데... 그런 순애의 뒤편, 꽤 낡고 헤진 슬립온 운동화 신
은 두 발이 달리듯 빠른 걸음으로 온다. 보면, 양팔에 쇼핑백 잔뜩 끼고
테이크아웃 음료까지 든 윤영..! 순애 뒤를 스쳐 지나는.

씬23.   백화점, 명품 브랜드 매장. 낮

깐깐한 얼굴 위로 조그만 안경을 고쳐 쓰는 미숙, 진열된 하이힐들 둘러
보는데 서둘러 들어오는 윤영, 겨우 숨 가다듬으며 음료 내밀고.

윤영   오래 기다리셨죠, 죄송해요. 주말이라 웨이팅이, (하다 미숙
        눈짓으로 하이힐 가리키면, 아..! 얼른 점원 향해 능숙하게)

사이즈 36으로 보여주시겠어요?

미숙   (그제야 음료 받고, 한쪽 소파로 가 앉으며) 식당은.

윤영   바로 맞은편에 있는 레스토랑 예약해 뒀어요. 인아 도착하는 대로 건너가시면 딱 맞을 거예요. 박 교수님한테는 위치 링크 보내놨구요.

미숙   (한 모금 마시곤) 도입부 보낸 건 봤니?

윤영   제 다크서클 요거 안 보이세요? 꼴딱 밤샜잖아요. (싱긋 웃고) 재밌어서요.

미숙   다행이구나. 난도질당할 일은 없겠네, 이번엔.

윤영   ? (하다, 떠올리는) !!

〔 인서트 - 씬17. 거리. 낮 〕

윤영이 보던 고미숙의 원고 위로, 새로 고쳐 쓴 빼곡한 빨간 글씨들.

미숙   (짐짓 시선 멀리 둔 채) 내 문장에 불만 많잖니, 너.

윤영   아이, 무슨.. 그런 말씀을... (난감해서 보면) !

미숙   (목에 걸린 꽃 펜던트 가만히 만지며) 니 손을 거쳐야 반응이 좋으니 나도 딱히 불만이야 없지만, (올려다보며) 고쳐 쓰는 거야 뭐, 아무나 하지..

윤영   ... 그럼요...! 다 선생님한테서 나온 건데요. (마침 점원이 힐 가져오면 얼른 넘겨받고) 이번 작품 잘 될 거예요, 선생님. 느낌이 좋아요. (미숙 발 앞에 가지런히 힐 놓아주고, 생긋) 좋은 신발이 좋은 곳으로 데려다준다잖아요?

미숙   (픽 웃곤, 갈아 신으며 가볍게 툭) 그럼 넌, 어딜 가려고 그런 걸 신었니?

윤영   (? 미숙의 시선 따라 제 후줄근한 신발 내려다보곤, 민망함
         에 애써 웃는)

씬24.   백화점, 매장 앞. 낮

윤영, 늘어난 쇼핑백 들고 나오다 멈칫, 잠시 제 운동화를 가만히 내려다
보는데. "아유, 밀지 마요..!" 어디선가 익숙한 소리 들려온다. 윤영, 그제
야 고개 들어 보면, 저만치의 신발 할인 코너. '50% SALE' 써 붙은 가판
대 앞에 바글바글 모여든 사람들. 그 틈에 헝클어진 머리로 구두 한 짝
건지고 막 튕겨 나온 순애의 옆모습을 발견한다.

윤영   (!?) 어..? 엄마...? (하는데)
미숙   (뒤따라 나오다, 시선 향하곤, 찌푸리는) 도떼기시장이 따로
         없네. 싸구려 물건 헐값에 파는 게 뭐 좋다고 저리 아등바등
         야단일까.

때마침 신발 갈아 신어보려던 순애, 한쪽 발을 올리다가 옆 사람에 밀려
휘청— 하더니 결국 콰당, 뒤로 나자빠진다. 덜컥 놀라서 보는 윤영.
외중에 순애, 두르고 있던 스카프마저 바닥에 떨어지자, 어마마...!
주변에 밟힐까 봐 허둥지둥 챙기느라 더 소란스러워지는데.

윤영   (!! 망설이다, 순애 쪽으로 발 내딛는 순간)
미숙   불쌍한 인생... 사람이 없이 살아도 품위까지 잃어선 안 되는
         거다. 늙기 전에 명심해라, 너도.
윤영   (!!! 굳은 듯 멈춰 선 채 미숙을 돌아보는데)
미숙   (동시에 "엄마아~~" 외치는 소리에 돌아보면)

인아(20대, 여) (우다다 달려와 곧장 윤영에게 다정하게 팔짱 끼며) 언니!
　　　　　　　 잘 지냈어요? 오늘 우리 뭐 먹어? 넘 배고파. 언니두 엄마 쫓
　　　　　　　 아다니느라 내내 굶었죠?
윤영　　　　　 (아직 좀 멍한 채, 어색하게 웃는데)
미숙　　　　　 (전화 걸려 오자) 가서 얘기하자. 네 아빠 도착하셨나 보다.
인아　　　　　 응. 일단 가요, 언니. 수다는 밥 먹구 나서! (웃으며 가면)

끌리듯 가는 윤영, 슬쩍 돌아보면, 스카프 주워 탁탁 털던 순애, 속상한
얼굴로 고개 들다 마침 눈이 딱 마주친다. 순애, "어..?" 하면, 철렁하는
윤영, 순간 못 본 척 고개 돌려버리는. 곧, 코너 꺾어 사라지는 윤영.
홀로 남은 순애 위로, 화목한 세 가족의 웃음소리 들려오고.

씬25.　　고급 레스토랑, 복도. 낮

좁은 복도를 차례대로 길게 이어서 오는 인아와 박 교수, 미숙과 윤영.
앞선 두 부녀, 농담 나누느라 웃으며 룸으로 들어가고, 윤영도 미숙의 뒤
따라 들어가려는데.

미숙　　　　　 (문 바로 앞에서 슥 돌며, 차 키 건네고, 낮게) 쇼핑한 거 차
　　　　　　　 에 가져다 두고 한 시간 뒤에 보자. 노트북 가져왔지? 그럼
　　　　　　　 일 얘기는 그때 하는 걸로.
윤영　　　　　 (뭐라 말하기도 전에 문 닫히면) 허... (기막혀 닫힌 문을 보
　　　　　　　 는 데서)

씬26.   레스토랑 건물 앞 길가 + 도로. 낮

가방 하나만 들고 터덜터덜 건물 밖으로 나오는 윤영, 배에서 꼬르륵 소리 나면 한숨 푹 내쉬며 앞을 보는데, '!!' 때마침 맞은편 백화점 쪽문에서 나오는 순애 모습 보인다. 손에는 아담한 쇼핑백 두 개, 종종 걷다가, 허리가 좀 아픈지 짚고 찡그리는. 그 모습에 순간 또 치미는 윤영, 깊은 한숨 내쉬곤 곧 건너편 향해 크게 외친다.

윤영   엄마...! 엄마아! 엄마!!! (계속 못 듣자, 짜증스레 도로로 성큼 나서는)

씬27.   백화점 앞. 낮

생각에 잠긴 순애, 종종 걷다 문득 '빵!' 클랙슨 소리에 놀라 돌아보면, 잔뜩 화난 얼굴의 윤영, 도로 사이를 마구 걸어서 순애 향해 오는 중이다. 화들짝 놀란 순애.

순애   어머, 어머머! (발 동동, 얼른 도로 앞에 서서, 차들 오지 말라고 손 휘휘) 미쳤어, 얘가 차 오는데 겁도 없이이!
윤영   (짜증스레 팩) 그러니까 왜 그렇게 못 들어, 사람이 부르는데!
순애   아, 오늘 얼마 썼나 머릿속에 계산기 뚜드리다, 아휴.. 알았어, 화내지 마. (쇼핑백 주섬주섬 씬22의 운동화 꺼내며) 잘 됐다, 이것 좀 신어 봐.
윤영   (다 귀찮아서) 됐어.
순애   (발 앞에 놓아주며) 아, 얼른. 사이즈 안 맞으면 교환해야 된다구. 신겨줘?
윤영   됐다니까.. (하는데 순애 벌써 앞에 주저앉았고) 아, 왜 이래

길에서, 정말!

순애, 아랑곳없이 윤영의 발 한쪽 휙 들어 벗겨주면, 중심 잃고 갸우뚱하는 윤영. 지나던 주변 사람들의 힐끗 시선 마주치자, 창피함에 화끈해져 차라리 입을 다무는데..

순애	(다 갈아 신기곤, 좋아서) 어어, 딱 맞는다, 그치? 우리 딸이 예뻐 그런가, 신발에서 번쩍 빛이 나네! 좋은 신발을 신어야 좋은 곳에 간다던데에.
윤영	(! 제 상황 떠올라, 가라앉은 채) 그런 말이 어딨어, 바보같이.
순애	(? 보다가) 야아, 이건 싼 거 아냐! 아까 너 본 거기서 산 거 아니구 매장에서 제값 주고 비싸게 산 거야. 진짜 좋은 거야, 이거는.
윤영	내가 지금 그 얘기, 하— 누가 이런 거 사달래? 엄마 옷 사라고 준 돈이잖아.
순애	(민망한 미소로) 사봐야 입고 나갈 데두 없는걸 뭐.
윤영	그러니까, 그러니까.. 이러구 나오지! (답답하단 듯 스카프 가리키며) 이거, 이것 좀 버리라구 내가 몇 번을 말했는데 꾸질꾸질 십 년도 넘은 건 왜 자꾸 하고 다녀서...! 제발 다른 사람들 좀 봐, 다들 어떻게 하고 다니는지,
순애	(시선 땅에 내린 채) 알겠어. 귀 아퍼. 소리 지르지 마. 그렇게 창피해?
윤영	(!! 턱 막혀서 보면)
순애	(상한 얼굴로 윤영의 낡은 신발 쇼핑백에 챙겨 넣으며, 중얼) 맨날 잘나구 똑똑한 사람들이랑 다니니까 엄마 같은 건 막 우습지, 뭐.

윤영	(이게 아닌데... 말은 또) 아 또 무슨 그런,
순애	(일어서서 보며) 그치만 나는, 니가 꼬질꼬질 운동화에 꼬질 꼬질 스카프 둘러도 모른 척 안 해. 나는 니가 어디서 뭘 입 구 어뜬 짓을 해두, 절대 모른 척 안 해. 알어?
윤영	(!!! 보면)
순애	엄마두... 엄마두 너랑 안 놀아.
	(획 돌아서 종종걸음으로 간다)
윤영	(?? 그 모습을 보는 위로, **N**)

**... 그때, 엄마를 그렇게 보내지 않았다면
모든 게 달라졌을까요...?**

(그러나 이내 눈 질끈, 저도 획 돌아서 가는)

씬28. 편의점. 낮

캔맥주, 탄산음료, 지렁이 젤리, 육포, 소세지 등등을 거침없이 탁탁— 집는 윤영의 손. 무표정하게 폭주 중. 윤영이 바구니 내려놓을 때, 계산 대 뒤에 걸린 시계, '**1:00 PM**'

윤영(N)   **만회할 시간은 얼마든지 있을 거라고 생각했어요.**

그때 휴대폰 울리고, 보면, '고미숙 작가님' 뜨는데. 그대로 꾹 눌러 전원 꺼버리고 주머니에 획 쑤셔 넣는 윤영. 지갑 꺼내 계산하는.

씬29. 영화관. 낮

홀로 쪼그려 앉은 윤영, 앞씬에서 산 것들을 꾸역꾸역 먹으면서 영화 보는 중이다. 그때, 앞자리에 앉은 중년의 여자, 휴대폰 만져서 순간 불빛 들어오면 **'3:00 PM'**. 중년女, 나름 가린다고 가리고 전화 걸어선 작게, "어.. 엄마야.. 밥 챙겨 먹었어?" 윤영, 물끄러미 그 모습 보는 위로.

윤영(N)　　**엄마잖아요. 엄마는... 언제나 그 자리에서 날 기다려주는 사람이니까.**

씬30.　　국밥집. 밤

한 술도 뜨지 않은 순댓국을 앞에 놓고, 소주만 따라 마시는 희섭(53세)의 뒷모습. 초라하게 굽은 등과 손에 난 상처들 보이는데. 그때, 옆에 놓인 휴대폰 진동 울린다. 보면, '순애'의 전화다. 그 이름 힐끗 보는 희섭. 받지 않고 옆으로 휙 밀어놓는.

윤영(N)　　**아마... 나의 아버지도 같은 생각이었겠죠.**

사내　　(건너편에서, 술 취한) 냄새... 몸이 불편하면 밖에 나오지를 말어, 이것들아!

희섭　　(!!! 벌떡 달려가 사내에게 주먹을 퍽 날리며 와당탕 뒹구는)

희섭의 맞은편에 앉아있던 휠체어 탄 중년의 남자(유섭), 바지 앞섶이 좀 젖어있고. 계속해서 울리던 '순애'의 전화, 어느 순간 끊기면, 휴대폰에 뜨는 시각 **'5:00 PM'**.

씬31.　　순애의 집, 거실. 밤

불 꺼진 어두운 거실. 곧 현관문 열리고, 짐짓 아무렇지 않은 척 들어서는 윤영. "엄마. 엄마아." 불러보는데, 조용하다. 불 켜보면, 중앙에 놓인 생일상. 잡채, 불고기, 시루떡... 순애의 음식들이 가득 올려져있다. 동그랑땡 하나 집어 물고 고개 돌려 보면, 벽시계 '7:00 PM'. 왜 아무도 없지...? 오랜만에 온 집을 좀 새삼스레 둘러보다, 이번엔 장식장 한쪽에 생뚱맞게 올려놓은 '이순애'와 '백희섭'의 낡은 청첩장을 발견, 별생각 없이 좀 보는데... 순간, 정적을 깨고 울리는 집 전화벨.

윤영   (받는) 여보세요? ... 네, 맞는데요 ...... ?! (듣다가 곧 얼어붙고)

윤영(N)   **그러나 엄마는... 나의 엄마는...**

씬32.   우정리, 강가 상류. 밤

폴리스 라인 쳐진 강가. 한쪽 구급차에 실리는 순애의 시신, 양쪽 다 하얗게 질린 맨발이고. (윤영과) 통화 중인 형사(30대, 남), 내려다보면, 가지런히 벗은 채 놓인 순애의 신발. 그 옆에는 역시 가지런하게 접힌 쪽지 하나가 놓여있다.

형사   (곤란한 듯) ... 유서가... 있는 것 같습니다.

씬33.   우정리, 병원 응급실. 밤

모든 소리가 멀게 느껴지듯 먹먹하게 웅웅거리는 가운데, 정신없이 빠르게 들어서서 이리저리 보던 윤영, 머리끝까지 시트 덮인 누군가의 베드 발견한다. 그 밑, 바닥에 떨어져있는 빨간색 땡땡이 스카프... 천천히 다가가는 윤영. 얼떨떨한 얼굴, 떨리는 손으로 천천히 주워 올리는데, ?!! 그제야 떠오르는 하나의 기억.

윤영(E) (질색으로) 어으― 촌스러워어.

씬34. 과거 - 대학가 앞 거리. 낮 (회상)

따사로운 봄날. 사람들 북적한 가판대 앞에 선 앳된 윤영(21세)과 순애.
순애, 빨간 땡땡이 스카프를 목에 두르고 거울에 이리저리 비춰 본다.

윤영 (옆구리 쿡 찌르며, 작게) 더 좋은 거 사줄게. 백화점으로 가
      자니까?
순애 비싸다구 좋나 뭐? 난 이게 딱이야. 마음에 들어.
가판대주인 어유, 색 잘 받으시네요. 주인 만났으니 2만 원에 드릴게요!
순애 안 돼요. 더 깎아줘야 해. 우리 딸이 첫 알바비 받았다구 사
      주는 거예요. 요 쪼끄만 손으로 글쎄, 어휴, 아까워 죽겠는
      데, 자꾸만 사준다 그러네.
가판대주인 (웃으며) 장해라. 그럼 한 시간어치 깎아드려야지. 만오천
      원만 주세요.
윤영 (민망한 미소로) 감사합니다. (할 수 없이 계산하면)
순애 (자랑하고 싶어서 TMI 남발) 쪼 앞 대학교에 다녀요, 우리
      딸이. 구경시켜 준다구 해서 온 거예요. 내가 딸 덕분에 대학
      엘 다 들어가 봤네. 근데 학교 안에두 식당이 다 있데요? 거
      기서 떡볶이 사 먹구 오는 길예요.
윤영 (좀 창피해서 쿡 찌르곤) 별 얘기를 다 해 또오..
가판대주인 (그래도 정답게 대꾸해 주는) 좋으셨겠어요.
순애 네에, (벅차고 들뜬 채 스카프 어루만지는) 이런 날이 또 올
      까요?

씬35.   우정리, 병원 응급실. 밤

숨이 턱 막혀오는 윤영... 그런 날은 다시 오지 않았고, 이제 다시는 올 수 없게 되었다. 몇 번인가 입을 벙긋대다가 마침내 터져 나오는 "엄마아——!" 소리. 그제야 어린아이처럼 큰 울음을 터뜨리고. 지나가다 멈칫, 힐긋 쳐다보는 사람들. 그러나 시선엔 아랑곳없이 스카프를 끌어안고 "엄마아—" 부르는 윤영. 그 뒷모습 위로 차츰 어두워지는 화면.

윤영(N)   **그동안... 나는 엄마가 없는 세상을 상상해 본 적이나 있었을까요? 이제 이 세상에는, 엄마— 하고 불러도 대답해 줄 이가 없었습니다.**

씬36.   우정리, 병원 옥상. 밤

화면 밝아지면, 난간에 기대선 윤영, 저 멀리 컴컴한 강물을 멍하니 바라보는데 문득 휴대폰 진동 울린다. 얼른 확인해 보면, '고미숙 작가님'의 문자다.

[넌 아웃이야. 다른 출판사 알아봐야 할 거다.]

표정 없이 내려다보던 윤영, 삭제하는데.
그때, 곁으로 다가오는 (씬32의) 형사, 무거운 얼굴로 옆에 서는.

형사   아버님은 계속 연락이 안 되시는 겁니까?
윤영   (악문 채 조금 있다가, 말 돌리는) 왜 여기였는지 모르겠어요. 여기, 우정리란 곳.. 한 번도 들어본 적 없거든요. 집에서도 꽤 먼 거린데.

형사	(잠시 보다가, 씬32의 쪽지 꺼내 내밀며) 조사는 더 해봐야 겠지만.. 확인해 보시죠. 따님한테 쓰신 내용인 것 같습니다.
윤영	(!! 떨리는 손으로 받는 그때, 마침 '아버지'에게서 전화 걸려온다. 황급히 받아들며) 아.. (빠.. 하며 울컥하려는데)

씬37.   국밥집. 밤

짜증스레 서서 희섭의 전화를 잡고 있는 주인(50대, 여). 뒤쪽엔 텅 빈 가게에 홀로 멍하게 앉은 희섭 보인다. 술이 덜 깨 얼얼한 채 싸운 흔적 그대로 터진 입가와 헝클어진 머리, 곳곳의 상처들 보이는.

주인	(전화에 대고) 윤영이니? 어휴, 니네 아부지 또 사고 쳤다! 이번엔 나두 그냥 못 보내줘. 그동안 깨진 그릇이 대체 몇 갠 줄이나 아니? (하는데)

희섭, 우욱─ 구토가 치밀자, 불편한 왼쪽 다리 절뚝이며 급히 문밖으로 나가는.

씬38.   우정리, 병원 옥상. 밤

전화 너머로 "아유, 거기다 그렇게 하믄 어떡해에!" 소리치는 주인 목소리 들려온다. 멍한 채 그대로 듣고 있던 윤영, 그저 건조하게 답하는.

윤영	계좌번호랑 금액 알려주시겠어요. 그동안 손해 보신 것까지 다 쳐서요. 지금 보내드릴게요. 네... (고개 돌려 형사를 보면)
형사	(?! 눈치 보다, 얼떨결에 주머니 뒤져 볼펜 건네고)

윤영	(받아서 순애의 접힌 쪽지 위 한구석에다 무표정하게 받아
	적는다)
형사	(... 오히려 조금 얼얼해져 그런 윤영을 보는 데서)

씬39.   우정리, 어느 카페. 밤

철 지난 유행가가 흘러나오는 낡은 카페. 음료 놓인 테이블에 마주 앉은 두 사람. 바로, 해준과 (씬16의) 범인이다. 바짝 깎인 머리칼을 어색하게 슥 쓸어 넘기는 범인. 그 결에 드러나는 범인의 소매 속 손목 흉터를 가만히 바라보던 해준.

해준	안 오실까 봐, 아니.. 못 오실까 봐 걱정했는데. 다행이네요.
범인	(힐끗 주변 둘러보곤, 굳은 얼굴로) 당신... 대체 뭐요? 어떻게 안 거야?!
해준	질문을 제대로 하셔야죠. 34년 전 범인이 그쪽이 아니란 걸 어떻게 알았냐는 건지, 아님.. 출소하기 전날 밤 그 안에서 목매달 계획이었던 걸 어떻게 알았냐는 건지.
범인	(!! 하.. 새삼 기막힌데)
해준	답은... 미리 알려드렸잖아요, 어젯밤에.
범인	(조금 험악해져선) 그 황당한 소릴, 지금 나더러 믿으란 거야? 진짜 거길.. 갔다 왔단 말을 믿으라고...? 30년 동안 감옥에 갇혀 썩느라 물정 모르는 인간이라 놀리는 거냐구, 이 새끼야!! (테이블을 쾅— 내려치면)
손님들	(?! 멀찍이 떨어진 곳에서 저마다 흘깃 쳐다보는데)
해준	(아무런 동요 없이) 지금부터 딱 16년.
범인	(? 보면)

해준	딱 그만큼만 죽어라 일하고 일찌감치 은퇴해.. (둘러보며) 이런 동네에서 가끔 낚시도 즐기고 책이나 읽으면서 빈둥빈둥, 그렇게 사는 게 꿈이었어요. 그게.. 내가 정한 경로였다고.

**〔 인서트 – 씬4. 우정리 굴다리 앞,
해준의 차(타임머신) 안. 밤 〕**
운전석의 해준, 잠시 고민하다,
신중하게 '2, 0, 3, 7' 누르는 모습 위로.

해준(E)	그러니까 지금으로부터 16년 뒤, 그해에... 내 소박한 꿈이 제대로 이뤄졌는지 그것만 좀 보고 오려고 했어요. 그런데, 못 하더라고요.

해준	그러질 못했어요. 이미 너무 일찍.. 죽어버렸더라구.
범인	(??! 보는데)
해준	(똑바로 보며) 지금으로부터 1년 뒤... 서른다섯이 되는 해, 나는 죽습니다. 그게 그쪽이랑 대체 무슨 상관이냐고 묻는다면.. 날 죽인 사람이 바로, 1987년 우정리 연쇄살인사건의 범인이기 때문이고,
범인	(황당하고도 혼란스러운) 그, 그게 무슨,
해준	(품에서 무언가를 꺼내 탁— 내려놓으면, 작은 성냥갑이다.)

〔 인서트 – 씬5. 우정리 굴다리 앞. 낮 〕
핏발 선 채 떨려오는 눈으로, 꽉 쥐고 있던 손을 천천히 펴보는 해준. 그 안에 든 것.. 좀전의 그 작고 낡은 직사각형 성

냥갑*이다. 80년대 느낌 물씬 나는 그 성냥갑 표면에 적힌 귀여운 글씨, '**봉봉다방**'.

범인	(!!! 알아보곤 놀라는) 이건..
해준	(그런 범인의 표정 놓치지 않고 뚫어져라 보면서) 87년 당시 범인의 표식이었죠. 내가 죽은 현장에도 이게 놓여있었습니다. 그래서 경찰들은 당연히 당신부터 찾았어요. 그런데 당신은..

〔 인서트 - 씬. 감방. 밤 〕
노란색 바탕 위로 수감번호 '4013' 찍혀있는 죄수복.
천천히 그 아래를 비추면, 힘없이 허공에 떠있는 두 발..
범인의 시신이다. 그 위로,

해준(E)	이미 나보다 먼저 죽어있더군요.
범인	(!!! 사색이 된 채 보면)
해준	아무도 죽이지 않았다고, 억울해 못 견디겠다고 출소하기 전날 밤인 어제.. 스스로 목을 매달았다고요. 그 안에서.
범인	말도 안 돼.. 어떻게.. 그걸 어떻게.. (하면서도 밀려오는 감정에 울컥하면)
해준	말이 안 되죠. 그런 사람이 날 죽인다는 건. 그래서 난 그쪽을 믿어보기로 했는데.. 어떻습니까? 그래도 되겠습니까?

---

* 해준의 사건 현장에서 발견된 것. 다른 성냥갑들과 구분되게끔 '핏자국' 묻은 것으로.

범인	(!! 절박한 얼굴 드러내며) 진짜 범인을.. 찾을 수 있어요..?
해준	(짐짓 가볍게) 그래야죠. 그러려고 경로 이탈한 건데. ... 그게 당신도, 나도, 제대로 살 수 있는 유일한 길이니까. (보는 데서)

씬40.   우정리, 강가 상류. 밤

어둑한 강가.. 가라앉은 얼굴로 홀로 앉은 채 가방에서 쪽지를 꺼내 보는 윤영. 곧 가지런히 연필로 적은 순애의 글씨들 드러난다. 그 위로,

순애(E)	(자못 밝고, 다정한) 윤영아. 엄마가 아까 서운한 소리 해서 미안해.

씬41.   백화점 앞 길가. 낮 (씬 27에 이은 상황)

종종걸음으로 가던 순애, 어느 순간 멈추고 슬그머니 돌아선다. 저 멀리 반대 방향으로 씩씩대고 가는 윤영의 뒷모습 보이자, 금방 약해지는 얼굴.

순애(E)	네가 집을 나가고서부터, 자꾸만 더 멀어지는 생각이 들어서 괜히 심통을 부리고 싶었던가 봐.

씬42.   순애의 집, 거실. 낮

잡채를 버무리면서 TV를 보는 순애, 그 화면 안에는, 어린 시절의 윤영(6세), 마이콜마냥 귀여운 뽀글머리를 한 채 둠칫둠칫 앙증맞은 엉덩이를

흔들며 노래 중이다. 그 앞에는 윤영과 똑같은 뽀글머리의 젊은 순애(28세), 열심히 박수 쳐주며 호응해 주는.

순애(E)   요즘은 그때 생각이 그렇게 나. 너 아가일 때, 개굴개굴 개구
          리.. 노래 부르던 거. 그 꼬물거리던 작은 입, 예쁜 손...

화면 속 윤영   (몹시 신난 채) 나는 평생 엄마랑 놀 거야! 엄마가 꼬부랑 할
          머니 돼두 매일매일 엄마랑 놀 거야! 그니까 엄마두 꼭 나랑
          놀아줘야 해, 알겠지?!

화면 속 순애   (뭉클하지만, 장난스레 간질이며) 싫은데~? 안 놀아줄 건데
          에~~!

숨넘어가라 까르르 웃는 화면 속 윤영을 보며 따라 웃던 현재의 순애, 그
러다 순간 비디오가 살짝 지직 — 하자 화들짝 놀라 TV 앞으로 다가가
앉는다. 불안하게 흔들리는 화면 위로, 흐릿해진 윤영의 작은 손을 슬쩍
만져보는, 애틋한 순애.

순애(E)   혹여라도 만약에, 과거로 여행을 갈 수 있다면, 엄마는... 꼭 그
          때로 돌아가 한 번만 더 잡아보고 싶어. 네 그 작고 예쁜 손을.

씬43.   우정리, 강가 상류. 밤

눈물 그렁그렁한 채 쪽지를 읽고 있는 윤영.

순애(E)   윤영아.. 엄마는 잊지 않았어. 그럴 수만 있다면,
          꼬부랑 할머니 될 때까지 영원히 윤영이랑 놀고 싶어.
          / 사랑하는 엄마가.

편지를 품에 꽉 끌어안은 윤영, 소리 없이 눈물을 주룩 흘리는데. 그러다 무심코 눈을 뜨던 윤영, 문득 어딘가에 시선이 닿자 멈칫한다.

'...?' 천천히 일어서는 윤영. 근처 얕은 강물 위에 작은 무언가가 동동 떠 있는 게 보이는. 조금씩 다가가, 큼직한 돌멩이들 사이에 걸려 떠내려가지 않은 그것을 조심스레 건져내 보면. 바로, (씬39의) 해준이 갖고 있던 것과 똑같은 '봉봉다방'의 성냥갑이다..! 윤영, 성냥갑 안을 밀어 열어보면, 안엔 성냥은 없고 작게 접힌 쪽지 하나만 있는데... 갸웃하며 펼쳐 보면, 펜으로 쓴 어떤 문장*. 그러나 물에 젖은 탓에 잉크가 번져서 분간하기가 어렵다. 윤영, 찌푸린 채 좀 더 집중해 들여다보며 *"...책... 위험...?"* 하고 간신히 단어를 읽어내는데, 그때... 멀리서 그런 윤영의 뒷모습을 바라보는 어떤 시선이 느껴지는.

씬44. 우정리, 강가 상류 수풀 속. 밤

앞씬의 시선**, 수풀 너머 보이는 윤영을 향해 조금씩, 천천히 다가가는 듯한데, 어디선가 갑자기 들려오는 목소리.

희섭(E)   윤영아...!

문제의 시선, 획 고개 돌리면, 어둠 속 저만치에 선 희섭의 모습이 멀게 보인다. 그러자 멈추는 시선, 아래로 떨구면 보이는 진흙길. 다시 수풀 뒤로 슥 사라지는.

---

* 적혔던 문장은, '**책을 읽는 여자는 위험하다**'
** 이 시선의 '발'이 잡히면 안 됩니다.

씬 45. 우정리, 강가 상류. 밤

얼떨결에 성냥갑을 주머니로 집어넣는 윤영. 곧 냉랭해진 얼굴로 돌아보면, 정신이 돌아온 듯, 그러나 오히려 더 멍해진 듯한 희섭이 서있다.

윤영　　(애써 감정 누른 채) 엄마 전화는 왜 안 받았어요...? 마지막으로 세 통이나 전활 건 게 아버지였던데, 또 그냥 무시하신 거죠?

희섭　　... 가자.. 여기 있지 말고, 네 엄마한테 가자.. (손 잡으려 하면)

윤영　　(홱 뿌리치곤) 엄마가 어디 있는데요? 엄마한테 어떻게 갈 건데요!!

희섭　　.....윤영아..!

윤영　　아버지는 제가 그동안 왜 그렇게 아등바등 벌어서 집을 나왔는지 아세요? ... 엄마랑 아빠가 같이 있는 걸 보는 게 너무 싫어서.. 그래서였어요.

희섭　　(!!! 보면)

윤영　　같이 있으면 싸우고, 싸우면 아버진 나가고, 엄마는 또 기다리고 매일같이 그걸 보는 게 지긋지긋하게 싫어서, 그래서 도망친 거예요. ...결국 엄마 혼자 남게 될 걸 뻔히 알면서...

희섭　　(떨리는 눈으로 윤영 손에 쥐어진 쪽지 내려다보면)

윤영　　근데도 엄마는 내가 보고 싶대요. 과거로 갈 수만 있으면... 또 바보처럼 나를 보고 싶대요.

희섭　　(괴로움에 고개를 내젓는데)

윤영　　나는, 나는.. 정말로 시간을 되돌리고 싶어요, 아버지. (그렁한 채로 똑바로 보며) 만약 과거로 갈 수 있다면요, 전 아주 옛날로 갈 거예요. 그래서 엄마가 아빠를, 나를, 절대 사랑하지 않게 만들 거예요.

희섭	(!! 보면)
윤영	평생 외롭게만 만드는 사랑 따위.. 가족 따위에 두 번 다시 속지 않고 엄마 혼자 행복하게, 오래오래 살게 할 거야. 꼭 살게 할 거예요. 근데, 그러고 싶은데.. 그럴 수가 없잖아.. 그럴 리가 없잖아요!!
희섭	(무릎이 그만 툭 꺾여 털썩 앉곤, 끅끅 눌렀던 울음이 터지면)
윤영	(! 그런 희섭을 보는 게 괴로워, 획 뒤돌아 휘적휘적 가는)

씬46.   우정리 시골길. 밤

내키는 대로 빠르게 걷던 윤영, 순간 돌맹이에 채여 철푸덕, 넘어지고 만다. 까진 손 툭툭 털다 비죽 눈물이 나오면, 문득 가방에서 빨간색 땡땡이 스카프를 꺼내 보는 윤영, 울먹이면서도 제 목에 그 스카프를 소중하게 둘러 꼭 묶고는, 다시 일어나 걷는다.

씬47.   우정리 카페 근처. 밤

어둠 속 인적 없는 골목으로 홀로 걸어오는 해준, 주변을 힐끗 둘러 살펴보곤 한쪽 구석에 세워뒀던 자신의 차(타임머신)에 올라타고는, 탁— 문을 닫는다.

씬48.   우정리 굴다리 앞. 밤

마치 그 소리에 정신을 차린 듯 우뚝 걸음을 멈추는 윤영, 그제야 주위를 둘러보면, 사방이 깜깜하다. '여기가 어디지...?' 불안해져 둘러보던 그때, 어디선가 예쁜 반딧불이 한 마리가 팔랑팔랑.. 윤영의 주위를 맴돌다, 꼭 따라오라는 듯 앞으로 앞으로 향한다. 홀린 듯 이끌려 그 뒤를 따라 걷는 윤영 앞으로 곧 드러나는 (씬3의) 굴다리...!

버려진 듯 수풀이 무성한 굴다리를 들여다보며 잠시 망설이다, 이내 따라 들어가는 데서.

씬49.   우정리 시골길, 해준의 차 안. 밤

역시 저만치 굴다리를 향해 익숙한 듯 달려가는 해준의 차. 해준, 시야에 굴다리 들어오자, 마음을 가다듬듯, 카세트테이프를 밀어 넣어 음악을 튼다. 곧 쿵쿵.. 산울림의 〈내 마음에 주단을 깔고〉 흥겨운 리듬이 시작되고. 볼륨을 한껏 키우는 해준, 굴다리가 점점 가까워오자 '2, 0, 2, 1' 숫자가 떠있던 내부 계기판 위로 손가락을 옮겨 '1, 9, 8, 7'로 빠르게 년도를 설정하는 해준. 곧 액셀을 밟으면, 굴다리를 향해 달려나가는 차체, 다시금 투명해지기 시작한다.

씬50.   굴다리 안 + 해준의 차 안. 밤

조심스레 굴다리 안을 걷던 윤영. 그때, 문득 어디선가 아득하게 노래 소리가 들려온다. 슬쩍 뒤를 돌아보지만... 아무것도 없는. 뭐지? 다시 앞을 향해 걷는 윤영, 그러나 점점 더 커지는 음악. 돌아보면, 여전히 없다! 정말 뭐지...? 슬슬 겁이 나는 윤영, 걸음을 더 빨리 하는데, 그럴수록 커져오는 음악. 두려운 얼굴로 다시 돌아보면, 점점 보인다.. 헤드라이트를 뿜어내는 '투명한' 자동차가!

윤영   (갸웃하며) 어..? (하다, 자신을 향해 달려오는 걸 느끼곤)
             어...? 어......!!

한편, 운전석의 해준, 역시 뭔가 이상함을 느끼곤 갸웃하다, "어..? 어...? 어...!!" 하며 순간 끼이익— 브레이크를 힘껏 밟아보지만 여전히 빠른 속도다. 질끈 눈을 감는 윤영, 결국 해준의 자동차와 부딪치고 마는데...! 순간, 가볍고도 괴상한 퉁! 소리가 나더니 그대로 붕— 날아오르는 윤영. 불꽃같이 튀어오르는 하얀 빛을 넘어 튕겨져 나간 윤영의 운동화 한 짝이 굴다리 너머 저만치 흙길에 철푸덕 소리 내며 떨어지면 그 위로, 끼이익— 해준의 자동차가 어딘가를 이리저리 쾅쾅 박는 듯한 요란한 소리... 마침내 결정적인 꽝음 한 방과 함께 뚝 멎고.. 순식간에 고요해지는 굴다리 너머, 흙길에 엎어진 채 정신 잃은 윤영의 한쪽 발 운동화 비춰지는 위로,

윤영(N)   **그날, 엄마가 사준 신발은 나를... 어디로 데려갔던 것일까.**

씬51.   **굴다리 너머 산길. 밤**

얼마간의 시간이 흐른 듯, 고요한 산길 위로 뭉게뭉게 피어난 안개. 죽은 듯 엎어져 있던 윤영, 꿈틀... 하더니 힘겹게 눈을 떠서 일어나 앉는다. 밀려오는 두통에 "으으.." 잠시 이마께 붙잡고 찌푸렸다가, 꿈벅꿈벅 주위를 둘러보면 그저 안개가 좀 낀 편평한 산길일 뿐 특별한 건 아무것도 보이질 않고.

윤영(E)   (멍하다가 한쪽 발 내려보곤, 퍼뜩) 신발... 내 신발...!

저만치 떨어져 있는 운동화 발견하자, 허겁지겁 기어가 소중하게 다시 신는 윤영. 그제야 끙— 하고 몸을 일으켜서는 곧 걷기 시작한다. 뭉게뭉게 피어오른 안개 속으로 비틀거리며 걸어 나가는 윤영의 모습에서.

씬52.   굴다리 너머 산길, 다른 일각. 밤

무성한 수풀 속에 처박혀있는 자동차. 그 위로, 모락모락 피어오르는 연기.. 마지막으로 굵직한 나무를 박고 멈춘 것인지 차체 앞부분 상당히 찌그러져 있고. 천천히 다가가보면, 운전대에 머리를 박고 완전히 기절해있는 해준의 뒷모습. 그때, 고장 난 듯 깜빡이던 계기판의 네 자리 숫자 '1, 9, 8, 7', 털털대던 시동이 툭— 꺼짐과 동시에 완전히 사라져버린다. 순식간에 고요한 어둠에 잠기는 데서...!

씬53.   읍내 거리. 밤

서서히 안개가 걷히고, 번화가에 다다르는 윤영. 지친 얼굴로 좀 둘러보려는데, 때마침 윤영의 옆, '해와 달 레코드' 상점에서 음악을 크게 틀면, 거리로 울려 퍼지기 시작하는 전영록의 〈사랑한다는 말 뭐가 어려워〉 신나는 전주. 윤영, 그 소리에 머리가 더 지끈! 으으... 신음하며 머리 붙잡고 고개 숙인 채 걷는다. 그 곁에 못 보고 지나치는 풍경들...
레코드점 앞에 붙은 화려한 가수 포스터들, 소방차, 시나위, 이선희, 이문세, 김승진 등등. 창문 열린 2층의 다방 틈으로는 왁자한 젊은이들, 꽤나 활발한 영업 중이고. 거리의 젊은이들, 청카바에 청바지, 과도하게 무스 바른 머리, 어깨뽕 자켓, 잠자리 안경...
땅만 보고 걷느라 80년대 느낌 물씬 나는 그 패션들도 그저 스쳐 지나가는 윤영인데. 그때, 맞은편에서 한껏 흥에 취해 콧노래 부르며 건들건들 걸어오는 검은색 스니커즈.

윤영   (두통에) 아으... (하다 그의 어깨에 그대로 픽, 머리 박고) 으억!

윤영, 찡그린 채 올려보면.. 훤칠한 키에 시크한 얼굴을 한, 온통 검은색 옷으로 쫙 빼입은(락커 기운 느껴지는 프린팅 티셔츠에 검은 바지) **희섭 (19세)**°. 희섭, 별로 놀라지도 않고, 그냥 제 어깨 가볍게 툭툭 털고 시큰둥히 지나치려 하면.

윤영	미안합니다.. (까딱 숙이고, 지나가려는데)
희섭	(?! 일순 눈 커다래지더니, 탁 붙잡아 세우는) 옴마..! 괜찮아요?!
윤영	(화들짝 놀라 보면) ?!
희섭	(대뜸 두 손으로 윤영의 머리 위를 슥슥 헤집듯 살피는)
윤영	(얼른 휘휘 털어내며) 어, 왜 이래요. 놔요.
희섭	(심각하게 보며) 시방 그짝 대가리에 피 나요!
윤영	(?! 새삼 이마께가 뜨끈하다. 만져보면, 쪼르륵 흐르는 피) !!
희섭	(당황+혼란으로 제 어깨 보며) 아니.. 내 어깨가... 뭣인디....?
윤영	... 그런 거 아니에요.. 괜찮습니다. (가려 하면)
희섭	(어어? 잡으며) 괜찮기는. 얼굴도 새허옇고, 병원 가야 된당께요, 이거.
윤영	(귀찮다..) 그쪽 때문 아니니까 가시라구요, 그냥. (뿌리치고 가면)
희섭	(황당해서 뒷모습 향해) 나중에 딴소리허기 없어요? 이? (하다 새삼 신기하단 듯 제 어깨를 슥슥 문지르며) 운동을 너무 혔나..

• 항상 목걸이를 하고 다니지만, 늘 티셔츠 안으로 집어넣어 감춰둔 상태.

그러다 문득 바닥에 떨어뜨린 피크 발견하곤 "어이구, 큰일 날 뻔했네...!" 놀라 줍는 희섭. 먼지라도 묻을라 툭툭 털고 보면, 그 위에 삐뚤빼뚤 매직으로 적힌 제 이름 '백희섭'. 자랑스럽고 소중하게 보다 입술 사이에 착— 멋지게 물곤, 다시 콧노래 부르며 제 갈 길 가는.

씬54. 읍내 거리2. 밤

이마에 쪼르륵 흐른 핏자국 매단 채 계속 걸어 나가는 윤영. 곧, 윤영 앞으로 나타나는 화려한 간판. 〔문 나잇Moon night 디스코 클럽〕. 그 앞에서 호객행위 하던 귀여운 20대 청년(삐끼), 소매 걷은 자켓 + '전영록' 명찰 + 네모 안경 차림으로 흥얼흥얼하며, 지나는 윤영 눈여겨본다.

삐끼	(슬쩍 옆에 붙으며 말 걸듯이, ♪) *그대! 떠다니는 바람처럼~ 멀뤼~ 사라진다 할지라도~* (개사해서) *잠깐~ 들렀다가 가요오~*
윤영	(역시 귀찮다는 표정으로 손 휘휘 저으면)
삐끼	최신 유행곡 다 틀어주는데? 이따 12시엔 밴드 공연도 있는데?
윤영	저.. 오늘 정말 힘들어서 그러는데 제발 그냥 가주실래요?
삐끼	친구들이랑 한 판 했구나? (이마 핏자국 가리키며) 많이 아팠겠는데. 그럴수록 놀고 가야 돼. 기분은 풀고 있는 거잖아. (생긋 웃으면)
윤영	하.. 이 동네 왜 이렇게 귀찮게 구는 사람이 많아, (고개 돌리다) ?!

윤영의 시선이 가 닿은 곳, 길 위에 커다랗게 걸린 채 펄럭이는 현수막

한 장이다.

제3회 우정리 가족 걷기 대회
주최: 우정리문화발전협의회   후원: 우정리공용버스터미널
1987 . 5 . 10 . 오전 9시

윤영	('1987'에 멈춘 채 뭐지? 멍하니 보고 있으면)
삐끼	(시선 따라 보곤) 저거 관심 있어? 상품 은근 쏠쏠대. 3등 하면 마이마이 준대서 나도 내일 동생 데리구 나가볼라구.
윤영	(마이마이? 갸웃하면서도) 저거, 숫자가 좀... 잘못 찍힌 거죠?
삐끼	뭐가? 내일 5월 10일, 일요일이잖아. (갸웃) 아, 3회가 아니라 4회ㄴ가?
윤영	아니, 그 앞에요... 일구팔칠... 지금은 2021년인데 왜.
삐끼	(? 이상하다는 듯 좀 떨어지면서) 왜 이래 무섭게... 많이 다친 거야?
윤영	(? 그제야 좀 제대로 둘러보면)

주변 곳곳에 써 붙은 옛 감각의 전단지 문구들. '최고의 힛ㅡ트 상품!' '미싱사 급구' '맛이 더욱 좋아진 쵸코바 있습니다!' '맥주 안주 천 원'... 살짝 멍해지는 윤영인데.

삐끼	(많이 아픈가 봐... 숙연해져 윤영 보며) 그냥 집에 가, 언니. 안 잡으께.
윤영	진짜 1987년이라구요, 지금?
삐끼	(애 뭐지, 하는 얼굴로) 내년에 88 올림픽 하는 거 몰라? 진짜?
윤영	(!!!??? 보는 데서)

씬55.　　읍내 뒷골목 일각. 밤

앞씬의 얼떨떨한 윤영 얼굴에 겹쳐지듯 보이는, 잔뜩 겁먹은 얼굴의 순애. 단정한 차림으로 어둡고 외진 벽 앞에 움츠리고 서있다.

순애　　지... 진짜 클럽엘 가자구?

그 앞에는, 한껏 꾸며 입고 삐딱하게 선 세 사람, 바로 해경과 유리, 은하다.

해경　　(담배를 탁 던져 발로 비벼 끄면서) 그럼 이 밤에 모여서 놀이터 가겠냐?

순애　　(불안해 시선 피하며) 우리는.. 아직 학생이잖아..

유리　　(픔 웃곤, 놀리듯 따라 하며) 우리는~ 아직~ 학생이쟈나아. 야, 이순애! 전교 1등 공부벌레 티 내냐? 어차피 스무 살 되면 맘껏 갈 수 있는데 몇 달 쫌 땡겨 가는 게 무슨 문제야.

순애　　저번에 너희 본드 사건 걸린 것두 있다며... 괜찮겠어..?

유리　　그러니까 널 데려왔잖아요. 이번엔 진짜 울 엄마한테 똑바로 말 잘해라? 우린 오늘 너네 집에서 밤 꼴딱 새고 공부한 거야. 어?

순애　　(더 어두워지는) 거짓말은 나쁜 건데...

해경　　(인상 팍) 야!! 진짜 재를 데리고 가야 되겠냐?

유리　　당연하지. 공범이 돼야 입을 맞춘단 말야. 얘가 저번에 나랑 안 있었다고 사실대로 말해갖구 울 엄마한테 맞아 죽을 뻔 했잖아. (순애 볼따구 가볍게 쭉쭉 늘리며) 우리 영록 오빠한테 시집도 못 간 채루 죽어야겠니, 내가?

순애　　(슬픈 얼굴로 도리도리) 잘할게...

은하	(아까부터 아이스크림에만 열중한 채) 근데 쟤 저 꼴로 데려 가게?
유리	당연히 안 되지. 다 같이 입구에서 짤리게 생겼냐? (팔짱 낀 채 순애를 위아래로 뜯어보며) 이걸 어뜩하지, 증말?
삐끼(E)	(진심 걱정) 어뜩하지, 증말?

씬56. 읍내 거리2. 밤

꺼림칙한 얼굴로 슬쩍 한 발짝 떨어져서 보는 삐끼. 보면, 피식피식 웃고 있는 윤영이다.

윤영	(팔 하나 허리춤에 얹곤, 헛웃음이다) 1987년이라고요? 진 짜로?
삐끼	많이 아프면 그냥 병원에 가 누나.. 남의 영업장 앞에서 이러 지 말구..
윤영	(정색하며 한 발짝 슥 다가서선) 장난을 쳐도 정도가 있지.. 내가 지금 그럴 상태 아니라고 했죠? (둘러보며) 여기 뭐, 세 트장 같은 거예요? 지금 위치가 정확히 어떻게 돼요?
삐끼	(우물쭈물) 그러니까.. 여기는 우정린데.. 세트장은 뭔 소린지..
윤영	됐어요. 찾아보면 다 나오니까. (주섬주섬 휴대폰 꺼내 지도 어플 켜면)
삐끼	(기계를 보고 더 놀라서) 뭔데, 그건 또?
윤영	와이파이는 왜 안 잡혀 또? (신호 잡아보려 공중에 휴대폰 치켜들면)
삐끼	(허억.. 딱하단 듯 입 틀어막고 보는데)
윤영	(신호 찾아 짜증스레 옆으로 이리저리, 비틀비틀 쭉쭉 나가면)

| 삐끼 | (점점 멀어지자 내심 다행이고) 그래! 잘 가, 누나! 다신 오 |
| | 지 마아! |

씬57.   읍내 거리3. 밤

한껏 차려입은 채 삐딱한 포스로 걸어 나오는 해경과 유리, 은하. 그 맨
뒤로 쭈뼛쭈뼛 따라오는 순애, 그 사이에 롤로 바짝 말았는지, 뽀글머리
에 가깝게 둥글둥글 말린 머리. 빨간색 뾰족구두에 짧은 원피스 차림이
다. 그때, 코너를 휙 돌아 나가던 해경, 휴대폰 높이 쳐든 채 걸어오던 윤
영과 탁! 부딪친다.

해경	아이 씨...! (청자켓 탁탁 털며) 눈깔 똑바로 좀 뜨고 다닙시다.
윤영	(안중에 없고 대충) 예.. (휴대폰만 보다가, 흘낏 옆으로 시
	선 향하면)
순애	(오로지 제 머리에만 관심 있다. 어떻게든 펴보려는..)
윤영	(! 멈칫, 잠시 멍해져서, 눈 깜빡이는) ......?

〔 인서트 - 씬. 단칸방. 낮
(순애가 보던 비디오 속 상황, 윤영의 시선에서) 〕
어린 윤영의 시선에서 본 순애, 간질간질 장난쳐 주며 환하
게 웃던 뽀글머리의 젊은 순애... 바로 지금의 순애, 그 얼굴
이다!

| 윤영 | (침 꿀꺽, 멍한 채, 떨리는 목소리로) 엄...마? |

점차 확신으로 눈 커다래지는 윤영, "엄마..!!" 읊조리며 허겁지겁 발을

돌려 나가는데.

씬58.   읍내 거리4. 밤

급히 길을 꺾어 달려나오던 윤영을 갑자기 휙 잡아, 돌려세우는 이... 바로, 해준이다! 놀란 윤영, 올려다보면, 역시 이마에 피 한 줄기 매단 채 한쪽 벽을 탁— 붙잡고 서는 해준.

해준	(고통 참으며, 겨우 침착하게) ... 미안합니다. 제가 다 설명할게요.

해준   (고통 참으며, 겨우 침착하게) ... 미안합니다. 제가 다 설명
         할게요.

윤영   (?? 고장 난 듯 잠시 멍하게 보다가) 네...?

해준   이미 충격이 크겠지만, 지금 본인이 생각하는 것 이상으로
         상황이 좋지가 않아요. 우린 막 1987년에 도착했고 돌아갈
         방법은.. (똑바로 보며) 없습니다. 갇혔다구요, 여기에.

윤영   (!! 헉— 제 입을 틀어막곤, 그렁그렁해지며) 진짜예요...?!

해준   (!! 그 눈물에 조금 당황해선) 너.. 너무 겁먹진 말아요. 내가
         어떻게든 꼭,

윤영   (그대로 입을 틀어막은 채, 울먹이며, 무어라 횡설수설) 진
         짜, 그럼, 진짜로..

해준   (더 당황해선, 일단 좀 달래려고) 아니, 그러니까, 저기.. (하
         다 멈칫) ? ... 잠깐. (어떤 이상함을 느끼고는, 슬며시 윤영의
         손을 툭— 치워내면)

윤영   (툭 떨어지는 손과 동시에.. 감격에 젖어 눈물로 웃고 있는
         얼굴 드러난다)

해준   (??!!! 차갑게 굳어선, 삐딱하게 보며) ...... 웃어?!

반쯤 미친 사람처럼 눈물 콧물로 '흐흐엉..' 웃고 있는 윤영을, 황당하게 내려다보는 해준. 똑같이 이마 위에 피 한 줄기씩 매단 채, 그렇게 서로를 바라보는 두 사람에서!

어쩌다 마주친, 그대 / 제 1회 엔딩

씬59.　에필로그 - 고미숙의 작업실. 밤

늦은 밤. 현관문 닫히고, 들어서는 고미숙의 신발. 씬23에서 새로 산 그 하이힐을 벗는데, 어쩐 일인지 진흙이 잔뜩 묻었고. 거실 소파에 앉아 스마트 패드를 들여다보고 있던 박 교수, 앞에서 본 것과 달리 좀 싸늘한 얼굴로 힐끗 고미숙을 쳐다본다.

박 교수　이 늦은 밤에 어딜 다녀와?
고미숙　(건조한) 우정리.
박 교수　우정리? 당신 고향이랬던가. 갑자기 거긴 왜?
고미숙　좀 끝내고 올 게 있었거든... (의미심장한 눈빛으로 어딘가를 바라보면)

그 시선 끝, 장식장에 놓인 작은 액자. 고등학교 같은 반 동창들 몇이 같이 찍은 사진 속에는 열아홉의 고미숙과 김이박 트리오, 그리고... 순애가 담겨있다. 그 위로 쾅광― 천둥 내려치는 소리에서!

어쩌다 마주친, 그대

chapter 2

돌아갈 수 없는 이유

씬1.   어느 강가 + 강물 속. 낮 (해준의 꿈)

하얗게 얼어붙은 강물의 아래... 차가운 물 속에서 필사적으로 발버둥 치고 있는 해준. 어떻게든 밖으로 나가려 출구를 찾아보지만, 머리 위로 단단하게 얼어붙은 얼음은 아무리 두드려도 꿈쩍도 하질 않는다. 그때.. 문득 얼음 위 저만치에서 걸어오는 두 사내의 실루엣이 나타나자 멈칫해 올려다보는 해준, 곧 도움을 요청하려 그쪽으로 더 다급하게 두드려보는데. 그 기색을 전혀 모르는 듯 뒤에서 걷던 사내, 문득 손에 든 벽돌을 휙 들더니, 앞서 걷던 사내의 뒤통수를 퍽— 퍽— 거칠게 내려치고는 빠르게 달려 사라져간다. 퍼뜩 놀란 해준의 바로 위로, 툭... 고꾸라지는 앞선 사내의 머리에서 번져나가는 붉은 피. 물속의 해준, 그저 충격으로 올려다볼 뿐인데, 그 순간, 하얗던 얼음이 점점 투명해져가며, 곧 선명하게 드러나는 피 흘리는 사내의 얼굴... 그건 바로, 해준 자신이다!

해준   (!! 바짝 굳은 채, 얼음 위 자신의 얼굴을 마주 보는 데서)

순간 카메라의 시선 빠르게 바뀌어, 하얗게 얼어붙은 강물 위를 제대로 비추면 엄청난 피를 흘리며 쓰러져있는 해준의 시신, 그 옆으로 역시 피 묻은 채 놓인 벽돌 하나, 한쪽이 벗겨진 채 떨어져 놓인 해준의 신발 한 짝, 그리고 '봉봉다방' 성냥갑... 살인의 현장... 그 모든 증거물들의 위로 들려오는 해준의 숨소리, 점점 거칠어져 오는 데서!

씬2.   굴다리 너머 산길, 다른 일각. 밤 (1부 씬52에 이어)

허억!!! 놀라며 깨어나는 해준, 역시 거친 숨을 몰아쉬며 얼결에 시선 돌리면, 조수석 발밑으로 굴러떨어진 신문 하나 보인다. 해준, 깨질 듯한 머리를 붙잡고 집어들면 1면에 대서특필된 기사, '윤해준 KBC 주말 앵커 실종 일주일째, 시신 없는 살인인가' 제목과 함께 앞씬의 현장 사진 실려있다. (＊해준의 시신은 없고, 얼음 깨진 부분 有/ 2022년 1월 신문) 누가 볼까 얼른 신문을 구기듯 접어 콘솔박스에 넣는 해준, 겨우 손목시계를 체크해 보는 위로,

해준(N)   **1987년 5월 9일 오후 10시 40분.. 나는 이곳에 막 도착했고 돌아갈 수 있는 유일한 방법은, 완전히 박살 난 후였다.**

동시에 모락모락 연기 피어오르던 본네트에서 '펑!' 터지는 소리 울려 퍼지면, 깜짝 놀라는 해준, 빠르게 주변 훑어보면, 앞으로는 처박힌 굵직한 나무, 옆으론 그저 우거진 수풀이다.
초조한 해준, 떨리는 손을 급히 들어 계기판을 터치해 보면, 아무런 숫자도 뜨지 않고.. 이번엔 얼른 시동을 걸어보지만, 맥없는 기계 소음만 조금 내다 그마저도 뚝 멈춰버린다. '...맙소사...' 충격으로 잠시 눈을 질끈 감는 해준. 그 순간, 빠르게 머릿속을 스치는 기억.

〔 **인서트 - 씬. 굴다리 안. 밤 (해준의 시점)** 〕
굴다리 앞을 걸어나가던 윤영, 문득 뒤를 돌아보더니
돌진하는 해준의 차를 발견하고 "허억—!!" 놀라
보는 그 얼굴에서.

〔 **인서트 - 씬. 해준의 차 안. 밤 (회상)** 〕
처박힌 직후의 해준, 기절 직전의 몽롱한 눈빛으로 백미러를
올려다보면 저 멀리 비척비척 걸어가는 윤영의 뒷모습까지...!

해준   (심지어 마을로 가다니?) ...미치겠네. (벌떡 문을 열고 나가는)

씬3.   읍내 거리. 밤

급히 오던 해준, 또다시 밀려오는 거한 두통에, 이마를 짚은 채 속도 조금 늦춰 걷는데. 그때 맞은편에서 다시 흥얼흥얼 발랄하게 걸어오는 검은색 스니커즈... 또 희섭이다! 이번엔 어디선가 구해온 날계란을 톡— 깨 마시느라 고개를 바짝 쳐든 채 다가오는 희섭. (1부 씬53의) 느낌으로 서로를 향해 가던 둘, 결국 탁—! 부딪치면, 아그작 부서지는 계란.

희섭   (!! 짜증) 옴마, 오늘 참말로, (하다가 또 눈 커다래져서) ?!!

해준   (!? 귀찮다는 듯 찌푸리는 그 얼굴 위로, 쪼로록 피 한 줄기 내려온다)

희섭   (히익 놀라 팔을 탁 잡으며) 괜찮어요?! 시방.. 그짝 대가리에서도...!!

해준   (휙 가볍게 팔을 빼곤) 예, 예, 괜찮습니다. (얼른 가면)

희섭   (혼자 남은 채 멍하니, 제 입을 틀어막는) ....시상에... (제 두 어깨를 귀하고도 소중하게 감싸 쥐며) 대가리를 몇 개나 깰 작정이여? 앞으로 간수를 잘해야 쓰겄는디.. (가려다, 멈칫) 근디 여그 아까 온 길 아녀..? (좀 갸웃하며) 이 동네는 뭐 이르케, 그 길이 그 길 같댜.. (가는)

씬4.   읍내 거리4. 밤 (1부 엔딩 상황)

지친 해준, 이마를 짚은 채 비척비척 걸어오는데, 문득 어두운 옆 골목으로 시선 돌리면 얼떨떨한 얼굴로 이쪽을 향해 허겁지겁 달려오는 윤영이 보인다...! '!!' 그대로 멈춰 선 채 지켜보던 해준, 윤영이 달려나옴과 동시에 탁— 붙잡아 세우는.

해준	(일단 제 책임이라 생각하며) ... 미안합니다. 제가 다 설명할게요.
윤영	(?? 우리 엄마 본 걸 어떻게 설명한단 말인가, 멍해져서) 네...?
해준	이미 충격이 크겠지만, 지금 본인이 생각하는 것 이상으로 상황이 좋지가 않아요. 우린 막 1987년에 도착했고 돌아갈 방법은.. (똑바로 보며) 없습니다. 갇혔다구요, 여기에.
윤영	(!! 헉— 제 입을 틀어막곤, 그렁그렁해지며) 진짜예요...?!
해준	(!! 그 눈물에 조금 당황해선) 너.. 너무 겁먹진 말아요. 내가 어떻게든 꼭,
윤영	(그대로 입을 틀어막은 채, 울먹이며, 횡설수설) 진짜, 그럼, 진짜로..
해준	(더 당황해선, 일단 좀 달래려고) 아니, 그러니까, 저기.. (하다 멈칫) ? ... 잠깐. (어떤 이상함을 느끼고는, 슬며시 윤영의 손을 툭— 치워내면)
윤영	(툭 떨어지는 손과 동시에.. 감격에 젖어 눈물로 웃고 있는 얼굴 드러난다)
해준	(??!!! 차갑게 굳어선, 삐딱하게 보며 읊조리는) ...... 웃어?!

반쯤 미친 사람처럼 눈물 콧물로 '흐흐엉..' 웃고 있는 윤영을, 뜨악하게 내려다보던 해준. 문득 윤영의 이마 위로 흐르다 굳은 핏자국이 눈에 들어온다.

해준	(그제야 심각하게 보는) 머리를... 많이 다쳤습니까...?
윤영	(아니라고 머리를 마구 내젓다가, 통증에 "아웃.." 머리를 붙

잡으면)

해준 (!! 부축하듯 잡아주며) 괜찮아요...? (하는데)

윤영 저기, 미안합니다...! (하며, 해준을 제치듯 옆으로 홱 밀어내
    고 뛰어가는)

해준 (!?? 손을 헛짚어 그대로 벽에 머리를 쾅!! 부딪치곤, 충격으
    로) 어이 씨.. 여기서.. 이렇게 죽을 순 없.. (스르륵 기절하는)

씬5. 읍내 거리2. 밤

급히 뛰어나오는 윤영, 초조하고도 환한 얼굴로 이리저리 둘러보는 위로.

윤영(E) **이게 정말, 진짜라는 거야..?!**
    엄마가 지금.. 살아있다는 거냐고..!

그때 저만치 멀리, 김이박과 뽀글머리 순애가 막 '문 나잇트 디스코 클
럽'으로 들어가는 모습 보인다.

윤영 (!! 흥분으로 떨리는) 엄마아...! (쫓아서 달려가고)

그 위로, 김완선의 〈리듬 속의 그 춤을〉 도입부가 경쾌하게 흘러나오는
데서.

씬6. 문 나잇트 디스코 클럽. 밤

화려한 사이키 조명이 현란하게 돌아가는 클럽 안을 따라 들어서면, 앞
씬의 음악이 터질 듯 울려 퍼지는 가운데, 87년의 청춘들 신나게 춤추고

있다. 그 사이로 유난히 튀는 경애(22세), 프로스펙스 운동화에 어깨 패드 잔뜩 들어간 점퍼, 스노우진에 손목 아대 끼고, 파란색 아이섀도를 떡 칠한 눈두덩이를 훅 내리깔며 중앙부에 서서 뇌쇄적으로 춤추는 중이다. 그 존재감에.. 사람들 묘하게 슬쩍 피해있는. 그 와중에... 막 입구로 들어서는 김이박 트리오, 환한 얼굴로 장내를 둘러본다. 맨 뒤의 순애, 커다란 음악 소리에 두 귀를 막고 섰다가.

순애	(유리의 티셔츠 뒷자락을 슬쩍 잡으며) 유리야.. 화장실은 어디야?
유리	(홱 떼며) 니가 알아서 찾아가. (해경과 은하 팔짱 끼며, 신나서) 가자아!

무대를 향해 신나서 가는 김이박. 혼자 남겨진 순애, 더욱 당황해 두리번대는데 주변에 섰던 꽃무늬 셔츠남, 홋...! 슬쩍 다가와 깜찍하게 윙크를 던진다. 경악하는 순애. 홱 밀치고 우다다 뒤쪽으로 달려가면, 셔츠남, 민망한데... 이윽고 급하게 들어서는 윤영. 셔츠남, 이번엔 윤영을 향해 슬쩍 다가가 윙크를 앙! 해보면, 저쪽 화장실로 막 들어가는 순애 뒷모습 발견한 윤영, 셔츠남을 또 팩! 밀치고 달려간다. 상처받은 셔츠남, 울먹...

씬7.   문 나잇트 디스코 클럽, 화장실. 밤

구석진 벽에 가 서는 순애, 음악 소리 줄어들자 좀 안정이 되는 듯 숨을 몰아쉬는데. 때마침 홱! 문을 열고 들어서는 윤영. 순애, 잠깐 쳐다보곤 다시 시선 돌리려다 좀 이상한 느낌에 다시 보면, 그 자리에 굳은 듯 멈춰 선 윤영, 멍하니 순애만 보는.

순애	(!? 흠칫 놀라서 주변 살펴보는데, 오직 자신뿐이고)
윤영	(홀린 듯 순애만 보며 더듬더듬 한 걸음씩 나아가면)
순애	(갸웃, 왠지 불안해져 벽 쪽으로 더 바짝 붙어보는데)
윤영	(한 발 더 다가서며, 목 메인 채 작게) 엄마...?
순애	(한 번 더 둘러보곤, 쫄아서 작게) 네...?
윤영	....엄마.. (떨리는 손 뻗어 순애의 볼 살짝 꼬집으며) 꿈 아니지...?
순애	....아얏.. 왜 이러세요...! (당황해 제 볼을 감싸면)
윤영	(!! 그렁그렁해져선) 엄마, 나 윤영이야.. 엄마..... 안 무서웠어? 어떻게 그렇게 떠날 수가 있어.. 나는 이제 어떻게 살라구..!!
순애	(!!??? 그저 보는데)
윤영	(두서없이) 아냐, 미안해.. 미안해, 엄마. 오늘 내가 밖에서.. 챙피해서... 너무 초라한 거 같애서 내가.. 보여주기가 쪽팔려서 나두.. (손등으로 벅벅 닦으며 보는) 잘못했어요, 엄마.. 나는 시간이 많을 줄 알구.. 엄마가 나를 기다려줄 줄 알구.. (어깨까지 들썩이며 울면)
순애	(저도 모르게 같이 좀 울먹대고 있다가, 문득, 어떤 느낌에 흠칫) ?!

새삼스레 윤영을 천천히 훑어보는 순애. 목에 두른 촌스러운 빨간색 땡땡이 스카프, 이마에 쪼로록 굳은 핏자국, 흐트러진 매무새, 초점 풀린 눈동자까지...!

순애	(뭔가 알아본 듯 두 손으로 입을 틀어막곤) 호, 혹시?!
윤영	(!? 놀란 눈으로 멈칫) 설마, 알아보겠어, 날...?!

형만(E)　　(다급한) 알아보시겠어요, 절?!!

씬8.　　읍내 거리4. 밤

벽에 반쯤 기대앉은 채 몽롱하게 눈을 뜬 해준의 뺨을 이쪽저쪽 때려보고 있는 형만. 그 옆에는, 역시 걱정 가득한 병구가 쪼그려 앉아 지켜보고 있다.

형만　　(계속 때려보며, 울상으로) 윤 선생님! 윤 선생님! 우리 마을의 보배 같은 분이 어쩌다가 이거, 아유 어떡하든 좋아. 길에서 비명횡사하시게 생겼네!

해준　　(아직 몽롱한 채 겨우) 그만.. 그만 때려..

병구　　안 되겠어! 피까지 흘렸던 걸 보면 아무래도 병원으로 옮겨야겠네.

해준　　아닙니다.. 제가 지금 찾아야 될 사람이.. (내젓다, 으윽, 두통에 찌푸리면)

형만　　(해준 귓가에 대고 쩌렁쩌렁) 죽으면 안 돼요, 윤 선생님! 우리 애들을 다 살려놓고 당신이 죽으면 어떡해! 지난날 본드 사건, 기억하시죠? 예?!

해준　　(너무 시끄럽다. 한숨 내쉬는데, 병구의 도움 받아, 형만이 획 들쳐 업는)

씬9.　　문 나잇트 디스코 클럽, 화장실. 밤 (씬7에 이어)

가까이 마주 보고 선 윤영과 순애.

윤영	(기대감으로 눈 커진 채) 어서 말해봐. 혹시, 뭐...?!
순애	(무서워서 울먹) 혹시... 본드 하셨어요?
윤영	(?) 무슨 말이야, 그게?
순애	혹시 저를 때리기도 하실 건가요...? 저는 그냥.. 집에 가고 싶어요..
윤영	엄마.. 내가 엄마를 왜 때려, 왜 그래. (걱정스레 순애에게 손 뻗으면)
순애	(때리는 건가? 겁에 질려 에라, 제 머리로 윤영의 머리를 꽝! 박치기하고)
윤영	아악!!! 아오오!! 엄마아!! (머리를 감싸 쥔 채 풀썩 엎어져 뒹굴면)
순애	죄송해요, 언니, 정말 죄송해요! (후다닥 도망 나가는데)

씬10. 문 나잇트 디스코 클럽. 밤

뛰쳐나오는 순애, 곧장 입구를 향해 달려가려는데. 마침 입구로 터벅터벅 들어서는 이... 두툼한 가죽점퍼를 입은 동식(36세)이다.

동식	(무서운 눈빛으로 슥 둘러보다, 외치는) 동작 그만...!!!

동시에 시끄럽던 음악 툭 꺼지고, 현란하던 조명도 타다닥— 꺼지면, 놀라 멈추는 이들. 한창 즐겁던 김이박.. '아.. 망했다..' 표정 된다.

동식	지금부터 미성년자 단속 시작하겠습니다. 다들 신분증 꺼내시고 없는 놈들은... 자수해서 광명 찾는 게 좋을 거다. (하며 휙 고개 돌리면)

순애   (!! 이미 눈 마주쳤다. 흐으.. 뽀글머리를 쥐어뜯는 데서)

씬11.   읍내 거리. 밤

"잠들면 안 돼요.. 정신 차려!" 힘차게 달려가는 형만과 그 곁을 따르는 병구. 형만의 뒤에 업힌 해준, 흔들릴수록 골이 더 아픈 와중에, 문득 어디선가 들려오는 말소리..

삐끼(E)   아니, 기지배가 이마에도 새빨간 핏자국이 나있구, 목에다가
            도 새빨간 땡땡이 마후라를 둘러가지고는, 아주 막무가내로..
해준   (!!? 눈 훅 뜨며, 완전히 정신 차려선) 스탑..!!
형만, 병구   (??! 당황해서 보는데)
해준   (클럽 앞에서 다른 직원과 떠드는 삐끼 발견하곤 곧장) 어디서.
삐끼   (깜짝 놀라선) 네? (하다, 병구 발견하곤 얼른 굽신) 어이구,
            이사장님...!
해준   (몰아붙이듯) 어디서 봤습니까. 어디로 갔어요, 그 땡땡이
            스카프.
삐끼   (살짝 쫄아 클럽 가리키며) 요기.. 근데 지금 들어가시면 안 되,
해준   (!! 벌써 휙 — 클럽 안으로 들어가 버리면)
삐끼   는데.. 오늘 동식이 형님 왔는데에.. (걱정스레 보는)
병구   (흠...? 하는 얼굴로 보는 데서)

씬12.   문 나잇트 디스코 클럽. 밤

아픈 머리를 감싸 쥔 채 힘겹게 화장실에서 나오던 윤영, 좀 전과 완전히 달라진 풍경에 놀라서 본다. 클럽 안에 구불구불 줄을 선 사람들, 저마다

신분증*을 꺼내 들었고.. 이미 저만치 벽 앞에 빠져있는 김이박과 순애, 고개 푹 숙인 채 두 팔 올려 벌서는 중인.

윤영	(!? 보다, 곁에 선 셔츠남에게 슬쩍) 지금 뭐 하는 거예요...?
셔츠남	(새초롬해선) 보면 몰라요? 신분증 검사 하잖아요. 얼른 꺼내세요. (김이박과 순애 쪽 가리키며) 쟤들이랑 같이 경찰서 끌려가기 싫으면.
윤영	(셔츠남 것을 멍하니 보며) 지금 신분증이.. 다 이렇게 생긴 거죠, 여기선?
셔츠남	다르게 생긴 신분증도 있어요? 그거는 그냥 간첩이지~!
동식	(앞에서 검사 중이다, 그 단어에 휙 매섭게 쳐다보면)
윤영	(!!) 아... 지금... 굉장히 곤란한 단어를 쓰신 거 같은데.. (주춤 물러서는)
동식	(? 그 반응에 더 이상함을 느끼곤, 윤영 쪽을 향해 성큼성큼 걸어가는데)

때마침 들어서는 해준, 상황 파악하듯 빠르게 주위를 둘러보면, 계속 한 발씩 물러나는 윤영의 코앞에 거의 도착해 있는 동식이 보인다.

해준	(!! 급히 고개 돌려보다, 마침 김이박+순애 발견하곤) ... 이노무 자식들!!!
사람들	(덩달아 깜짝 놀라 이목 집중하고)

---

* 코팅된 80년대 종이 신분증. 생년월일 각각 50, 60년대생들로 찍혀있는. (이때의 스무 살 = 68년생)

김이박, 순애	(고개 들다 해준 보고 화들짝, 사색 되는) 서, 선생님..!!
동식, 윤영	(!? 역시 보는데)
윤영	(와중에 순애와 해준을 번갈아 보며, 읊조리듯 작게) 선생님...?
해준	정신 차리라고 그렇게 말했더니, 고3 수험생들이 클럽엘 와?! 당장 나와!
은하	(쪼르르 달려가, 거의 안겨, 울먹) 선생님, 제발 용서해 주세요!
해준	(당황해 슥 떼어놓으면서, 윤영을 보고는) 뭐 해, 넌. 빨리 안 나와?!
윤영	(당황해 '나...?' 하는 얼굴로 보면)
순애	(알려준답시고, 작게) ... 선생님.. 저쪽은 우리 학교 학생이 아닌,
해준	(! 덮듯이 더 큰 소리로) 그래, 너, 이 자식아! 뭘 모른 척하고 있어?
윤영	(동식 눈치 살피다) ... 선생님...!! (달려나가는데)
동식	(가만히 보고 있다, 순간 빠르게 윤영의 팔을 훅 잡아 세우고는) 지금 뭐 하는 짓들입니까?! (날카롭게 해준 쪽을 보면)
윤영	(!! 보고)
해준	(굳은 얼굴로 동식을 보는 위로.. 순간 스치는 기억)

〔 인서트 - 씬. 동식의 집 앞. 낮 (회상) 〕
낡은 가죽점퍼를 걸친 노쇠한 동식(68세),
대문 나오다 멈칫, 해준을 보고 놀라는.

동식(68세)	(오히려 겁에 질린 듯) 뭐, 뭐 하는 짓입니까, 여기서...?

나, 난.. 아무것도 모른다고...
할 애기 없다고 했잖아!

동식	(그런 제 미래를 모른 채, 그저 매섭게 이쪽을 쏘아보고)
해준	(그런 동식을 지그시 보는 위로, N) **백동식 형사.. 지금으로부터 5일 뒤, 두 건의 살인과 한 건의 실종이 일어난 직후, 성실하게 이어온 형사생활을 돌연 관두고 이 마을을 떠나 잠적하게 될 인간이다... 것도, 30년 동안이나.**
해준	(그제야 걸음을 옮겨, 성큼성큼 동식 앞으로 가 서선, 나직하게) ... 짓들?!
동식	(?! 찌푸린 채 보면)
해준	선생이 학생을 데려가겠다는데, 그걸, 그딴 식으로 표현하십니까?
동식	경찰이 범법자를 데려가겠다는데 그딴 식으로 끼어들면 안 되는 거니까.
해준	올챙이들 데리고 범법자니 뭐니 겁줄 생각하지 말고.. 진짜 범죄자나 제대로 잡으시죠.
동식	... 뭐?!
해준	(지지 않고, 낮게) 그걸 제대로 못 해서 일이 이렇게 꼬여버린 거니까.
동식	(!! 매섭게 보며) 방금.. 그게 무슨 뜻입니까. (하는 순간)
병구[E]	어유, 고생 많네, 동식이이!
동식	(?! 병구를 확인하곤 이내 굽혀 인사하는) 이사장님.
병구	(뒷짐 진 채 흐뭇하게) 애기들도 있는 사람이 이 늦은 밤까지 집에도 못 들어가고 말야. 안 되겠어, 이거, 내가 김 서장한테 한 소리 좀 해야겠어!

동식	(! 그 뜻을 알기에 가만히 찌푸렸다가) ... 들어가시죠. 모시
	겠습니다.
병구	아, 그럴까? 오랜만에 경찰차 좀 타볼까~! (환한 얼굴로 돌
	아서다, 애들 쪽 향해 정색하곤, 낮게) 월요일 아침 8시까지
	교장실 집합이란다?
김이박	(아 씨...)
순애	(풀 죽은 채 문득 고개 돌리면, 입구 쪽에 선 형만과 눈 마주
	친다) 헉!!
형만	(부르르.. 순애의 귀를 끌고 올라가는)

뒤따라 나가던 동식, 잠시 돌아서 해준을 지그시 본다. 해준, 역시 차갑
게 맞받아 보는데. 곧 그 위로.. 다시 슬쩍 요란한 조명 켜지고, 음악 들어
온다. 윤영, 그제야 서서히 몰려오는 의문들에 해준의 옆얼굴을 가만히
올려다보는 데서.

씬13. 문 나잇트 디스코 클럽. 밤
주머니에 손 찔러 넣은 채 착잡한 얼굴로 빠르게 나오는 해준, 곧장 어딘
가로 향하면. 뒤따라 나오던 윤영, 순간 순애 생각에 잠시 둘러보다.. 일
단 해준의 뒤를 따르는.

씬14. 읍내 거리. 밤
해준의 뒤를 바짝 쫓아 따르는 윤영, 슬쩍 올려다보며.

| 윤영 | 지금.. 어디 가시는 거예요? |

해준	(앞만 보며) 엉뚱한 사람 뒤처리하느라 놓친, 진짜 수습하려요.
윤영	근데.. 혹시 누구신 거예요?
해준	(! 우뚝 멈춰 서선, 허—) 이제 그게 좀 궁금하긴 합니까?!
윤영	(! 살짝 민망해서 보며) 아까는 너무 정신이 없어서.. 지금 이 상황이 너무 심각하게 스페셜하다 보니까..
해준	심각하게 스페셜한 걸 아는 분이 그렇게 곳곳을 쏘다니나? 혹시 관광 왔어요? 대체 클럽엔 왜 들어간 겁니까?!
윤영	(!!) 그건.. (슬쩍 눈치 보다가) 그쪽은요?! 대체 뭐 하는 사람이길래 지금 이 장소, 이 시간, 다 어떻게 그렇게 자연스러운 건데요?
해준	(!! 순간 멈칫해 보면)
윤영	(그런 해준의 얼굴을 뚫어져라 들여다보는)
해준	(?! 조금 어색해져 저도 모르게 슬쩍 시선 피하는데)
윤영	(방심해 있던 해준의 이마 위 핏자국을 확인하듯 툭 만져보곤, 확신으로) 맞죠..?! 저 차로 치신 분?!
해준	(얼른 손길 획 치워내며) 대체 정신이 어디에 팔려있길래 그걸 이제야 곱씹어 봤는지 모르겠는데! .... 맞아요.
윤영	(?? 여전히 이해할 수 없단 듯 보면)
해준	(작게 한숨 내쉬곤) ... 따라와요. 직접 보는 게 더 빠를 테니까.

씬15. 굴다리 너머 산길, 다른 일각. 밤 (씬2의 장소)

멍한 얼굴로 입을 떡 벌리고 선 윤영, 보면, 수풀 속에 그대로 처박혀있는 자동차. 찌그러진 범퍼, 깨진 유리창, 뚝뚝 떨어지는 냉각수... 처참한 몰골이고. 건너편의 해준, 쓰린 얼굴로 차를 보다, 밀려오는 두통에 주먹으로 이마를 툭툭 때리는데.

윤영	(침 꼴깍, 슬그머니 차체 살피며) 그러니까.. 이게 그냥 평범한 차가 아니라 '타임머신'이고.. 그쪽은 막 '시간여행자'고.. 나는 막 타임머신에 치여가지고.. 1987년까지 따라오게 된 거다, 이런 스토리...? (감탄으로 멍 —) 대박인데...?
해준	대박인데...? 아니 지금 이 상태를 보고도 그딴 말이 나옵니까?
윤영	(조금 흘기며) 지금 이 상태를 제가 만든 건 아니지 않나요?
해준	(문득 곱씹다) 그래.. 왜 그 생각을 못 했지? (윤영을 획 보고) 왜 내 문제라고만 생각을 했을까? (윤영 향해, 진심으로 의문인) 왜 치였습니까...?!
윤영	(?! 황당해선) 뭐라구요...?
해준	대체 뭘 하다, 어떻게, 무슨 방법으로 치일 수 있었던 거냐구요?
윤영	치이는 데 방법 있나요? 운전자가 달려와서 쳤으니까 치였겠죠!
해준	그쪽이 잘 몰라서 그러는데, 이게 어디에 막 부딪치고 그럴 수 있는 차가 아닙니다. 이게, 아주 투명해지는 거라고요!
윤영	(?! 떠올리듯 생각하고 있으면)
해준	지난 두 달간 적어도 하루에 두 번씩 매일 꼬박꼬박, 수많은 시간을 오가는 동안 단 한 번도 이런 일 없었는데.. (생각할수록 이상하다) 부딪친 것도 모자라서 따라오기까지.. 과연, 변수가 어느 쪽이겠습니까?!
윤영	... 변수...?! (하다, 순간 순애가 사준 제 신발 쪽으로 시선이 가면) !?
해준	(집중한 얼굴로 따라보며) 뭐, 짚이는 게 있어요?
윤영	(흠칫했다가, 슬쩍 태도 바꿔선) 음악...! 음악 아닐까요?
해준	(?? 살짝 당황해) 뭐요?

〔 인서트 - (1부) 씬47. 해준의 차 안. 밤 〕

볼륨을 한껏 키우는 해준의 손가락.

산울림의 흥겨운 리듬 울려 퍼지는 위로.

윤영(E)   그래, 산울림이었어. 볼륨이 얼마나 컸는지
              밖에서 들어도 귀가 아프던데.

해준   (!!) 그게 무슨 상관,
윤영   (빤히 보며) 혹시 통화 같은 건 하지 않았어요?
해준   통화는 무슨, (하다 멈칫) ?!

〔 인서트 - 씬. 굴다리 안, 해준의 차 안. 밤 (회상) 〕

운전 중인 해준, 그때 휴대폰 울린다. (저장되지 않은 번호다)

해준   (잠시 의아하게 보다, 이어폰 꽂곤, 받으며)
           ...여보세요.
           (볼륨 줄이려 손 뻗는데 잘 안 되고) 예? 뭐라구요?
           (하다, 고개 들면, 저 앞에 윤영 보이고) !!!

윤영   (고장 난 듯 잠시 멈춰있는 해준 향해, 씩 웃곤) 했네, 했어..
       보통 운전 중에 그딴 짓들을 하면 사고 날 확률이 높다고 보
       는 거 아닌가요?
해준   (!! 답답) 아니, 이게 애초에 부딪칠 수가 없는 거라고,
윤영   거, 보험처리도 안 되는 여기서, 우리가 지금 잘잘못 따져서
       뭐 하겠나요?
해준   (!! 웅얼) 고치는 데 도움이 될까 해서 물은 겁니다.

윤영	... 그쪽도 돌아갈 곳이 있어요? 선생님이라면서요, 여기서.
해준	(잠시 보다, 혼잣말처럼) 평소에 뉴스 같은 걸 잘 안 봤던 모양인데.. (곧 둘러대듯) 이건 그냥 여행일 뿐이고.. 그쪽이 살던 시간이 나한테도 홈그라운드예요. 직업이야, 뭐, 적당한 신분 하나 마련해두는 게 안전하니까. ... 없어야 되는 사람이란 점에선 당신이나 나나 똑같다구요. 그건 아주 위험한 상황일 수 있단 뜻이고, 특히 그쪽한테는 더,
윤영	(? 보면)
해준	(사건에 대해 선뜻 말할 수 없기에, 복잡해지는데)

때마침 탈탈탈― 요란한 소리 들려오고, 보면, 저만치서 경운기를 타고 온 마을이장(60대, 남). 해준을 보더니 반갑게 손 흔들며 "윤 선생! 괜찮어?!" 외친다.

해준	(급 여유로운 미소로) 아유, 이장님. 늦은 밤에 죄송합니다! (윤영 향해, 낮게) 일단은 수습부터. (하곤 가려다 멈칫, 조수석에 놓인 제 노트북과 마우스를 힐끗 내려다보면)
윤영	(조금 망설이다, 목에 감긴 스카프 풀어 휙 건네주는)
해준	(받아선, 숨기듯 최대한 감싸 좌석 밑에다 넣고, 이장 향해 달려간다)
윤영	(쳇.. 그 모습 지켜보며) 없어야 한단 사람이, 아주 모르는 사람이 없네.. (하다 새삼 몰려오는 두통에, 으으.. 찌푸리는 위로, 두구두구 드럼 소리 E)

씬16.   디스코 클럽 안. 밤

앞씬의 드럼 소리(백두산의 〈말할걸〉 전주 부분) 폭발적으로 터지면서, 무대 위 긴 머리 휘날리며 연주하는 지역 그룹 사운드 '한라산'의 연주. 곧 찢어질 듯 시원한 보컬의 노래 이어진다. "이런저런! 생각 말고! 그대로 그대로 말할까!" (1부에서의 분위기와 달리) 무대 아래에 서서 박수 치고 몸 흔들며 공연을 관람하는 사람들. 그 사이, 유독 튀는 희섭, 거의 자기가 무대 주인공인 양 매우 열정적으로 립싱크 중이다.

희섭	(♬) 헤어지면! 혼자서! 너무도 너무도 속상해! 가고 나면 후회할 걸! 왜 말을 말을 말을 못 했나! (이번엔 투명 기타 붙잡고 치는 시늉 하는데, 제 배에다 대고 현란하게 움직이는 손가락, 거의 김도균이고, 입으로 소리 내며) 지지징 지기지기징 빠라라.. (격해져서 그만 어깨를 팍 숙이는데)
관람객女	(옆에 있다가 그 어깨에 머리 팍 부딪치면) 악!
희섭	(!! 화들짝 놀라서 여자 머리 살피며) 웜마, 깨졌어요?!
관람객女	(찌푸린 채 올려보면, 희섭 꽤 귀엽다... 치 웃으며) 괜찮아요. (슬쩍 붙는데)
희섭	(훅 떨어지며, 제 두 어깨를 감싸고) 아녀요. 하룻밤에 대가리를 세 개나 깰 순 없응게 항시 조심.. (손 휘이휘이 밀어내며) 간격 유지, 간격 유지..!
관람객女	뭐야.. (상심한 얼굴로 떠나면)
희섭	(벽 쪽으로 최대한 붙어, 조심스레 다시 투명 기타 잡고, 연주 몰두하는 데서)

씬17.   시골길. 밤

고요한 길을 나란히 걷는 윤영과 해준, 둘 다 밀려오는 두통에 머리 양쪽을 꾹 누른 채고. 저만치 앞에는, 이장이 *끄는* 경운기 뒤에, 밧줄로 묶인 채 견인되고 있는 해준의 자동차.

해준   (걸으며, 힐끗 보곤) 괜찮습니까...? 아까부터 걸음이 좀 이상한데..

윤영   (바로 하며) 괜찮아야죠. 여기선 보험처리도 안 되는데.. 그쪽은요?

해준   (어깨 으쓱) 괜찮아야죠. 여기서 죽었다간.. 아주 애매해지는 건데.

윤영   ... 태어난 적도 없는 사람의 죽음이라.. (쓰게 웃곤, 가방에서 뭔가 꺼내면)

해준   (슥 건네지는 지렁이 젤리에)?

윤영   책임질 방법은 없고.. (하나 입에 탁 넣으며) 만병통치약이에요, 단짠단짠이.

해준   (망설이다 입에 넣곤, 찌푸리며) 최악이네요.. (나란히 터덜터덜 가는 데서)

씬18.   해준의 집 앞. 밤

해준의 번듯한 이층 양옥집을 감탄하듯 올려다보고 선 윤영.

윤영   (멍하니) 시간여행이란 게 이렇게까지 철두철미하게 할 일인가요...?

해준   (큼..) 여행에도 각자 스타일이 있는 거니까. (차고 셔터를 끙..

내리곤 지친 얼굴로) 들어와요, 일단. (대문 열고 들어가면)

윤영   (좀 망설이다, 아픈 머리 매만지며, 주춤주춤 따라 들어가는)

씬19.   해준의 집, 거실. 밤

80년대 감성이 듬뿍 묻어나는 커튼, 장식장, 옛날 TV, 전화기, 라디오 등 등 놓인 거실. 각자 마주 보게 놓인 소파 하나씩을 차지한 해준과 윤영 (핏자국X), 머리에 얼음팩 올린 채 지친 얼굴로 축 늘어져있다. 윤영, 그 와중에 완벽한 집 안 풍경을 어색하게 둘러보며.

윤영   그냥 여기서 쭉 사셔도 되시겠어요..

해준   (기운 없이) 악담합니까.

윤영   (역시 무력하게) 이런 집 한 채 없이 여기 떨어진 나도 있는 데요, 뭐..

해준   ... 차는 어떻게든 고칠 거고, 그때까진 여기서 지내요. 위험 하니까 밖은 최대한 나가지 않았으면 좋겠고.

윤영   왜요? 뭐가 위험한데요?

해준   아까 클럽에서 못 느꼈습니까? 신분증 있어요? 직업은, 있어요?

윤영   아.. 그렇지.. 간첩이 될 수가 있지.. 조심할게요. (끄덕이는데)

해준   무엇보다 본인 스스로가 위험한 사람이 될 수도 있어요.

윤영   (? 보면)

해준   여기서 무심코 씨앗 하나 잘못 던져 놓아도, 30년 후에는 나 무가 되니까. 사소한 행동 하나에 남의 미래까지 통째로 바 뀔 수 있다구요.

윤영   (! 의미 깊게 끄덕이며) 네. 알아둘게요.

순애[E]   (그런 두 사람의 위로, 요란한) 아, 엄마아, 엄마아!!

씬20.　　순애의 집 앞. 밤

대문 벌컥 열리며 맨발에 부스스한 머리, 번진 화장으로 쫓겨나오는 순애.

옥자	(빨간 하이힐 두 짝 타닥! 내던지며) 이누무 기지배, 클럽엘 가? 너도 이제 니 언니 따라 내 속 긁어보게? 나가아!! (대문 꽝 닫고 들어가면)
순애	(대문 두드리며, 울먹) 엄마아, 잘못했어어. 용서해 주세요.
형만(E)	(닫힌 문 안쪽에서) 이 사람아, 혼낼 만큼 혼냈어. 이 밤에 애를 쫓아내면,
옥자(E)	불만 있음 당신도 나가! (안쪽 문 열고 들어가는 소리 쾅!)
형만	(... 담벼락 위로 얼굴만 간신히 빼꼼 내밀곤) 순애야.. 쪼끔만 벌서고 있으믄.. 아부지가 대신 용서를 받아오마.. (스르륵 사라지고)
순애	(훌쩍... 내동댕이쳐진 구두 두 짝 주워 들다, 문득 맞은편 보곤) ? (까치발로 보면, 불빛 켜진 거실 보이자, 헤— 웃음 나는) 선생님도 오셨네..

씬21.　　해준의 집, 거실. 밤

불빛 켜진 그 거실. 소파 위에 홀로 앉은 윤영, 웅크린 채 창밖을 바라본다. 건너편 순애네 집이 한눈에 들어오지만.. 꿈에도 알지 못한 채 곰곰 생각하는 윤영.

윤영	선생님이라고 부른 걸 보면 이 근처에서 학교를 다니나...? 그럼 집도 이 마을 안에 있겠네? (잠시 생각하다) 그래서 우정리였구나. 엄마 고향이라서.. 그래서 여기까지 왔었구나.

(울적해져, 무릎에 얼굴 묻는)

마침 방에서 이불과 베개 챙겨 나오던 해준, 그런 윤영의 뒷모습을 본다.
'갑작스레 다른 시간에 갇히다니, 힘들기도 하겠지..' 싶은 해준, 잠시 그
대로 있다가, 큼—

윤영   (얼른 일어나서 보면)
해준   (이불 놓아주며) 진짜로 여기서 자도 괜찮겠어요?
윤영   (끄덕이며) 편해요, 여기.
해준   지내는 동안 필요한 게 있음 뭐든 얘기해요. 옷, 밥, 술.. 뭐든.
윤영   (픽 웃곤) 오랫동안 꿈꿔왔던 삶이네요. 돈 많은 백수 느낌?
해준   (픽 웃는) 누릴 수 있을 때 누려둬요. 별로 시간 안 걸릴 거
        니까. 내가 생각보다 기계를 좀 잘 만지는 편이거든요.
윤영   (! 그다지 반갑지 않은 미소로) 잘됐네요.. 고마워요. 오늘,
        이것저것 다.
해준   ... 오늘 많이 놀랐을 텐데. 너무 걱정 말고, 푹 쉬어요. 금방 집
        으로 돌아가게 해줄 테니까. (미소로, 멋지게 돌아서는 데서)

씬22.   해준의 차고. 밤

엉망인 자동차를 앞에 두고, 양손에 공구를 들고 선 심각한 얼굴의 해준.
얼굴에 뭘 잔뜩 묻히기만 했을 뿐... 몹시 막막해 보인다.

해준   미치겠다... 하나도 모르겠다... (한숨으로 툭 내려놓는 데서)

씬23.   해준의 집, 마당. 밤

다시 말끔해진 채로 차고에서 나오는 해준, 확인하듯 괜스레 불 꺼진 거실과 주변 순애네 옥상까지 훑어보고는, 조심스레 집 뒤쪽으로 돌아 지하 창고 쪽으로 내려간다.

씬24.   해준의 집, 지하실. 밤

조심스레 문 닫으며 들어서는 해준, 가볍게 한숨을 후— 내쉬며 바라보면. 거의 경찰서 사무실처럼 꾸며진 해준만의 비밀 공간이다. 철제 사무용 책상 위에 이리저리 쌓인 서류들, 군데군데 벽에 붙은 신문 혹은 사진자료들... 착잡한 얼굴로 둘러보던 해준, 문득 벽에 붙은 달력으로 시선이 가면. 1987년 5월 달력 위로, 14일 / 16일 / 20일에 각각 빨간색 동그라미 표시되어 있다. 그중 14일 옆에는, **'첫 번째 살인'**이라 메모되어 있는데.. 착잡한 얼굴로 보는 해준.

해준   무슨 일이 있어도 그 전엔 돌려보내야 돼...

씬25.   해준의 집, 거실. 밤

소파에 엎드려 누운 윤영, 어둠 속에서 휴대폰 조명을 켜둔 채 그 불빛에 의지해 순애의 마지막 쪽지를 읽고 또 읽어보는 중이다. 그 정갈한 글씨들을 가만히 쓸어보는 윤영, 이대로 돌아가면 다시 엄마가 없는 세상일 거란 생각에 울적해진다.

윤영   몇 번이나 더 보고 갈 수 있을까...

그대로 쪽지를 꼭 끌어안는 윤영, 천천히 눈 감는 데서.

씬26.　　해준의 집 마당. 밤 → 낮

캄캄한 밤. 1987년의 밤하늘 별빛이 예쁘게 반짝— 빛나고. 사이좋게 마주 보는 해준의 집과 순애의 집 위로, 곧 밝은 해가 뜬다. 그 위로, 쾅쾅쾅— 대문 두드리는 소리 울려 퍼지는.

씬27.　　해준의 집 앞 + 순애의 집 앞 골목길. 낮

딱 붙는 운동복을 차려입은 형만, 해준의 집 대문을 가열차게 쾅쾅— 두드리고 있다.

형만	아, 윤 선생님! 윤 선생님!! (몇 번을 더 두드리고서야)
해준	(겨우 대문을 열며, 공구 든 채 몹시 퀭한 얼굴로) 일요일 아침 7시부터.. 무슨 일이십니까, 순애 아버님...?
형만	(대뜸 해준의 이마 위로 손을 턱 얹어보며) 머리는 좀 괜찮으신가 해서요.
해준	(흠칫 놀라 뒤로 빼며) 괜찮습니다.. 감사합니다. (다시 문 닫으려는데)
형만	(도리어 대문을 활짝 열어젖히며, 환한 얼굴로) 그럼 얼른 갑시다!
해준	(! 불안한 얼굴로) 어딜요.
형만	(! 서운한 얼굴로) 설마 이 이형만이가 주최하는 우정리 가족 걷기대회에 불참하실 건가요...? 티셔츠에다 이름까지 다 맞춰놨는데?

해준	저는 가족도 없고 바빠서 이만, (문 닫으려는데)
형만	딱 그런 분이 하나 더 계십니다. 짝이 필요한 상황이에요! 가시죠! (끌고 가면)
해준	(!? 공구 그대로 든 채) 아니.. 잠깐만..

엉겁결에 해준, 끌려가고 나면, 그 틈을 노린 듯 조심스레 나오는 윤영.

윤영	(만족스러운 미소로) 타이밍 대박이다...! 가만있어 봐. 근데 엄마 집을 어떻게 찾지.. (하는 그때, 맞은편 대문 열리고 나오는 순애) 엄마...?!!
순애	(!?? 역시 놀라) 보, 본드 언니..?
윤영	(맞은편 순애네 집 올려다보며) 설마 여기가 우리 외갓집이라고..? (다시 돌아 해준 집 올려다보며, 격한 감탄으로) 야, 기적이다, 기적이야..!
순애	(뜨악한 채 한 발 물러서며) 설마 본드를 또 하신 거예요...?!
윤영	(그저 씨익 ― 웃어 보이는 데서)

씬 28. 우정리 강가 근처. 낮

가방 메고 다리 위를 종종걸음으로 걷는 순애, 상당히 신경 쓰여서 멈칫, 홱 돌아보면, 열심히 쫓아오던 윤영, 따라 멈칫, 민망함에 헤헤 웃어 보이는.

순애	왜 자꾸 따라오시는 거예요?
윤영	...그냥.. 좋아서.. 신기해서.. 보고 싶어서.
순애	(!! 뜨악한 얼굴로 돌아, 다시 종종 걸으면)

윤영	(또 얼른 그 뒤를 열심히 따르는데)
순애	(문득 어떤 생각에 멈칫, 조금 망설이다가) ...엄마가.. 돌아가 셨어요?
윤영	(! 멈칫, 조금 굳어선) 어..?
순애	어제 화장실에서.. 그래서, 친척 집에 와계신 거예요?
윤영	(문득 고개 돌리면, 바로 어제의 그 강가다. 말을 잃고 잠시 멍하게 보는데)
순애	(맞나 보구나, 조금 딱해져선) ... 이 순애예요, 제 이름.
윤영	(? 보면)
순애	닮아서 그런 건지, 아님 정말 본드 때문인지 모르겠지만 엄 마라고 부르지 마세요.. 진짜 무서워요..
윤영	(! 끄덕이곤, 눈 반짝이며) 그럼 따라가도 돼, 순애야?
순애	(휴우.. 깊은 한숨 내쉬곤, 돌아서서 가는)

씬29.   차부집, 매표소 안 + 밖. 낮

'우정리 차부집' 써 붙인 위로 X 표시, '우정리 공용버스터미날' 매직으 로 굵게 고쳐 쓴 매표소 창구 안쪽 작은 방에 들어가 앉는 순애.
창구 밖에 바짝 붙어 선 윤영.

윤영	(신기한 듯 안쪽 들여다보며) 일요일마다 여기서 일하는 거야?
순애	(내키진 않지만 얘기해 주는) 원래는 아부지랑 엄마랑 번갈 아 맡아 하시는데.. 오늘은 두 분이 걷기대회 나가셔서.. 제 가 대신 보는 거예요.
윤영	(친근하게 턱 괴고 기대서) 그렇구나아..
순애	(떨떠름..) 계속 거기 서계실 거예요? 손님 올지도 모르는데.

윤영   아, 그래, 알겠어. 방해 안 하구, 근처 구경이나 좀 하고 있을 게! (얼른 가면)

홀로 남는 순애, 곧 가방에서 버지니아 울프의 책 〈자기만의 방〉 꺼내 책상에 내려놓곤 가져온 테이프를 라디오에 꽂고 튼다. 김승진의 〈스잔〉 울려 퍼지면, 기분 좋아지는 순애. 미소 머금고 책 펼쳐 읽으며, 자기만의 세상에 빠져드는.

씬30.   차부집 일각. 낮

걸어가던 윤영, 슬쩍 돌아서 그 모습을 보고는, 주변 살펴 아무도 없는 걸 확인한 뒤 얼른 주머니에서 휴대폰을 꺼내 든다. 카메라 바짝 확대해 순애의 앳된 얼굴을 찰칵 찍고는, 좋아서 들여다보다 멈칫, 문득 떠올리는.

씬31.   대형서점 일각. 낮 (회상)

수십 권의 책을 번쩍 들고 오는 윤영, 한쪽에 마련된 테이블 위에 내려놓고 돌아서면, 후배 사원, 역시 책 들고 와 바삐 내려놓으며, "작가님, 10분 뒤쯤 도착하실 건가 봐요."

윤영   벌써? (휴대폰 시계 확인하곤) 세팅 서둘러야겠다! (움직이려는데)
순애(E)   윤영아아!

윤영, 멈칫 보면, 저만치서 밝게 손 흔들고 선 중년의 순애. 그 옆에 뚱하게 떨어져 선 희섭.

윤영	(얼떨떨한 얼굴로 다가서선) 엄마가 여긴 어쩐 일이야?
순애	(반가운) 니 아빠 다니는 병원이 요 옆 건물이잖어! 지나다 너 보구 얼마나 놀랐게? (얼굴 쓰다듬으며) 많이 바뻐? 얼굴이 반쪽이네..
윤영	(슬쩍 얼굴 빼며) 화장 지워져..
순애	(세팅 중인 테이블, 사인회 문구 호기심으로 보며) 작가가 오는 거야?
윤영	응. (휴대폰 시계 힐끗 보곤) 병원 안 늦어?
순애	(여전히 테이블 향해, 쓸쓸한 미소) 나도 한때는 소설가가 꿈이었는데..
윤영	(건성으로) 쉽나, 뭐, 그게..
순애	어떤 내용이야? 사인한 책 엄마두 하나만 주면 안 되나?
윤영	(? 좀 의아하게 보며) 읽게...? 엄마가?
희섭	(다가와선 퉁명스레) 아, 됐어. 읽지도 않을 책을 무슨! 가, 얼른! (불편한 왼쪽 다리 절뚝이며 먼저 가면)
순애	(민망한 웃음으로) ...그치.. 요즘 눈도 침침한데, 뭐. 내가 무슨 책이야.. 갈게, 딸! (들고 있던 책 한 권, 슬그머니 내려놓고 허둥지둥 가는 데서)

씬32.   차부집 일각. 낮

행복해 보이는 순애를 물끄러미 바라보던 윤영, 좀 울적해져서 고개 툭.. 떨군 채 건물 뒤쪽으로 꺾어 사라지는데, 동시에 다른 쪽에서 나타나는 희섭, 콧노래 흥얼흥얼 부르며 신나는 발걸음.

| 희섭 | (투명 마이크 휘어잡고) *가고 나면언! 후회할 걸! 왜 말을말* |

을말을 못 했나아! 아... 나두 멤바들만 구할 수 있음 밴드 하나는 뚝딱 맨들 거인디... (하다) 허긴.. 이 깝깝한 촌구석에 악기 가진 놈이 누가 있겠냐.

그때, 버스 하나 들어오자, 얼른 달려가서 깡충깡충 들여다보는데, 기다리는 얼굴이 없다. 벽시계 흘낏 보곤, "이상허다.." 갸웃하는데. 또 버스 하나 들어오면, 다시 달려가 깡충깡충 보는 희섭, 이번에도 없다.

희섭   아따.. 버스가 시간 약속을 안 지키믄 어쩌자는 것이여...? (셔츠 주머니에서 피크 하나 꺼내 물곤, 매표소 향해, 건들건들 걸어가는)

씬33.   차부집 뒤편 일각. 낮
울적한 윤영, 나무 아래 벤치에 홀로 웅크리고 앉은.

윤영   엄마도 책을 참 좋아했었구나.. 우리만 아니었음 맘껏 읽고 살았겠지... (!! 문득 결연해져) 그래, 이건 우연이 아니야...! 어떻게 하필 열아홉 엄마를 딱 만나냐고! 분명 무슨 이유가 있는, (멈칫)

〔 인서트 – 1회. 씬45. 우정리, 강가 상류. 밤 〕
윤영   *나는, 나는.. 정말로 시간을 되돌리고 싶어요, 아버지.*
윤영   *만약 과거로 갈 수 있다면요, 전 아주 옛날로 갈 거예요.*

그래서 엄마가 아빠를, 나를, 절대 사랑하지 않게
만들 거예요.

윤영　　엄마 혼자 행복하게, 오래오래 살게 할 거야. 꼭..
　　　　살게 할 거예요.

윤영　　(!!! 벌떡 일어서며) 가만, 엄마가 결혼한 게 1988년이었고
　　　　처음 만난 건 1년 전이라고 했으니까... (!! 눈빛 또렷해지는
　　　　데서)

씬34.　　차부집, 매표소 안 + 밖. 낮

삐딱하게 피크 문 채 매표소 앞에 탁, 팔을 올려놓는 희섭. 시선은 저 멀
리에 둔 채.

희섭　　(피크 멋있게 탁 빼며) 쩌기요, 아저씨! 시방 서울서 오는 버
　　　　스가 이라고 늦으믄 워쪈, (하며 힐끗 고개 돌리다 헉!!)

보면, 연필로 노트에다 무언가 끄적이느라 한껏 열중해 있는 순애의 맑
은 얼굴. 쏟아지는 머리를 귓가에 슥 예쁘게 걸곤, 골똘히 무언가를 생각
하다, 미소 짓고, 또 적는다. 여전히 흘러나오는 김승진의 노래, "스잔~"
이 귓가를 때리면, 눈 껌뻑껌뻑 멍하니 보던 희섭.

희섭　　(어? 뭐지? 윽! 가슴을 부여잡는) 으으..
순애　　(그제야 알아채고, 고개 들며) 몇 시 차 타시게요?
희섭　　(한쪽 다리도 힘이 빠져 툭 꺾이고) 워어..? 옴마..!
순애　　(!? 놀라서 엉덩이 반쯤 들곤) 어머, 괜찮아요?

희섭	(얼굴 새하얗게 질린 채, 도리도리) 병원을 가야쓸 거 같은 디요!

씬35.   차부집 일각. 낮

결연한 얼굴로 건물을 꺾어 나오던 윤영, 매표소 창구 앞에서 반쯤 주저 앉아 이러지도 저러지도 못하는 희섭을 부축하며 당황한 순애를 발견하는. '??'

씬36.   차부집, 매표소 앞. 낮

윤영, 급히 달려와 희섭 한번 보곤, 순애 향해서.

윤영	뭐야? 무슨 일이야?
순애	(어쩔 줄 모르는) 아니이, 갑자기 이 앞에서 저를 보더니 막,
희섭	(저도 당황, 가슴 꼼지락꼼지락 긁으며) 갑자기 여가 막 뽀 짝뽀짝, 통게통게 헌 것이, 뭔 깃털 같은 것이 안에서 간질간 질.. 허다가도, 또 드럼 열댓 개럴 동시에 이 안에서 콰광.. 사 정없이 때려쌌는 거 같고... (찡그리며) 워으..!
윤영	(? 좀 수상쩍게 보다가, 설마..) 저기, 혹시 이름이 뭐예요?
희섭	백 희섭이라고 하는디요, (괴로워하다 순애 향해) 그짝은 혹 시 이름이,
윤영	(!!!?? 희섭 얼굴을 두 손으로 짝 때리듯 잡고 돌려서 정면으 로 보는데)
희섭	(그제야 윤영 얼굴을 제대로 보곤) 어? 첫 번째 대가리!
윤영	(!! 부축하느라 희섭의 팔을 붙잡았던 순애 손을 희번득! 보

더니) 어디서 개수작이야!!! (탁! 쳐서 둘 사이 끊어내면)

순애, 희섭 　(동시에 깜짝 놀라 떨어지고)

윤영 　저기, 나 좀 봅시다. (희섭 팔 끌고 가며, 순애 향해) 순애는 얼른 들어가!

희섭 　(끌려가면서, 반가운) 순애 씨구나..!

씬37.　　차부집, 매표소 안. 낮

다시 안쪽 방에 들어가 앉은 순애, 영 신경 쓰여 창구 밖으로 고개 빼꼼 내밀고 보면, 투덜대며 건물 뒤로 향하는 윤영과 희섭 뒷모습 보인다.

순애 　(갸웃) 둘이 좀 닮은 거 같애.. (절레절레) 둘 다 완전히 이상해.

씬38.　　차부집 건물 뒤편. 낮

비장하게 마주 보고 선 윤영과 희섭. 윤영, 믿기지 않는다는 듯 희섭을 위아래로 훑어본다. 훤칠한 키, 뽀얗고 귀여운 얼굴... 정말 이 사람이 내 아버지가 맞나.. 싶은데.

희섭 　(왜 불러놓고 말을 안 하나, 뚱하게 보다) 대가리는 좀 괜찮어요?

윤영 　(삐딱하게 서서) 가슴팍은 싹 괜찮아졌나 보네요? 아주 멀쩡하네?

희섭 　어? (그러고 보니 그렇다, 신기하단 듯 가슴 쓸어내리며) 그러네!

윤영 　(왼쪽 다리 보곤) 다리는 괜찮은 거예요? 좀 걸어봐요, 이쪽으로.

희섭	(? 하면서도 좀 걸어보고, 가볍게 툭툭 뛰어보며) 이상 없는디.
윤영	(? 이상하네.. 보며) 사투리는 대체 언제부터 썼어요?
희섭	태어날 때부터 썼었지요, 뭐. 별 이상한 걸 다 묻네. 대체 왜 그라는디요?
윤영	(지그시 올려보다가, 강하게) 당신... 앞으로 우리 순애 앞에 얼씬도 하지 마!
희섭	(! 보는 데서)

씬 39.　　차부집, 매표소 앞. 낮

순애, 열심히 노트에 글 끄적이고 있는데. 곧, 어슬렁어슬렁 앞에 와 서는 김이박 패거리.

해경	(두 팔 턱 올려 기대며) 어유, 오늘도 열심이네, 우리 문학소녀!
순애	(고개 들곤 헛! 놀라) 얘들아..
해경	나와~ 갈 데 있어.
순애	(? 난감한) 자리 비웠다 들키면 엄마한테 혼날 텐데..
유리	잠깐이면 돼. 내일 학교에서 재밌는 거 할 건데, 그 계획 좀 같이 짜자구.
순애	계획...? (어쩐지 불안한 예감이고)

씬 40.　　차부집, 뒤편. 낮

황당한 얼굴의 희섭, 윤영을 슥 삐딱하게 내려보는.

희섭	나가 왜 그래야 된당가? 니가 뭔 자격으로 이래라 저래라여?
윤영	나..? (얼른 머리 굴리곤) 순애 베프의 자격으로 그런다, 왜.
희섭	(그 당당함에 살짝 눌려선) 베프..? 뭣인디, 그게.
윤영	세상에서 제일 가깝고 친한 친구란 뜻이야. 나랑 순애가 그런 사이라구.
희섭	(! 좀 더 곤란해져서) 어제 대가리 깬 건.. 미안하게 됐네!
윤영	(흥, 비웃고) 됐고. 내가 여기 있는 한, 넌 우리 순애랑 어떤 방식으로든 절대 이어질 수 없을 테니까, (가슴 가리키며) 그거, 더 떨리기 전에, 접어.
희섭	(!! 발끈해선) 나가 어째서 맘에 안 드는 것인디?
윤영	(지지 않고 바짝 붙어서, 차갑게) 어째서? 난 당신이 누군지, 어떤 사람인지, 당신 사랑이라는 게 얼마나 가볍고 하찮은지, 모조리 다 지켜봤으니까.
희섭	(?! 황당하고 억울해서) 니가.. 뭔디.. 니가 걸 워째 아는디..
유섭(E)	희섭아? 여기서 뭐 해?
희섭	(돌아보곤, 서러움 몰아쳐서) 서어엉! (달려가면)
윤영	(!) 형...? 큰아빠...? (하고 돌아보면) !!?

훈훈한 외모에 단정하고 깔끔한 옷차림을 한 유섭, 다정한 미소로 희섭 등 도닥이고 있는. 희섭, 획 돌아 멍한 윤영을 보더니... *"두고 봐! 내가 맘에 들게 될 테니께!"* 외치고 치! 다시 돌아 유섭과 가버린다. 홀로 남은 윤영, 멍하니 그 뒷모습 보는 데서.

씬41.   우정리 뒷산 초입. 낮

각각 가족끼리 둘둘씩 제 이름 새겨진 티셔츠를 입은 채 몸을 푸는 우정

리 마을 사람들. 해준, 공구를 그대로 든 채 퀭한 얼굴로 서서, 기막힌 듯
그 풍경을 둘러보는데. 그러다 문득 일각에 시선 멎는다. 한쪽 구석에 홀
로 티셔츠 입지 않고 오도카니 앉아서 사람들만 구경하고 있는 병구의
등이다. 그 뒷모습을 보는 순간, 표정 굳는 해준 위로.

해준(E)　　　누굴 기다리는 건데.

씬42.　　　어느 강가. 낮 (회상, 씬1의 장소-2024)

평온한 강가. 오도카니 앉아 멍하니 강물만 바라보는 한 노인의 뒷모습을
보고 서있는 해준, 핏발 선 눈으로 짜증스럽게 그 등을 노려보고 있다.

노인(E)　　　우리 손자를 기다려요.. 여기서 사라졌어..
해준　　　　　(하, 쓰게 웃곤 혼잣말처럼) 알아보지도 못하면서, 무슨.
노인(E)　　　하나뿐인 내 손자가 여기서 사라졌어요.. 제발 좀 찾아주세요..
해준　　　　　(! 떨려오는 눈빛, 그러나 도리어 더 짜증스레) 누가 보면 아
　　　　　　　끼던 손주 잃어버린 줄 알겠네. 평생을 꼴 보기 싫다더니, 대
　　　　　　　체 뭐 하는 거냐고 이게!
노인　　　　　(그제야 천천히 눈물 그렁그렁한, 그러나 넋을 잃은 눈빛으
　　　　　　　로 돌아보면)

그 얼굴... 바로 늙고 초췌한 병구(87세)의 모습이다!

씬43.　　　우정리 뒷산 초입. 낮 (현재, 씬41에 이어)

그 얼굴에 오버랩되듯, 천천히 돌아보던 병구, 해준을 확인하고는 확 웃

음이 번진다. 벌떡 일어나 이리 오라고 손짓하는 병구에.. 똥 씹은 얼굴이 되는 해준에서.

씬44.   우정리 뒷산. 낮

공구를 그대로 든 채 차가운 얼굴로 경보 중인 해준, 스스로도 기가 막힐 뿐인데. 그 옆으로 해준과 같은 색의 티셔츠를 맞춰 입은 채 흐뭇하게 따라 걷는 병구.

병구   기대도 안 했는데, 올해엔 이 대회에 참여할 수 있게 되어 무척 기쁘네. 3년째 관중석에서 박수만 쳐야 했거든.

해준   (영혼 없이) ... 예..

병구   3등 상품이 마이마이라는데, 우리가 그 정도는 할 수 있을 거 같아. 하하..!

해준   (반대쪽으로 고개 돌려, 읊조리듯 작게) 가진 게 돈뿐이면서 하여튼 짠돌이..

병구   (못 듣고) 가족이라곤 달랑 아들 하나뿐인데, 미국에 유학을 보내놔서 말야. 휴.. 아주 고놈 돌아올 날 고거 하나 기다리는 게 내 낙일세.

해준   (역시 반대쪽에다 대고 허— 웃곤) 언제부터 예뻐했다고..

병구   (싱글벙글 미소로 걷다, 힐끗) 아까부터 뭐라고 주절대는 건가, 윤 선생?

해준   ... 3등 하려면 속도 좀 더 내셔야겠는데요. (먼저 서둘러 걸어 나가면)

얼른 따라붙는 병구. 나란히 걸어가는 두 사람의 등에 '윤해준' '윤병구'

써 붙어있는.

씬45.　　해준의 집, 주방. 낮

벌컥벌컥 마신 생수를 탕— 내려놓는 해준. 그 옆에는, 공구와 마이마이 하나 놓여있다.

해준　　　(힐끗 마이마이 보며) 욕심부리더니 이건 왜 날 주고 난리
　　　　　야, 할배.. 미국에서 빨리 돌아와야 차를 고칠 텐데.. 하.. (공
　　　　　구만 챙겨 나가는)

씬46.　　해준의 집, 거실. 낮

현관을 향해 가려던 해준, 거실 꼴을 돌아보곤 멈칫 선다. 급히 나갔는지 윤영이 덮었던 이불은 소파 위에 아무렇게나 뭉쳐져있고, 그 한쪽에 윤영의 가방도 대충 구겨져있는. '하..' 보던 해준, 곧 악물고 다가가며.

해준　　　최대한 밖에 나가지 말랬더니, 단 하루를 못 참고 나가나...?
　　　　　이 정도면 계획이다, 계획. (분노로 이불을 개려 획 들어 올
　　　　　리는데)

그 결에 바닥으로 툭 떨어지는 윤영의 가방. 동시에 한쪽 포켓에 들었던 성냥갑이 또르르 굴러떨어진다. 해준, "어으.." 짜증스레 집어 다시 가방에 넣어주려다 멈칫, 다시 보는데.. (1부) 씬43의 낡은 성냥갑 위에 적힌 **'봉봉다방'** 촌스러운 글씨체에 바짝 굳는 해준. 이어서 급히 성냥갑을 열어보는데, 곧 그 안에 든 쪽지를 발견, 펼쳐서 글자를 읽는다.

'!!!' 충격으로 악무는 해준, 제 휴대폰을 꺼내 사진첩을 열어보면, 어떤 서류를 찍은 사진*. 그 서류 속 사진을 확대하자 선명히 드러나는 성냥 갑과 쪽지... 해준의 손에 든 것과 같다!

해준   !!!

씬47.   차부집, 매표소 앞. 낮

무거운 얼굴로 걸어오던 윤영, 갸웃하는.

윤영   아버지도, 큰아버지도... 뭐가 좀 많이 다르네.. (하다 고개 돌
             리면)

비어있는 순애 자리. 어디 갔지...? 잠시 둘러보다, 슬쩍 웃음 나는 윤영. 까치발하고 들여다보면, 순애가 읽던 책, 쓰던 노트, 가방, 테이프 등등 그대로 놓여있다. 주변에 아무도 없는 걸 확인하곤 살금살금 매표소 안 쪽 방으로 들어가는 위로,

순애(E)   (단호하게) 안 돼...!

씬48.   우정리, 강가. 낮

물가 쪽으로 한껏 몰려 서있는 순애. 그 주변을 감싸듯 서있는 김이박 세 명.

─────────────

*   피해자의 유류품을 찍어둔 보고서 속 사진. (쪽지 내용 '책을 읽는 여자는 위험하다' 온전히 남겨진)

순애	아무리 장난이라도 그건 너무 심하잖아..
해경	(바짝 다가서며) 그래서, 싫다고? 넌 잃어버린 척만 하면 된다니까?
순애	(밀려나자, 발이 물에 닿고, 조금씩 떨려오는) 당하지도 않은 도둑질을 당했다고 거짓말할 순 없어.. 것두, 같은 반 친구한테 그러는 건..
해경	(한 발 더 위협적으로 다가서며) 또 혼자 착한 척하네, 애?
순애	(발목까지 푹 들어찬 물에, 덜덜 떨면서, 어딘가 먼 곳을 보면)

저 뒤쪽, 멀리 떨어진 수풀(1회 씬44의 그곳) 속에, 웅크리고 앉은 누군가의 모습이 번지듯 모호하게 보이는 데서.

씬49.   차부집, 매표소 안. 낮

순애가 앉았던 자리에 앉은 윤영, 호기심 가득한 얼굴로 이것저것 둘러보다, 중간에 연필 꽂힌 채 덮여있는 노트 발견하자 신나서 슬그머니 들어 본다.

윤영	(잠깐 눈 감고, 빠르게) 엄마. 나 대학 때까지 엄마가 내 일기 몰래 조금씩 훔쳐본 거 다 알아. 그걸로 쌤쌤하자, 미안! (히 — 웃곤, 펼쳐 보는데)
순애(E)	(적힌 글씨와 함께, 맑은 목소리) *Y에게. 이따금 외로운 생각이 들 때면, 나는 작은 문을 상상하곤 해.*
윤영	......(??! 읽어 내려가다, 하얗게 얼어붙어선) 왜, 왜, 이게, 여기에..

씬50.   우정리, 강가. 낮

조금씩 조금씩 해경에게 밀려, 뒷걸음질하는 순애. 어느새 허벅지까지
차오른 물. 순애, 두려움에 보면, 저 멀리 자갈밭에 선 유리, 은하, 재미있
단 듯 이쪽을 구경하고 있다.

순애(E)   (서글픈 순애 그 얼굴 위로)
            ... 누구에게도 환영받지 못하는 나,

해경   (매서운 눈빛으로 순애 보며, 나직이) 난, 가식 떠는 게 제일
            싫어. 세상에 나쁘고 더러운 일 따위는 하나도 모르는 것처
            럼 구는 애들.

순애   (떨면서도 똑바로 마주 보는데)

해경   바로... 너 같은 애들 말야. (하며 순애 어깨 뒤로 툭 밀어버
            리면)

순애   (!! 뒤로 엎어지며 순간 보이는, 햇빛 쨍쨍한 하늘, 곧 해경
            에 덮여 가려지면서)

순애(E)   **... 빛 한 점 들어서지 않는 좁은 방에 홀로 앉은 나,**

씬51.   우정리, 길가. 낮

허겁지겁 정신없이 달리는 윤영, "순애야! 순애야!" 외치며 둘러보는 위로,

순애(E)   **오래전, 어두운 강물에 단 하나의 벗을 잃어버린 적이 있던 나,**

씬52.   우정리, 강가. 낮

물에 빠진 순애, 허우적허우적.. 저 멀리 자갈밭에 선 해경과 유리, 은하

이쪽을 본다.

순애   (겨우 소리 내) 살려줘... 살려줘..! (점점 힘 빠지는데)
순애(E)   **모든 것을 놓아버리고 싶어지는 그 순간,**
             나는, 상상하고 마는 거야.
순애   (울먹이며 올려다보는 맑고 푸르른 하늘 위로)
순애(E)   **어딘가에 숨어있을 나의 비밀스러운 작은 문을...**

씬53.   우정리 강가 근처. 낮

급히 달려오던 윤영, 저 아래 강물에 빠져 허우적대는 누군가, 발견한다.

윤영   ......엄마...? 엄마!!!!!! (재빨리 달려가는)
순애(E)   **그 문이 열리면, 따사로운 빛 한 줄기쯤은 새어 들어올 테고.**

씬54.   우정리 강가. 낮

빠르게 달려오는 윤영, 조금 당황한 김이박을 냅다 밀치고, 곧장 강물로
뛰어드는.

순애(E)   **그리고도 운이 좋다면.. 누군가 성큼, 들어설지도 몰라.**
윤영   (악문 채 순애의 곁으로 서둘러 헤엄쳐, 손을 뻗으면)
순애   (허우적대면서 그런 윤영을 향해 손 뻗으려 애쓰는, 그 위로)
순애(E)   **안녕... 나는 너의 친구가 되어줄 사람이야.**
윤영   (간신히 그 손을 탁! 잡아 힘껏 끌어당기는 위로)
윤영(E)   **나는, 너를 구하러, 먼 길을 돌아 이곳에 왔어.**

윤영	정신 차려, 순애야! 조금만 참아!

김이박, 불안한 얼굴로 서로의 눈치를 살피는데. (수풀에서 나온) 누군가, 그런 세 사람을 빠르게 획 지나쳐 강 쪽으로 간다. 그녀가 신은 고급 운동화에 묻은 진흙들.. 완전히 젖은 윤영, 순애를 데리고 물 밖으로 나와 자갈밭에 동시에 툭 쓰러져 앉는 순간 달려드는 운동화 주인공, 입고 있던 카디건을 벗어 순애에게 덮어주면서. "괜찮아, 순애야?!!" 곧 분노로 악무는 윤영, 일어나선 곧장 김이박 향해 걸어간다.

윤영	니들 뭐야, 친구가 물에 빠졌는데 왜 구경만 하고 섰던 거야!
유리	(당황해, 시선 피하며) ...장난 치는 줄 알구..
윤영	사람 목숨이 장난이야? (유리 어깨 툭 치며) 그래? 나도 장난 좀 쳐볼까?
해경	(겁먹은 유리 앞을 탁 막아서며) 뭘 안다구 나서, 재수 없게.
윤영	(노려보다가, 해경 향해, 나직이) ....고미숙?
해경	(? 놀란 눈으로 보는 데서)

씬 55. 차부집, 매표소 안. (씬 49에 이어)

윤영, 떨리는 손으로 툭 내려놓는 노트. 빼곡하게 적힌 순애의 글씨를 바라보는 위로,

〔 인서트 - (1회) 씬 20. 북카페 안. 낮 〕

진행자	(소설 들어 보이며) 1987년에 발표된 첫 소설 〈작은 문〉이죠.
미숙	(?? 책 보는 순간, 미세하게 굳는 표정)

진행자   이 훌륭한 책을, 선생님께선 불과 열아홉의
          나이셨을 때 쓰셨다고.

〔 인서트 - (1회) 씬21. 주차장, 고미숙의 차 안. 낮 〕
윤영   선생님 팬들 중에 그 첫 소설 때문에 입덕한 독
          자들이 얼마나 많은지 모르세요? (저를 가리켜
          방긋) 제가 그 1호 팬이잖아요.

윤영   (충격으로 멍한) 그 소설을 왜... 엄마가 쓰고 있는 거냐고..!

씬56.   우정리 강가. 낮

윤영, 긴장한 눈빛의 해경을 향해 한 발짝 더 가까이 다가서며.

윤영   (낮게) 맞지? 너, 고미숙이지.
해경   (!? 가만히 어딘가를 보면)

주저앉은 순애 곁에서 카디건으로 물기를 닦아주고 있던 이, 멈칫, 천천
히 고개를 든다. 그제야 드러나는 차갑고 이지적인 얼굴, 고미숙(19세)
이다!

미숙   (살짝 미소 머금은 채) 제 이름을, 어떻게 아세요?
윤영   (? 혼란스러운 얼굴로 돌아보면)
미숙   (제 목걸이의 펜던트를 슬쩍 만지는데, 1부 고미숙의 것과
          같은 모양이고)
윤영   (!!! 충격으로 보는데)

순애	(혼미하다가 욱, 하고 토하듯 물을 뱉어내면)
미숙	(얼른 다시 순애 감싸며) 순애야, 괜찮아? 너 정말 병원 안 가도 되겠어?
순애	(힘없이 끄덕이며) 집에.. 갈 거야..
윤영	(얼른 다가가 순애를 데려오며) 그래. 일단 가자, 집에.
미숙	읍내 사거리에 큰 병원이 있는데 저희 엄마가 거기 의사예요. 혹시 안 좋으면 바로 데려가세요. 제가 얘기 잘해놓을게요.
윤영	(여전히 혼란스러운 눈으로 미숙 보다, 순애 데리고 가는데)
해경	(스치는 순애 향해) 미안하다, 순애야. (의미심장하게) 내일 학교에서 보자.
윤영	(! 그런 해경을, 순애 대신 힘껏 노려보곤 가는 데서)

씬57.　해준의 집 앞 + 순애의 집 앞 골목길. 밤

물에 젖은 생쥐 꼴로 나란히 걸어오는 윤영과 순애. 순애, 시퍼래진 입술에 콜록콜록 기침 나고, 윤영 역시 한기에 덜덜 떨려오는데.

순애	죄송해요, 언니. 제가 수영을 못 해서.. 저 때문에 괜히..
윤영	(멈추고, 보며) 아까 걔네, 너랑 같은 학교야? 고미숙도?
순애	(천천히 끄덕) 네. 같은 반 친구들이에요.
윤영	물에 빠졌는데 구하지도 않고 구경만 하는 애들이 무슨 친구야. (돌려세우며) 나한텐 솔직히 말해도 돼. 걔네가.. 너 괴롭혀?
순애	...그런 거 아녜요.. 그냥 장난을 좀 친 거니까..
윤영	(찌푸린 채) 장난이라고? 어떻게 그런 게 장난이야, 순애야.
순애	(당황한 채 얼른) 못 본 걸로 해주세요.. 그래도 학교에서 유

일하게 얘기 나눌 수 있는 애들이에요.. 다들 절 안 좋아해서.. 저랑 얘기 안 하고 싶어 하거든요. 그러니까.. 저는 걔네랑 계속 친구여야 되구요, 그냥 다 장난이어야 되구요..

윤영   (?! 기막혀 보는데)

순애   그러니까, 그래서.. (하다 결국 눈물 비죽 나와선, 불쑥) ...죽고 싶어요.

윤영   (!! 멍하니 보는데)

경애(E)   야, 이순애!!

순애   (?! 돌아보면, 옥상 위에 선 경애다.)

경애   너 거기서 뭐 하냐? 빨리 안 들어와?!

순애   (얼른 슥슥 눈물 문질러 닦곤) 오늘 일은 꼭.. 비밀로 해주셔야 돼요? 얼른 들어가세요, 언니. (들어가면)

윤영   (멍하니 그런 순애를 보는 데서)

씬58.   해준의 집, 차고. 밤

심각한 얼굴로 본네트를 들여다보던 해준, 공구를 툭 내려놓곤 운전석 옆으로 간다. 확인해 보듯 열린 문 안쪽으로 반쯤 몸을 넣어 시동을 걸어보는데.. 그 순간, 엔진소리와 함께 시동이 걸리는 자동차! 계기판에 '1, 9, 8, 7' 불빛까지 선명하게 들어온다! '된 건가...?' 안도하면서도, 이내 찜찜한 해준... 주머니에서 씬46의 성냥갑을 꺼내 다시 내려다본다. 의문과 의심으로 골똘해지던 그때, 불쑥 문이 열리고 누군가 들어서면. 얼른 성냥갑을 감추듯 손에 꽉 쥐는 해준, 차가운 얼굴로 휙 보다 멈칫, 굳는다. 보면, 흠뻑 젖은 몸으로 덜덜 떨려오는 윤영, 역시 시동이 걸린 자동차를 발견하고 굳어버린.

윤영	(!! 금방이라도 떨어질 듯 그렁한 눈으로, 멍하니 차를 보다 가, 불쑥) 어떤 마음을... 너무 늦게 알아버렸단 생각, 해본 적 있어요?
해준	(?! 보면)
윤영	조금만 일찍 알았더라면, 조금만 먼저 알아챘더라면.. 모든 게 달라졌을지도 모르는데... 그런데, 여기선 아니야.
해준	(!!!)
윤영	여기선 아직 아무것도 늦은 게 아니잖아요.. 모든 게 일어나 기 전이니까.
해준	(!!! 저도 모르게 성냥갑을 꽉 쥐는데)
윤영	(떨리는 눈으로 보며) 미안하지만.. 나, 지금은 돌아갈 수 없 을 거 같아요. 해야 할 일이 있으니까, 여기서.
해준	(!!! 찌푸린 채 보는)

각자의 기억, 각자의 사연을 품은 두 사람... 복잡한 얼굴로 서로를 마주 보는 데서!

어쩌다 마주친, 그대 / 제 2회 엔딩

씬59.   에필로그1 – 경찰서 건물 앞. 낮 (2024)

휴대폰을 보며 급히 나오고 있는 경찰(40대, 남). 화면을 터치해 어딘가 로 전화를 걸려던 그 참에 갑자기 누군가 그의 팔목을 강하게 휙 낚아채 듯 잡아 이끈다. 순간 "뭐야..!" 경계 태세를 취하려던 경찰, 멈칫한 채 보 면, 검은색 모자를 푹 눌러쓴 해준, 쓰고 있던 마스크를 빠르게 반쯤 내 려 보인다.

경찰   (!!?? 놀란 눈으로) 유, 윤 기자...?!!

씬60.   에필로그2 – 경찰서 근처 벤치. 낮

커피가 든 종이컵을 불안하게 물어뜯으며, 믿을 수 없다는 듯 해준을 이
리저리 보는 경찰. 벤치에 앉은 해준, 서류 속 흑백사진(씬46 - 성냥갑과
쪽지 찍힌) 자료들을 들여다보고 있다.

경찰   아니... 죽었다고 생각했던 사람이 이렇게 돌아와 있으니까
            참 신기하구 좋긴 한데.. 왜 비밀로 해야 되는 거야, 이걸?
해준   사정이 있어서 그래요. 지금 제가 믿을 사람은.. 김 형사님밖
            에 없구요.
경찰   (다시 초조하게 종이컵 물어뜯으며) 그래.. 뭐, 일단 살았으
            면 됐지.
해준   (묵묵히 사진만 들여다보며) 이 성냥갑이요. 87년도 사건
            때 남겨진 표식이.. 어떻게 제 사건 현장에서도 발견될 수 있
            었을까요?
경찰   (조금 어두워져선) 같은 놈인 거지.. 이미 30년도 전에 문 닫
            은 다방 성냥갑을.. 누가 또 갖고 있을 수 있겠어?
해준   (힐끗 경찰을 보면)
경찰   (진지한 눈빛으로, 끄덕) 그 성냥갑을 가진 놈.. 그게 진짜 범
            인인 거야.

주머니에서 제 사건 현장에 있던 성냥갑을 꺼내는 해준, 생각에 빠진 채
골똘히 보는 데서!

어쩌다 마주친, 그대

chapter 3

당신이 가진 비밀

씬1.　　해준의 집, 차고. 밤 (2부 엔딩 이어)

보이지 않도록 성냥갑을 쥔 해준, 굳은 얼굴로 윤영을 본다. 윤영, 흠뻑 젖어 떨려오는 몸으로 천천히 말을 이어가는.

윤영　　… 알아요. 갑자기 떨어진 다른 시대에서 해야 할 일이 있다는 거, 얼마나 생뚱맞고 이상하게 들릴지.. 그치만.. 그치만,

해준　　… 나가요.

윤영　　(?! 떨리는 눈으로 보면)

해준　　(성냥갑을 주머니에 슥 넣곤, 성큼성큼 다가가는) 바깥보다 여기가 더 서늘하니까, (입고 있던 카디건 벗어 걸쳐주며) 나가자구요, 일단.

윤영　　(! 보는데, 그 순간 본네트 펑— 소리에 화들짝 놀라면)

역시 놀란 해준, 순간적으로 윤영을 덮듯이 보호하며 빠르게 몸을 숙였다가, 휙 돌아본다. 다시금 작게 연기 피어나는 본네트. 방금 전까지 켜져있던 시동과 불빛도 완전히 꺼져버린. 해준, 하아... 한숨 내쉬다 문득 내려다보면, 가까이 붙은 윤영, 머쓱해 슬쩍 시선 내리는.

해준　　(! 역시 머쓱해 조금 떨어져선) 어차피 오늘 밤 돌아가긴 글른 거 같네..

씬2.　　해준의 집, 거실. 밤

방문을 닫고 나오는 해준, 앞에 서있던 윤영에게 잘 개어진 자신의 옷들을 건네고는 욕실을 힐끗 가리키곤 주방으로 간다.

윤영   (그 모습 잠시 보다, 욕실로 향하는)

씬3.   해준의 집, 욕실. 밤

가만히 서서 젖은 셔츠의 단추를 풀던 윤영, 문득 거울을 바라본다.

윤영   고미숙이랑 우리 엄마가 아는 사이였다고...? 심지어 같은

          반...? 소설은 또 어떻게 된 거야, 대체..

순애(E)   ... 죽고 싶어요.

          〔 인서트 - (2부)

          씬57. 해준의 집 앞 + 순애의 집 앞 골목길. 밤 〕

     순애   *다들 절 안 좋아해서...*

               / 그러니까, 그래서... 죽고 싶어요.

     윤영   *(멍하니 순애를 보는 얼굴 위로,* **N***)*

               엄마에게 그런 시간이 있었을 거라곤,

               상상조차 해본 적 없었다.

               그러나 이것뿐이었을까..

               내가 알지 못했던 엄마의 순간들은.

          〔 인서트 - (2부) **씬50. 우정리 강가 근처. 낮** 〕

          두리번대며 급히 달려오던 윤영, 순간 덜컥 내려앉은 얼굴로

          본다. 물에 빠진 채 허우적대는 순애, 점차 엄마 순애(53세)

          의 모습으로 바뀌어 보이는.

     윤영   *(놀라서 보는 그 얼굴 위로,* **N***)*

그동안 나는..

엄마의 시간을 얼마나 놓쳐왔던 걸까.

울컥하는 감정을 애써 누르는 윤영, 곧 거울을 향해.

윤영   이젠 아냐... 여기선 다 바꿀 수 있어.

씬4.   해준의 집, 주방. 밤

곤로 위에 올려놓은 주전자 물이 보글보글 끓는다. 쟁반과 티백 담긴 컵을 준비해놓고 착잡한 얼굴로 선 해준, 뒷주머니에서 성냥갑 두 개(윤영 것/제 것) 꺼내 다시금 들여다본다.

해준   (읊조리는) 이걸 어떻게 갖고 있었던 거지..

〔 인서트 - (2부) 씬58. 해준의 집, 차고. 밤 〕
윤영   ... 나, 지금은 돌아갈 수 없을 거 같아요.
             해야 할 일이 있으니까, 여기서.

해준   (! 찌푸린 채, 제 기억을 떠올리는 데서)

씬5.   우정리, 어느 카페. 밤 (회상 - 1부 씬39 장소)

서류°를 넘겨 보는 해준, 그 앞에, 이제 완전히 유순해진 태도의 범인(56세, 남).

범인	(조심스레) 거기서.. 뭘, 어떻게 하시려구요?
해준	(서류에만 집중한 채, 한쪽 면을 보여주며) 기억나시죠, 이 분들.
범인	(!! 놀라고도 슬픈 눈으로 보면)
해준	1987년 5월 14일, 5월 16일에 차례대로 사망하셨던 피해자 여성 두 분, 그리고 20일에 사라져서 지금까지 찾지 못한 여성 한 분.
범인	(시선 떨군 채) 예.. 모두 동네에서 봤거나, 알던 여자들입니다..
해준	(확인하듯) 본인이 죽인 적은 없는 분들이고요?
범인	정말 아닙니다...! 그때 그 형사 놈들이 나한테 뒤집어씌우지만 않았어도.. (간절히 보며) 억울해요, 난. 믿어주십시오, 제발...!
해준	(잠시 보다가, 다음 장을 보여주며) 이건 당시 유력했던 용의자 리스트, 본인 포함 총 세 명이죠. 나머지 두 남자분도 기억하세요?
범인	(들여다보며, 끄덕) .. 동네가 워낙 좁았으니까요..
해준	(서류 툭 내리고 보며) 그럼 지금부터, 본인 포함 이 여섯 사람에 대해서 기억나는 모든 걸 얘기해 보실까요. 아주 사소한 것도 괜찮습니다.
범인	하도 오래된 기억이라.. 정확할지..
해준	참고용이니까 걱정 마세요. 정확한 건 직접 가서 확인할 거니까. (가볍게 내쉬곤, 툭 기대며) 남아있는 정보도, 증거도, 너무 없는 사건이에요. 그래서 최대한 가까이.. 그 사람들 틈에 섞여 지켜볼 겁니다. 행동 하나하나 눈여겨보면서. 그리

• 서류 내용은 화면에 잡히지 않는.

고.. 기다려야겠죠. 사건이 일어나기 직전까지.

범인   (!! 얼얼한 채 일단 끄덕여보는데)

해준   당시 이 여섯 사람 중 절반 이상이 속해있던 곳이 어디였다
고 생각합니까?

범인   (잠시 갸웃하다) ...속해있다...? 학교요...?

해준   (끄덕이곤, 담담한 얼굴로) ... 학교. 거기서부터 시작할 겁니다.

윤영(E)   (그 위로) 학교엘 좀 들어가야 할 것 같은데요...!!

씬6.   해준의 집, 거실. 밤 (현재)

어두운 거실.. 빈 소파를 향해 틀어놓은 난로 두 대의 따뜻한 불빛만이
은은히 빛나는 가운데 맞은편에 쪼그리고 앉아 뜨거운 주전자를 들고
물을 따르던 해준, 멍하니 고개 돌린다. 옷을 갈아입은 채 막 욕실에서
나온 윤영, 비장하게 반짝이는 눈빛으로 해준 보며.

윤영   ... 학교요. 거길 좀 들어가야겠는데, 제가.

해준   (... 기어이 그 말까지 하겠다고? 하는 얼굴로, 멍하니 보기만)

윤영   (?! 좀 머쓱해서 보다) 미쳤어요?!! (얼른 달려가 주전자 뺏는)

해준   (가득 차 흘러넘친 물컵 든 손 그제야 보곤) ... 핫 뜨거...!

씬7.   문 나잇트 디스코 클럽 앞. 밤

안쪽에서 흘러나오는 87년 최신 유행가에 맞춰 흥얼대는 삐끼, 테이프
짝 뜯어서 내민다. 보면, 한쪽에 순찰차 세워둔 채 클럽 벽에 포스터를
붙이고 있는 순경(20대, 남)이다. 순경, 테이프 받아서 붙이는 동안, 흘낏
내용을 읽어보는 삐끼.

삐끼	이거, 잡으면 진짜 돈 줘요?
순경	(붙이며) 왜, 또 수상한 사람 봤어? (또 손 내밀면)
삐끼	(테이프 찍 뜯어 주며) 보는 사람이 다 수상하죠. 저 누나 봐요. (가리키면)
경애	(마침 입구에서 나온다. 누구보다 요란한 패션으로, 맥주병을 트럼펫마냥 후루루— 부는 묘기 보이며 친구들과 까르르 가는)
순경	(쯧쯧.. 보면서도) 쟤네 집 숟가락 개수까지 안다, 내가. 저건 그냥 꼴통이고.. 왜 있잖아, 낯선 얼굴에 낯선 말씨, 묘하게 다른 세상에서 온 것만 같은...!
삐끼	아아, 낯선 얼굴, 다른 세상...!
순경	또 여기가 어딘지, 지금이 몇 년도 몇 월 며칠인지도 잘 모른다든가,
삐끼	(? 살짝 갸웃하면서) 모른다든가...!
순경	또 막 이상한 기계 같은 걸 들고 다니면서 막 이상한 소릴 한다든가,
삐끼	(? 살짝 멍해져서) 이상한...! 어? 나 어제 봤는데, 그런 사람?!
순경	(기대 없는 얼굴로) 그래.. 봤겠지, 맨날 보겠지.. (하는데)
동식[E]	누군데, 그게?

그 소리에 두 사람, 돌아보면, 순찰차 조수석을 뒤로 젖힌 채 잠시 눈붙

이고 있던 동식, 의자를 쭉 바로 세우며, 천천히 눈 뜨곤 본다.

동식   누구냐고, 그게.

씬8.   해준의 집, 거실. 밤

소파 위에 가까이 마주 보고 앉은 윤영과 해준, 서로를 바짝 노려보고 있는.

해준   그게 지금 말이 된다고 생각합니까? 학교?! 심지어 선생도
                아닌 학생으로? (하— 비웃다가, 통증에) 아읍...!

내려보면, 해준의 빨개진 손에 연고를 발라주고 있던 윤영이다. 여전히
노려보면서도,

윤영   그게 그렇게 놀라운 일인가요? 뜨거운 게 닿는지도 모를 만
                큼? (바르면서, 새침) 보시면 아시겠지만, 화장 지우면 쌓인
                시간이 잘 가늠 안 되는 얼굴이라, 3년 정도 꿇은 설정이면
                충분히 커버칠 수 있, (하다, 에쥐!)
해준   (썩은 미소로, 물컵 집어 건네며) 개연성을 거기서 찾으면
                안 되지. 여기가 어디란 걸 잊었습니까? (들이키려는 걸 보
                곤) 뜨거우니까, 천천히.
윤영   (호 불어 한 모금 마시곤) 1987년이잖아요. (차고 쪽 휙 가
                리키며) 어차피 당분간은 못 돌아갈 거고, 신분 하나쯤은 마
                련해두는 게 안전하다면서요. 그쪽도 했으니까, 나도 할 수
                있는 거 아닌가? (다 바르고) 저쪽 손이요.
해준   순서가 틀렸다곤 생각 안 합니까?

윤영	(손 얘긴 줄 알고) 순서가 어딨어요, 아무 쪽부터 바르면 되
	지.. (하다 멈칫, 어느새 진지해진 해준의 눈빛을 보곤) ...아..
	그 얘기 아니구나?
해준	여기서 해야 한다는 일, 그것 때문이죠?
윤영	(! 보면)
해준	그럼 그게 무슨 일인지부터 설명하는 게 맞을 거 같은데.
윤영	(!! 선뜻 말하지 못하고 머뭇대는데, 그 순간)

'딩동!' 초인종 소리 들려오면, 두 사람, 동시에 인터폰을 보는 데서.

씬9.　　 해준의 집 앞. 밤

대문 앞에 선 이들... 동식과 순경이다. 초인종을 한 번 더 누르고는, 담 너머 안쪽을 들여다보는 동식. 거실 커튼 사이로 슬쩍 새어 나오는 불빛 을 지그시 보는데.

순경	(초조한 채, 슬쩍) 정말 이래도 될까요? 어쨌든 우정고 교사
	잖아요. 이사장님 아시면... (동식 답 없이 앞만 보자, 더 불
	안) 우리 서장님이랑도 막역하신데..

씬10.　　 해준의 집, 거실. 밤

연신 울리는 초인종 소리에, 조용히 서로를 보는 두 사람.

윤영	이 시간에.. 올 사람이 있어요?
해준	(벌떡 일어서 커튼 사이로 조심스레 밖을 내다보면, 담 너머

로 동식 얼굴이 슬쩍 보인다) ! 백동식 형사가 여길 왜 왔지..
(힐끗 돌아보곤) 기다려요. 내가 나가볼 테니까. (나가는)

씬11.   해준의 집 앞 골목길. 밤

대문을 여는 해준, 그 앞의 동식과 순경을 보는.

해준   무슨 일입니까, 이 시간에?

동식   (무표정한 얼굴로, 빠르게) 우정경찰서 강력반 형사 백동식입
니다. 확인할 게 있으니, 잠시 실례 좀. (툭 밀치고 들어가면)

해준   (재빨리 붙잡아 세우며) 무슨 일인지 설명을 빠뜨리신 거 같
은데.

동식   (이해 안 간단 듯) 그런 게 필요하다고 생각하는 겁니까, 여
기서?

해준   (! 보는데)

순경   (동식 그대로 들어가자, 얼른 해준 붙잡곤) 이사장님한테 전
화라도 넣어봐요! 문나잇트 영녹이 고 자식, 맨날 하는 헛소
린데.. (오히려 안타깝단 듯 안쪽 보며, 발 구르는) 또 얼마나
곤란해지실라구, 원...!

씬12.   해준의 집, 현관 안 + 밖. 밤

현관문 안쪽에 가까이 붙어 선 윤영, 바깥 소리를 들어보려 귀를 바짝 대
는데 순간 획 열리는 문. 화들짝 놀라 보면, 동식이다. 동식, 먼저 해준의
집 안부터 슥 둘러보고는, 이어서 곧장 차가운 시선으로 윤영 향해.

동식	신분증 좀 봅시다, 이번엔 제대로.
윤영	(굳어선) 네...?
동식	못 들었습니까? 수상한 사람이란 신고 받고 왔으니, 신분증 꺼내십쇼.
윤영	(!! 당황으로 꼴깍, 애써 침착하게) 잃어.. 버렸는데요, 얼마 전에.
동식	(그럴 줄 알았단 듯, 계속 둘러보며) 그 정도의 성의도 없었다면 신분을 증명할 만한 다른 방법이 있지도 않을 것 같으니까.. 일단 서로 가시죠.
윤영	(!! 사색으로) 경찰서...요..?
동식	(답할 것 없이 곧장 윤영의 팔을 낚아채는데)
윤영	(?! 순간 동식의 뒤쪽을 보면)

훅 치고 들어서는 해준, 단호하게 동식의 팔을 치워내고는, 윤영을 제 뒤로 슥 보낸 뒤 동식 앞에 마주 선다.

동식	(노려보며) 당신 미쳤어? 혹여나 이사장 믿고 이러는 거면,
해준	동료들은 따돌리고 실적은 필요해서 지금 이 일이 간절하신 건 알겠는데,
동식	(?! 순간 동요하는 얼굴로 보면)
해준	헛수고하실까 봐 도와드리려는 겁니다. 시간 낭비하시는 거예요. (힐끗 윤영 돌아보곤) 확실한 신분이 있는 친구고, 증명할 방법도 있으니까. 원하시면, 직접 확인시켜드릴 수도 있고.
윤영	(퍼뜩 놀란 눈으로 해준을 보고) ?!!
동식	(이미 평정을 잃었지만, 애써 침착하게) 확실한 신분이 있으시다...?

해준	예. 이 친구는, (하다 순간 좀 망설여져서) 이 친구는..
동식	(? 긴장으로 노려보고)
윤영	(! 제가 더 떨려서 침이 꼴깍 넘어가는데)
해준	(... 한숨, 할 수 없이 겨우 악문 채) 우정고등학교 3학년 1반 학생이니까요.
동식	(!? 굳은 얼굴로 보면)
윤영	(?!! 기쁨의 눈빛, 스멀스멀 새어 나오는 미소 위로, **E**) *예.. 예쓰...!!!*
해준	(그 소리를 듣기라도 한 듯 절망으로 멍하니 보는 데서)

씬13.   우정고등학교 교문 앞. 낮

날이 밝고, 시끌벅적 떠들며 등교하는 학생들로 복작복작한 교문 앞. 80년대 향기가 물씬 느껴지는 알록달록 사복 패션에 책가방을 멘 그 틈에, 콜록콜록 기침하며 걸어가는 순애. 저만치 뒤편에서 껄렁껄렁 오던 김이박, 피식 비웃곤 얼른 달려가 양쪽에서 거칠게 어깨동무를 한다. 깜짝 놀란 순애, 주눅 든 채 나란히 안으로 들어가고. 이윽고 고급차 한 대가 와 서면, 조수석에서 도도하게 내리는 고미숙, 마이마이 이어폰 꽂고 영어단어장 보며 교문 향하는데, 마침 그 뒤로 안경 낀 범룡, 역시 마이마이 끼고 책 보며 걸어오다 실수로 미숙의 어깨를 툭 친다. 미숙, 차가운 얼굴로 휙 돌아보면, '뭐 어쩌라고..?' 하는 얼굴로 힐끗 보는 범룡, 더 도도하고 새침하게 지나쳐 교문 안으로 들어간다. 기막힌 미숙, 하.. 웃곤 뒤따라 들어가는데. 그제야 저만치 뒤에서 나란히 나타나는 윤영과 해준, 학생들과 일정 거리 유지한 채 걷는.

윤영	(가방끈 한쪽에 레드 스카프를 둘러 예쁘게 묶으며, 살짝 긴

장) 나 몇 년생이었지..? (잠깐 떠올리곤) 아, 65년생, 65년
생. 주민번호가 650515, 22..

해준 (살짝 쾽한 채, 맘에 안 드는 듯 윤영을 내려보다가)

학생1 (곁을 지나며) 선생님 안녕하세요! (하면)

해준 (급 여유로운 미소로) 어, 안녕, 미선아. (하곤 다시 떫게 윤
영 보는데)

윤영 (당혹스런 얼굴로) 정말 죄송한데 제 주민번호 뒷자리, 6, 3,
다음에 뭐였죠?

해준 (영 안 되겠다 싶은 얼굴로, 낮게) 잠깐, 타임. (가방을 잡아
끌면)

윤영 (!?) 어머 왜요, 또! 학교가 코앞인데, 왜...!

씬14. 우정리 강가 일각. 낮

윤영의 가방을 끌고 어둑한 다리 밑에 와 서는 해준, 주변에 사람 없나
둘러 체크하면,

윤영 (불만스레 가방 털다, 강가 힐끗 보곤, 작게) .. 왜 하필 여기야..

해준 (그제야 윤영 보며) 지금 이거 얼마나 위험한 일인지 알고
있죠. 만약 잘못되면 당신이나 나나 여기서 아주 애매한 끝
을 보게 될 거란 거,

윤영 알아요. 어제 보고 느꼈잖아요. 잘못 안 되려고 학교도 가는
거고.

해준 말은 똑바로 하셔야지. 본인 꿍꿍이로 가는 거면서.

윤영 (시선 피하며, 으쓱) 뭐, 위기 상황치고 개이득이었던 건, 인정.

해준 개이득...! 그딴 단어 쓰는 걸 조심해야 된다는 겁니다!!

윤영	(흠칫) 아.. 미안해요. 조심할게요. 시간여행은 처음이라, (겸연쩍게 웃으면)
해준	그러니까 시간여행도 처음인 분이 대체 학교는 왜,
윤영	(잠시 보다가) ... 사연이 있겠죠, 그쪽처럼.
해준	(!? 보면)
윤영	모를 거라고 생각했어요? 자유롭게 시간여행을 할 수 있단 사람이, 굳이 다른 시대에 집까지 마련해두고 멀쩡한 선생님인 척 꼬박꼬박 출퇴근하며 지내고 있었는데? (예리한) 출퇴근은.. 현생에서만으로도 끔찍한 일이라고.
해준	(?! 뜨끔해서 보는데)
윤영	뭐.. 그렇게 성실하고 위험한 거짓말을 공들여 할 만큼 중요하고 개인적인 사정이 있는 거겠죠. 근데... 나, 안 물을게요. 그 사정이 뭔지.
해준	너도 깔 자신 없음 묻지 마라, 그 뜻?
윤영	(민망한 미소로, 툭 치며) 정답.
해준	(하.. 기막혀 보는데)
윤영	일단은... 각자 할 일 하자구요. 대신, 어제처럼 곤란하게 만드는 일은 없도록 노력할게요. 돌아가기 전까진 우리, 한배에 탄 거니까.
해준	딱 학교만 다니는 겁니다. 끝나면 곧장 집으로 오고. 최대한 튀지 않게 조용히. 만약 내가 하는 일에 방해가 된다면 그땐 학교도 끝인 겁니다. 언제라도.
윤영	(일단 산뜻하게) 콜...! 그럼 갑시다! (이번엔 제가 해준의 가방을 끌고 가면서) 근데, 어제 그 형사란 사람, 진짜 확인하러 올까요?
해준	(순순히 끌려가며) 글쎄요.. (하는데)

씬 15.   우정고등학교, 교장실. 낮

나란히 앉은 윤영과 해준, '!!' 굳은 얼굴로 앞을 본다. 보면, 맞은편에 나란히 앉은 이들, 희섭과 동식이다! 뚫어져라 두 사람을 노려보는 동식이고. 희섭 역시 뜨악해서 윤영을 흘겨보다가, 곧 해준을 보곤 '어디서 봤더라..' 좀 갸웃하는 동안. '교장 윤병구' 명패 놓인 책상 앞에 서서 한창 통화 중인 병구, 껄껄 호탕하게 웃으며.

병구   그래, 뭐, 젊은 사람이 일하다 보면 그럴 수도 있지.. 조만간 막걸리나 한 병 사들고 와. 하나뿐인 아들 멀리 보내놓고 적적한 벗 생각도 좀 하란 말야, 이 친구야. (웃고) 그래, 그럼 들어가게, 김 서장. (끊고) 아이고.. 미안, 미안. 통화가 길었네. (상석 소파로 와 앉으며, 환히 보며) 내 아주 기뻐요. 학교 세운 이래 첫 전학생인데, 것도 둘씩이나, 같은 날에?!

윤영/희섭   (! 그게 하필 너와 함께라니.. 썩은 얼굴로 서로를 보는데)

병구   (윤영과 희섭을 번갈아 좀 보다가) 거, 또 심지어 둘이 좀 닮았어?

윤영/희섭   (! 동시에 질색으로) 안 닮았는데요! / 안 닮았는디요!

병구   (큼.. 민망해 동식 향해) 지난번 읍내 클럽에서 대충들 봤겠지만, 제대로 인사 나누지. 여긴 윤해준 선생. 근데 여기도 또 누구랑,

해준   (정색) 안 닮았습니다.

병구   (큼.. 쪄리다, 동식 향해) 어쨌거나, 이쪽이 이제 자네 조카 담임이 될걸세.

윤영   (?! 동식과 희섭 번갈아 보는 위로, E) 아버지가 조카라고? 그럼 나랑도..?

동식   (담임이라니.. 못마땅하지만 묵례하며) 잘.. 부탁드립니다.

병구	(해준 향해) 백동식 형사라고, 아주 유능한 사람이야. 이런 친구들 덕분에 우리 마을이 이렇게나 살기 좋은 거라고. 감사하게 생각해야 돼 늘.
해준	(동식 향해 냉랭한 묵례로) 저야말로 잘 부탁드립니다.
병구	근데 유능한 사람이 왜 그랬대, 어젯밤엔? (슥 동식 보면)
해준, 윤영	(?! 슬쩍 병구를 보는데)
동식	(묵묵히 시선 내리곤) ... 죄송합니다, 이사장님.
병구	(다시 미소로) 우리 식군 거 몰랐겠지, 뭐. 이제 담임이고, 학부모니까 다 우리 우정고 가족인 거야. 앞으론 잘들 지내라구, 응? (하는데)
희섭	(!! 드디어 생각나 박수 짝, 해준 가리키며, 반가운) 아! 두 번째 대가리?! (신기하단 듯 윤영 보며) 아니 어뜨케 첫 번째 대가리랑, 으미, 신기햐..!!
일동	(멍하니 희섭을 보는 데서) ......

씬16.   교무실 앞 복도. 낮

창가에 조금 떨어진 채 나란히 선 윤영과 희섭, 각자 가방 끌어안고, 담임들 기다리는 중인데.

희섭	(힐끗 쳐다보고는) 보아 허니께, 너두 아부지가 읎는 갑다?
윤영	(허, 흘겨보다, 고개 획 돌려) 말 걸지 좀 말아줄래?
희섭	전학꺼정 오는디, 거, 뭐여, 사돈의 팔촌의 당숙부랑 온 걸 보믄 뻔하제..
윤영	(무시하려다, 저도 모르게 슥 보며) 있어도 안 오는 사람도 있던데? 초등학교, 중학교, 고등학교 내내 입학식이니, 졸업

식이니, 운동회니, 단 한 번도 와준 적 없는 그런 사람.. 술 마시고 누군가랑 멱살 잡고 싸우느라 내 모든 중요한 순간을 그냥 흘려보낸 그런 사람이.. 내 아버지였거든.

희섭   (짠하게 보며) 으미, 뭐 그딴 아부지가 다 있다냐..

윤영   (엷은 미소로) 그 말을 너한테 들으니까 참 이상하네.

희섭   ... 근디 초등핵교는 뭐여?

윤영   ... (빠르게) 국민학교.

희섭   이이.. 학교 이름이 초등이었는갑네. 초등국민핵교. (하다 번뜩) 그러구 봉게, 니가 여그 온 걸 보믄 혹시 순애씨도...!! (저쪽 복도를 향해 고개 샥 돌리면)

윤영   (! 번뜩, 잽싸게 희섭의 귀를 잡아당기며) 내가 어제 말했지, 관심 끄라고!!

희섭   (! 손 떼려 하며) 나도 어제 말혔어, 상관 말라고! 흐미, 이 가시내가, 안 놔?

때마침 교무실 문 열고 나오던 해준과 담임(30세, 남, 교련), 멈칫한 채 두 사람을 본다.

담임   (희섭와 엉켜있는 윤영을 멍하니 보며) 사돈의 팔촌의 어쩌구가.. 얌전하다구 하지 않았어요?

해준   (역시 윤영을 보며, 빠득.. 악문 채) 그러기로 했는데.. 하아..

씬17.   여자반 교실. 낮

삼삼오오 모여 시끌벅적 떠드는 여학생들. 그 와중에 순애와 고미숙만 각각 제 자리에 차분히 앉아 책을 읽는 중이다. 한편, 뒤편에서 놀고 있는 김이박. "오늘 밤은~ 어둠이 무서워요~" 김완선의 흉내를 내며 오두방정 스텝 밟고 춤추던 은하가 뒷걸음질하다 팔꿈치로 순애의 머리를 팍! 치면, 보고 있다 풉— 웃음 터뜨리는 해경, 유리. 그때, 문 드르륵 열리고, 교련(담임) 들어서면 화들짝 흩어져 자리에 앉는 학생들. 순애, 그저 조용히 아픈 제 머리를 문지르는데. 교련, 바깥을 향해 "들어와!" 하면 곧 성큼성큼 따라 들어서는 윤영, 그 모습에 곧 놀라서 보는 순애. 김이박 역시 "어...?" 하고 굳어서 윤영을 쏘아보고, 책 읽던 고미숙 그저 지그시 쳐다보는데.

교련	(교탁 앞으로 가 서며) 여기는, 오늘부터 같은 반에서 공부하게 된 백윤영. 집안 사정 땜에 학교를 좀 쉬다 와서, 니들보단 좀 언니란다.
해경	(지켜보다, 여유롭게 툭) 언니가 어딨어요. 같은 반이면 다 친구지.
유리, 은하	맞아요~ / 맞습니다~ (하면)
윤영	(아주 예상대로구나, 하는 마음으로 그저 픽 웃는)
교련	건 니들끼리 알아서 정리.. (하다 지긋지긋하다는 듯 손가락질해가며) 거 김해경이, 이은하, 박유리 니들 김이박 트리오, 정리는 적당히 해라? 전학생 왔다고 또 한따까리하다 걸리믄 콱 마,
해경	(딴청 하듯 고개 돌리며) 예~
교련	(둘러보며) 고3이라는 것들이, 아주 가망이 없다, 가망이. (하다 고미숙과 눈 마주치자, 급 인자한 미소로) 우리 미숙이 빼고.
윤영	(! 무거워진 눈빛으로 미숙을 힐끗 보는데)
교련	어, 저기 자리 비었네. (순애 옆자리 가리키며) 가 앉어라. 그

럼 조례 끝.

윤영	(? 잘됐다, 금방 미소로 순애 향해 걸어가면)
순애	(! 얼떨떨하게 보는 데서)

씬18.　　남자반 교실. 낮

역시 시끌벅적한 교실 속에 홀로 고고히 앉아 책을 들여다보고 있는 범룡. 그때, 문 열리고, 해준과 희섭 들어온다. 희섭, 왜인지 한쪽에 코피 난 흔적을 휴지로 틀어막은.

해준	(일어나 인사하려는 반장 향해) 어, 됐어. 앉아. (교탁 앞에 서선) 오늘 우리 반에 새로 온 전학생이다. (희섭 힐끗) 인사해, 자유롭게.
희섭	(전에 없던 묵직한 포스로 교탁 앞에 가 서선) 백 희섭이다.
해준	(... 좀 기다리다) 끝이야?
희섭	(삐딱하게) 더 많은 말을 하는 것은, 로큰롤 정신에 위배가 되어가지고요.
범룡	(!! 그 말에 책을 툭 떨구곤, 안경 슥 올리며, 희섭을 보는) !
해준	아.. 컨셉을 그렇게 잡았구나.. 그래. 위배하면 안 되지.. 자리는 네가 원하는 대로 가 앉고, 조례는 이걸로 끝. (휙 나가면)
희섭	(포스 있게 둘러보다가, 범룡 옆자리 ─맨 뒷자리, 창문가─ 향해 걸어가면)
범룡	(!! 선택이라도 받은 듯 두근두근 보는 데서)

씬19.　여자반 교실. 낮

털썩 자리에 앉는 윤영. 담임이 나간 교실은 다시 웅성웅성 소란스러워
지는 가운데.

순애　　(놀란 눈으로, 조심스레) 어떻게 된 거예요?

윤영　　그냥, 여기 좀 더 머물러야 될 거 같아서. (찡긋 미소로) 반
　　　　갑지? (순애가 읽고 있던 책 보곤) 버지니아 울프네? 좀 봐
　　　　도 돼? (받아 보면)

순애　　(좀 반가워져선) 이 책, 알아요?

윤영　　(음, 잠시 떠올리더니 가만히 문장을 외는) ...그녀에게 백 년
　　　　이란 시간을 준다면, 그녀에게 자기만의 방과 5백 파운드를
　　　　준다면, 그녀에게 자신의 마음을 말하게 하고,

순애　　(!! 눈 반짝, 이어서) 지금 쓴 것의 절반만 덜어낸다면, 더 좋
　　　　은 책을 쓸 수 있을 거라고 결론을 내렸어요.

미숙　　(그 소리 들은 듯, 제 자리에서 힐끗 뒤돌아 두 사람을 쳐다
　　　　보는데)

윤영　　(의식 못 한 채, 그저 이어서) 백 년의 시간을 다시 준다면
　　　　그녀는,

순애　　(마저 이어선) 시인이 될 거라고요. (하곤, 두 사람 풋 마주
　　　　웃는데)

해경[E]　지랄 똥들을 싸고 앉았네.

윤영, 순애　(?! 보면)

해경　　(유리, 은하와 함께 앞으로 훅 다가와 서선, 윤영 지그시 보
　　　　며) 야, 반갑다? (그 매서운 눈초리 위로, 격렬하고 리드미컬
　　　　한 일렉기타 소리 E 들려오면서)

씬20. 남자반 교실. 낮

역시 조례 끝났고. 적당히 자습하는 분위기 속에서, 맨 뒷자리 희섭, 늘 그랬듯 홀로 에어기타 치는 중이다. 그리고 그 옆 범룡, 홀린 듯 쳐다보는 귓가에 울려 퍼지는 진짜 일렉기타 소리.

범룡	(황홀한 감탄으로) 너, 정말 기타를 잘 치는구나?
희섭	(! 흠칫 놀라 멈추면, 기타 소리도 툭 멈추고) … 뭐, 이게 들리는 거여..?
범룡	(멈춘 희섭의 손가락 감탄으로 보며) 셀렉터 4단에 놓고 E코드로 다운피킹한 거잖어. 손가락도 빠르고 리듬감도 좋구..! 드디어 내 짝을 만나다니 반갑다! (격한 감정으로 안경 슥, 손 탁 내밀며) 난 유범룡이라고 해.
희섭	미친놈 아녀, 이거.. (손 탁 마주 잡으며, 악수) 반갑다, 짜식아!

씬21. 여자반 교실. 낮

자리에 앉은 순애와 윤영 앞을 둘러싸고 선 김이박. 주변 학생들의 시선, 슬쩍 쏠리는데.

해경	(픽 웃곤) 야, 사람이 반갑다는데 대꾸는 해야 되지 않겠냐?
윤영	(뭔가를 고심하듯 앞만 보고 있다가) … 확실히 유치한 방법이긴 한데, (흘낏 김이박을 올려다보곤) 유치한 것들이긴 하니까. (벌떡 일어서면)
순애	(겁먹어 윤영의 손끝을 말리듯 덥석 잡고)
윤영	(아랑곳없이 해경 앞으로 한 발짝 성큼 다가서서 뚫어지게 보면)

해경	(! 지지 않고 매섭게 한 발짝 더 성큼 다가서는데)
윤영	(! 해경의 발 아래를 힐끗 내려보곤) 근데 저건 뭐지.
해경	(...? 힐끗 따라 내려보는 데서)

씬22.　　남자반 교실. 낮

의자 흔들흔들.. 창밖을 가만히 바라보다, 문득 한쪽 코에 쑤셔 넣었던
휴지를 쿵— 빼는 희섭.

희섭	(가벼운 투로) ... 잘 써먹고 있을랑가 모르겠네..? (코를 슥 만지는)

〔 인서트 - 씬. 교무실 앞 복도. 낮 (씬16에 이어) 〕
해준은 희섭을, 교련은 윤영을 데리고, 서로 반대 방향을 향해 가는 중인데.

희섭	*아 참말로, 자꾸 신경 쓰이네.. 슨상님! 저, 잠시만요. 아주 잠깐이믄 돼요! (바닥에 가방을 툭 던져놓곤 뒤돌아 후다닥 달려가면)*
해준	*(?! 보는데)*
희섭	*(교련 앞에 도착해 꾸벅, 무어라 말하더니, 갑자기 윤영의 팔을 휙 잡곤 옆으로 데리고 가는)*

씬23. 우정고등학교, 옥상. 낮
(회상 - 씬22 인서트 상황에 이어)

급히 데려온 희섭, 윤영의 팔에 어깨를 툭 올려놓자마자, 바로 그 팔을 휙 떼어내는 윤영.

윤영	죽을래...? 어디서 친한 척이야?
희섭	시간 없응게 싸게 들어봐. 자, (휙 돌려세워 마주 보며) 상대방의 눈을 이라고 딱 부라려, (하다 이미 자신을 부라리며 보고 있는 윤영에 뜨끔) 어이고.. 잘 허네.. 그라고는 갑자기, (윤영 신발 가리키며) 오메, 시방 저그 뭐여?!
윤영	(? 순간 저도 모르게 고개 숙여 제 신발 보면)
희섭	그라제! 그라고 고갤 숙이겄제? 그때 내가 고것을 주워주는 척 잽싸게 요라고 앉았다가, (빠르게 앉는 시늉 했다가, 윤영 턱 바로 아래에서 휙) 이라고 고갤 팍 쳐들어. 그럼 코피가 기양 막 사정없이,
윤영	(? 뭐래 하는 얼굴로 보면)
희섭	안 되겄다. 자, 나헌티 한다고 생각혀봐. 자, 내가 이라고 고개를 숙였제, (하는 순간 재빠르게 치고 들어오는 윤영, 곧장 고개를 팍 들어 희섭의 얼굴을 치면) 오메 시부럴! (두 손으로 코를 부여잡곤) 대가리를 돌로 쳐 만들었나, 어이고..
윤영	(많이 아픈가? 힐끗 보면서도 퉁명스레) 그니까 뭐 하는 거냐고, 대체.
희섭	... 우리 아부지는 요걸 가르쳐주드라고.
윤영	(!? 보면)
희섭	나 국민핵교 입학혈 때, 처음 보는 아그가 시비 걸믄, 이라고 기선제압을 해주라고.. 뭐, 졸업헐 땐 엄니 아부지 다 돌아가

시구 없었응게, 나두 이거 하나밖엔 못 배웠지만, 여태껏 솔
찬히 잘 써먹고 있으니께.. (슬쩍 보곤) 원래 아부지들은 다
요딴 걸 가르쳐주고 싶어허게 돼있다고.. 긍게... 니 아부지두
놓치고 싶어 놓쳤겄냐, 뭔 사정이 있었겄지..

윤영   (잠시 흔들리는 눈빛으로 보다가) 니가 뭘 알어?

희섭   이...?

윤영   열아홉 먹고 참 유치한 거 알려준다. 그딴 거 필요 없거든?
          (휙 치고 가면)

희섭   (머쓱한데, 마침 코피 주룩 흐르자, 스윽 닦는 위로)

씬24.   여자반 교실. 낮 (현재)

"읍—!!" 코를 움켜잡으며 뒤로 밀려나는 해경. 놀란 유리와 은하, "해경
아!" 부축하고. 다른 여학생들도 놀라 좀 수군대는 와중에, 방금 막 일을
해치운 윤영, 살짝 뿌듯하기까지 한가.. 으쓱하며 고개 돌려 순애를 보면,
순애.. 애매한 미소 지어주는데.

해경   (흐르는 제 코피 슥 닦곤) !! 이게 미쳤나, (하고 달려드려는
          순간)

미숙(E)   조용히 좀 해줄래?

해경   (? 멈칫 돌아보면)

미숙   (자리에 앉아 조용히 책장 넘기다 멈춘 채) 글자가 들어오질
          않네.. (슥 돌아보곤) 그만 하면 충분히 한 거 같은데.

해경   (! 그 말에, 씩씩대면서도 천천히 가라앉으면)

윤영   (? 해경의 그런 태도를 묘하게 보는데)

여학생1   (앞문으로 뛰어들어오며) 오왕이 온다!

학생들	(!! 설레는 얼굴들로 순식간에 제자리로 뛰어가 앉고)
순애	(얼른 윤영의 소매를 끌어다 앉히고는, 역시 설레는)

씬25.   교실 앞 복도. 낮

성큼성큼 걸어오는 누군가의 발소리, 울려 퍼지고.

씬26.   여자반 교실. 낮

그 소리 가까워짐에 따라 저마다 두근두근 행복한 얼굴이 되는 여학생들인데. 드디어 드륵, 문 열리며 교과서와 출석부 든 채 들어서는 이... 해준이다. 열렬한 눈빛들 의식하지 못한 채 그저 무심히 교탁 앞에 가 서는 해준, 교과서를 툭 펼쳐 넘기면, 끄으...! 갸륵한 얼굴로 소리 없이 앓는 여학생들. 이 반응은 또 뭔가 싶은 윤영인데.

순애	(역시 눈빛 초롱초롱 감탄하며, 조용히 읊조리듯) 5... 4...
윤영	(의아하게 보며) 뭘 세는 거야?
순애	(쉿─ 표시하며, 작게) 이 순간을 최대한 즐겨야 돼요. 3...
윤영	(?! 다시 해준을 보면)

해준, 마침 볼펜으로 뭔가를 체크하다 거슬려 무심코 한쪽 셔츠 소매를 슥 걷는다. 또 "크으.." 감탄하는 여학생들. 그 와중에 순애의 읊조림 "2..." 들리고, 획 돌아서는 해준, 그 뒷모습에 또 "흐으..!" 주먹 무는 여학생들 위로, 순애의 절망 어린 "1..." 들리는 순간, 분필 들고 무어라 적으려던 해준, '아차...!' 문득 차가운 얼굴로 슥 돌아서선.

해준	학교 끝나면 곧장 어떻게 해야 된다고 했지?
여학생들	(!!! 매우 지겨운 얼굴들로, 일제히 시선 피하며, 음울하게) ....집으로...
해준	(늘 하던 패턴이다.) 그래. 곧장 집으로. 밤 10시 이후엔 밖에 있지를 마. 친구랑 잠깐 떡볶이? 안 돼. 공부하러 독서실? 안 돼. 그냥 집에서 해. 잘 안되면 그냥 자. 잠이 보약이야. 산이나 강, 거긴 낮에도 안 돼. 그냥 가지 마. 으슥한 데 자체를 가지 마. 아무도 함부로 믿지 마. 나쁜 놈들은 웃으면서도 온다. 누구한테나 친절할 필요 없어. 당분간은 집, 학교, 나, 내 옆 친구. 딱 거기까지만 생각해. 스무 살 될 때까지 몇 달만 참아. 그때부턴 자유니까. 또,
여학생들	(완전히 질린 얼굴들로 으으.. 내젓고)
유리	(질색으로) 그냥 수업해요, 선생님..!

해준, 힐끗 시선 돌리면, 마찬가지로 뜨악한 윤영과 눈 마주친다. '!!' 민망해진 해준, 얼른 근엄하게 "큼.." 헛기침하며 칠판 향해 슥 돌아서선, 조용히 입술을 깨무는데.

순애	(슬픈 눈으로 그 뒷모습 보며, 속삭이는) 저 잔소리 폭격 시작하기 전까지 딱 5초, 5초만 왕자라고 해서 오초 왕자, 오왕이가 별명이에요.
윤영	... 설마 저걸 매번 들어야 돼? 끔찍한데?
순애	하도 뭘 하지 말라고 해서, 마라 왕자라고도 불러요. (하다) 이르면 안 돼요!
윤영	근데 꼬박꼬박 왕자는 왜 붙여줘...?
순애	(? 이해할 수 없단 듯 보곤) 어떻게 왕자를 안 붙일 수가 있

겠어요..?!

윤영	(? 마침 돌아서는 해준 얼굴을 잠시 멍하니 보다, 새삼 깨닫 듯) 아...?! (하다 곧 순애와 쿡쿡 숨죽여 웃는데)
미숙	(의자 뒤에 걸린 가방에서 노트 하나 꺼내다, 윤영을 힐끗 본다)
윤영	(? 웃다가 그대로 시선 마주치고 멈칫하면)
미숙	(그저 싱긋 웃어주는 데서)

씬27. 교실 앞 복도. 낮

수업이 끝나고 나오는 해준, 간간이 나오는 여학생들의 인사 받으며 복도를 걷는데, 마침 뒷문으로 나오던 윤영, 해준을 보곤 좀 짓궂은 얼굴이 되어, 지나치면서 슬쩍 속삭이듯.

윤영	...으으.. 꼰대 극혐..! (찡긋 웃고, 그대로 화장실로 향하는데)
해준	(!! 보는 눈 없는 걸 확인하곤, 옷자락 휙 잡아 세우며) 나도 쌈박질 극혐...! 얌전하게 지내라고 그렇게 말을 했는데 전학 첫날부터 아주, UFC 선수 뺨치겠던데?
윤영	(!! 봤구나.. 좀 민망해져서) 각자 할 일 하자구요. 서로 비평 하지 말구.
해준	내가 하려던 말입니다. 수업할 때 빤히 쳐다보지 좀 말아주 고,... 이따 끝나면 아무 데도 가지 말고 교실에 있어요. 데리 러 갈 테니까. (하다 어딘가를 보곤 순간 획 밀어내며) 가던 길 가라, 그럼!
윤영	반말을.. (!? 하며 돌아보면, 해준에게로 막 다가와 선 고미 숙이다) !

해준	(미숙 향해) 어, 미숙아. 왜. (하며 윤영 향해 가라고 휙 눈짓 하면)

화장실 가는 척 조용히 돌아서는 윤영, 그러나 안 들어가고 슬쩍 서서 엿 보는데.

미숙	(미소로) 아까는 감사했어요, 선생님.
해준	(? 보면)
미숙	작문 숙제 칭찬해주신 거요. 이번 건 괜히 보여드리기 좀 부 끄러웠는데..
해준	(아 — 하곤 담담하게) 잘 써서 잘 썼다고 한 건데, 감사할 일 은 아니지.
미숙	정말로, 제가 나중에 소설가가 될 수 있다고 생각하세요?
해준	그래.. 아주 나중은 아닐지도 몰라. 아주 유명해질지도 모르고. 그러니까 열심히 해봐. (짐짓 다정한 미소 지어주고, 가면)
윤영	(!!? 가는 해준과 상기된 얼굴의 미숙을 번갈아 슥 보는 데서)

씬28. 여자반 교실. 낮

자리로 돌아와 앉는 윤영, 작게 구시렁.

윤영	고미숙을 알고 있는 건가...? 하기야 뭐 베스트셀러 작간데.. (하다) ? 화장실엔 없던데.. (순애 빈자리를 의아하게 보는 데서)

씬29.　　　과학실. 낮

햇빛이 잘 들지 않는 어둡고 서늘한 과학실 한쪽에 마주 선 미숙과 순애.

미숙　　　가져왔어?

순애　　　(조금 머뭇대다, 접힌 원고지 묶음 내밀며) 어색한 문장들은
　　　　　손보고, 내용이 좀 안 맞는 것도 일단 고쳐봤어..

미숙　　　(펼쳐 읽으며) 작문 땜에 괜히 너만 고생이다. (종이 넘기며
　　　　　읽어나가다, 살짝 목걸이 매만지며) 근데.. 내가 쓴 문장은
　　　　　거의 다 없어졌네? (슥 보면)

순애　　　(! 미숙의 목걸이, 그 의미를 알기에 좀 긴장해선) 그게..

미숙　　　(픽 웃곤) 괜찮아. 그래야 결과가 좋은데 뭐. 어차피 원본은
　　　　　내가 쓴 거잖아. 고쳐 쓰는 거야 뭐, 아무나 하지.. 안 그래?

순애　　　(애매한 미소로) ...응... 그렇지..

미숙　　　좀 이따가 나와, 그럼. (원고지 챙겨 먼저 나서는데)

씬30.　　　과학실 앞 복도. 낮

드륵, 열리는 문. 미숙 밖으로 나가려 조용히 발을 내딛는데, 이미 그 앞
에 서있는 발. '?' 하고 올려다보면, 굳은 얼굴의 윤영이다. 미숙을 차갑
게 노려보는 윤영의 얼굴 위로,

〔 인서트 - (1부) 씬23. 백화점, 명품 브랜드 매장. 낮 〕

미숙　　　*(목에 걸린 꽃 펜던트 가만히 만지며) 니 손을 거*
　　　　　쳐야 반응이 좋으니 나도 딱히 불만이야 없지만,
　　　　　(올려다보며) 고쳐 쓰는 거야 뭐, 아무나 하지..

〔 인서트 – 씬. 과학실 앞 복도. 낮 〕

슬쩍 열어놓은 문 사이로 흘러나오는 말소리. 그 옆, 벽에
기댄 채 듣던 윤영, 허... 이 기막힌 상황에 조소하는 데서.

윤영　　　(미숙의 손에 들린 원고지를 낚아채듯 휙 빼앗아, 안으로 들
　　　　　어가면)

미숙　　　(! 주변 힐끗 보곤, 저도 따라 들어가는)

씬 31.　　과학실. 낮

원고지를 펼쳐 읽으면서 들어서는 윤영에, 아직 안쪽에 서있던 순애 역
시 놀라는데.. 윤영, (순애가 고쳐 쓴) 빨간색 글씨들이 빼곡한 원고지를
한 장씩 빠르게 넘겨보고는.

윤영　　　(휙 돌아, 좀 떨리는 목소리로) 계속 이렇게 해온 거구나.. 혹
　　　　　시나 했는데.. 그냥 똑같은 사람이었어, 넌.. 남의 도움 없이
　　　　　글을 쓸 줄 알긴 하는 거야?

미숙　　　(??! 보면)

윤영　　　6년이나 봐온 일이지만, 고작 작문 숙제 하나까지도 남의 손
　　　　　을 빌려 완성했다니 좀 놀랍다.. 정말 아무나 해도 되는 거라
　　　　　고 생각하면 니 스스로 해도 될 텐데, 왜 남의 시간, 남의 능
　　　　　력을 써놓고도 그렇게 당당한 거야...?

미숙　　　(! 가만히 입술을 깨무는데)

윤영　　　(쓰게 픽 웃곤) ...아니지. 당당한 게 아니지. 스스로도 부끄
　　　　　럽게 생각하니까 결국 또 이런 곳에 숨어서 얘기하는 거잖
　　　　　아. (원고지 들어 보이며) 이런 건, 적어도 여기선 비밀로 할

수 없어. (순애 손 잡아끌며) 가자, 교무실로.

미숙   (!! 순간 머리를 감싸 쥐더니, 꺄악— 날카롭게 소리 지르면)

윤영   (? 좀 놀라 돌아보는데)

곧장 그렁해지는 미숙, 무너지듯 눈물을 흑.. 터뜨리면, 그 반응에 덜컥 놀라 보는 순애. 잠시 어쩔 줄 몰라 보다 곧 단호해진 얼굴로 윤영의 손에서 원고지를 휙 빼앗는다.

순애   이거.. 내가 하고 싶어서 하는 거야.

윤영   (!!!)

순애   수업 시작하겠다. 얼른 와. (미숙 부축하며) 가자, 미숙아.
                (나가면)

윤영   (그 나란한 뒷모습을 멍하니 보는 데서)

씬 32.   교실 앞 복도. 낮

멍한 얼굴로 걷는 윤영, 저만치 앞에 미숙을 부축한 채 나란히 가는 순애 뒷모습을 보며.

윤영   (답답함과 분노로 입술을 깨무는, E) 대체 뭘 어떻게 했길
                래 엄마가 저렇게 꼼짝을 못 하는 거야.. 분명 뭔가 있는데..!
                (한숨을 내쉬는데)

이내 교실 앞문으로 들어가 버리는 미숙과 순애. 곧 윤영도 뒷문으로 들어가려는 순간, 누군가 어깨를 톡톡 친다. 윤영, 예민한 눈빛으로 보면, 고상하게 안경을 추켜올리는 이...!

범룡	(도도한 눈빛으로 윤영 훑곤) 처음 보는 얼굴인데, 3학년 1반인가?
윤영	(다 귀찮아선 가려는데)
범룡	이 순애라고, 너네 반에 있을 텐데.
윤영	순애...? (그제야 범룡을 훑어보곤) 순애는 왜?
범룡	그 애한테 이것 좀 대신 전해줄래? (쥐고 있던 무언가를 내보이는)
윤영	(별생각 없이 보다, 손을 내미려는데)

때마침 교무실에서 책 들고나오던 해준, 그런 두 사람을 보고 멈칫, 찌푸린 채.

해준	(엄한 소리로) 유범룡!
윤영	(?! 멈칫한 채 고개 돌려 해준을 보면)
범룡	(!! 화들짝 놀라, 손에 든 것을 감추듯 주머니에 집어넣으며) 예, 예..!
해준	(성큼성큼 다가와선, 범룡의 주머니 힐끗, 윤영에게 지그시 눈 맞춘 채) 지금 본인이 얼마나 수상해 보이는지 알고 있나..? (그제야 범룡 슥 보곤) 여학생 교실이 있는 복도는 통행 안 되는 거 몰라? 학교 규칙이 우스워?
범룡	(!!) 죄, 죄송합니다, 선생님. (꾸벅) 한 번만 봐주시면,
해준	따라와. (윤영을 차갑게 휙 보곤, 돌아서 가면)
윤영	(? 의아해선 그 뒷모습 물끄러미 보는 데서)

씬33.　　우정고등학교 교문 앞. 밤

어둑한 시각.. 하교하는 학생들, 삼삼오오 교문 밖으로 빠져나간다.

씬34.　　여자반 교실. 밤

몇몇 안 남은 학생들도 주섬주섬 가방을 챙겨 교실을 빠져나가는 중인데. 그 틈에 홀로 자리에 앉은 윤영, 가방끈에 매달린 빨간 스카프를 가만히 만지작거리며 뚫어지게 앞을 본다. 주변 친구들과 작은 미소로 인사 나누며 여유롭게 가방 챙기는 미숙.

윤영　　　(그 모습 지그시 보는 위로, **E**) 고미숙이 정말 엄마가 쓴 소설까지 빼앗은 거라면.. 오늘 일은 그저 시작일 뿐일 텐데..

윤영, 문득 불안한 얼굴로 옆을 보면, 마침 불편한 마음에 슬쩍 엿보던 순애, 눈 마주치자 얼른 피하듯 가방을 챙겨 쌩— 뒷문 향해 가버린다. 치...! 밉지 않게 흘겨보는 윤영.

윤영　　　(웅얼대듯) 저래놓고 또 맘 불편해 잠도 제대로 못 잘 거면서.. 어휴.. (괜히 불만스레 복도 쪽 보곤) 근데, 아무 데도 가지 말고 기다리라더니 왜 이렇게 안 와...? (하다, 얼결에 앞문 쪽으로 시선 돌리는데, 멈칫) ?!

미숙　　　(마지막으로 앞문을 빠져나가다, 눈이 마주치자, 그대로 잠시 응시하는)

윤영　　　(뭐지...? 싶어 똑바로 마주 보는데)

미숙　　　(곧 전처럼 다시 싱긋, 미소를 지어주면서, 동시에 작게) 조심해.

윤영	(?! 확신할 수 없어서) 뭐...?
미숙	(슥 둘러, 교실에 윤영 홀로 남았단 걸 확인하고서야, 나직하게) ..... 조심하라구, 윤영아. (의미심장한 미소로, 곧 돌아서 가는)
윤영	(!!!!! 보는 데서)

씬35. 교무실. 밤

가방을 챙겨 일어나는 해준, 얼른 나가려는데. 옆자리 교련, 황급히 붙잡는.

교련	진짜 그냥 가시게요? 교장 선생님이 오늘 회식은 진짜 꼭, 하늘이 두 쪽 나고 땅이 쩍쩍 갈라져도, 무조건! 전원 필참하라구 하셨는데...?!
해준	... 원래 그렇게 극단적으로 표현합니다, 매사에. 그럼. (까딱 숙이고, 가는)
교련	(못마땅하게 보며) 온 지 한 달밖에 안 된 게, 교장을 뭘 안다구. 차— 근데 뭘 보고 저런 놈을 예뻐하는 거야, 교장은?

씬36. 교실 앞 복도. 밤

빈 복도를 걸어오는 해준, 윤영의 교실 문을 탁 열곤.

해준	늦어서 미안, (하다 보면, 교실 비어있다) ?!

씬37.　교문 앞. 밤

이제 지나는 학생들은 거의 없이 한적해진 길로, 유유히 걸어 나오는 미숙. 그때, 뒤에서 빠르게 달려오는 윤영, 미숙의 팔을 홱 잡아 돌려세운다.

미숙	(슬쩍 주변 의식하며) 뭐야.. (하는데)
윤영	너, 생각보다 별로 똑똑하지 못한 애였구나?
미숙	(?! 제 팔을 꽉 쥔 윤영의 손을 힐끗 보는데)
윤영	협박은.. 두려워할 만한 게 있는 사람한테나 통하는 거야. 그깟 경고로 여태껏 순애도 이리저리 옭아매왔는진 모르겠지만, 잘 들어. 지금까지 네가 해왔거나, 앞으로 하려고 했던 모든 비겁한 짓들.. 더 이상은 네 뜻대로 되지 않을 거야.
미숙	(그저 보는)
윤영	내가 전부 막을 거거든. 무슨 일이 있어도.
미숙	(제 팔에서 윤영의 손을 슥 떼어내곤, 갑자기 해맑게 씩 웃는) 맞구나..
윤영	(?! 보는데)
민수[E]	(부드럽고도 단호한 소리로) 미숙아.

두 사람, 홱 보면, 한쪽에 서있던 씬13의 고급 승용차에서 막 내려선 이, 고민수(22세)다. 훤칠한 키에 깔끔하고도 고급스러운 옷을 입은 채 가벼운 미소로 두 사람을 보는 데서.

씬38.　학교 복도. 밤

빈 교실들을 이리저리 둘러보며 오는 해준. 그러나 윤영의 모습은 어디에도 보이질 않고.

해준	... 대체 어딜 간 거야.. (하는데)
범룡(E)	(나직하게) 3학년 1반에 새로 전학 온 여자애 말야.
해준	(?! 소리 나는 곳 향해 휙 고개 돌리는 데서)

씬39.   교문 앞. 밤

마주 선 윤영과 미숙의 곁으로 천천히 다가와 서는 고민수, 부드럽게 타이르듯.

민수	여기 서서 뭐 해.. 가자. 어머니가 일찍 들어오라고 하셨잖아.
미숙	(굳은 얼굴로) 잠깐 들릴 데가 있어. 오늘은 먼저 가. (가면)
윤영	(?! 아직 풀지 못한 의문에, 쫓으려) 고미숙...!!

그러나 곧장 다가오는 택시를 붙잡아 올라타는 미숙, 도망치듯 빠르게 사라져버린다. 황당한 윤영, 그저 떠나는 택시를 좀 보고 있는데.

민수	(그 모습 보며, 가볍게) 방금 내 동생이 도망쳤다고 생각했어요?
윤영	(?! 돌아보면)
민수	엿들으려고 한 건 아닌데, (운전석 쪽 열린 창문을 힐끗) 답답해서 창문을 좀 열어놨더니.. 근데 미안하지만... 미숙이의 방식을 하나도 모르고 있네.
윤영	(??)
민수	싸우고 싶다면 상대에 대해 제대로 알아두는 게 맞는 거 아닌가.. (편안한 눈길로 어깨 으쓱해 보이곤, 돌아서 제 차로 가다가, 불쑥) 어느 쪽으로 가요? 내가 모시고 갈 자리는 방

금 공석이 된 거 같은데.

윤영   (! 보는 데서)

씬40.   남학생 화장실. 밤

가방을 어깨에 걸친 채 입구 쪽에 삐딱하게 기대 선 희섭, 닫힌 칸 쪽을
바라보고 있다. 범룡, 안에서 볼일을 보며 열심히 떠드는 중이다.

범룡(E)   다음엔 그 전학생한테, (흡— 힘줬다가) 한번 쪽지를 써봐
             야겠어..

희섭   (? 왠지 모를 불쾌함에 슥 째려보면서) 넌 여자친구도 있담
             서, 임마.

범룡(E)   야. 사랑은 언제든 변할 수 있단 거 몰라? 난 예쁜 애들을 보
             면 용감하게 러브레터부터 딱— 날려. (끙— 하곤) 일단 찔
             러나 보는 거지.

희섭   ...무서워서 똥도 혼자 못 싼다는 게, 뭘 찔른다구 지랄이여..
             (하다) 어?!

보면, 막 안으로 들어선 해준이다. 냉랭한 얼굴로 옆에 서서 가만히 들으면,

범룡(E)   흐.. 아까 그냥 전화번호라도 물어볼걸 그랬나. 담탱이 시끼
             만 안 왔어두!

희섭   (쿨럭! 헛기침을 해 보는데)

범룡(E)   낼은 담탱이 눈 피해 딱 찾아가가구, 멋있게, 너희 집 번호가
             어뜨케 되니,

해준   53국에 2355.

희섭	(!! 아이고.. 머쓱한데)
범룡[E]	(전혀 모른 채) 53국에 2355..? 어디서 들어봤.. 담탱이네 번호인데, 그거..?
해준	어. 우리 집에 산다, 그 전학생. 보고 싶음 전화해, 내가 받아줄 테니까.
범룡[E]	(....... 굳은 침묵 끝에 쏴아아.. 물 내리는 소리)
해준	빨리 가라, 들. (나가면)

그제야 초라하게 문을 열고 나오는 범룡, 두루말이 휴지를 끌어안은 채 '어떡해..' 하는 얼굴로 불쌍하게 보면, 절레절레 내젓는 희섭, 저도 슥 밖으로 나가는 데서.

씬41. 고민수의 차 안. 밤

잔잔한 포크 음악이 흘러나오는 가운데, 운전 중인 고민수. 그 옆에 앉은 윤영. 곧 유리창으로 툭 ─ 하고 굵은 빗방울이 떨어지기 시작한다.

민수	(와이퍼 작동시키며) 우연이지만 다행이네. 우산 없었을 텐데. 학생이니까.. 말 편하게 해도 되지? (씩 가볍게 웃곤) 난 스물둘.
윤영	(아.. 쓸쓸한 미소로 대충 끄덕이곤) 아까 그 얘기는.. 무슨 뜻이에요? 내가 고미숙의 방식을 하나도 모르고 있단 거.
민수	협박을 했다고 그랬지? 그렇게 직접적으로 느꼈다면 그건 아마 진짜가 아닐 확률이 높아. 뭐, 그냥 가벼운 테스트 같은 거랄까..
윤영	테스트...?

| 민수 | 그런 거 있잖아, 어떤 버튼을 눌러야 애가 반응을 하나, 어떤 약점을 갖고 있나, 혹시 유용하게 써먹을 비밀 카드 같은 건 없나.. 그런 게 완전히 파악될 때까지, 미숙인 절대 공격 안 하거든. (힐끗 보곤) 근데 그게 파악됐다...? (애석하단 듯, 끼 익 목 긋는 시늉하며) 끝인 거지, 이제. |
| 윤영 | (가만히 떠올려보는) |

〔 인서트 – 씬37. 교문 앞. 밤 〕

| 미숙 | (순간 해맑게 씩 웃으며) ...맞구나... |

윤영	(좀 찜찜해져서 곱씹다, 문득) 그런데 동생이라면서, 이런 식으로 얘기해도 돼요? 오늘 처음 보는 나한테.
민수	... 위험해 보여서.
윤영	(? 보면)
민수	그렇게 한 곳만 보고 무작정 돌진할 땐.. 많은 함정에 빠지게 되는 법이거든.
윤영	(! 운전 중인 고민수의 옆얼굴을 천천히 보는데)
민수	(동시에 윤영의 뒤통수에 가져다 댄 손으로 쾅— 차체에 박 게 하는 데서!)

씬42.　　고미숙의 집, 거실. 밤

환한 불빛에 곧 깨어나는 윤영. 가물가물한 눈으로 올려다보면, 곧 드러 나는 실내. 그 시대의 고급스러운 가전제품과 장식장 등으로 세련되고 예쁘게 꾸며져 있는 가정집이다.

민수(E)   괜찮아?

소파에 반쯤 눕혀져 있던 윤영, 그 소리에 화들짝 놀라 일어나다, 깨질
듯한 두통을 느끼면 그 앞 탁자에 양주 한 잔을 놓아주는 민수. 자신도
한 잔 마시며 그 앞에 털썩 앉아선,

민수   (안타깝단 듯 미소로) 그러니까 조심했어야지.. 정신 차리게,
        천천히 마셔.
윤영   (!! 보는 데서)

씬43.   해준의 집 앞 골목길. 밤

어느새 쏴아아— 쏟아지는 빗줄기. 그대로 비를 맞으며 급히 오는 해준.
불빛 하나 없이 컴컴한 제집을 불안하게 올려다보곤 곧 대문 안으로 뛰
어들어가는데. 잠시 뒤에 다시 달려나오는 해준, 안에 아무도 없단 걸 확
인한 참이다.

해준   (!! 머리 헝클며, 악문 채) 미치겠네, 진짜...!

씬44.   고미숙의 집, 거실. 밤

여유롭게 기대앉은 고민수, 두려움에 떨면서도 노려보는 윤영을 힐끗
보곤.

민수   너무 그렇게 보지 마.. 여기 그냥 우리 집이야. 위험한 데 아
        니라구. 방식이 좀 틀렸을 뿐이지, 별거 아냐. 그냥 같이 한

잔하고 재밌게 놀자. 니가 마음에 들어서 그래, 응?

윤영   (허.. 보며) 니가 이러는 거, 고미숙은 알아?

민수   (으쓱하곤) 글쎄. 뭐 알 수도 있고, 모르는 척할 수도 있고.

윤영   ... 처음이 아니라는 거네.

민수   ... 너도 곧 괜찮아질 거란 거지. (하다) 에고, 찢어진 모양이네.. (일어나, 윤영의 이마 위 상처에 손가락을 올리려 하면)

윤영   (!! 놀라 얼른 피하는데)

민수   ... 괜찮아질 거라니까? (다시 슬쩍 얼굴에 손을 대려 하는데)

윤영   (!! 두려움에 질끈 감는 순간)

순간 쾅쾅! 현관을 두드리는 소리. 날카롭게 돌아보는 고민수. 다시 쾅쾅! 크게 울리면 놀라서 보던 윤영, 곧 때를 놓치지 않고 빠르게 주변을 둘러보곤, 옆에 놓인 청동 장식품을 들어 민수의 머리를 내려친다. "악..!" 머리를 감싸 쥐고 괴로워하던 고민수, 곧 노려보며.

민수   ... 이게, 누굴...! (하며 윤영을 향해 손을 번쩍 치켜드는데)

동시에 와장창 ─ 소리를 내며 깨지는 창문. 밖에서 내던진 화분이 굴러 들어 옴과 동시에 번쩍 창문을 넘어 들어오는 이, 해준이다. '....!!' 놀란 눈으로 보는 윤영을 향해 급히 다가오는 해준, 다친 곳은 없는지 빠르게 살펴보면, 그제야 몰려오는 두려움과 안도감에 울컥하는 윤영.

해준   ... 괜찮아요. 이제, 괜찮아. (안심시키듯 부드럽게 어깨를 도닥여주는데)

민수   (!!!) 넌, 뭐야.. (하는 순간)

분노로 휙 돌아서 고민수의 얼굴에 주먹을 퍽 날리는 해준. 그러곤, 곧장 고민수의 멱살을 움켜잡은 채 빠르게 뒤로, 뒤로 떠밀듯이 밀고 간다. 그대로 방에 들어가 쾅 — 문을 닫으면.

윤영   (!! 떨면서도 불안하게 닫힌 방문을 바라보는데)

씬45.   고민수의 방. 밤

고민수의 멱살을 움켜잡은 채 그대로 계속 밀고 들어오던 해준, 벽 끝에 도달해서야 쾅—! 때리듯 밀어붙여 세우곤, 머리끝까지 오른 분노를 애써 누르느라 떨려오는.

해준   (죽일 듯 노려보며) …. 믿어달라고 했잖아, 이 개새끼야!
민수   (??!! 당황한 채 저도 모르게 입가의 피를 슥 닦아내면, 그 결에 드러나는 소매 속 손목의 흉터에서)

〔 인서트 – (1부) 씬16. 교도소, 접견실. 밤 (에 이어) 〕
유리 벽 너머로 앉은 수감번호 4013 찍힌 죄수복, 홀로 남은 채 표정 없이 고개를 푹 숙이고 앉아선, 바짝 깎은 머리칼을 슥 쓸어 넘긴다.

〔 인서트 – (1부) 씬39. 우정리, 어느 카페. 밤 〕
역시 바짝 깎은 머리칼을 슥 쓸어 넘기던 범인(56세의 고민수)의 얼굴, 드러나는 소매 속 똑같은 손목의 흉터. 그렇게 오버랩되는 두 사람이고…!

해준	(최대한 가라앉히고 악문 채) 잘 들어. 지금부터 네 삶은 아주 괴로워질 거야. 앞으로 한순간도 너한테서 눈 안 떼고 내가 끝까지 지켜볼 거니까. 네가 받아야 될 죗값이 있다면 그게 뭐든, 단 하나도 놓치지 않고 제대로 치르게 만들 거니까.
민수	(!!? 보면)
해준	그러니까, 아주 똑바로 살아야 될 거야, 죄수번호 4013, 고민수.
민수	(!!!) ....누, 누구야, 너...?! (보는 데서)

씬46. 고미숙의 집 앞. 밤

어느새 비는 그쳤고, 열린 대문으로 고민수를 수갑 채워 데리고 나오는 동식. 집 앞에 세워진 경찰차로 데려가다 힐끗 보면, 담요를 두른 윤영의 어깨를 가볍게 감싼 채 가는 해준의 뒷모습이 보인다. 동식, 지그시 보다, 고민수를 차 안으로 휙 밀어 넣는 데서.

씬47. 해준의 집, 거실. 밤

고요한 집 안으로 들어서는 해준과 윤영. 해준, 말없이 소파 위에 윤영을 앉히곤, 약품 상자를 들고 와, 연고를 꺼내 든다.

해준	(그 앞에 걸터앉아, 윤영의 이마를 살짝 가리키며) 거기, 좀..
윤영	(! 가려진 머리칼을 살짝 떼어내보는데, 잘 안 되자)
해준	(좀 망설이다, 직접 조심스레 머리칼을 떼어내주면)
윤영	(시선 내린 채, 잠자코 있다) ... 내가 거기 있을 줄은, 어떻게 안 거예요?

해준   (그저 말없이 연고를 발라주기만 하는데)

윤영   (? 보면)

해준   (그제야 멈춘 채 보는 위로, **E**)
         거기 있을 차례라고, 생각했으니까..

         〔 인서트 - 씬22. 인서트. 교무실 앞 복도. 낮 〕
         창 너머 희섭과 나란히 선 윤영을 바라보던 해준,
         손에 들린 희섭의 가방을 내려다보면, 열린 포켓 사이로
         보이는 '봉봉다방' 성냥갑.

해준(E)   **... 지금으로부터 3일 뒤 일어날 살인사건의**
         첫 번째 용의자, 백희섭.

         〔 인서트 - 씬33. 교실 앞 복도. 낮 〕
         복도로 나오던 해준, 저만치서 윤영에게 무언가를 내미는 범
         룡 보인다. 범룡의 손바닥 위에 놓인 물건, 역시 똑같은 성냥
         갑이다.

해준(E)   **... 그리고 두 번째 용의자, 유범룡.**

         〔 인서트 - 씬45. 고민수의 방. 밤 〕
         고민수의 멱살을 움켜쥔 채 힐끗 고개 돌리는 해준의 시선에,
         책상 위 놓인 성냥갑이 하나 보인다. 역시 똑같은 다방의 디
         자인이다.

해준(E)   **... 세 번째 용의자이자 범인으로 확정돼**

30년을 복역했던, 고민수.

해준	(복잡하게 윤영을 바라보는 위로, **E**)

그게.. 오늘 당신이 만난 사람들이잖아.

윤영	(?! 뜻 모를 얼굴에 그저 보는데)
해준	(... 결국 연고를 내려놓곤, 주머니에서 성냥갑을 꺼내 놓으면)
윤영	(?! 더 의아해진 눈빛인데)
해준	(문득 좀 차가운 시선이 되어 보며, 툭―) 당신, 누구야.
윤영	(???)
해준	(차라리 괴롭단 듯 일그러진 얼굴로) 여긴 대체... 왜 온 거야?
윤영	(!!! 보는 데서)

어쩌다 마주친, 그대 / 제 3회 엔딩

씬 48.　　에필로그1 – 우정리 시골길. 밤 (1부 씬46 상황에 이어)

(굴다리 사고가 있기 전) 길을 헤매다 털썩 넘어진 윤영, 까진 손 툭툭 털다 가방에서 빨간색 땡땡이 스카프를 꺼내 보고는 곧 제 목에 소중하게 둘러 묶고 다시 일어나 걷는데.. 잠시 후, 맞은편에서 바삐 걸어오던 누군가가 옆으로 훅, 스쳐 지나간다. 빠르게 걸음을 옮기던 그 두 발이 슬며시 멈추고.. 뒷모습의 사내, 천천히 고개를 돌리면 그제야 드러나는 얼굴, 바로 고민수(56세)*의 현재 얼굴이다! 고민수, 힐끗 시선을 돌려 보는 그 차가운 얼굴에서.

● 　씬5와 같은 날, 같은 차림.

씬49.　　　에필로그2 - 고미숙의 집, 거실. 밤

안으로 들어서는 고민수, 천천히 실내 풍경을 둘러본다. 87년 모습 그대로, 그러나 버려진 듯 좀 낡아진 거실 풍경을 가만히 둘러보던 고민수.. 곧 기쁜 듯도 슬픈 듯도.. 분노가 어린 듯도 한, 뒤틀린 미소로 웃기 시작하는 데서!

어쩌다 마주친, 그대

chapter 4

이 모든 게 우연이라고?

씬1.   해준의 집, 거실. 밤 (3부 엔딩 이어)

혼란스러운 눈빛으로 해준을 올려다보는 윤영... 역시 복잡한 의문을 담은 채 윤영을 보는 해준인데.

윤영   ... 대체 그게 무슨... (하다 성냥갑을 들어) 이건 어떻게..

해준   ... 떨어진 걸 우연히 주운 겁니다. 감추려 했던 거면 유감이지만.

윤영   (!?) 주운 물건을.. 내가 왜 감춰야 되는데요?

해준   (이해 못 했다 생각하고) 아니.. 주운 건 내가 여기서 주웠단 거고,

윤영   (답답) 나도 주운 거라구요. (성냥갑 내려다보며) 우연히..

해준   주웠다고요? 그걸? 우연히? 대체 언제, 어디서요?

윤영   여기 떨어지기 전 그러니까, 우리가 부딪치기 한 시간 전쯤 이 마을 강가에서 물에 떠있는 걸 우연히 봤고.. 무심코 챙겼던 것뿐이에요.

해준   (그 장소였다고..? 날카로워져선) 강가.. 그 밤에 거기선 뭘 하고 있었습니까?

윤영   거기선, (하다 멈칫 떠올리는) !

[인서트 - (1부) 씬43. 우정리, 강가 상류. 밤]
그렁한 채 순애의 쪽지를 읽던 윤영, 괴로움에 편지를 안고 눈물을 툭, 흘리는.

윤영   거기선.. (쉽사리 얘기할 수 없어, 눈빛 흔들리면)

해준   (역시 뭔가 감추는구나 싶고) 그것도 말할 수 없는 건가. 고민수를 대체 왜 만나야 했던 건지 설명할 수 없는 것처럼?

윤영	(!! 보다) 그냥 묻고 싶은 게 좀 있었어요. 지금은.. 이게.. 내가 설명할 수 있는 전부예요.
해준	... 그래요. 그럼 우리가 할 수 있는 얘긴, 여기까지겠네. (휙 일어서는데)
윤영	(불쑥) 내 질문엔 아직 답 안 한 거 같은데.
해준	(!? 보면)
윤영	날 어떻게 찾아낼 수 있었는지 물었고, 당신이 내민 대답은, (성냥갑 보이며) 그저 이거였어요. 이게 뭔데요..? 대체 이게 뭐길래,
해준	(애써 담담히 보며) 날 여기까지 오게 만든 거.
윤영	(?! 보면)
해준	앞으로도 찾아 헤매야 하는 거. 이 모든 상황의 원인이자.. 결과.
윤영	(?!!)
해준	이게 지금 내가 설명할 수 있는 전붑니다. 안타깝지만 서로 솔직해질 마음은 아직 없는 거 같으니까, 우리. (차갑게 시선 돌려 나가면)
윤영	(!!) ... 그래요.. 그렇겠네요. (쓸쓸히 시선 내리는 데서)

씬2.   해준의 집 앞 골목길. 밤

대문을 열고 밖으로 나오는 해준, 잠시 돌아본다. 역시 착잡하지만.. 이내 마음을 다잡는 해준, 곧 골목 끝을 향해 성큼성큼 걸어가는 위로.

해준(N)   **1987년 5월 11일... 첫 번째 살인사건이 일어나기 3일 전,**

씬3.   읍내 거리. 밤

레코드점에선 흥겨운 음악이 흘러나오고. 앞으로 일어나게 될 일들을 전혀 모른 채 즐겁게 웃고 떠들며 걷는 87년의 젊은이들. 그 곁을 스쳐 지나는 해준.

해준(N)   **이토록 중요한 시점에, 내가 알던 과거가 달라지고 있다.**

[인서트 – (3부) 씬41. 고민수의 차 안. 밤]
윤영의 뒤통수에 가져다 댄 손으로, 차체에 머리를 쾅—
박게 하는 고민수.

해준(N)   **없었던 사건이 일어났고,**

[인서트 – (3부) 씬46. 고미숙의 집 앞. 밤]
담요 두른 윤영의 어깨를 가볍게 감싼 채 가던 해준, 잠시 돌아보면, 수갑 찬 채 고민수, 동식에게 휙 떠밀려 경찰차에 올라타는 모습 보이고.

해준(N)   **주요 용의자.. 아니, 실제 범인으로 지목됐던 고민수는 이미 경찰에 붙잡혔어. 그럼 이제.. 어떻게 되는 거지.** (복잡한 듯 찌푸리다, 이내 어떤 생각에 천천히 멈춰 서는)

[인서트 – 씬1. 해준의 집, 거실. 밤]
성냥갑을 쥔 윤영, 뭔가를 감추듯, 시선을 피해 내리던 그 얼굴... 그 위로,

해준(N)   **대체 뭘 감추고 있길래,**

해준   (쓸쓸하게 곱씹다 툭) ... 그렇게 아픈 얼굴을 하는 거야, 또.
(더 복잡해진 머릿속에 입술을 깨물다, 떨쳐내듯 가는 데서)

씬4.   우정리 경찰서 앞. 밤

87년의 우정리 경찰서 전경. 어둠 속에서 홀로 빛을 내는 창문 한 곳이
보인다.

씬5.   경찰서, 강력반. 밤

다른 책상들은 전부 비어있고, 유일하게 자리에 앉은 동식, 집중한 채 타
자를 두드린다. 그 앞에 마주 앉은 채 담담히 보는 해준.

해준   ... 저희가 설명드릴 수 있는 건, 여기까집니다.
동식   (잠시 멈추고 보며) 일단 알겠습니다.. 이제 들어가셔도 됩
니다.

끄덕이곤 일어서는 해준, 곧 입구 향해 가면, 이내 조서에 집중하는 동식
인데. 해준, 입구 근처의 유치장 앞에 천천히 멈춰 서서 힐끗 안을 들여
다보면, 한쪽 구석에 잔뜩 웅크린 채 고개를 파묻고 앉은 고민수 보인다.

동식   (시선은 타자기에 둔 채) 도통 입을 열질 않네요, 그 자식은.
해준   ... 좋은 소식이네요. 스스로 시간을 끌어준다니. (돌아보면)
동식   (? 찌푸리며, 보는) 무슨 뜻입니까, 그게...?
민수   (역시 천천히 고개 들어, 해준을 보는데)

해준	이런 인간은 최대한 오래, 이 안에 있어줘야 마을이 안전해 지는 법이니까요. 또 무슨 짓을 하고 다닐지 모르는 일 아닙 니까.
민수	(! 하..)
해준	(창살에 가까이 슥 기대 돌아보곤, 민수에게만 들리도록 낮 게) 그러니까 계속 그렇게 아무 말도 하지 말고, 아무 짓도 하지 말고, 앞으로 일주일..
민수	(?! 보면)
해준	이 안에서 딱 숨만 쉬면서 조용히 버티고 있어 봐. 만약 그 때까지 아무 일도 일어나지 않는다면.. 진짜로 네가 죽였단 사실이 확실해질 거고, 아니라면 네 결백이 증명될 거야.
민수	죽여...?!! (곧 빠르게 달려들어선) 너, 이 새끼, 대체 뭐야.. 뭐냐고!!!
동식	(무서운 얼굴로 벌떡 일어서며) 조용히 안 해, 이 새끼야!!
해준	(차갑게 힐끗 고민수를 보곤) 그럼.. 잘 부탁드리겠습니다, 형사님. (동식 향해 정중히 인사하고, 나간다)

동식, 역시 뭔가 예사롭지 않다고 느긴다. 골똘히 해준 뒷모습 보는..

씬6.   해준의 집, 거실. 밤

담요 덮은 채 소파에 웅크리고 앉은 윤영, 골똘히 성냥갑을 들여다보고 있다. 안쪽에 든 쪽지도 다시 꺼내 펼쳐보면, '책.. 위험..'이란 글씨만 간 신히 남은 채 물에 젖어 흐릿해진 글자들 남겨져있을 뿐이고.

| 윤영 | ... 대체 이게 뭐길래... (하는데.. 그 순간 돌연 깜빡— 꺼졌다 |

가 켜지는 전등에 놀라 올려다보면) ?!! (불안하게 흔들리던
불빛, 다시 깜빡— 하고)

〔 **인서트 - (3부) 씬41. 고민수의 차 안. 밤** 〕
불안한 예감에 천천히 옆을 돌아보던 윤영의 시선에서.
뒤통수에 손을 댄 고민수, 홱 내려치는 순간, 번쩍—
어둠에 잠겨버리는 시야.

윤영   (!!! 애써 두려움 털어내려) 괜찮아.. 이제 다 끝난 일이잖아..
              괜찮아.

얼른 손을 뻗어 제 가방을 끌어 오는 윤영, 그 안을 뒤적여 지렁이 젤리
를 좀 꺼내보려는데. 손에 딸려 나오는 건.. 빈 봉투일 뿐이다. "흐..." 일
그러지던 윤영, 현관문 여는 소리 들리자 대충 봉지를 홱 던져놓고 잠든
척 소파에 돌아누워버린다. 잠시 후, 들어서는 해준. 등 돌린 채 누운 윤
영의 뒷모습을 잠시 본다. '잠들었나..' 싶은데, 그 순간 또 전등 깜빡—
하면 저도 모르게 어깨를 움찔, 감싸는 윤영.

해준   (!!! 그 모습 좀 안쓰럽게 보다, 시선 내리면, 젤리 빈 봉지
              들어온다) ...
윤영   ......
해준   ......

씬7.   **읍내 거리. 밤**

앞서 걷던 해준, 멈춰서 돌아보면, 그 뒤로 내키지 않는 듯 쭈뼛쭈뼛 오

고 있는 윤영.

윤영	...... 정말 입맛이 없다니까요.
해준	빈속이잖아요. 뭐라도 먹어야 푹 자죠. (앞서 건물로 들어가 버리면)
윤영	치.. 우리가 밥 먹을 사인가, 지금. (삐죽하다, 문득 올려다보면) ?!

환한 불빛 뻗어 나오는 2층 창문. 그 위로 옛 느낌 물씬 나는 간판,
'ㅎㅎ다방'* 적혀있다.

윤영	빈속에 커피를 마시란 거였어...? 이름은 또 ㅎㅎ야? 특이하네.. (따르는)

씬8.　　(봉봉)다방. 밤

다른 손님은 없이 고요한 실내. 카운터 안쪽에서 가방을 들고나오는 청아(26세), 막 영업을 마치려던 참인데.. 카운터 앞에 서있는 해준을 발견한다.

청아	(? 무심한 눈빛으로 보면)
해준	30분만 늦게 닫읍시다. 식당이 다 닫아서.

● '봉봉다방'의 간판에서, 공교롭게 'ㅂ' 두 개가 떨어져나가, 'ㅎ'처럼 보이는 상태.

청아, 말없이 힐끗 시선 돌리면, 저만치 예쁜 테이블보 깔린 테이블 한쪽에 앉은 윤영. 새침하게 고개 돌린 채 괜히 창문 밖만 내려다보고 있다.

청아   (픽 — 웃곤) 데이트하는 여자 굶기는 건 못 참지. (가방 놓
             고 들어가면)
해준   (?! 무심하던 얼굴, 툭 내려앉아) 아니, 누가 언제, (하는데
             이미 들어갔다)

테이블의 윤영, 이곳저곳 아기자기하게 꾸며진 내부와 소품 등을 둘러보다가 마침 쟁반을 들고 다가오는 해준에 얼른 다시 새침하게 고개 돌리려는데, 멈칫, 다시 본다. 해준의 쟁반 위에는 설탕 가득 묻힌 꽈배기들 예쁘게 담긴 접시와 작은 간장 종지가 놓인.

윤영   (?!) 무슨 다방에서 이런 걸 팔아요?
해준   사장 맘이죠. 좀 특이한 사람이거든요.. (삐죽대듯) 오지랖도
             넓고.
윤영   ... 근데 이 시대엔 이걸, 간장에 찍어 먹었나요?
해준   (! 작게) ... 글쎄.. 뭐.. 짠맛 나는 빵은 없길래..
윤영   (? 보면)
해준   맛이나 한번 봐 봐요. 여기 빵은 어떤지.
윤영   뭐.. 정말 입맛은 없지만.. 이미 사버렸으니까, 뭐.. (샐쭉대면
             서도, 슬쩍 꽈배기 집어 간장에 푹 찍으면)
해준   (슬쩍 긴장해서 보는데)
윤영   (입에 넣는 순간 멈칫, 입안에 스며드는 단짠단짠에, 눈 동
             그래지고) !!! (해준 눈치 힐끗 보고, 다시 푹 찍어 먹으면)
해준   (! 다행이다.. 작게 픽 웃으며) 그렇게 좋습니까, 그놈의 단

짠단짠이?

윤영   (? 일부러 놓은 거구나, 좀 누그러져선) ... 현대인의 필수 조
         건인 거 몰라요? 마감한다고 한 달 내내 아침 해 뜰 때 퇴근
         하고, 모처럼 주말에 좀 쉬어보려니까 담당 작가가 득달같
         이 불러내서, 만년필 잉크가 맘에 안 든다고 하소연하는 걸
         듣느라 삶의 의지가 팍팍 깎여나갈 때.. 이 단짠단짠만이 겨
         우.. 우릴 살려내는 거라구요. (비장하게 보면)

해준   (가만히 보다가) 출판사에서 일했어요? 편집자?

윤영   (! 보다, 뚱하게) 그쪽은요...?

해준   ... 백수.

윤영   ... 그렇지. 말해줄 리가 없지. 나만 또 진실을 말했지.

해준   딱히 그렇지도 않으면서, 뭘. (저도 꽈배기 간장에 찍어 한
         입 먹어보곤, 급 정색으로 내려놓으며) 최악인데?

윤영   (잠시 보다가) ... 미안해요.

해준   (? 보며) 사과할 것까진 없어요. 입맛이 다른 것뿐이니까.

윤영   (그 얘기가 아니다) 곤란하게 만드는 일, 없게 하기로 했었
         잖아요. 나 때문에 또 경찰서까지 드나들게 만들고.. 정말 미
         안합니다.

해준   (지그시 보며) 이건 그쪽이 일으킨 문제가 아니에요.

윤영   (? 보면)

해준   묻고 싶은 게 있었든, 다른 목적이 있었든, 그 어떤 이유로
         당신이 고민수를 따라갔다고 해도, 그런 일은 일어나선 안
         되는 거였으니까.

윤영   (!!)

해준   이건 그 인간이 만든 문제지, 당신이 만든 문제가 아니라고.
         그러니까 사과할 필요 없고.. 너무.. 두려워하지도 마요. (잠

시 보다) ... 다시는, 그런 일 없게 할 거니까, 내가.

윤영   ... (멍해져서 보면)

해준   ... 전등은 빨리 고칠게요.

이내 아무렇지 않은 듯 시선 내리는 해준. 꽈배기 집어 다시 간장을 찍어 먹어본다. 여전히 맛은 없지만.. 그럭저럭 적응할 만하다. 그런 해준을 가만히 보는 윤영. 숨기는 게 저토록 많은 이 남자를, 어째서 믿고 싶어지는 걸까... 시선 내린 채, 작게 웃는 데서.

씬9.   (봉봉)다방 앞. 밤

해준과 윤영, 나란히 밖으로 나서는데. 또 다시 투둑— 떨어지는 빗방울.

해준   (? 손바닥 올려, 젖는 걸 보다) 뛸 수 있겠어요?

윤영   ... 당연하죠. (싱긋 웃으면)

곧, 쏟아지는 빗방울 속으로, 웃으며 뛰어가는 두 사람에서.

씬10.   (봉봉)다방. 밤

두 사람이 머물던 테이블 앞에 선 청아, 창문 밖을 힐끗 내려다보고 있다. 떨어지는 빗속으로 막 달려나가는 해준과 윤영 두 사람을 보곤 귀엽다는 듯 픽 웃곤 다시 쟁반과 접시를 거둬가려는데... 싹 비어있는 간장 종지를 보곤, 정색.

청아   미친 거 아냐... 꽈배기를 왜 간장에 찍어먹어? (절레절레 내

젓는 데서)

씬11.　　고미숙의 집, 마당. 밤

쏴아아— 쏟아지는 굵은 비. 대문이 열리고, 가방을 들어 비 피하며 뛰어 들어오던 미숙. 순간 앞을 보곤 놀라 선다. 환하게 켜진 거실 불빛, 그러나 완전히 깨져버린 창문.. 그 앞 바닥에 지저분하게 쓰러진 채 놓인 화분들.. 미숙, 어떤 예감에 굳은 채 바라보는데... 때마침 문 열고 들어서는 미숙모(42세). 고급스러운 정장에 핸드백, 우산을 든 채 역시 멈칫.

미숙　　　(뒤돌아보곤, 덜컥해서) ..... 엄마.

미숙모, 꼭 일어날 일이 일어나기라도 한 듯, 당황하지 않고 좀 더 둘러보다가.

미숙모　　들어가서 조용히 정리해. 아무 데도 얘기하지 말고.
미숙　　　(!! 천천히 끄덕이면)
미숙모　　(냉정한 얼굴로 다시 대문 밖을 나서는 데서)

씬12.　　해준의 집, 거실. 낮

소파 위에서 잠들었던 윤영, 곧 깨어난다. 반쯤 열린 커튼 사이로 들어오는 쨍쨍한 햇빛에 마음이 좀 산뜻해지는 윤영, 기지개를 켜다 문득 옆에 놓인 성냥갑을 발견하곤 멈칫한다. 곧 조심스레 성냥갑을 집어 다시 열어보는데. 쪽지는 없이 텅 비어있다. '...!' 해준이 가져갔구나 싶은 윤영, 천천히 성냥갑을 돌려 보며.

| 윤영 | ... 대체 무슨 사연이길래.. (작게 한숨 내쉬다, 이내 슥 둘러 |
| | 보는) ? |

씬13.　　해준의 집, 주방. 낮

이마 상처를 매만지며 들어서는 윤영, 둘러보는데, 식탁 위에 정갈하게 놓인 것들.. 샌드위치 놓인 접시와 주스, 도시락 가방, 연고와 밴드, 그리고 쪽지다. 윤영, '이게 다 뭐야..' 하는 얼굴로 쪽지를 펼쳐보면, 단정한 해준의 글씨 위로.

해준(E)	일이 있어 먼저 나갑니다. 아침 먹고 도시락 챙겨서 앞집 순
	애네로 가요. 미리 얘기해뒀으니까 아실 겁니다. 상처에 꼭
	연고 덧바르고 밴드도 붙여요. 설거지는 안 해도 되니까 싱
	크대에만 넣어두고, 절대 지각하지 말 것.
윤영	(치, 웃으며) ... 꼭 엄마 같네..
경애(E)	(그 위로, 우렁찬 소리) 엄마아아!!!

씬14.　　순애의 집, 주방. 낮

머리에 잔뜩 롤을 만 경애, 요란한 원피스 입은 채 맨다리로 와다다 급히 뛰어들어온다. 옥자, 식탁 위에 놓인 여섯 개의 도시락통에 김밥을 바쁘게 채워넣는 참인데,

경애	엄마 엄마!! 내 빤짝이 스타킹 못 봤어? 하 씨, 나 미용실 늦
	는데에!
옥자	옘병할 년.. 밤에는 술 처먹고 지랄, 낮에는 그냥 지랄.. 어

유..!! (뒤집개 들다) 오복이 후라이 해줘야 되는데! (하면서
도 결국 나가면)

씬15. 순애의 집, 거실. 낮

안방에서 급히 나오던 형만, 양말 한쪽에 난 구멍을 그제야 발견하곤, 주
방 향해.

형만   아이, 오복 엄마! 어떻게 구멍 안 난 양말이 없어어!

옥자   (마침 나오던 중이었고) 또 또 장롱 놔두고 소쿠리에서 꺼냈
       지! 거 꿰맬 양말 모아놓은 데라구 맨날 말해줘도, 허으! (하
       면서 경애 방 가려는데)

오복   (화장실에서 급히 고개 내밀곤) 엄마~! 휴지 떨어졌어용!!

옥자   (멈칫, 군말없이 다시 돌아 두루말이 휴지 찾아 가져다주면)

경애   (쫓아 나와) 아, 스타킹이 먼저잖어어. (하다) 근데 내 지갑
       어따 뒀지, 엄마?

형만   아, 그래 맞다, 나 바지 바꿨는데, (뒷주머니 만지작) 나도 지
       갑, 오복 엄마.

오복   (개운한 얼굴로 화장실에서 나오며, 상큼) 후라이 다 됐어
       요, 엄마?

옥자   (!!! 차오르는 분노에 아옥.. 하다 문득 보면)

이 전쟁 같은 한가운데서, 홀로 중앙 탁자에 앉아 딴 세상에 푹 빠져있는
순애. 준비 마친 채 빨래를 개고 있었으나, 읽고 있던 소설책(〈제인에어〉)
에 정신이 팔려버린 상탠데.

옥자	(!!! 순애 뒤통수를 뒤집개로 탁 치며) 그 놈의 책, 책, 책!
순애	(화들짝 놀라 보며) 아, 엄마아..
옥자	그럴 시간이믄 벌써 다 개고 동생 후라이까지 해 먹였겠다...! 이건 됐으니까, (뒤집개 넘기며) 가서 오복이 계란이나 해줘, 얼른!
순애	(시무룩.. 책 덮고 일어서는)

씬16.   순애의 집, 마당. 낮

반쯤 열린 대문을 조심스레 열고 들어서는 윤영, "계세요...?" 둘러보는데. 순간, 문 팍 열고 나오는 오복, 학교 갈 차림으로 도시락통 들고 달랑달랑 뛰어나오다 보면.

윤영	(?! 뚫어지게 보다) 혹시.. 오복이...?!
오복	(경계로 찌푸리곤) 뭐냐...?
윤영	(곧 뭉클한 얼굴 되어, **E**) 저예요, 외삼촌. 윤영이.
형만	(마침 이어 나오다, 흠칫) 앗 깜짝야.. 거 누군데 남의 집에서 저러구 소눈깔을 하고 있대?
윤영	(역시 반가운 얼굴로, **E**) 외할아버지?! 저예요, 윤영이!
형만	(아랑곳없이 안쪽에다 대고) 아, 갈아신고 갈 시간도 없겠네, 빨리 줘어 양말. 오복 엄마아!
옥자	(마침 도시락통 두 개 들고 나오다) 그만 좀 불러라, 그만 조옴!! (하며 둥글게 말린 양말 한 짝을 야구공 마냥 확 던지는데)

그 양말, 곧장 윤영의 얼굴로 날아가 픽! 맞고 떨어진다. 헉...? 놀라서 보는 옥자와 식구들. 마침 나오던 경애만이 그 꼴을 보고 깔깔 웃음 터지

고.. 뒤따르던 순애, 역시 놀라서 보는데.

윤영   (무슨 일이 있던 거지, 멍하니 눈 껌벅껌벅 하면)
옥자   (??!! 어쩐지 급 뭉클한 얼굴이 되어, 입을 틀어막고 윤영 보는)
형만   (돌아보다 또 흠칫) 어마 뭐야.. 왜 이번엔 또 저 사람이 소
         눈깔을 한대?
옥자   (더듬더듬, 윤영에게로 다가가며, 알아보기라도 한 듯) 너..
         너.. 넌...?!
윤영   (??!! 긴장해 보는 데서)

씬17.   우정리, 뒷산 아래. 낮

등에는 불룩한 가방, 손목에는 두둑한 도시락 가방, 어깨에는 통기타를
이고 진 범룡. 대수롭지 않다는 듯 태연한 얼굴로 교과서를 읽으면서 걸
어 나가는데. 문득 앞을 가로막는 누군가의 발에 멈칫... 안경을 슥 올리
며 째려보면, 해준이다...!

범룡   (! 곧장 공손해져서, 굽혀 인사하며) 안녕하십니까, 선생님.
해준   (담담하게) 어제, 복도, 성냥갑... 내놔.
범룡   (형―??! 긴장해 보는 데서)

씬18.   순애의 집, 마당. 낮

긴장한 윤영, 바로 코앞에 선 채 뚫어져라 제 얼굴을 들여다보는 옥자를
애써 외면하는데.

옥자	넌.. 누구길래.. (윤영의 볼을 살짝 꼬집어보며, 다정) 요러고 예쁠까...?
순애, 오복	(황당해서) 엄마아!!
경애	(표정 구기며) 예쁘긴 뭐가 예뻐? 꼭 물에 빠진 족제비같이 생겼구만!
윤영	(?! 휙 경애 쪽을 부릅뜨고 보는데)
옥자	(휙 돌아보며) 안 늦냐? 입 다물고 빨리 가기나 해, 이 술주정뱅이야!
경애	어으 씨.. (쾅쾅 밟으며 내려와 윤영 휙 째려보곤, 툭 치고 나가면)
오복	야, 같이 가! (힐끗 윤영 보고, 얼른 경애 쫓아 나가며) 다녀올게요!
옥자	(다시 푸근한 눈으로) 네가 그, 윤 선생님 사돈의 팔촌의.. (헷갈리는데)
형만	(양말 주워 신다, 눈 반짝!) 윤 선생님 친척이셨어? 아이, 말을 하지! (친근한 미소로) 반가워요~ 윤 선생 닮아 그런가, 똑똑하게 생겼네~!
윤영	(?! 풋― 웃음 나오는 걸 참는데)
옥자	(자연스럽게 윤영 머리 슥슥 정리해주며) 선생님이 오늘 같이 못 가신다고, 꼭 우리 순애랑 같이 보내달라구 신신당부하셨어. (들고 있던 도시락 두 개 쥐여주며) 싸는 김에 선생님이랑 니 것까지 챙겼다, 가서 먹어.
윤영	(!!) 아.. 저도 있는데, 도시락..
옥자	그건 그거구 이건 이거지. 꼭꼭 씹어 많이 먹어. 또 먹구 싶음 언제든 얘기하구. (엉덩이까지 툭툭 두드려주며, 좋은) 자주 놀러와라, 아가?

윤영	(?! 민망한 미소로) 예.. 감사합니다.. (하며, 슬쩍 순애를 올려다보면)
순애	(보고 있다, 얼른 어색하게 시선 피하는 데서)

씬19.   우정리, 뒷산 아래. 낮

(3부 씬32의) 성냥갑을 손에 든 채 내려다보는 해준. 그 앞엔, 잔뜩 쪼그라든 범룡.

해준	(이미 알고 있지만, 추궁하듯) ... 러브레터...?
범룡	(억울한 듯, 끄덕끄덕) 예.. 그 안에다 쪽지를 넣어서, 맘에 든다거나 좋아하는 여자애한테 주는 거예요. 다른 애들도 거의 다 갖고 있을걸요? 요즘 이게 울 학교 유행이라서..
해준	(성냥갑 열어, 그 안의 쪽지 펼쳐 읽으며, 혼잣말처럼) 그래, 그 망할 유행 때문에 상황이 더 복잡해졌던 거야.
범룡	네...? (하는데)
해준	(읽다가 순간 발끈해선) 사랑한..?! 언제 봤다고 사랑을 해, (쪽지로 범룡 코 툭 때리며) 뭘 사랑해!?
범룡	(깜짝 놀라선) 아이.. 전학생 걔한테 줄 건 따로 있고, 그건 다른..
해준	(더 발끈해) 다른 사람이 있는데, (쪽지로 톡톡 쳐가며) 따로 왜 주냐고, 왜!
범룡	(교과서 펼쳐 얼굴 가리며) 아잇, 안 줄게요, 안 줄게요오!! (하며 도망치면)
해준	일루 안 와?! (하면서도 더 쫓지는 않고 보는 데서)

〔 인서트 - (3부) 씬40. 남학생 화장실. 밤 (에 이어) 〕

마지막 칸에서 막 나온 범룡, '어떡해..' 하는 얼굴로 보면,
절레절레 나가는 희섭.
범룡, 그 뒤를 따르려다 문득 뒤를 슥 돌아본다.
텅 비어있는 칸의 한쪽 벽을 응시하는 그 얼굴,
순간 낯설도록 차분해 보이는데.

희섭(E)   (밖에서) 아, 싸게 안 나오고 뭐 혀!
범룡   (다시 예의 얼굴로 돌아와선) 어, 가. 가.
            (허둥지둥 달려나가면)

잠시 후, 모두 사라진 화장실로 조용히 들어서는 발.
보면, 다시 돌아온 해준이다.
주변을 흘낏 둘러보곤 범룡이 나왔던 칸으로 들어가
문을 잠그는.

〔 인서트 - 씬. 화장실 마지막 칸. 밤 〕

해준, 둘러보면, 창문이 있는 벽면 한쪽이
적색 벽돌로 이루어진 구조다.
곧 차분하고도 빠르게 견고한 벽돌들을
하나씩 만져보는 해준. 그 위로,

해준(N)   **당시 유범룡이 용의자로 지목된 결정적인 이유는,
            그가 숨긴 물건들 때문이었다.**

벽돌 중 한 곳에서 마침내 꿈틀, 움직이는 부분을 발견하는

해준, 조심스레 그 벽돌을 들어 빼내면... 예상대로 그 안쪽 빈 공간에 접힌 채 놓인 누런 봉투 하나. 해준, 급히 꺼내 들여다 보지만, 아직 텅 비어있다. '......' 다시금 봉투를 접어 넣고, 벽돌을 제자리로 돌려놓는 해준에서.

그 사실 모른 채 산길 위로 줄행랑치는 범룡을 가만히 지켜보는 해준.

해준   ... 아무것도 없다 이거지, **아직은...**

범룡, 제 짐을 감당 못 해 어느 순간 우스꽝스럽게 꽈당 엎어지지만, 해준, 그저 머릿속이 복잡할 뿐이다. 초조함에 제 손목시계를 내려다보는 데서.

씬20.   우정리 강가 근처. 낮

가방과 도시락통 세 개까지 챙겨든 윤영, 즐겁고 여유로운 얼굴로 걷는다. 그 뒤로, 쭈뼛쭈뼛 쫓아오던 순애. 망설이다 결국 옆으로 달려와 쪽지 하나를 꾹 내미는.

윤영   (다 알면서도, 짐짓 새침하게) 이게 뭔데?

순애   ... 어젠.. 미안했어. 과학실에서.. 날 도와주려고 그런 건데 내가 말이 심했지.. 마음에 걸려서 밤새 한숨도 못 잤어.. 그래서..

윤영   (익숙하단 듯 받아 펼쳐 읽으며) 결국 말로 또 할 거면서 꼭 이렇게 편지를 써주드라. 옛날부터 매번 그랬어, 다투고 나면.

순애   (?!) 내가 언제...?

윤영   (헉!) 우리 엄마.. 가 그러셨거든. 갑자기 생각이 나서.

| 순애 | 아아.. (해맑게 웃곤) 글 쓰는 걸 좋아하셨나 보다. |
| 윤영 | ..... 그러게.. 그래서였을 거란 생각을, 이제야 하게 되네.. (쓸쓸히 웃는) |

씬21.   우정리, 뒷산 아래. 낮

이번엔 건들건들.. 가벼워 보이는 가방 하나만 달랑 멘 채 콧노래 부르며 걸어오는 희섭. 역시 문득 앞을 가로막는 누군가에, 게슴츠레한 눈으로 보면, 해준이다.

희섭	(반가운) 어? 두 번째 대가리, (하다 아차— 웃곤) 선상님?!
해준	(귀찮다는 듯 가방 가리키며) 앞에 든 거, 성냥갑... 내놔.
희섭	(? 보며) 지 가방에 성냥갑이 들었당가요...?! 어디요?!
해준	(... 희섭 가방을 휙 뺏어, 포켓을 직접 열어보면)
희섭	(!! 발끈해) 으미, 시방, 남으 가방을 막 이라고 열어보시믄, (하다 눈 동그래져선) 옴마...? 들어있네, 참말로?
해준	(꺼낸 성냥갑 내 보이며) 어제 전학 온 네가 이 학교 유행을 미리 알고 있었을 리는 없고.. 학생 가방에, 다방 성냥갑. 너 뭐야, 이거.
희섭	... 뭐지...?!

해준, 성냥갑을 열어보는데, 그 안엔 쪽지가 아니라 그저 멀쩡한 성냥들 만 가득 들어있다. 그제야 생각난 희섭, 밝아져선.

| 희섭 | 아아! 이거, 그거네에! 일요일에 쩌희 성이 와가구, 커피 맛 보여준담서.. (자랑스레) 우리 성이랑 읍내 다방 가서 막 |

이걸루 탑 쌓구 그랬당게요? 워쩌나 재밌든지, 원..! 글고 그
때 성이, (막 떠드려는데)

해준   (자연스럽게 파고들듯, 나직이) 너도 아직 형한테 있어, 그
            자물쇠?

희섭   (자연스럽게 이어서) 아, 글쵸. 당연히, (하다 멈칫, 그제야
            좀 굳어) 자물쇠?

해준   (들을 답은 들었다. 가방 탁 넘겨주며) 왜 이렇게 가벼워, 가
            방은 또.

희섭   (아직 좀 멍한 채) ... 소풍에 뭔 책을 들고 오겄어요?

해준   작은어머니가 도시락 안 싸주셨어?

희섭   (!! 당황해 감추듯) 아잇, 그란 분 아니어요. 싸주셨는디.. 지
            가 기양 까먹고..

해준   (귀찮다는 듯) 가. 올라가서 애들한테 내 가방 찾아달라고
            해. 나도 네 가방 뒤졌으니까 너도 뒤져도 돼. 거기 있는 도
            시락 챙기고. (하다) 음료수는...?

희섭   (시선 내린 채 좀 쭈뼛대면)

해준   (지갑 꺼내, 87년 지폐 몇 장 내밀며) 너, 아니.. 우리 반.. 아
            니.. 옆반 꺼까지 충분하게 사와. 심부름이야. 가. (돌아서 먼
            저 산길로 성큼성큼 올라가면)

희섭   (... 보는 데서)

씬22.   우정리 강가 근처, 다른 길. 낮

푸릇푸릇한 나무들과 색색의 꽃이 예쁘게 핀 길을 나란히 걸어가는 윤
영과 순애. 한결 밝아진 순애, 신나서 조잘조잘 수다 떠는.

순애	로체스터 방에 불이 막 나가지구, 제인이 물 양동이로 막 꺼주니까 손을 이렇게 탁— 잡구, "아가씨는 내 생명을 구해주었소." 하는데.. 어떻게 그 다음을 안 읽겠어?! (하다 쑥스럽게 웃곤) 그래서 결국 엄마한테 뒤집개로 한 대 맞았지, 뭐..
윤영	(웃으면서도, 이해할 수 없어) 근데, 책을 읽는데 왜..?
순애	(? 으쓱하며) 내가 책 읽는 거 싫어하시거든. 기지배가 쓸데없는 거에 빠져서 집안일은 안 하구 시간 낭비만 한다구.. (민망하게 웃으면)
윤영	(?! 보는데)
순애	(눈 꾹 감고, 공기 깊게 들이마시며) 아아— 좋아하는 책 마음껏 읽구 음악도 실컷 듣구, 따뜻한 커피도 막 홀짝이면서, 그렇게 살면 좋겠다!
윤영	(천천히 멈춰선, 가는 순애의 뒷모습을 보는 위로, **E**) 그런 엄마의 꿈은, 결국 이뤄졌다... 나에게서. (떠올리는)

씬23. [1부] 순애의 집, 주방. 낮 [회상]

식탁에 앉아 책을 읽고 있는 윤영(27세), 커피잔을 드는데, 이미 다 마신 참이다. 대수롭지 않게 고개를 들던 윤영, 순간 뜨끔 놀란다. 보면, 싱크대 앞에서 설거지하면서 이쪽으로 고개 돌려, 행복한 듯 윤영을 훔쳐보고 있던 순애(51세)다.

윤영	(눈 마주치자 좀 뜨악해서) ... 왜?
순애	... 그냥. 좋아서. (헤헤 웃곤) 다 마셨음 컵 줘.
윤영	(힐끗 보곤) 다 끝나가잖어. 이따 내가 따로 할게.
순애	아잇 줘어, 이런 건 엄마가 해. (윤영 컵 챙겨가며) 딸은 책

이나 맘~껏 읽으세요옹. (콧노래와 함께 엉덩이까지 흔들어
가며 설거지하면)

윤영　　(?? 보다, 절레절레.. 다시 책 읽는)

씬24.　　(1부) 순애의 집, 거실. 낮 (회상)

소파에 앉은 윤영, 헤드폰으로 음악 들으며 책 읽다, 피곤한 눈을 잠시
감아보는데. 슬며시 다가오는 순애, 한쪽 헤드폰 쪽에다 가까이 제 귀를
대본다. 그저 무슨 음악인지 들어보고 싶은 것인데.. 얼핏 눈 뜨다 화들
짝 놀라 헤드폰을 벗는 윤영.

윤영　　(역시 뜨악해서) ... 왜?

순애　　... 그냥. 뭐 듣나 궁금해서. (민망한 미소로, 다시 물걸레 들
　　　　고 가려 하면)

윤영　　줘. 내가 할게. (물걸레 받으려는데)

순애　　아유, 됐어 됐어. 나중에 시집 가믄 안 하고 싶어도 지겹게
　　　　한다. (한쪽 바닥에 앉아, 슥슥 닦으며) 방해 안 할게, 들어.
　　　　들어.

윤영　　(살짝 짜증으로) 그놈의 시집 소리.. 안 간다고 그렇게 말을
　　　　해도.

순애　　(못 들은 척 열심히 걸레질만 하는 뒷모습에서)

씬25.　　우정리 강가 근처, 다른 길. 낮 (현재)

기분 좋은 듯 걸어가는 순애의 뒷모습을 바라보는 윤영.

윤영(E)	**엄마는.. 엄마가 갖지 못한 시간을,**
	나한테 만들어줬던 거였구나.
순애	(획 돌아선, 윤영 향해 얼른 오라고 손짓하며) 늦는다, 늦어
	어! 뛰어야 돼!
윤영(E)	**이제는.. 내가 돌려줄게요, 엄마. 엄마가 잃어버린 시간들,**
	그리고 포기했던 모든 것.. 꼭 다 되찾아줄게.
윤영	(곧, 다시 순애 보다) 근데 왜 그쪽으로 가? 학교는 저쪽이잖아!
순애	(? 보며) 어제 종례시간에 못 들었어? 소풍 가는 날이잖아,
	오늘!
윤영	(아.. 멍해져서 얼른 쫓아가는데)

씬26.   우정리, 뒷산 초입길. 낮

한껏 꾸민 채 집합 장소에 모여있는 여자반 학생들. 그 앞에 선 교련, 출석 부르는 중이다. "김해경!" "네." "이은하!" "네넹." "박유리!" "네에~" "서지윤!" "네." 이어지는 와중에, 한쪽 옆에 서있는 해준, 매우 예민한 얼굴로 초조하게 입술 깨물고 있다.

교련	백 윤, (하다 영 신경 쓰인다는 듯) 윤 선생님.. 윤 선생님?
해준	(날카로운 눈빛 홱 쏘며) 왜요.
교련	(살짝 움찔했다가, 좀 짜증) 아니, 왜 여기서 이러고 계십니
	까. 본인 반 애들 체크는 안 해요? 저 봐요, 저저 꼬라지들
	좀! (보면)

저 옆에, 역시 한껏 꾸민 채 모여 서있는 남자반 학생들. 제멋대로 떠들고 놀거나, 이쪽의 여학생들 향해 수줍은 눈짓 보내는 등 난리인데..

그 와중의 범룡, 홀로 등에 기타 멘 채 매우 집중한 채 교과서를 읽는 중이다. (희섭은 아직 오지 않은)

교련	(범룡 보며) 꼴값을 떤다, 꼴값을.. 꼭 공부 못하는 놈들이 유난을, (하는데)
해준	(악문 채) 지각하지 말라고 또박또박 써놨는데, 사람 불안하게.. 하아..!! (확 돌아서 아랫길로 성큼성큼 가면)
교련	(?!) 아, 왜 그리로 가요 또? (이미 저만치 갔기에) 야, 이 사람아! (악문 채) 교장은 왜 하필 또 저 반이랑 같은 델 묶어놔가지고, 아오!
미숙	(여학생들 틈에 서있다, 슬쩍 고개 돌려 해준 뒷모습을 보는 데서)

씬27.   우정리, 뒷산 아래. 낮

양손 가득 음료수 든 비닐봉지를 들고 오던 희섭, 멈칫 서선 주변을 슥 둘러본다. 아무도 없는 걸 확인하고서야, 티셔츠 속에 넣어뒀던 목걸이를 슬쩍 꺼내 보는 희섭. 그제야 처음으로 모습을 드러내는 목걸이, 거기엔 핏자국이 조금 눌러 붙은 낡은 열쇠 하나가 매달려있다. 찌푸린 채 그 열쇠를 가만히 매만져보던 희섭, 읊조리는.

희섭	... 자물쇠랑 짝인 걸.. 두 번째 대가리가 워찌 안당가...?

불안한 얼굴로 곱씹던 희섭, 문득 어떤 느낌에 고개를 들어 보는데... '!!!' 바로, 저만치서 이쪽을 향해 달려오고 있는 순애다. 바람에 앙증맞게 휘날리는 머릿결. 뛰느라 붉게 상기된 두 볼.. 순간 모든 걸 잊은 희섭의 시

선 속에 또 한 번 빛이 반짝— 나고.

희섭   (얼른 목걸이 집어넣곤, 밝아진 얼굴로) ...수, 순애씨...!!
순애   (그제야 희섭 알아보곤, 끼익 멈추며) 어...? 그때, 그 터미널?
희섭   (격한 끄덕거림으로) 여서 이라고 또 만난 거 봉게 아무래도
        우린 운명이,
윤영[E] (격한 헐떡임으로, 꽤액) 운명 같은 소리!!!

희섭과 순애, 화들짝 놀라 돌아보면, 급히 뒤따라온 윤영, 그간의 달리기
에 너무나 숨이 차다. 후들거리는 다리로 다가와 겨우 휘저어 순애를 붙
잡곤,

윤영   (공기 반 소리 반으로) ...잘 들어, 헉, 순애야, (떨리는 손으
        로 희섭 가리키며) 이게 바로, 헉, 진정한 시간 낭비야, 헉.
희섭   (?! 떨떠름한 얼굴로) 또 뭔 멍멍이 소리여.
윤영   앞으로 너의 인생에, 헉, (손 휘저으며) 절대 도움 될 일이
        없, 헉.
희섭   (그래 떠들어라.. 순애 보며) 많이 힘들어 보이는디 우덜 먼
        저 갈까요?
윤영   가긴 어딜 가.. 헉.. 절대 안 돼...! (하다 다리에 툭 힘 풀려 주
        저앉으면)
순애   (놀라서) 어머, 어떡해. (손 잡아주려는데)
희섭   (자연스레 순애 이끌며) 힘들 땐 오히려 쉬어가는 것이 나응
        게요.
순애   네...? 아니.. 그렇지만.. (하면서도 얼떨결에 함께 가면)
희섭   그럼 쪼께 쉬다가 오세요? (다정한 말투로 돌아보며, 순애

몰래 메롱하면)

윤영   (거의 소리도 안 나오고) 안 돼.. 안 ㄷ.. (하면서도 거의 누워
                  버리는)

모든 걸 포기한 채 좀 편해져버리는 윤영, 잠시 멍하니 누워 파란 하늘을
올려다보는데. 곧.. 그 하늘을 가리듯 와 서는 이, 해준이다. "하아..." 깊
은 한숨으로 얼굴 문지르는 해준.

윤영   (!! 매우 민망하지만, 애써) ... 하늘이 예뻐서요..
해준   (알겠단 듯 대충 끄덕여주며 일으켜 앉히고, 등 툭툭 털어주면)
윤영   (궁색) ...오르막길이 너무 많더라고요.. 소풍을 뭐 이딴 데로 와..
해준   (뒷머리에 붙은 흙 떼주면서, 끄덕끄덕) 너무 힘든 코스지..
                  65년생한텐.
윤영   ...네.. (하다, 곱씹곤 획 째려보는 데서)

씬28.   산 중턱1. 낮

편평하고 널찍한 한쪽 터에 모여 앉은, 몹시 들뜬 얼굴의 남학생들.
그 앞에 선 해준.

해준   자, 놀 땐 그냥 노는 거다. 여기까지 와서 괜히 학력고사 걱
                  정한다고 몰래 교과서 펼쳐보지들 말고,
남학생들   (신나서) 우우~ 유범룡~~
범룡   (맨 뒤쪽에서 교과서 보고 있다가, 안경 슥 올려쓰며, 정색)
해준   (픽 웃고) 오늘 하루는 맘껏 놀아. 단, 이 안에서만.
남학생들   (환호로, 수건 휘휘 돌려가며) 후우우~~ (동시에 저쪽으로

시선 돌리면)

한 5미터쯤이나 떨어졌을까.. 의미 없게 간격 둔 채 따로 모여앉은 여학생들 보인다. 누가 누가 예쁜가 보겠다고 작게 손가락질하며 떠드는 남학생들 틈에서, 범룡 옆의 희섭, 그저 감격한 얼굴로 범룡의 통기타를 매만져보고 있는.

희섭	...짜식.. 이 중차대한 순간에.. 워찌 이라고 기특한 것을..
범룡	(픽 웃곤, 안경 슥) 널 위해 특별히 훔쳐왔다. 아빠 꺼.. 근데 가능하겠어? 진짜 기타는 아직 만져본 적 없다며.
희섭	(살짝 떨리는) 그라긴 한디.. (제 배에다 대고 에어기타 퉁겨보며) 이 짓을 그만치 해왔응게.. (저만치의 순애 힐끔 보곤, 침 꼴깍) 함 해보는 거여...!
범룡	(막 일어나려는 희섭 어깨를 잡아앉히며, 비장) 그래도 연습부터 좀 해보는 게 좋지 않을까? 여자애들 앞에서 개망신 당하는 수가 있다구.
희섭	(!! 초조하지만, 비장) 연습은 질리게 혔다.. (기타 들고 획 일어나는)

씬29.　산 중턱2. 낮

역시 들뜬 얼굴로 모여앉은 여학생들(미숙은 자리 비웠고).
그 앞에 서있던 교련.

교련	자, 남들 놀 때 똑같이 놀면 도태되는 거다. 니들은 고3이야. 괜히 들뜨지 말고 항시 학력고사를 생각하면서,

여학생들	(째리며) 우우... (하다 저쪽을 보곤, 급 밝아져서 환호) 후우!
교련	(째려보면, 역시 남학생들 환호받으며 앞으로 나와 선 희섭 보이고) 확 마, 이것들이. 여기 안 봐? (하는데)
해경	(큰소리로) 조용히 좀 해주세요, 샘. 노래 안 들려요.
남학생들	(그 소리에 저쪽에서 더 좋아하는) 호오오!! 멋있다!!

그 틈의 윤영, "엉망진창이네..." 떨떠름하게 둘러보다, 얼른 옆에 앉은 순애 쿡 찌르며.

윤영	정말 아무 일도 없었다구?
순애	그렇다니까아.. 딱 두 마디나 했을까, 우리 담임선생님이랑 마주치는 바람에 (희섭 힐끗 가리키며) 귀 잡혀 끌려갔어.
윤영	(쌤통이다, 웃으며 희섭 보곤) 그 두 마디는 뭐였는데?
순애	그냥.. 어떤 남자를 좋아하냐고 해서.. 노래 잘하는 남자라구 했는데.
윤영	(??! 다시 불안하게 돌아보는 데서)

씬30. 산 중턱1. 낮

앞에 나와 선 희섭, 몹시 떨려오는 가슴을 진정하곤, 기타를 잡아본다. 비장하게 한 줄 툭 튕겨보는데 손가락 엇나가서 '두웅..' 멋쩍은 소리만 난다. 헉...! 놀라서 순애 쪽을 힐끗 쳐다보는 희섭. 그 옆의 윤영, 갸륵한 미소로 '메롱' 해 보인다.

희섭	......흐미... (식은땀이 주룩 흐르고)
범룡	(!! 제가 더 가슴 아파 절레절레, 두 눈을 가리는데)

희섭, 두 눈을 질끈 감았다 다시 뜨곤, 다시 튕겨보기 시작한다. 곧, 〈말할걸〉의 도입부 멜로디가 흘러나오고.. 점점 빨라지는 손가락과 함께, 점점 여유 되찾는 희섭.

희섭   (곧 멋지고 단단한 목소리로, ♬) 이런저런! 생각 말고 그대
            로 그대로 말할까, 흔한 얘기 그만 두고 힘주어 힘을 주어
            말할까!
남학생들   (오?! 흥 올라서 열정적으로 환호하고)
희섭   말해볼까 자리만 들썩이며 망설이다, 말해볼까 얼굴만 붉히
            면서 애태우다!
범룡   (너무나 감격해, 입 막고 보는)

씬31.   산 중턱2. 낮

이어지는 희섭의 노래를 들으며, 역시 환호하는 여학생들. 유리, 은하에게 반짝이는 눈빛으로 "쟤, 누구냐...?" "전학생이래~" 속닥대고.

윤영   (잠시 멍해져선) 기타를 칠 줄 알았었나... (하다 슬쩍 보면)
순애   (그저 맑은 미소로 박수치며 보고 있는)

윤영, 떨떠름한 얼굴로 고개 돌리는데.. 때마침 자리로 돌아오던 미숙과 눈이 마주친다. 좀 창백한 듯한 미숙, 금방 시선 피해 내리고 제 자리에 힘없이 앉으면,

윤영   (? 보는 데서)

씬 32.   산 중턱1. 낮

"♬ 말할걸~ 그냥 말할걸~" 이어지는 희섭의 노래에 열광하는 남학생들 틈으로 몰래 슬쩍 손에서 손으로 오가는 여러 개의 '봉봉다방' 성냥갑들. 몇몇 남학생들, 저마다 맘에 드는 여학생들을 힐끗 가리켜가며 쿡쿡 웃고, 오락부장에게 준다. 뒤편에 서서 그 모습을 지켜보던 해준, 시선 돌리면, 눈 마주치는 범룡. '거봐?' 하는 얼굴로 어깨 으쓱해 보인다. 그러나 해준, '어쭈...' 하는 얼굴로 아랫 입술을 조용히 깨물어 보이면, 다시 기죽어 시선 피하는 범룡인데.. 남학생들로부터 넘겨받은 성냥갑들을 모아 제 모자 안에 슥 집어넣는 오락부장, 둘러보며 휙~ 윙크해주면, 그 모습마저 지켜보는 해준, 어두워지는.

해준(N)   **... 5월 12일, 첫 번째 사건이 일어나기 이틀 전. 세 명의 용의자 중 하나는 이미 경찰에 붙잡혔고, 나머지 둘은..** (희섭과 범룡을 차례로 보며) **아직 특이점이 없고, 범인의 표식이었던 성냥갑은,** (오락부장 옆에 놓인 불룩한 모자 보며) **..... 어디에나 있다.**

해준   (두통에 이마를 살짝 짚곤, 읊조리는) 미치겠네.. (하는데)

마침 희섭의 노래 끝나자, 양쪽에서 시끌벅적 열렬한 박수와 환호 쏟아지는 가운데.

해준(N)   **그렇게 모든 것이 안개에 휩싸였던 바로 그때, 그녀는 도착하고야 말았다.**

어떤 느낌에 천천히 고개를 돌리던 해준, 굳은 얼굴로 본다. 저쪽 아랫길에서 막 올라오는 교장 병구와, 즐거운 미소로 담소 나누며 등장하는 교

생(이주영, 24세, 여)이다. 그 위로,

해준(N) **우정리 연쇄살인사건의 첫 번째 피해자였던...**
그녀가. (하는 데서)

〔 **인서트 – (3부) 씬5. 우정리, 어느 카페. 밤** 〕
해준, 서류를 넘겨 범인(고민수, 56세)을 향해
똑바로 보여주며,

해준 *기억나시죠, 이분들.*
민수 *(!! 놀라고도 슬픈 눈으로 보면)*

그제야 드러나는 세 장의 사진 속 한 장(나머지 둘은 흐릿해
보이지 않고), 바로 환한 미소로 웃고 있는, 교생(주영)의 증
명사진이다...!

씬33.   산 중턱1, 2. 낮

마침 고개 돌려 해준 쪽을 보던 윤영, 긴장한 듯 보이는 그 모습에 좀 의
아해 보는데. 해준이 뚫어져라 보는 쪽을 따라 시선 옮기면, 역시 교생
발견한다. 하얗고 깨끗한 얼굴에 짙고 검은 눈썹, 단정한 정장식 옷차림
에 흠집이 잔뜩 나있는 운동화, 두 번째 손가락에 낀 나무반지.. 등을 차
례대로 가볍게 훑어보던 윤영.

윤영 (?! 어떤 기시감에 좀 갸웃하는 위로, **E**) 어디서 봤지...?
병구 (쭈뼛대는 학생들 앞에 서서, 웃는 얼굴로) 어어, 됐어요, 됐

어. 편히 앉아. (옆에 선 교생 가리키며) 에— 여기는, 앞으로 한 달간 여러분들과 함께하게 될 교생 이주영 선생이고, 무려 서울대학교 국문학과 4학년생입니다.

여학생, 남학생   (오.오.. 호기심 가득한 얼굴로 수군대는데)

병구   원래는 내일부터가 시작이지만, 오늘처럼 즐거운 날에 내미리 좀 소개하고 싶어서 이렇게 왔어요.

해경   (짓궂게) 그럼 선생님도 노래 좀 불러주시죠~!

여학생, 남학생   (!! 신나서 호오— 환호하며) 노래해! 노래해! 노래해!

교련   (옆에서 괜히 교장 눈치 살피며) 야 이 시키들아, 조용 못해?! (하는데)

교생   (중앙에 딱 서더니, 큼, 흠, 목 가다듬고 차분히 웃곤) 해볼까요, 그럼?

학생들, 너나 할 것 없이 "와아—" 박수치곤, 저마다 신청곡을 부르기 시작한다. "나미 노래 불러주세요!" "김완선이요오—!" "민해경!!" "소방차는 어때요? 댄스와 같이!" 그 소리에 깔깔 웃음 터지는 학생들. 순애와 희섭도 각각 순하게 웃고, 해준만은 굳어 보는데.

교생   (동시에 나직하게 부르기 시작하는) 거센 바람이 불어와서— 어머님의— 눈물이—

학생들   (??! 어리둥절한 채 서로를 보고 갸웃하는)

교생   가슴 속에 사무쳐 우는— 갈라진 이 세상에— (계속 부르는 동안)

해경   (?! 황당한 얼굴로, 옆자리 유리 향해) 뭐냐, 저건...?

유리   몰라? 완전 처음 듣는 노랜데.. 이 축 처지는 분위기 어쩌냐...?!

범룡	(진지하게 안경 슥 올리며) 그렇지만 매력은 있다. 그렇지 않니?
희섭	(갸웃, 제 가슴께 만지며) 뭔 노랜디 저라고 슬픈 거여..?
윤영	(멍하니 보다, 작게) ... 솔아 솔아 푸르른 솔아. (하면)
교생	(동시에, 노래로) 솔아― 솔아 푸르른 솔아― 셋바람에 떨지 마라―
순애	(?? 윤영 힐끗) 아는 노래야...?
윤영	아니.. 근데 왜 이렇게 익숙하지...?

어리둥절한 학생들, 조용한 분위기 속에서도 꿋꿋하게 노래를 이어가는 교생. 그런 교생을, 역시 이상한 기시감에 멍하니 보는 윤영에서.

씬34. 산 아래. 낮

흐뭇하게 뒷짐지고 내려가는 병구와 그 양 옆으로 따르는 해준, 교련.

병구	아, 배웅까지 할 필요 없대두, (콕 집어 교련 보며) 뭘 두 사람 씩이나..
교련	(애교 있게) 한 사람이어야 한다면, 그게 바로 저 아니겠습니까, 교장선생님.
해준	그럼 제가 돌아가겠습니다. (곧장 미련 없이 돌아서면)
병구	(!! 냅다 붙잡으며) 안 돼, 자네는!
교련	(?! 그 편애에 서러워 보는데)
병구	(큼― 헛기침하곤, 교련 향해, 넌지시) 박 선생. 거, 우리 윤 선생을 볼 때면 누굴 닮았단 생각이 안 드는가?
교련	(좀 삐진 채) 글쎄요. 전 테레비를 안 봐서.

병구	아니, 멀리서 찾지 말고.. (슥 제 얼굴을 보이며) 가까이에서 말야. 잘 봐봐. (해준 옆으로 슬쩍 가까이 붙으면)
해준	(질색인데..)
교련	(그 의미 모른 채, 역시 뾰로퉁) 글쎄요. 전 주변 사람한테 별로 관심이,
병구	(버럭) 왜 없어, 왜! 우리 박 선생은 다 좋은데 사람이 눈치가 너무 없어!
교련	(!! 상처로 보다) 저.. 학생들 지도 편달을 해야 해서, 이만. (홉 달려가면)
병구	... 저런, 젠장할. 확 짤라버릴까. (하다, 잠시 해준을 보곤, 진지한) 어제 서에 갔었다며.
해준	(! 침착하게) 예.
병구	도와줄 일 없어?
해준	... 괜찮습니다. 신경 써주셔서 감사합니다. (하다, 보곤) 그보다.. 전에도 말씀 드렸지만 새로 오신 교생 선생님은 제가 담당을,
병구	(다시 좀 가벼워져선) 아, 그래, 그러기로 했잖어. 것보다 말야,
해준	안 닮았습니다. 그럼 조심히 가십시오. (굽히고, 가면)
병구	... 저, 이씨... (하면서도 갸웃) 나 젊을 때랑 똑닮았는데, 분명. (가는)

씬35.   산 중턱2. 낮

점심시간이다. 삼삼오오 흩어져서 도시락을 먹는 여학생들. 교생 역시 한쪽 여학생들 틈에 껴 화기애애하게 먹고 있고, 윤영과 순애도 도시락 세 개(옥자가 싸준 김밥 둘, 해준이 싸준 샌드위치 하나) 화려하게 펼쳐

놓고 먹는 중이다.

윤영　　(김밥 집어 먹으며, 여전히 교생을 보는) 대체 왜 저렇게 낯
　　　　이 익지.. 낯이 익을 수가 없는 건데..

순애　　(샌드위치 한 입 먹곤, 감탄) 오왕이, (헉) 아니, 국어 선생님
　　　　이 이걸 직접 만들었다구? 너무 맛있다...!

윤영　　그치.. 할머니, (헉) 아니, 너네 어머님 김밥도 엄청 맛있어.
　　　　(하다 슥 웃곤) 근데, 너 어제 과학실 이후로 자연스럽게 말
　　　　놓는다...?

순애　　(헙.. 놀라서 보다) 친구.. 니까, 우리. (쑥스럽게 웃으면)

윤영　　(미소로) 친구지, 그럼. 이름도 막 불러도 돼. (하는데)

오락부장(남, E)　백 윤영?

윤영, 돌아보면, 다가와 곁에 쪼그려 앉는 오락부장. 제 불룩한 모자 속
에서 성냥갑 두 개 꺼내서 하나는 윤영에게, 하나는 순애에게 건넨다.

오락부장　(능글맞게) 저쪽에 계신 신사분들 중 누군가가 보낸 레터입
　　　　　니다? (가면)

순애　　(재밌단 듯 쿡, 웃으며 보는데)

윤영　　(그제야 제대로 보곤) ?! 이 성냥갑... (열어보면, 접힌 쪽지
　　　　가 들었고)

순애　　(열어보면, 역시 접힌 쪽지가 들었다)

윤영　　(둘러보면, 군데군데 똑같은 성냥갑 받은 여학생들 보이는)
　　　　!!?

〔 인서트 – (1부) 씬43. 우정리, 강가 상류. 밤 〕

큰직한 돌멩이들 사이에 걸려 떠있던 성냥갑을 건져내는 윤영.
성냥갑을 열어보면, 그 안에 접힌 쪽지. 갸웃하며 펼쳐보면,
번진 채 흐릿한 글자들.

윤영   (? 찌푸린 채 성냥갑 보는 위로, **E**) 흔한 물건이라고 볼 순
         없는데.. 그렇다고, 34년 전 물건을 내가 거기서 주웠단 건,
         말이 안 되잖아..

〔 인서트 – 씬1. 해준의 집, 거실. 밤 〕

   해준   *주웠다고요? 그걸? 우연히? 대체 언제, 어디서요?*
   해준   *(날카로워져선) 강가.. 그 밤에 거기선 뭘 하고*
            있었습니까?

윤영, 다시금 피어오르는 의문에 굳은 채 천천히 고개를 들면, 마침 아랫
길에서 올라오던 해준이 보인다. '저 남자는 분명 뭔가를 알고 있다...' 그
런 생각에, 복잡해지는 윤영이고..

씬36.   산 중턱1. 낮

올라오던 해준, 역시 윤영을 본다. 천천히 시선을 내리면, 윤영 손에 들
린 새 성냥갑.

해준   (!! 찌푸린 채 보는)

대체 어떻게 되어가는 건가... 이 여자는 이 위험한 상황을 얼마나 알고 있는 걸까.. 역시 복잡해지는 해준. 그렇게 각자의 생각으로 조용하고도 깊게 얽히는 둘의 시선인데.. 그때, 날카로운 미숙의 목소리 들려온다. "싫다고 했잖아!!" 보면, 저만치에 김이박과 함께 앉은 고미숙. 오락부장이 내민 성냥갑을 탁— 쳐내고는 무릎에 얼굴을 묻어버린다. 그런 미숙의 곁에서 얼른 위로하듯 토닥이는 은하와 유리.

해경   (오락부장을 쏘아보며) 됐다잖아. 가.

오락부장   (겸연쩍어선) ...어.. 그래.. 미안... (돌아서서 오는)

윤영   (자연스럽게 고개 돌려, 그런 미숙 쪽을 지그시 보고)

해준   (역시 좀 보다, 곧 미숙에게 다가가는 교생 쪽으로 시선 옮기는 데서)

씬37.   산 아래 길. 밤

마주 서있는 해준과 교생. 그 곁으로 이따금 지나는 학생들, "안녕히 계세요. 선생님." 인사들 하면, 대충 받아주는 두 사람인데.. 곧 인적 끊기자.

해준   한 달 동안 지낼 곳은 정하셨습니까?

교생   (미소로) 네. 이 동네에 친척분이 살고 계셔서요.

해준   (가만히 보는 위로, E) 거짓말이다. 가족도, 친척도.. 없으니까, 이 사람에겐. 대체 왜 이런 거짓말을 하는 걸까.

해준   (곧 끄덕이며) 그렇구나.. 그래도 혹시 모르니까.. (가방에서 수첩과 펜 꺼내선, 숫자 적으며) 저희집 전화번호. (뜯어 내밀면)

교생   (?! 보는)

해준	아.. 학생들도 다 외우고 다니게 하거든요. 비상 연락망 같은 걸로. 무슨 일 있음 언제든 편하게 연락해요. 아주 작은 일도 괜찮으니까.
교생	(받곤, 미소로) 감사합니다. 근데 친척 어른들 계시니까, 괜찮을 거예요.
해준	(짐짓 가볍게) 그래도 구겨버리진 말고.. 조심해서 가요. 내일 봅시다.

교생, 밝은 미소로 꾸벅 인사하고 가면... 그 뒷모습을 지켜보는 해준.

씬38.   산길 일각. 오후

각자 흩어져 산길을 내려가는 학생들. 그 틈에 나란히 가던 윤영과 순애.

순애	(순간 헉 놀라) 보온병...! 아까 거기다 놓고 왔다!
윤영	(? 멈춰선) 같이 다녀오자.
순애	아냐. 요 바로 위니까, 금방 갔다 올게. 쫌만 기다려줘. (달려가면)
윤영	조심해! 뛰지 말구! (하곤, 좀 기다리고 서있는데)

곧, 주변 학생들 다 사라지고 나자, 홀로 터벅터벅 천천히 내려오는 이, 고미숙이다. 윤영, 의식한 채 그대로 서서 지켜보고 있으면, 자연스레 와서는 미숙.

| 미숙 | 우리 오빠... 유치장에 갇히게 한 거, 너니? |
| 윤영 | (?! 잠시 보다, 간밤의 해준 말 떠올리곤, 똑바로 보며) 그건 |

내가 아니라 너희 오빠겠지. 자기가 한 짓이 자길 가두게 만든 거니까.

미숙   (곱씹는 듯하더니, 의외로 순순히 끄덕이는) 그래.. (그대로 가려는데)

윤영   네가 찾은 내 약점이 뭐야?

미숙   (? 돌아보면)

윤영   눌리면 반응하는 내 버튼.. 유용하게 써먹을 카드.. 알고 있잖아, 너.

미숙   ... 너무 쉬워서 찾을 필요도 없던데? (힐끗 올려다보곤) 순애. 이순애가 네 약점이잖아.. 왜 그렇게까지 약한진, 아직 좀 의문이지만.

윤영   ... 알았으면 잊지 마. 어제 내가 한 경고, 그대로니까.

미숙   (뜻 모를 미소로, 보다가 문득) 우리 오빠 말야.. 결국 그렇게 된 거. 그걸 내가 좋아할 거라고 생각해.. 아님 그 반대일 거라고 생각해?

윤영   (? 보곤) 좋아한다, 그 단어부터 의외지만.. 그걸 내가 알아야 되나?

미숙   (산뜻하게, 으쓱이고는) 알아내야 할걸? 그래야.. (슥 보곤) 내가 앞으로 네 약점을 써먹을지, 아닐지, 알게 될 거 아냐.

윤영   (!!? 찌푸리고 보면)

미숙   그럼 내일 보자, 윤영아. (다정하게 웃고, 가는)

씬39.   해준의 집, 거실. 밤

먼저 들어서는 윤영. 그 뒤로, 생각에 잠긴 채 따라 들어서는 해준.

윤영	(문득 돌아보며) 저기... (하는데)
해준	(동시에) 저...
윤영	(? 보며) 네...?
해준	... 먼저 말해도 돼요.
윤영	(! 좀 망설이다) 손부터 씻고 나올게요. 시간은 아직.. 충분하니까.
해준	... 그래요. 시간은.. 충분하니까.. (하다, 윤영이 욕실로 향하고 나면 긴장이 풀려 소파에 털썩 기대앉는 위로, **E**) 혹시라도.. 만에 하나라도.. 여기서 벌어질 사건을 모르고 있다면... 알려줘야 해, 이젠. 앞으로 어떤 일이 벌어질지 모르니까...

그 순간, 거실의 전화벨 울린다. 잠시 멍하게 보던 해준, 곧 일어나 전화를 받는.

씬40.　　　해준의 집, 욕실. 밤
물을 틀고 손을 씻던 윤영, 잠시 멈춘 채 생각한다.

윤영	... 뭔가 이상해... 분명 뭔가 있어..

씬41.　　　해준의 집, 거실. 밤
윤영, 욕실에서 나오는데, 굳은 얼굴로 전화를 툭 끊는 해준.

해준	... 이럴 수가 없는데..
윤영	(? 조심스레 다가와선) 무슨 일이에요...?

해준	(안 되겠다, 급히 나서며) 교장 선생님한테 전화가 왔어요. 이주영 선생을 만나기로 하셨다는데 연락이 안 된다고.. 잠시 다녀올게요. (하다) 어디 가지 말고 집에 있어요, 꼭. 금방 올 테니까. (서둘러 나가면)
윤영	... 이주영이면, 아까 그 교생...?!

씬42. 해준의 집 앞 골목길. 밤

급히 대문을 열고 나오는 해준, 빠르게 달려나가는 데서.

씬43. 해준의 집, 거실. 밤

왠지 모르게 초조한 윤영, 홀로 거실을 서성이며 생각에 잠겨있는데.

윤영	... 이상해... 이것도 분명 내가 아는 상황이야.. (하다 순간 멈칫)

〔 인서트 - (1부) 씬18. 버스 안. 낮 〕
버스에 앉아 빨간색 플러스 펜을 든 윤영,
집중한 채 들여다보던 원고 묶음.

윤영	... ??! (멍해져선) 설마...

순간 빠르게 제 가방 앞으로 달려가, 급히 안을 휘저어 찾는 윤영. 곧 딸려나오는 원고 묶음. 바로, 윤영의 빨간 글씨가 빼곡히 적힌.. 고미숙의 새 소설 원고다!

씬44. 우정리, 거리. 밤

빠르게 달려나가는 해준, 그 위로.

해준(E) **말도 안 돼.. 설마...!**

씬45. 해준의 집, 거실. 밤

이미 외울 만큼 익숙한 내용들이기에, 빠르게 원고를 넘겨 확인하는 윤영.

윤영 말도 안 돼.. 고미숙 소설에 이게 왜.. (하면서도, 곧 침착하게) 아냐. 과거에 실제로 봤던 장면을 묘사해놓은 걸 수도 있잖아..

〔 인서트 - 씬33. 산 중턱1, 2. 낮 〕
낮에는 비추지 않았던 미숙, 막 도착해 앞에 선
교생의 얼굴을 물끄러미 본다.
그녀의 얼굴, 옷차림 등을 차례대로 훑는 시선 위로,
고미숙(53세)의 목소리..

미숙(53세, E) *... 그녀의 첫인상에는 기묘한 구석이 있었다.*
희고 부드러운 얼굴 위를 이질적으로 가로지르는 짙은 두 눈썹, 또는, 가느다란
두 번째 손가락에 낀 독특한 나무 반지,
또는, 단정한 옷차림과 어울리지 않는,
거친 흔적이 가득한 운동화...

윤영	... 그래서 낯이 익은 거였어.. (안 되겠다, 곧 소설 든 채 달려 나가는)

씬 46.   우정리 경찰서 앞. 밤

땀에 젖은 채 달려오는 해준, 계단을 마구 오르는데. 마침 밖으로 나오던 동식과 마주친다.

동식	(?!! 굳은 얼굴로 보면)
해준	(동식을 휙 붙잡곤, 숨 몰아쉬며) 고민수 지금 어딨습니까.
동식	(자존심이 상한다. 쉽게 말하지 못하고, 시선을 툭 내리면)
해준	어디 있냐고...!!!
동식	(!! 보는 데서)

씬 47.   고미숙의 집 앞. 밤

대문 앞으로 달려와 멈춰 서는 해준, 쾅쾅— 거칠게 두드리며, "고민수! 고민수!!" 외치는데. 곧 대문을 열고 얼굴을 내미는 이, 차분한 얼굴의 고미숙이다.

해준	(?! 보는 데서)

씬 48.   우정리 차부집 일각. 밤

불 꺼진 차부집 뒤편으로 급히 달려오는 윤영, 초조하게 둘러보는, 그 위로 이어지는 목소리.

미숙(53세, E) **나미, 김완선, 민해경... 소방차의 노래를 기대하는 아이들 앞에서 고요하고도 단단한 음성으로 부르던 그 노래.**

역시 건물 한쪽으로 달려와 서는 해준, 이리저리 둘러보는 위로,

미숙(53세, E) **이 모든 것들이 그녀를 특별하게 보이도록 만들었기에, 나는.. 나는..**

씬49.　우정리 차부집 앞. 밤

반대 방향에서 달려나오던 해준과 윤영, 마침내 동시에 서로를 맞닥뜨린다.

해준　(??! 놀란 얼굴로) ... 여긴 왜..
윤영　(!! 떨리는 눈빛으로 천천히 다가가는)
해준　(?! 살펴보며) 괜찮아요...?! (하는데)
윤영　... 그 여자, 죽는 건가요?
해준　(!..) 뭐라구요?

〔 인서트 - 씬33. 산 중턱1, 2. 낮 〕
노래 부르는 교생을 바라보던 미숙... 문득 뜻 모를 미소를 짓는 위로.

미숙(19세, E) **나는.. 그날 그렇게,
첫눈에 그녀를 점찍게 되었다.**

윤영	(믿을 수 없단 듯 내젓다, 해준의 팔을 붙잡곤) 아니죠? 거기까진.. 아닌 거죠?!
해준	(!!? 오히려 차분해져선, 낮게) 뭘 알고 온 거예요?
윤영	(??! 놀란 채 절망적으로 툭 손을 떨구면)
해준	그걸 어떻게 알았어요.. 여기선 아직 일어나지도 않은 일인데, 그걸 지금 여기서 어떻게 알 수 있었냐고!!
윤영	(떨리는 눈으로, 보다) 이젠 정말 솔직해져야 할 때가 온 것 같네요, 우리.
해준	(?!! 보면)
윤영	(조금 더 또렷해져선) 우리가 여기서 만난 건... 우연이 아닐 테니까.
해준	(!!!!! 악문 채 보는 데서)

어쩌다 마주친, 그대 / 제 4회 엔딩

씬50. 에필로그1 – 식당. 밤 (3부 씬5 장소)

무거운 얼굴로 앉은 고민수(56세). 그런 고민수를 바라보는 해준.

해준	당시, 고민수 씨의 범죄현장을 목격한 증인이 있다는 걸 아십니까?
민수	(가만히 끄덕이는데)
해준	혹시 그게 누군지도.. 알고 계세요?
민수	(? 보는 데서)

씬51.   에필로그2 − 고미숙의 집, 거실. 밤

(3부 에필로그2에 이어) 거실 풍경을 둘러보며 홀로 뒤틀린 웃음을 웃던 고민수. 그때 안쪽 문이 탁 열리며 안쪽에서 나오는 이... 고미숙(53세)이다! 그 등장에 웃음을 툭 멈추는 고민수, 곧 터질 듯한 분노로 고미숙을 노려보는데. 대수롭지 않은 듯 들고 있던 제 하이힐을 소파에 휙 던져놓으며 눕듯이 기대앉는 고미숙. 바로, (1부) 에필로그의 진흙이 덕지덕지 묻은 그 하이힐이다.

미숙   (피로하단 듯 고민수를 슥 올려다보곤) ... 그러게. 늘 조심하라고 말했잖아.. 그렇게 한 곳만 보고 무작정 돌진할 땐, 많은 함정에 빠지게 되는 법이라고.

말을 마치곤 재미있다는 듯 씩 미소를 짓는 고미숙.
그 위로, 콰광─ 천둥 내려치는 소리에서!

어쩌다 마주친, 그대

chapter 5

어떤 고백

씬1. 우정리 차부집 앞. 밤 (4부 엔딩 이어)

땀에 젖은 채, 윤영 앞에 마주 선 해준.

해준 방금... 뭐라고 했습니까? 우리가 여기서 만난 게 우연이 아니라니.

윤영 (제 손에 쥔 원고를 의식하다, 문득 어떤 생각에) ...!! 정말 이게 다 사실이라면.. 오늘 밤, 그러니까 그 교생이 죽기 이틀 전 밤에.. 갑자기 사라져버린 일이 있었다고 했어요. 다행히 마을 사람 누군가 우연히 발견했고 단순히 길을 잃었던 걸로 밝혀져서 작은 해프닝으로 끝났지만, 실은..

해준 (?)

윤영 누군가한테, 쫓기고 있는 것처럼 보였대요. (두려운 듯 보면)

해준 (침착하게 윤영에게 눈 맞추곤) 발견된 장소가 어딘지도 알아요?

윤영 (! 보는)

씬2. 우정리 강가 일각. 밤

어두운 수풀 사이를 급히 달려와 서는 윤영, 초조하게 주변 둘러보며.

윤영 ... 강가.. 차부집에서 제일 가까운 곳이면.. 여기쯤이어야 하는데.

해준 (뒤따라 들어서며, 손전등을 켜 비추는데)

컴컴한 주변을 빠르게 훑던 해준의 불빛, 곧 어둑한 다리 아래쪽으로 가 닿으면 일순간 드러나는 형체, 바짝 웅크리고 앉아 바들바들 떨고 있던 교생 주영이다...! 그 모습에 잠시 당황한 윤영을 지나쳐 서둘러 다가가는 해준.

해준	이주영 씨...! (조심스레 손을 뻗는 순간)
교생	(자지러지듯 넘어지며, 겁에 질려 외치는) 아냐.. 난 아냐...!!
해준	(?! 그 반응 의아한데, 순간 어떤 느낌에 휙 위를 올려보면)

동시에 다리 위쪽에서 휙 돌아서는 누군가, 도망치듯 빠르게 달아난다. 날카로워진 해준, 재빨리 훅 뛰어올라 난간 붙잡고는 다리 위를 훌쩍 넘어 쫓아 달리면 헉— 놀라서 보는 윤영, 시야에서 사라지는 해준을 불안하게 보는 데서.

씬3. 강가 근처 길. 밤

점퍼에 달린 커다란 후드를 바짝 뒤집어쓴 채 마구 달려나가는 사내, 저 앞의 탁 트인 큰길을 맞닥뜨리자 좁은 골목길로 휙— 꺾어 들어간다. 쫓아 달리는 해준.

씬4. 골목길들. 밤

컴컴한 골목길을 각각 전속력으로 달리는 두 남자. 몹시 빠른 사내의 속도 탓에 둘의 거리는 쉽게 좁혀지지 않는데.. 사내가 향하는 방향을 잠시 보더니, 순간, 다른 쪽(지름길)으로 휙 빠져나가는 해준. 사내, 달리면서도 아주 살짝 고개 돌려 해준의 방향을 의식한다. 곧 두 길이 이어지는 지점에 다다르는 해준, 거의 동시에 사내 역시 마주 도착하는데 나타남과 동시에, 어디선가 주워온 나무 궤짝을 해준 얼굴 향해 휙 집어던지는 사내! 해준, 순간 방어하느라 두 팔로 앞을 가리면서도, 돌아서는 사내의 얼굴을 놓치지 않으려 재빨리 고개를 획 들면... 그 결에, 사내의 커다란 후드 아래로 깊게 눌러쓴 모자의 파란색 챙이 힐끗— 스쳐 보인다. 그러자 눈빛 달라지는 해준.

해준(E)   파란색 모자...!!

빠르게 돌아선 사내, 다시 달리면, 악문 채 곧장 쫓아 달리는 해준.

씬5.   골목길 + 도로. 밤

골목 끝에 다다르자 곧장 작은 도로로 내달리는 사내. 해준, 그 뒤로 곧장 붙어 달리며 손을 뻗는다. 가까워진 거리 덕에, 이제 막 잡힐 듯한데! 그러나 바로 그 순간, 쿵— 해준의 앞을 가로막으며 가까스로 멈춰 서는 차. '!!!' 분노로 재빠르게 둘러보는 해준, 그러나 이미 사내는 어둠 속으로 달려 사라진 뒤에.. 곧 멈춘 차에서 악문 채 내리는 이, 동식이다! 사내가 사라진 어둠 속을 매섭게 일별하며 다가와선.

동식   뭐 하는 짓들이야, 죽으려고 작정했어?!! (하다 해준 알아보곤, 찌푸리는) ..... 윤 해준 선생? 또 당신입니까?
해준   (동식의 멱살을 훅 잡아, 차 본네트에 쾅 밀어붙이곤) 왜 또 당신이야!! 한 번 망친 걸로도 모자라서 두 번 세 번, 결국 싹 다 반복하고 싶어?!
동식   (?!! 보는 데서)

〔 인서트 - 씬. 경찰서, 강력반. 낮 〕

묵묵히 수갑을 풀던 동식, 그러나 도저히 참을 수 없단 듯,
순간 동작 멈춘 채 보면, 여유롭게 손목 내밀고 선 고민수,
예의 젠틀한 미소로 씨익 ― 웃어 보인다.

해준(E)   (그 위로) 고민수를... 풀어줬단 겁니까? 왜?

〔 인서트 - (4부) 씬46. 우정리 경찰서 앞. 밤 (에 이어) 〕

땀에 젖은 채 동식을 붙잡고 선 해준.

동식   (스스로에 대한 분노 참으며) 난 그저 지시를 따
         랐을 뿐입니다.
해준   (하 ― 경멸의 눈빛으로) 아주 책임감 있는 말이네.
         일을 이딴 식으로들 했으니.. (뒷말을 삼키고, 획
         돌아서 가면)
동식   (!! 참담한데..)
해준   (몇 걸음 가다, 못 참겠다는 듯 다시 빠르게 돌아
         와선) 실수는 딱 한 번.. 지금 이걸로 끝내야 될
         겁니다, 백동식 형사.
동식   (?! 보면)
해준   우리가 운이 좋지 않다면.. 오늘 당신이 풀어준
         그 새끼 때문에 누군가의 목숨이 다시 위태로워
         졌을 테니까.

동식 (?! 이어지듯 찌푸린 채 보다, 순간) 방금... 고민수였단 건가?
      설마 그 새끼가 또, (하며 사내가 사라진 길을 퍼뜩 보는데)

해준	그 새끼가 또, 무슨 짓을 하든 당신들은 할 말 없잖아. 안 그래?
동식	(!!) 한심한 짓거리한 거 나도 미치게 잘 알고 있으니까 묻는 말에 똑바로 대답이나 해, 방금 고민수였냐고!!
해준	(자못 간절해 보이는 동식의 얼굴을 잠시 가늠하듯 보다) ... 몰라.
동식	(황당해선) 뭐? 몰라...?
해준	도망친 게 누구였는지, 무슨 짓을 하려고 했던 건지, 붙잡았다면 알 수도 있었겠지만 누구 땜에 놓쳐버려서 아무것도 모른다고!
동식	(?! 이해할 수 없단 듯 보는데)
해준	물론 알았대도 무책임한 경찰이랑 공유할 생각은 없었겠지만.
동식	(!! 끓어오르지만 변명할 생각은 없다. 그저 허ㅡ 쓴웃음 지으면)
해준	그러니까 제발, 또 마주치지 맙시다, 우리. (차갑게 돌아서 가는)
동식	(!! 그런 해준의 뒷모습을 보는 데서)

씬6.　우정리 강가 일각. 밤

혼란스러운 얼굴로 보는 윤영, 어느새 평정을 되찾은 교생과 마주 서있다.

윤영	... 길을.. 잃었던 것뿐이라구요?
교생	(짐짓 미소) 그래. 내가 밤눈이 좀 어두워서.. 그러다보니 괜히 겁을 먹군,
윤영	(순간 단호해져선) 괜히 겁이 났던 건 아니죠.

교생	(?! 보면)
윤영	(다리 쪽 올려다보며) 누군가 있었잖아요. 도망치기까지 했고요.
교생	(부드럽지만, 어딘가 초조한) 글쎄.. 난 누가 있단 것도 전혀 몰랐다니까.
해준(E)	몰랐다는 사람이 하기엔 너무 구체적인 반응 아니었나.

윤영과 교생, 돌아보면, 반대편 어둠 속에서 빠르게 걸어오는 해준. 얼굴과 손 곳곳의 상처를 놀라 보는 윤영인데. 해준, 괜찮단 듯 작게 눈짓 건네곤,

해준	(다시 교생 보며) 기억 안 납니까? 아까 스스로 외쳤잖아요. 아니라고.

〔 인서트 – 씬2 . 우정리 강가 일각. 밤 〕
해준이 손을 뻗는 순간, 자지러지듯 넘어지며 외치는 교생.
"아냐... 난 아냐...!!"

교생	(!! 보면)
해준	뭐가 아니라는 겁니까. 누가 이 선생한테 뭘 추궁하기라도 했어요? 도망친 그놈이...? 그게 누군지도 알고 있습니까?
교생	(당혹스럽단 듯 시선 피하며) ... 모르겠네요. 무슨 말씀을 하시는 건지.
해준	(바짝 다가서, 단호하게 눈 맞추며) 이주영 선생. 믿기 어렵단 건 알지만 난 지금 이 선생을 도우려는 겁니다. 솔직하게 말해줘야 막을 수 있어요. 누군가한테 쫓기거나 위협을 받

고 있다면 그게 뭐든, 다 털어놔야 돼요.

교생   (!! 망설이듯 입술을 깨물면)

윤영   (역시 긴장으로 지켜보고)

해준   (간절함으로) ... 이주영 씨. (하는데)

교생   (애써 침착하게) 걱정해주신 건 감사하지만, 정말 오해하신 거예요. 전 누구한테 쫓긴 적도, 위협을 받은 적도 없으니까요.

해준, 윤영   (! 보는데)

교생   (이내 미소로) 친척 어르신들이 많이 걱정하고 계실 거라.. 이만 먼저 가봐도 될까요, 윤 선생님?

윤영   (찝찝함과 걱정으로) 아니, 잠깐만요 — (하는데)

해준   (어딘가를 힐끗 보곤, 윤영을 부드럽게 잡으며) 그래요. 일단 들어가요. 우리도 그만 집에 가자, 윤영아.

윤영   (?! 보면)

교생   (윤영 보며) 그럼 내일 학교에서 보자. (해준에게 꾸벅 숙이곤, 종종 가면)

윤영   (다급히 해준 향해) 위험하게 그냥 보내도 되는,

해준   (윤영 어깨를 붙잡아 슥 돌리곤) 너 좋아하는 꽈배기나 사갈까?

윤영   (?? 영문 모른 채 해준에게 이끌려 가며) 아니, 꽈배기 같은 소릴 지금..

투닥대며 서둘러 가는 둘. 모두 사라지고 나면.. 그제야 반대편 어둠 속에서 슬쩍 모습을 드러내는 이, 동식이다. *"... 이주영..?"* 복잡한 얼굴로 읊조리며 생각에 잠기는 동식인데.

씬7.   어느 골목길. 밤

빠르게 걸어가는 해준을 급히 따라 걷는 윤영, 답답하단 듯.

윤영	아니, 딱 봐도 뭘 숨기는 얼굴이던데 그냥 그렇게 보내주면 어떡해요? (힐끗 주변 살피며, 작게) 게다가 그 사람은 이틀 뒤 자기한테 무슨 일이 일어날지도 모르고 있는 거 같던데 (하다) 근데 이거.. 집 가는 방향 맞나?
해준	(아까부터 주변 지리에만 집중해 있다가, 순간 건물 뒤에 멈 춰 서면)
윤영	? (하다, 곧 해준 따라 건물 뒤에 서서, 고개만 슬쩍 내밀고 보는데)

보면, 다음 골목길 저만치 끝에 낡고 허름한 '우정여관' 하나만이 우뚝 서있다. 그 으슥한 길을 홀로 조심스레 걸어가는 여자의 뒷모습, 바로 교 생인데...! 이쪽저쪽 살펴 아무도 없는 걸 확인하고서야 여관 건물 안으 로 쏙 들어가는 교생. 잠시 후, 3층 창문의 불빛이 켜지면 그제야 안도하 듯 툭— 지친 몸을 기대서는 해준이다.

윤영	(! 그제야 뜻을 알겠고) ... 무사히 들어가는 거.. 보러온 거구나.
해준	내가 몰랐던 일이 또 있을까 봐. (가만히 보며) ... 있겠어요?
윤영	내가 아는 대로라면 오늘 밤은 더 없겠지만, 맞는 대답인지 는 모르겠네요.
해준	(보면)
윤영	당신이 뭘 알고 뭘 모르는지, 난 모르니까요. 뭐, 그쪽도 그 렇겠지만..
해준	(그대로 윤영을 좀 깊게 보다가) 알아볼까요, 지금부터.

윤영	(! 보면)
해준	갑시다. 그러기에 적당한 장소가 있으니까.

씬8.   봉봉다방 앞. 밤

의아하게 올려다보고 선 윤영. 보면, 'ㅎㅎ다방' 간판 위로 무언가가 내려오고 있다. 건물 옥상에서 일꾼 둘이 'ㅂ' 모양의 글자를 조심조심 내리며 작업 중인데.

해준	(곁에서 조금 삐딱하게 보며) 작년 여름에 벼락 맞고 떨어진 거라는데.. 이제야 고치는 걸 보면, 사장이 얼마나 무신경하고 무책임한지 알 수 있죠.
윤영	(마침 'ㅂ'이 제자리 찾자, 멈칫 굳은 채) 히읗이.. 아니었어..?
해준	이름은 이미 익숙할 거예요. 그 망할 성냥갑들의.. 고향인 셈이니까.
윤영	(!! 막 모양 맞춰진 '봉봉다방' 간판을 혼란스레 보는 데서)

씬9.   봉봉다방. 밤

흥겨운 포크송이 울려 퍼지는 실내. 앞으로의 일을 모른 채 활발히 영업 중인 풍경이다. 군데군데 모여 앉아 담배 연기 뿜어대는 젊은이들, 웃고 떠드느라 바쁜 가운데—
가장 구석진 자리에 마주 앉은 해준과 윤영. 노른자 띄운 커피 한 잔씩이 앞에 놓인다. 청아, 새 성냥갑들('봉봉다방' 적힌)까지 테이블 한쪽에 툭 쌓아두곤 찡긋 웃고 가면 윤영, 그저 얼얼하게 성냥갑들을 바라보는데..

해준	(천천히 커피 저으며) 이미 알고 있는지 모르겠지만, 여기.. 1987년 우정리에서 연쇄살인이 있었어요. 짐작하다시피 난 그 사건들을 쫓아 온 거고.
윤영	(! 보다) 형사...였어요?
해준	주말 밤에 우연히라도 뉴스 틀어본 적 있다면 알아볼 만도 할 얼굴인데,
윤영	(? 흠칫) 범죄자..셨어요? 혹시 포토라인 같은 데 선 적 있..
해준	(멈칫..) 앵커, 쯤으로 추정하는 게 합리적이지 않나?
윤영	... 아...! 그렇겠구나. TV 나오는 사람이었구나. 뉴스는 잘 안 봐서.. 미안요.
해준	(후— 다시 침착하게 커피 젓다, 발끈) 그따위로 보고 있었던 겁니까, 나를?
윤영	(얼른 손 내저으며) 아이, 그럴 리가요! 다양한 상상을.. 해 본 거죠. (작게 웅얼) 없혀사는 주제지만 안전은 보장받고 싶구,
해준	(...)
윤영	(! 얼른 머리 굴려, 말 돌리는) 그럼 저기.. 그.. 취재 같은 거 때문에?
해준	(... 좀 누그러져 시선 피하며) 뭐, 대충 그런 느낌으로.
윤영	(잠자코 곱씹다, 좀 진지해져선) 사건은.. 언제 일어나는 건데요?
해준	(주변 힐끗 둘러보곤) 이틀 뒤인 14일에 한 건, 그 이틀 뒤인 16일에 다시 한 건, 총 두 명의 여성이 목숨을 잃었고.. 20일엔,
윤영	한 명이 사라졌죠. 쪽지를 남긴 바람에 가출로 처리됐지만 실은.. 죽었고.
해준	(!) 뭐라고 했습니까, 지금?

윤영	(?) 죽었..다구요. 피해자는 총 세 사람이었으니까.
해준	30년이 넘는 시간 동안 시신은커녕 그 어떤 흔적도 발견된 적 없어요. 경찰도, 피해자 가족도 모르는 걸 당신이 어떻게,
윤영	믿기 어렵겠지만 난 그냥.. 여기 적힌 대로 말한 것뿐이에요. (옆에 내려뒀던 꾸깃해진 소설 원고를 올려 내밀면)
해준	(! 보는)
윤영	소설이에요. 고미숙이 쓴. (보는 데서)

씬10.　　북카페. 낮 (회상 – 1부 씬20 상황에 이어)

행사가 끝나고, 자리를 메웠던 청중들이 모두 사라진 자리. 윤영과 출판사 직원들이 주변을 정리하는 동안, 앞에서 진행자와 커피 마시는 미숙 (53세).

진행자	(친근하게) 이번에 쓰고 계신 소설, 살짝 스포 좀 해주심 안 돼요?
미숙	(우아한 미소로) 글쎄.. 어떤.. 고백에 대한 얘기랄까.
진행자	(흥미롭단 듯) 고백이요?
미숙	30여 년 전 누군가 저질렀던 어느 완벽한 범죄에 대해서 낱낱이 까발리는 인간이 주인공이거든.. 평생 혼자 알고 있기엔 영, 아까웠다나?
진행자	와아— 하하. 근데 30여 년 전이면, (〈작은 문〉 가리켜) 이때랑 거의 같은 시절 얘기겠네요?
미숙	(흘끗 책을 보며 끄덕, 읊조리듯) 이번엔 진짜 내 얘길 좀 해보려구..
윤영	(? 정리하다 멈칫, 그런 미숙을 힐끗 쳐다보는데)

미숙	(여유 있게 툭) 농담. 다 가짜지. 진짜는 거기 다 썼잖어.
진행자	(그제야 웃으며) 아, 당연하죠, 선생님두 참.
윤영	... (다시 시선 돌려 일하는데)
미숙	(미소 속에 슬쩍, 제 목걸이를 매만지는 데서)

씬11. 봉봉다방. 밤

'그 말들은 뭐였을까..' 잠시 생각에 빠져있던 윤영, 다시 돌아와선.

윤영	난 고미숙 작가를 오랫동안 담당해온 편집자였어요.
해준	... 고미숙을?! (이 연결고리들이 기막혀 보면)
윤영	(역시 보며) 덕분에 아직 세상에 나오지 않은 고미숙의 새 소설을 갖고 있을 수 있던 거구요. 여기 온 뒤론 완전히 잊고 있었지만.. 아까 그 교생을 본 뒤로 자꾸 이상한 기시감이 느껴져서..
해준	다시 펼쳐보니 소설 속 내용이랑 똑같더라?
윤영	(끄덕) 실제 있었던 일을 적었을 거라곤 상상도 못 했는데.. 아무튼 그렇게 써있었어요. 교생을 시작으로 세 명의 여자가 죽었고 진짜 범인은 끝내 잡히지 않았다고.
해준	(!) 진범 얘기가 있다고요...?
윤영	두 번째 페이지, 마지막 단락 끝 문장, 확인해봐요.
해준	(원고를 빠르게 넘겨 읽는 데서)

씬12. 고민수의 방. 밤

아무도 없는 고민수의 방. 끼익— 문이 열리고 들어서는 이, 미숙(19세)

이다. 등 뒤로 조용히 문을 닫는 미숙, 책상 위에 놓인 작은 액자를 멍하
니 바라본다. 액자 사진 속 훤칠한 고민수가 환한 미소로 웃고 있는 걸,
잠시 그렇게 마주 보는 미숙.

씬13.   봉봉다방. 밤

믿을 수 없다는 듯 찌푸린 해준, 다시금 문장을 들여다보며 읽는.

해준   진실은 끝내 밝혀지지 않았다. 이 모든 죽음을 만든 이가,
미숙(53세, E)   ... 나 자신이었다는 그, 즐거운 진실조차도.

씬14.   고민수의 방. 밤

무표정한 얼굴의 미숙, 문득 옷장을 열어보면, 옷걸이 몇 개만 달랑 걸렸
을 뿐, 텅 비어있다. 이번엔 책장 위에 꽂힌 책 위로 손가락을 올려놓는
미숙, 투두둑— 소리 내며 하나씩 만져보면 군데군데 빠진 책(수험서)들
로 빈 공간이 들쭉날쭉하다. 곧이어 책상 서랍을 하나 열어보는 미숙. 급
히 꺼내 갔는지, 카세트테이프 껍데기들만 대충 어지러이 흩어져있다.
그제야 좀 떨어져 서는 미숙, 방 전체를 빙— 둘러보곤 이 모든 공백들
을 음미하겠다는 듯 숨을 크게 들이마시며 시원하게 기지개를 켠다.

미숙   네가 이 집에 없으니까... 참 좋네?

만족스럽다는 듯 쿡쿡 웃음 터뜨리는 미숙, 곧 고민수의 액자를 쾅— 덮
어놓는 데서.

씬15.   봉봉다방. 밤

심각하게 페이지를 넘겨보던 해준, 마침내 마지막 장까지 읽고 내려놓으면.

윤영   (그 모습 유심히 보다) 정말 고미숙이 그랬을까요.

해준   (!...)

윤영   실제로도 범인은 제대로 안 잡혔던 거죠..?

해준   잡히긴 했어요. 본인은 끝까지 부정했지만, 진실은 아직 모르는 거고.

윤영   (어떤 확신으로, E) 그래... 그래서 그런 말을 한 거야.. 첫 소설은 우리 엄마 얘길 훔친 거고, 이게 진짜 자기 얘기였으니까...! (얼른 보며) 그렇다면 이게 새로운 증거가 될 수도 있겠네요?!

해준   (침착하게 내젓는) 단정할 순 없어요. 어쨌든 이건 소설이니까.. 실제 사건을 기반으로 했더라도 얼마든지 상상을 덧붙일 수 있는 거고 여기서의 '나', 이게 진짜 고미숙 자신을 가리킨단 보장도 없고.

윤영   가짜라는 보장도 없죠.

해준   (? 보면)

윤영   아까 봤잖아요. 사라진 교생이 어디 있었는지까지 다 적혀 있는 거. 당신보다 많은 걸 알 수 있는 사람.. 그게 범인 아니겠어요?

해준   같은 마을 사람이니까 그 당시 주변에서 보고 들은 걸 썼을 수도 있죠. 내가 아무리 조사를 했다 해도 그건 대부분 공식적인 기록일 뿐이니까.

윤영   (조금 발끈해선) 왜 그렇게 아니라고만 하는 거예요?!

해준	(찌푸린 채) 왜 그렇게 몰아가려고 하는 겁니까?
윤영	(!! 보면)
해준	(주변 힐끗 둘러보곤, 낮게) 고미숙이 범인이었으면 좋겠어요? 이미 알고 있었던 사이라면서 왜 그렇게,
윤영	(똑바로 보며) 그래서 의심하는 거예요. 내가 아는 고미숙은, 충분히 그럴 수 있는 사람이니까.
해준	(! 보는데)
순애(E)	(그 위로) 방금 뭐라고 하신 거예요?!
해준, 윤영	?! (들었다. 동시에 휙 돌아보는 데서)

씬16. 봉봉다방, 다른 일각. 밤

반대편 끝의 구석진 자리다. 오렌지 주스 하나씩 놓고 마주 앉아있던 희섭과 순애.

순애	(놀란 눈으로 깜빡깜빡) 겨, 결혼을 하자는 거예요, 지금 나랑?
희섭	(수줍게 있다, 도리어 놀라, 쿨럭) 예? 지가.. 언제.. (하는데, 돌돌 만 종이가 뒤통수를 훅 내려치면) 악! 뭣이여!! ... 또 너여?!!
윤영	(보면, 둘둘 만 원고 쥔 채, 기막혀) 뭐어? 결혼...? 사귀지도 않았는데 무슨, 머리에 피도 안 마른 학생이, (연신 내려치며) 이러니까 그렇게 일찍 사고를 쳤지, 어? 대체 또 어느 틈에 불러내서 이 밤에 단둘이 만난 거야!
해준	(!! 달려와선, 더 기막혀 윤영 떼어내며) 미쳤니 윤영아.. 왜 이래?
희섭	(!? 억울해 죽겠는) 내가 뭔 사골 쳤다 그러는 거여, 이 돌대

가리가, 참말로! 난 그런 말을 헌 적이 없당게!!

순애   (당황해 벌떡 일어나선) 어머, 아들 하나 딸 하나 낳구 잘 살
        아보자면서요?!

희섭   (?!) 아니, 순애씨, 혹시 말귀가 어두우셔요? 지가 언제 '살
        아보자'고 혔어요, '살고 싶다'고 혔지. 꿈이 뭐냐구 물으시
        니께 지는 기양, (울컥) ...가족이.. 있었으믄 좋았다고, 나도..!

순애   미안하지만 전 이미 사귀는 남자가 있구.. 그래서 희섭씨 맘
        받을 수 없어요.

윤영   (헉 놀라서) 뭐가 있다구?!

희섭   (동시에) 뭐가 있어요?!

순애   안 그래도 이따 요 앞에서 만나기로.. 어, 저―다! (창밖을
        획 가리키면)

동시에 윤영과 희섭, 창문으로 빠르게 다닥! 나란히 붙어서 보는데, 다방
아래 전봇대쯤 안경까지 벗어두고선 잔뜩 폼을 잡은 채 기대 서있는 이,
범룡이다...!

희섭   (!!? 입 탁 틀어막은 채) 차, 참말로 저 자슥이 순애씨 애인
        이라고요?!

윤영   (!!? 똑같이 입 막은 채, 슬쩍 희섭 보곤, 읊조리듯) 첫사랑이
        라더니..?!

해준   (그런 윤영과 희섭을 가만히 번갈아 보며 불안한 예감인데..)

순애   사실이고요. 그 얘기 하려 나온 거예요. 그럼 이만. (새초롬
        하게 가다, 다시 종종 걸어와선 가방에서 무언가를 톡 꺼내
        주며) 그리구, 저 꽃 싫어해요.

일동   ...... (그저 각자의 충격으로 잠시 멍하게 있는 데서)

씬17.   봉봉다방 앞. 밤

뒤늦게 달려나온 윤영, 이미 순애와 범룡 다 사라진 채 없는데. "순애야...?!" 두리번대며 가려는 윤영의 앞으로, 빠르게 따라 나와 막아서는 해준.

해준   방금 내가 본 그림이 뭔지.. 설명부터 해야될 거 같은데.

윤영   (아! 그제야 곤란한 듯 보며) 천천히 설명하려고 했는데,

해준   ... 설마... 가족입니까?

윤영   (씁쓸히 다방 올려다보곤) 아들 하나, 딸 하나에서 딸 파트를 맡은 게 (천천히 끄덕) ... 저인 것 같네요.

해준   (!! 얼어붙는 위로, **E**) 당신이, 용의자 백희섭의 딸이라고...?!

때마침 다방 계단에서 홀로 비틀비틀 내려오던 희섭, 다리에 힘이 풀려 털썩 주저앉는다. 영혼 잃은 얼굴로 제 손에 쥔 꽃을 내려다보면.. 그제야 비춰지는 예쁜 장미꽃 한 송이에서.

교생(E)   (그 위로) ...... 너무 무서워...

씬18.   우정여관, 객실 안. 밤

고요한 방 한쪽. 누군가와 통화 중인 교생의 웅크린 뒷모습 천천히 비춰진다.

교생   어떻게 신고를 해... 경찰이랑 엮일 순 없잖아... 여기서도 오래 있진 못할 거 같아... 응. (불안한 듯 전화선을 손가락에 똘똘 말아쥔 채) 대체 누가 날.. 알고 있는 걸까? (두려운 듯

떨리는 눈으로 옆을 보면)

낡은 탁자 위에 펼쳐진 채 놓인 쪽지 한 장. **'당신을 지켜보는 사람이 있습니다.'** 적혀있는데. 그 옆으로 아무렇게나 놓인 빨간색 장미꽃 한 송이, (씬17의) 희섭의 것과 똑같은 모양이다...! 소름끼치는 얼굴로 보던 교생, 결국 그 꽃과 쪽지를 집어 쓰레기통에 홱 처박는 데서.

씬19.   해준의 집, 마당. 밤
돌돌 만 원고는 제 손에 쥔 채 초조하게 서성이는 해준.
그 앞에 좀 쪼그라들어 서있는 윤영.

윤영   (괜히 눈치 보여서 주절주절) 많이 당황스러우시죠.. 저도 정말 그랬답니다.. 교통사고로 30년 넘게 백스텝한 것도 황당한데, 날 친 건 막 시간여행자지, 그 사람 집 앞엔 막, (가리키며) 외갓집 식구들이 줄줄이 살지, 와아,

해준   학교는 왜 들어간 거예요. 아니.. 아까 다방에선 대체 왜 그런 거예요?

윤영   ... 아.. 그게.. 좀 복잡한데.. 다방은.. 엄마 아빠를 좀 찢어놓으려다..

해준   (황당해선) 뭐라고요, 뭘 찢어?

윤영   ... 엄마랑.. 아버질 못 만나게만.. 하려구 했었는데.. 있다 보니까 또..

해준   (?!) 혹시 바봅니까?!

윤영   (발끈) 뭐요?!

해준   그래요, 다 우연이라고 쳐. 아무 생각 없이 차에 치였다 깨어

나 보니까 어린 부모님이 눈앞에 있었다고 치자고. 근데 그
사일 찢어놓겠단 생각을 합니까? 그게 어떤 결과를 가져올
지는 생각 안 해봤어요? 자기 자신이 없어질 수도,

윤영   그게 뭐 어때서요.

해준   (멈칫, 찌푸린 채) 뭐...?

윤영   (좀 가라앉아서, 보며) 그까짓 게 뭐 어때서요. 내가 그걸 몰
랐을까 봐요? 사소한 행동 하나에 남의 미래가 통째로 바뀔
수도 있다고, 여기 온 첫날 그랬잖아요, 나한테. 근데 그게 뭐.

해준   (!! 보는데)

윤영   ... 여기 오기 전에, 그 강가에서 뭘 하고 있었냐고 물었었죠?

[인서트 – (1부) 씬32. 우정리, 강가 상류. 밤]
구급차에 실리는 순애의 시신. 하얗게 질린 순애의 맨발 위로.

윤영[E]   그날 그 강에서 엄마가... 우릴 버리고 떠났어요.

[인서트 – (1부) 씬45. 우정리, 강가 상류. 밤]
*무릎이 툭 꺾여 앉은 희섭, 그대로 끅끅 울면, 순애의 마지막
쪽지를 쥔 채 그렁한 윤영, 희섭을 외면하고 냉랭히 돌아서는.*

윤영[E]   원망할 자격은 없었죠. 어쩌면 엄마를 먼저 버렸던 게,
우리였는지도 모르니까.

[인서트 – (1부) 씬27. 백화점 앞. 낮]
*길에 쪼그려 앉은 순애, 윤영에게 새 운동화 신겨주며 기뻐
하는 얼굴.*

그런 순애가 창피하기만 한 윤영의 얼굴 위로.

윤영(E)   바보처럼, 돌려받지도 못할 사랑만 하고

〔 **인서트 - (1부) 씬30. 국밥집. 밤** 〕
전화 울리고, '순애'의 이름이 뜨자,
받지 않고 휙 밀어놓는 희섭.

윤영(E)   바보처럼, 지워져도 되는 이름이 되다가

〔 **인서트 - 씬. 순애의 집, 거실. 낮** 〕
중앙에 놓인 희섭의 생일상. 온갖 음식을 잔뜩 차려놓았지만,
아무도 없다. 한쪽에 홀로 오도카니 앉아서 TV를 보다,
좀 따라 웃어보는 순애. 그 얼굴 위로,

윤영(E)   어느 날 문득, 엄마는 깨달았는지도 몰라요.
            돌이킬 수 없는 순간이 너무 많다고. 이미 너무.. 늦어버렸다고.

해준   (!! 보면)
윤영   그날 그 강에서 간절히 생각했어요. 나한테 단 한 번만 기회가
            온다면 단 한 순간이라도 되돌릴 수 있다면 얼마나 좋을까.
해준   ...
윤영   그래요.. 바보처럼 보일지도 몰라. 그치만 난 정말 어떻게 되
            든 상관없어요. 엄마가 저 강을 찾아갈 때까지 아무것도 하
            지 않았단 걸 생각하면 난.. 어차피 더 못 견뎠을 거 같으니까.
해준   (!! 불현듯 어떤 생각에 굳는데)

윤영	... 미안해요. 이런 얘기까지 하려던 건 아니었는데..
해준	... 들어가요. 지금은 좀 쉬는 게 좋을 거 같아.
윤영	(? 보면)

눈길조차 주지 않는 해준의 얼굴, 어쩐지 좀 차갑게 보인다. 괜히 더 쓸쓸해지는 윤영. 곧 천천히 끄덕이고는 지나쳐 안으로 들어간다. 그제야 고개를 들어 보이는 해준, 더없이 복잡해진 얼굴로 윤영의 뒷모습을 보는.

씬20. 해준의 집, 거실. 밤

홀로 들어선 윤영, 벽에 툭 기댄 채 잠시 그대로 서있는다. 가라앉은 마음을 애써 털어내고서야 전등을 켜는데, 쨍— 하게 빛을 내는 새 전등. '!!...' 해준이 바꿔둔 그 밝은 불빛을 멍하니 올려다보던 윤영, 문득 소파 옆으로 시선이 가면 올려놓았던 성냥갑 보인다. "아...!" 제일 중요한 걸 묻지 않았다니.. 머리를 헝크는 데서.

씬21. 해준의 집, 지하실. 밤

책상 위에 원고를 툭 던져놓고 선 해준, 어떤 생각에, 괴로운 듯 얼굴을 문지른다.

| 해준 | ... 설마.. (하며, 내저어 보는데) 그럼.. 그게 거기 왜 있었던 거지..? |

곧 천천히 시선을 돌리면, 당시 용의자 명단과 사진들이 나란히 붙어있는 벽면이 보인다. 고민수와 범룡, 그리고 희섭의 증명사진들... 차례대로

훑다 희섭 얼굴에 머무르면 더욱 혼란스러워지는 해준. 깊은 한숨을 내쉬곤, 다시 생각을 정리해보듯 집중하는 데서.

씬22. 해준의 집, 마당. 낮

밤을 지샌 듯 수척한 얼굴의 윤영, 가방을 들고 홀로 나서는데. 대문 앞에 이르러 문득 멈춰 서는 윤영, 손을 펼쳐, 쥐고 있던 성냥갑을 잠시 내려다본다.

해준(E)　　(불쑥, 가라앉은 소리로) 그걸 빠뜨렸죠.

윤영　　　(?! 화들짝 놀라 보면, 역시 초췌한 얼굴로 선 해준이다.) ...어디서 나온 거예요? (고개 돌려 차고를 보면, 자물쇠로 잠겨있는 문이고) ??

해준　　　(그저 윤영 손에 들린 성냥갑만 보다) ... 알아야 될 얘기가 있어요.

씬23. 우정리 강가 일각. 낮

의아해 보는 윤영. 한쪽에 조금 떨어져 선 해준, 어쩐지 쉽게 입이 떼어지질 않아 괜히 강 너머 산기슭을 보는데.

윤영　　　(잠시 보다) 혹시.. 어제 내가 한 얘기 땜에 그러는 거면, 걱정 마요. 이건 그냥 내 개인적인 일이고 그쪽이 하는 일엔 피해 없도록,

해준　　　(불쑥) 나한테 '엄마'는.. 애틋한 이름이 아녜요.

윤영　　　(?! 보면)

해준	나를 낳고 단 한 번도 안아보질 않고 도망쳤다는 사람이 바로 내 엄마니까.
윤영	(!!)
해준	엄마의 마음 같은 건.. 그래서 잘 몰라요. 남들 말대로 거기에 뭐 특별하고 애틋한 게 있는지 없는지, 알지도 못하고 알고 싶었던 적도 없어, 그치만 그게 누구든. (윤영을 보며) 사랑을 받는 사람이 그 마음을 모를 수 없다는 건 알아요.
윤영	(?! 이해할 수 없다는 듯 보면)
해준	자기 자신은 어떻게 돼도 상관없다고 여길 만큼 엄마를 생각하는 그 마음을, 당신 어머니가 몰랐을 거라고 생각해요?
윤영	... 그게 무슨..
해준	그 마음을 알면서도, 그런 선택을 하셨을까요?
윤영	... 지금 무슨 말을.. (하는데)
해준	잘 들어요. 1987년 5월 14일, 그러니까, 내일 밤 벌어지는 첫 번째 살인사건에서. 당신이 아는 물건이 나올 거야.
윤영	(??!)

씬24. 우정리, 강가 하류. 밤 → 낮
(*실제 과거이자, 해준의 상상)

하얗게 질린 채 누워 있는 교생 이주영*의 시신. 목과 두 손목에 칭칭 묶어둔 빨간 털실. 그 옆으로 아무렇게나 벌려진 채 놓인 교생의 천가방. 거기서 흘러나온 소지품들. 버지니아 울프의 낡은 책 한 권, 동전 지갑,

---

* 이때의 이주영에겐 나무반지가 없습니다.

솔담배, 그리고.. '봉봉다방' 성냥갑. 그 위로,

해준(E)   성냥갑, 그리고 그 안에 든 쪽지.

차츰 날이 밝아지면서, 그 성냥갑을 툭 집어 올리는 이, 동식이다. 그 주변으로 다급히 뛰어오는 경찰들. 몰려든 동네 주민들을 몰아내려 소란스러워지고. 심각한 얼굴로 성냥갑을 열어보다 멈칫하는 동식, 그 안에 든 쪽지를 펼쳐본다. 마구 흘겨 쓴 조악한 글씨들로 적힌 '책을 읽는 여자는 위험하다.'

씬25.   우정리 강가 일각. 낮 (씬23에 이어)

주머니에서 접힌 쪽지(윤영이 주운 것)를 꺼내 펼쳐 보이는 해준. 번진 잉크로 분간하기 어려운 문장 속에 흐릿하게나마 보이는 '책, 위험'이란 단어.

윤영   ... 이건..
해준   당시 경찰은 이걸, 범인이 일부러 넣어둔 표식이라고 판단했어요. 두 번째 희생자의 소지품에서도 똑같은 물건이 나왔으니까.
윤영   (?!) 표식이라구요? 그럼 이게 왜..
해준   왜 34년 전 범행에 사용됐던 물건이, 2021년에 또 발견됐을까? 그것도 하필이면, 왜, 당신 어머니가 돌아가신 그 강가에서.
윤영   ......설마.
해준   (똑바로 보며) 확실한 건 없어요. 그래. 당신의 마음, 진심,

그런 거. 당신 어머니가 미처 몰랐을 수도 있어. 그렇지만, 만약에, 아주 만약에.

씬26. 우정리, 강가 상류. 밤 (*두 사람의 상상)

앞에 선 누군가를 보고, 공포에 질린 순애(53세), 어둠 속에서 뒤로 밀려난다. 한 발.. 또 한 발.. 도망치듯 조금씩 뒷걸음으로, 그렇게 점점 깊은 강물에 들어서는 위로.

해준(E) 그날, 그 강가에서 당신 어머니가 다른 누군가를 마주쳤다면. 그게 34년 전 잡히지 않았던 진짜 범인이었다면,

씬27. 우정리 강가 일각. 낮 (씬25에 이어)

어느새 사색이 된 윤영에게 날카롭게 눈을 맞추는 해준, 낮은 소리로.

해준 그럼 지금 당신 잘못하고 있는 거야.
윤영 (!! 보면)
해준 함부로 자기 자신을 미워하고.. 또 포기하려고 했잖아요. 끝까지 엄마를 구해야 될 사람, 당신 아니야?
윤영 (!!! 그렁해지는 데서)

씬28. 우정고등학교, 여자반 교실. 낮

뒷문 앞에 선 순애, 쪽지 한 장 꾹 쥔 채 초조하게 서성이는데. 마침 들어서는 멍한 윤영을 발견하자 반가운 듯 얼른 탁 붙잡는다.

순애	(민망한 미소로) 윤영아.. 어젠 많이 놀랐지? 미안, 미안.. 내 가 너한테 일부러 숨기구 백희섭 그 사람을 만나러 가려고 했던 건 절대 아닌데..
윤영	(벌게진 눈가로 순애가 쥔 쪽지를 보는 위로, **E**) 그래. 이걸.. 왜 놓쳤을까..

[인서트 – (1부) 씬43. 우정리 강가 상류. 밤]

눈물 그렁한 채 쪽지를 읽는 윤영.
그 쪽지에 적힌 순애의 마지막 문장 글씨들,
'꼬부랑 할머니 될 때까지 영원히 윤영이랑 놀고 싶어.
/ 사랑하는 엄마가' *비추는.*

윤영(E)	*유서가 아니라, 편지였는데..*
	영원히 옆에 있어주겠다고..
	엄마는 언제나처럼 그렇게..
	약속해준 거였는데.

윤영	(그렁해진 채 쪽지만 보는 위로, **E**) 어떻게 그걸 그렇게 오 해할 수 있었을까. 어떻게 그렇게.. 마지막까지 몰라줄 수가 있었을까, 나는..?
순애	(! 그 기색에 당황해선) 윤영아.. 그렇게 실망했어? 미안해..
윤영	(울컥한 채 고개 떨구곤) 맨날 뭐가 그렇게 미안하대.. 몰라 준 건 난데..!
순애	아냐, 아냐.. 나두 진짜 몰랐어.. 쪽지를 넣어놨드라구, 봉봉 에서 보자면서..!
윤영	(힘겹게 내젓다, 순애를 폭 안으며) ... 걱정 마.. 다시는.. 다

신.. 그런 끔찍한 일 겪지 않게 해줄게. 무슨 일이 있어도.. 내가 지켜줄게, 꼭..

순애   (형 — 덩달아 일그러져선, 울먹) 왜에..? 그 정도로 끔찍하진 않았는데.. 쥬스 정도는 마셔봐도 되는 거 아냐..? 유범룡이랑 결혼할 것두 아닌데..

각자 제 말만 하며 울먹이는 두 사람. 그때, 교실 앞문으로 들어서던 미숙, 힐끗 쳐다보고는.

미숙   (곁에서 수다 떨고 있던 여학생들 향해) 쟤들... 뭐 하는 거야?

여학생1   (그제야 힐끗 쳐다보곤) 몰라. 성적 나왔다던데.. 순애 등수 떨어진 거 아냐?

미숙   (!? 그 말에 홀로 슬며시 미소 짓는 데서)

씬29.   교무실. 낮

선생들 모두 모아놓고 책상 위에 걸터앉은 병구, 입고 있는 요란한 하와이 셔츠를 가리키며 *"요게 미국 가 있는 우리 아들이 보내준 건데, 때깔부터 다르지? 그치?!"* 침 튀겨가며 자랑 중이고, 그 앞에서 교련만이 과연 그렇다며 열성적인 호응 중인데.. 홀로 자리에 앉아 묵묵히 원고 묶음을 정리하던 해준, 문득 강가에서의 대화가 떠오른다.

해준(E)   *그럼 지금 당신 잘못하고 있는 거야.*

해준(E)   *함부로 자기 자신을 미워하고.. 또 포기하려고 했잖아요.*

그러자 원고를 획 내려놓고 제 머리를 쥐어잡는 해준, 스스로를 향해.

해준	그렇게까지 몰아붙일 건 없었잖아.. 좀 곱게 말하지, 그걸. 하아..
교생	(때마침 옆자리로 오다, 좀 눈치 살펴며 조심스레) 안녕하세요..
해준	(!..) 예, 오셨어요? (하며 주영 손가락에 낀 나무반지 확인하듯 힐끗 보는데)
병구	(얼른 반갑게) 어, 이주영 선생, 이리 와. 내가 비행기 타고 무려 14시간을 날아온 귀ㅡ한 젤리 하나 줄게. 응?
교생	아.. 네.. (어색한 미소로 일어서며, 해준을 흘낏 보면)
해준	(의미 알겠고, 일만 하면서) 어젯밤 일은 아무한테도 얘기 안 했습니다. 가는 김에 제 것도 좀 챙겨다 주세요.
교생	네...?
해준	(병구 쪽 힐끗 보며) 미국에서 온 젤리.
교생	(아! 그제야 좀 안도해선, 어색한 미소로) 그럴게요.. 감사합니다.

씬30.　　**우정고등학교, 복도. 낮**

시끌벅적한 복도. 남학생, 여학생 구분 없이 모두 와글와글 한곳으로 모여드는 와중에 기운 없이 가라앉은 윤영, 역시 어색하게 가라앉은 순애를 따라서 인파에 섞여든다. 보면, 다들 벽에 붙은 벽보('**3학년 중간고사 전교 석차 (1~20등)**')를 보고 있는 것인데.. 멍하니 둘러보던 윤영, 문득 맨 위 전교 1등 자리에 적힌 '이순애' 이름을 발견한다.

윤영	(!! 순간 놀라 순애 팔을 찰싹, 가리키며) 1등...??
순애	(역시 봤다!! 격하게 끄덕이며) 1등!!!
윤영	세상에, 웬일이야, 공부를 이렇게나 잘했단 말야?!! 어쩜 좋아!!

순간 모든 걸 잊고, 서로 손바닥까지 짝짝 쳐가며 소녀들마냥 좋아하는 윤영과 순애. 한편, 반대쪽에 조용히 서있던 미숙, 굳은 얼굴로 '2등'에 적힌 제 이름을 올려다보다 천천히 고개 돌리면, 기뻐하는 윤영과 순애 보인다. 미숙, 입술을 질끈 깨물며 제 목걸이를 매만지는데...

마침 저만치서 껄렁껄렁 걸어오는 해경, 양옆으로 빵 뜯어 먹는 은하와 새침하게 빨대를 입에 문 유리를 달고 와선 벽보를 대충 구경하다가, 순간 미숙과 눈이 마주치는데...! 미숙, 무언의 신호를 보내듯 벌게진 눈으로 가만히 해경을 응시하다 획 돌아서 가버린다.

해경	(!! 다시 벽보를 확인하곤, 윤영과 순애 쪽도 힐끗 보더니) 와.. 뭐냐...?!
윤영, 순애	(? 보면)
해경	공부 못하는 사람은 서러워 살겠나, 이거. (앞 학생들 툭 치며) 야 나와. (학생들 홍해처럼 갈라지면, 그 틈으로 가 벽보를 확 찢어버리는)
윤영, 순애	(!!)
해경	시험 못봤다고 내숭 까더니.. 이순애 하는 짓이 늘 그렇지, 뭐. (슥 보곤) 그렇게 좋냐? 아주 마빡에다 대문짝만 하게 붙여줘?
윤영	저게 미쳤나 씨.. (앞으로 획 나서려는데)
교련(E)	야 이 미친 김해경!!!

보면, 복도 끝에서 막대기 휘두르며 씩씩대고 오는 교련이다. "에이 씨.." 인상 팍 쓰는 해경, 윤영을 한 번 더 노려보곤, 뜯은 벽보 든 채 자리를 뜬다. 그러자 다른 학생들도 흩어져 떠나고. 순애, 달래듯 윤영을 이끄는.

씬31.   우정고등학교 전경. 낮

평화로운 학교 건물 위로, "그거 안 가져와아?!" 교련의 고함이 찢어질 듯 울려 퍼지는데.

씬32.   우정고등학교, 복도. 낮

다시 복도를 비추면, 어느 틈에 모두 사라지고 텅 빈 자리. 그 사이로 주머니에 손 찔러넣은 채 의욕 없이 걸어오는 희섭. 그 뒤로 따르는 범룡, 교과서 읽는 데에 몹시 열중해 있다. 벽 앞에 도착해서 올려다보는 희섭. '전교 1~20등' 벽보는 뜯어져서 없고, 그 옆에 온전하게 붙어있는 작은 종이 하나만이 보인다.

전교 꼴등 유범룡
제발 정신 좀 차려라
- 교장 윤병구 -

희섭	...... 이 학교는 신기허게 꼴등만 붙이는 갑네...
범룡	(교과서 보느라 안중에도 없고, 안경 슥 올리는)
희섭	(그런 범룡을 슥 돌아보곤) 이딴 자슥을 왜.. 대체 어뜬 매력이 있어가꼬.. (갑갑함에 콧등 시큰) 아.. 하아..
범룡	(교과서 보며) 아.. 이 수식이 이렇게 적용된다니, 무척 재밌는데?
희섭	(무릎 꺾인 채 괴로워하는) 하.. 시부럴.. 이런 모지란 놈을..
범룡	응? (보면)
희섭	(벌게진 얼굴로 고개 들곤) 아녀.. 됐다.. 우정까지 잃을 순 없으니께..

| 범룡 | (? 하다) 설마, 어제 일이 잘 안 된 거야?! 내가 준 꽃으로도 안 됐어? |
| 희섭 | (! 씁쓸히 보며 떠올리는 데서) |

[인서트 – 씬. 골목길. 밤 (회상)]

포장된 장미꽃 세 송이를 들고 선 범룡, 희섭에게 하나 내밀면, 제 나름대로 들풀을 제법 예쁘게 꺾어 다발을 만들어 온 희섭, 민망해하며 받는다.

범룡	뭐 하러 개고생하면서 직접 따냐, 그걸?
	사는 게 훨 예쁜데..! 이거 가져가.
	여자들은 그런 거 구질구질해서 안 좋아한다구.
희섭	(여기저기 흠집 난 제 손 감추며) ... 그냐..
범룡	근데 누구한테 고백할 건지, 진짜 안 알려줄 거야?
희섭	(쑥스러운) 아.. 잘 되믄.. 그때 알려준다니께..
	(곧 헤헤 마주 웃는)

희섭	(! 빠직..) 꽃 같은 소리.. (하다) 너는, 그 뭐여.. 여자친구가 좋아하디?
범룡	당연하지. 맨날 싫다고는 하는데, 그게 다 좋다는 소리야. 내숭, 내숭!
희섭	싫다믄 싫다는 거지, 뭘 또 까꾸로 듣냐. (하다) 근디, 너 하나만 줄 거람서. 하나는 나 주고.. 나머지 하난 워쨌냐?
범룡	아.. 그거.. 뭐.. 또 좋은 데다 썼지. (하며 어딘가를 보고 빙긋 웃으면)

뚱한 희섭, 범룡의 시선 따라 보는데.. 막 복도 끝에서 교과서 든 채 계단을 올라가는 교생의 옆모습이 보인다. 그 모습을 뚫어져라 보는 범룡을, 가만히 보는 희섭에서.

씬33.   여자반 교실. 낮

모두 자리에 앉은 여학생들, 교과서와 노트 등 꺼내며 수업 준비 중이다. 반듯하게 앉은 미숙, 그러나 감정이 풀리지 않아, 힐끗 고개 돌려 순애를 본다. 곧 다시 앞을 보는 미숙, 들고 있던 볼펜으로 노트에 줄을 벅벅 — 신경질적으로 긋는데 그런 미숙의 뒷모습을 뚫어져라 노려보는 시선. 윤영이다..! 그 위로,

윤영(E)   고미숙은 왜... 아니라는 거예요?

씬34.   우정리 강가 일각. 낮 (회상 – 씬25에 이어)

일각에 나란히 앉은 채, 무슨 뜻이냐는 듯 보는 해준.

윤영   만약, 정말로 여기서의 범인이 34년 후에 또다시 범행을 저질렀고 그게 우리 엄마를 죽게 만든 거라면.. (어떤 확신으로 보며) 범인은 더더욱, 고미숙일 수 있다고 생각해요, 난.

해준   (차분히) 그럴 수도 있겠죠.

윤영   (보면)

해준   그치만, 어젯밤 교생을 훔쳐보다 달아난 그 남자는 그럼.. 누굴까요.

윤영   (?! 잠시 놓치고 있었다.. 보는데)

해준	난 그게 내가 기다리던 놈이라고 생각해요.
윤영	(! 보면)
해준	난 그동안 이주영 씨의 동선에 답이 있다고 생각하면서 기다려왔어요. 내일 밤... 그러니까 이주영 씨가 살해당한 그날 밤의 동선.

〔 **인서트 - 씬. 우정고등학교 교문 앞. 밤** 〕

일과 마친 학생들 우르르 몰려나가고.
그 틈에 섞여나가는 교생 모습 위로.

해준(E)	그날 밤, 일을 마친 이주영 씨가 학교를 나선 건, 밤 10시.

〔 **인서트 - 씬. 봉봉다방 앞. 밤** 〕

다방 앞에 서서 간판을 올려다보는 교생,
주변을 힐끗 둘러보곤 안으로 들어간다.

해준(E)	곧장 향했던 곳은 어제 우리가 갔던 봉봉다방, 거기였습니다.

잠시 후, 나오는 교생, 또 주변을 살펴보곤,
작게 난 옆 골목 향해 종종 간다.

해준(E)	그 안에서 20분을 머문 뒤, 10시 30분. 이주영 씨는 나왔어요. 다음 목적지는 당연히.. 우정여관이었죠.

인적 없던 조용한 그 길 끝에서 문득 비틀비틀 나타나는 이,
경애다. 빨간 코로 맥주병 하나 든 경애, 옆 골목으로 향하는

교생의 뒷모습을 별 뜻 없이 게슴츠레하게 쳐다보다, 우웁—
토 쏠려 전봇대로 향하는.

〔 인서트 – 씬. 우정여관 앞. 밤 〕
낡고 허름한 여관 하나만 우뚝 서있는 으슥한 길.. 텅 비어있다.

해준[E] 그런데 그날, 이주영 씨는 여관에 도착하지 못했어요.

천천히 골목 한쪽을 비추면, 구석진 곳에 선 해준, 다방이 있
는 길과 여관을 번갈아 흘낏 보곤.. 계산하듯 제 손목시계를
본다.

해준[E] 다방에서 여관까지는 늦은 걸음으로도, 고작 3분.. 그 짧은 거
리 안에서 사라진 겁니다. 다음날 시신으로 발견될 때까지.

윤영 (!! 보다) 그 짧은 거리 안에.. 목격자는 없었던 거예요?

해준 여관이 있던 골목으로 들어가는 걸 본 사람만 있어요. 그 골
목에서 다른 누굴 또 마주쳤는지.. 그걸 본 사람이 없었지.
그러니까.. 그걸, 내가 내일 직접 볼 생각이고.

윤영 (!)

해준 같은 시간, 같은 장소, 같은 동선에.. 이주영 씨 뒤엔 내가 있
을 거니까. 그럼 그 파란색 모자를 쓴 남자도 다시 마주칠
수 있겠죠.

윤영 파란색 모자요...?

해준 이주영씨가 다방에 머물렀던 20분. 거기서 유일하게 마주쳤
던 사람.

〔 인서트 - 씬. 봉봉다방. 밤 〕

음악이 울려 퍼지는 한가한 실내. 카운터 안쪽에서 걸레로 슥슥 닦던 청아, 문득 저쪽 구석을 쳐다보면..
격앙된 얼굴로 맞은편에 앉은 누군가와 언쟁을 벌이는 교생의 옆모습이 보인다. 그 맞은편에 겨우 보이는 누군가.
파란색 모자를 푹 눌러쓴 남자의 어깨 정도만 슬쩍 보이는데.
청아, 무심한 얼굴로 그 모습 보다, 곧 그냥 고개 돌려 안쪽으로 들어가는.

윤영   (찌푸린 채) 다투고 있었다구요?

해준   아주 의심할 만한 인물이었는데도, 당시 경찰은 누군지 끝까지 알아내질 못했어요. 그런데 어젯밤 내가 쫓아간 그놈이 쓰고 있었던 겁니다. 그 파란색 모자를.

윤영   (!! 역시 그쪽이 의심스러운 건 사실인데)

해준   ... 완전히 제외하겠단 뜻은 아네요. 당신이 가진 소설, 그리고 고미숙.. 충분히 생각하고 지켜볼 겁니다. 그치만, 고미숙은 아직이에요.

윤영   (!! 보면)

해준   여기서, 제대로. 반드시 잡을게요. 1987년에서도, 2021년에서도 그 인간은 아무도 죽이지 못할 겁니다. 내가 그렇게 하러 온 거니까. 그러니까... 조금만 날 믿고 기다려줘요.

씬35.   여자반 교실. 낮 (씬33에 이어)

고미숙을 그대로 골똘히 지켜보던 윤영, 해준의 말을 믿듯.. 곧 천천히 시선을 거둔다. 그렇게 윤영이 다른 생각에 빠져있느라 보지 못하는 동안, 옆자리의 순애, 노트를 꺼내려 가방을 열다 문득 안에 든 장미꽃 한 송이가 눈치 없이 나폴대며 모습 드러내면, "으... 유범룡, 싫다는데두 꼭...!" 꽃송이를 대충 구겨 넣는 데서.

씬36.　　우정고등학교 교문 앞. 밤

어둑한 시각. 우르르 몰려나가는 학생들 틈에 섞여, 천가방을 메고 가는 교생. 그런 교생의 뒷모습을 심란하게 보며 걷는 윤영인데. 곧 뒤따라와 곁에 서는 해준.

해준	(역시 교생 쪽 보며) 안전히 들어가는지, 그것만 확인하고 올게요.
윤영	... 같이 갈까요?
해준	내가 할 일이에요. 별일도 아니구. (가방에서 뭔가 꺼내 건네주며) 혼자 가지 말고, 엄마랑 삼촌이랑 같이 가요. (곧 교생 향해, 먼저 가면)
순애	(동시에 윤영 옆으로 와 서며, 밝게) 윤영아! 같이 가자!!
오복	(동시에 다른 쪽 옆에 와 서며, 윤영 손에 든 것 보며) 아싸, 미제 쩰리다!
윤영	(?! 제 손에 든 쩰리 봄과 동시에 오복에게 빼앗기지만, 그저 해준을 보는)

씬37.　　경찰서, 강력반. 밤

수갑 채운 잡범 하나 앞에 앉혀둔 채, 타자기를 치던 동식, 곰곰이 생각에 빠진다.

〔 인서트 - 씬6. 우정리 강가 일각. 밤 〕

어둠 속 다리 뒤쪽에 숨어 몰래 지켜보던 동식의 시각에서,

교생   *걱정해주신 건 감사하지만, 정말 오해하신 거예요.*
             전 누구한테 쫓긴 적도, 위협을 받은 적도 없으
             니까요.

동식(E)   분명 뭔가 숨기는 얼굴이었는데..

해준   *(윤영과 함께 가다가, 한 번 더 힐끗 동식 있는*
             쪽을 보는)

동식(E)   내가 뒤를 쫓은 걸 알면서도, 일부러 그 얘길 듣게 했다?
동식   (깊은 생각에 빠진 채, **E**) 꼭 그 여자가 위험한 상황에 있다
             는 걸 알아두라는 것처럼...! (안 되겠다, 결국 옷가지 챙겨
             벌떡 일어나면)
잡범   (? 영문 모른 채) 어디 가세요, 형님?

씬38.   경찰서 앞. 밤

동식, 급히 밖으로 나서는데, 때마침 식사 마치고 이쑤시개 하나씩 문 채
들어서던 강력반 반장과 젊은 형사들 마주친다. 동식, 반장 앞에 멈칫,
굽히면.

반장   (심드렁하게 보며) 또 어딜 가, 혼자?
동식   (내키지 않지만, 성실히) 확인해볼 게 있어서요.

반장	(형사들과 뜻있게 눈 마주치곤, 픽 비웃듯) 뭘 또 확인하시 게. 또 병원장 아들 같은 골칫덩이 델꾸 올 생각이면 제발 그만 좀 해주십쇼, 예?!
동식	(아랑곳없이) 우정고에 새로 온 교생이 하나 있는데 상황이 좀 이상합니다.
반장	(?! 순간 굳어선) ... 뭐가 이상한데.
동식	(?! 오히려 그 반응이 좀 이상해 보는데)
형사I	(뒤에서 역시 굳은 채, 동식 향해) ... 걔가 누군지.. 모르셨습 니까, 형님?

씬39.　　우정여관 앞. 밤

인적 없는 골목. 이번에도 여관 앞에 서서 이쪽저쪽 둘러보는 교생. 곧 아무도 없는 걸 확인한 후 건물 안으로 쏙 들어간다. 잠시 후, 어둠 속 샛 길에서 천천히 걸어나오는 해준, 3층 불빛이 켜지는 걸 확인하고선 손목 시계를 힐끗 본 뒤.. 돌아서 가는데. 잠잠하던 3층 창문, 갑자기 드륵— 열린다. 그 위로,

형사I(E)　　그 교생... 전과 3범이잖아요.

씬40.　　우정여관, 객실 안. 밤

천천히 고개를 내밀어 보는 교생. 저만치에 돌아가고 있는 해준 뒷모습 을 발견한다. 굳은 채 해준을 내려다보는 교생의 얼굴, 어쩐지 서늘해 보 인다. 그 위로,

형사(E)	모르는 척하고 있던 것뿐이지, 보통 인물이 아니다, 이 말입니다.

씬41. 경찰서 앞. (씬38에 이어)

심각한 얼굴들이 되어 자신을 바라보는 반장과 형사들에, 급격히 표정 어두워지는 동식에서!

씬42. 우정고등학교 교문 앞. 낮

날이 밝고, 평소와 다름없이 활발하게 등교하는 학생들. 그 틈으로 나란히 가는 해준과 윤영.

윤영	(조금 긴장해서, 보며) 오늘 밤이네요.
해준	(끄덕이며) 다른 변수가 없다면, 오늘 밤이죠.
윤영	정말 도울 일은 없어요? (흘깃 보면, 저 앞에 순애가 보이고) 이제.. 내 일이기도 하잖아요. 뭐든 할 수 있는데, 나.
해준	(이해하지만, 저만치에 투닥대며 가는 범룡 옆 희섭을 보며, 곧 내젓는) 혼자 움직이는 게 익숙한 편이라. (가볍게 웃어 보이는데)
윤영	(문득 뒤를 돌아보다, 멈칫) 변수가.. 있다면요?
해준	(? 따라 보다, 굳는) !! ... 먼저 들어가요.

보면, 저만치에 막 세워지는 일반 자가용 두 대. 그 차에서 내리는 동식과 강력반 형사들이다. 주변 학생들, 하나둘 쳐다보면, 동식을 향해 빠르게 가는 해준에서.

씬43.   학교 건물 앞. 낮

마침 병구와 담소 나누며 나오던 교생*, 수군대며 들어오는 학생들 분위기에 멈칫, 교문 앞을 슬쩍 내다보는데... 동식과 마주 서서 대화를 나누던 해준, 이쪽을 흘낏 쳐다본다. 그 시선이 마치 자신을 가리키는 것 같아 헉— 가슴이 내려앉는 교생. 곧이어 다른 형사들의 모습도 하나씩 보이기 시작하자, 조심스럽게, 그러나 빠르게 돌아서는 교생, 조용히 뒷길로 향한다. 병구, 역시 바깥 상황을 보느라 그런 교생을 눈치채지 못하는데. 그 모습을 홀로 눈치챈 윤영, 조용히 교생 뒤를 따르는.

씬44.   우정고등학교 교문 앞. 낮

동식 앞을 막듯 버티고 선 해준. 그 곁으로, 인상 험악한 형사들 몇 경계하듯 서있는데.

해준   (날카롭게 보며) 무슨 일이냐고 묻지 않았습니까.

동식   (예의 무표정한 얼굴로) 비키라고 했는데, 나도.

해준   (악문 채, 주변 흘낏 보곤, 낮은 소리로) 쥐뿔만큼 남은 양심으로 이제라도 제 몫 좀 해보라고 기횔 줬더니... 당신, 이주영 도와주러 온 거 아니지.

동식   (픽 웃곤) 그런 인간을 도우라고? 나더러?

해준   (?)

동식   윤 해준 선생. 그 여자 때문에 당신이 죽을 수도 있었어. 알아?

해준   (?! 보는데)

---

*   이때부터 '나무반지'는 끼고 있지 않습니다.

동식	(곁의 형사들 향해 빠르게 눈짓하며) 가서 잡아!! 절대 놓치지 말고!
해준	(!! 형사들 달려 들어가는 걸 보곤, 급히 동식 밀치며, 따라 달리는)

씬45.　　학교 뒤뜰. 낮

인적 없는 고요한 곳에서, 몰래 담을 넘기 위해 끙끙 매달리는 교생. 그 때, 저 멀리서 급히 다가오는 윤영 보이면, 찌푸리고 보는 교생, 곧 힘차게 매달려서 담을 획 넘어간다. 그 모습에 더 놀라는 윤영, "아 미치겠네!" 하다, 결국 저도 끙— 매달려보는.

씬46.　　학교 복도. 낮

창가에 홀로 서서 칠판 지우개를 쾅쾅— 두드려 먼지 털던 순애, 콜록 콜록 기침하다 어엉...? 하고 보면, 뒤뜰에서 몹시 힘들게 담을 넘고 있는 윤영이 보인다.

순애	어...?! (저만치 담 너머로 달려가는 교생도 보고) 우리 차부집 방향인데..

하다 돌아서면, 무섭게 들어서는 경찰들에 뒤숭숭해진 학생들로 소란스럽고. 얼떨떨해있던 순애, 마침 계단으로 뛰어올라오는 해준을 보곤, 잠시 생각하다, 다가가는.

씬47.　　　학교 뒤 거리. 낮

담 아래로 둔중하게 퍽 뛰어내리는 윤영, "아으 씨 발바닥…!" 아픔을 참으며 보면, 저만치 달려가는 교생 뒷모습 보인다.

윤영　　　(거의 탄식으로) 왜 저렇게 빠르냐.. 운동 좀 해둘 걸, 아!! (따라 뛰는)

씬48.　　　차부집, 매표소 앞. 낮

못마땅한 얼굴로 선 형만, 라디오 틀어놓고, 작은 과도로 샛노란 참외를 깎으면서 노려보면 그 앞엔 더 못마땅한 얼굴로 선 경애, 딱 붙는 미니스커트에 높은 하이힐 신고 건들거리며.

경애　　　아, 오십만 원만 내면 진짜 미스코리아 시켜준다 그랬다니까, 아부지?!

형만　　　(참외로 경애 머리 쿵 때리며) 오십 같은 소리 하고 앉았네. 오백을 헌납해도 네가 될 수 없는 게 바로 미스코리아야, 시키야!!

경애　　　내가 뭐!! 내가 어때서!! 나 우정리 김완선이야, 아부지!

형만　　　뭐라고? (참외를 제 귀에다 대더니) 야, 참외가 웃는다, 시키야!! (하는데)

그때, 두 사람을 향해 빠르게 달려오는 교생, 온몸이 땀에 젖은 채 숨을 몰아쉬며.

교생　　　서울 가는 버스, 제일 빠른 게 뭐예요?

형만	(?! 보다, 시계 흘끗 보곤) 어, 금방 오겠네. 한 5분?
교생	토큰 주세요. (허겁지겁 지갑 꺼내면)
형만	기다려봐요. (과도와 참외를 옆에 내려놓곤, 창구 안쪽으로 들어가는데)

때마침 저쪽에서 나타나는 윤영, 역시 땀에 젖은 채 거친 숨으로 헉헉대며 온다.

경애	(참외 집어 통째로 아삭 깨물며) 왜들 낮부터 땀에 젖구 지랄들이래..
교생	(!! 윤영 보곤 초조해지는데)
윤영	잠깐만요, 선생님! 헉.. (경애 향해) 야!! 쫌 잡아!!
경애	(?!) 저 못난이 족제비가 어따 대고 명령이야. (하다 교생 달리려 하면, 순간 머리끄덩이 확 휘어잡는) 어휴.. 그래도 한 번 본 년이라고 말을 듣네, 내가..
교생	(!! 당황해선 경애를 마구 뿌리치려들며) 이거 놔요!!
윤영	(다가와 역시 붙잡으며, 힘겹게 몰아쉬는) 선생님, 왜 이러시는지 모르겠지만 오늘 밤까진 꼭 여기 계셔야 돼요. 그래야 잡을 수 있다구요.
교생	(원망스런 눈빛으로, 픽 웃곤) 그렇겠지..
윤영	(?! 보는데)
경애	어? 저기, 국어도 오네?

그 틈에 얼른 벗어나는 교생, 옆에 올려둔 과도를 빠르게 획 집어선, 윤영을 붙잡고 겨눈다. 미친 듯 달려오던 해준도, 숨을 몰아쉬던 윤영도, 참외 든 경애도 놀라 순간 숨을 멈추는데.

교생	(덜덜 떨리는 손으로, 두려운 듯, 원망스러운 듯 해준 보며) 니들이었구나.
해준	(!! 멈춰선 채 그대로 보며) ... 이주영 씨.
교생	밤마다 여관 앞에서 몰래 지켜본 거 내가 모를 줄 알아? 그 날 밤 다리 밑에서 날 발견한 것도.. 우연 아니지? 경찰한테 넘기려구 처음부터 다 작정했던 거지?
해준	지금 뭔가 오해하고 있어요. 제발 진정하고 그 칼 내려놔요!
교생	(저도 겁이 나 울컥한 채) 아무도 못 믿어.. 더러운 쁘락치 새끼들...!
해준	(!!) 제발 내 말 믿어요. 우리, 이주영 씨 도우려는 겁니다!

때마침 토큰 들고나오던 형만, 그 모습에 화들짝 놀라 떨어뜨리며.. "아이구야아!!" 외치면, 잠시 분산된 그 흐름을 놓치지 않고, 빠르게 교생의 팔을 획 잡아 돌리며 칼을 빼앗는 해준. 경애, 재빨리 참외 내던지곤 얼른 윤영을 부축하듯 붙잡아주는데.

교생	(두려움에 발악하듯) 놔!! 놔아아!!
해준	(교생을 꽉 붙잡은 채 저 멀리를 보면, 동식과 형사들이 탄 차가 보인다!) 경찰입니다. 소리 낮춰요. (형만 향해) 숨을만 한 데가 있을까요, 아버님?
형만	(!! 얼른 안쪽 방으로 뛰어들어가, 커다란 캐비닛 열어 보이며) 이리로!!
교생	(?? 이 상황을 당혹스럽게 보는데)
해준	(교생 안쪽으로 밀어주며) 들어가요, 빨리. (윤영을 챙겨 함께 따르는)

씬49.　　　차부집, 매표소 안 + 캐비닛 안. 낮

커다란 캐비닛 안으로 꽉 끼듯 들어가서 마주 보는 해준과 윤영, 정신없이 얼떨떨한 채 그 사이로 껑겨들어 서는 교생. 문이 쾅 닫히면 고요한 어둠에 잠기는데... 곧, 밖에서 말소리 멀게 들려온다.

형만(E)　　　글쎄요... 버스는 이미 떠났고.. 누굴 말하는지 모르겠네..

경애(E)　　　우린 여서 계속 미스코리아 얘기하고 있었다니까요?

씬50.　　　차부집, 매표소 앞. 낮

매서운 눈빛으로 보는 동식과 형사들. 그 앞에 나란히 선 형만과 경애.

형만　　　　(땀을 슥 닦으며, 참외 주워 아삭 먹곤) 너는 안 된다니까, 시키야.. (내밀면)

경애　　　　(받아서 한 입 아삭 먹곤) 나 우정리 김완선이라니까, 아부지.. (으.. 퉤퉤)

동식　　　　(그 모습 좀 한심하게 보다) ... 여관 쪽으로 다시 가보자. (돌아서는)

씬51.　　　캐비닛 안. 낮

밖은 이미 잠잠해졌고.. 컴컴한 캐비닛 안에서 마주 보고 선 해준과 윤영. 그사이에 얼떨떨한 채 끼어 선 교생, 홀로 정면을 보고 있는데.

해준　　　　... 괜찮아요? 다친 데 없어요?

윤영　　　　... 네. 전 괜찮아요. 괜찮은 거죠?

해준	... 예. 다 나 때문입니다. 내 판단이 틀려서.. 변수가 생기는 바람에.
윤영	... 아무래도 오늘 밤 이 사람을 다방에 보내는 건 위험할 거 같아요.
해준	(천천히 끄덕이곤) 일단 안전한 곳에 데려다 놓고, (하는데)
교생	(멍하니 듣고 있다, 그제야 어떤 안도감으로 눈물이 툭 터진다) 흑...
해준, 윤영	(?! 보면)
교생	... 나 혼자라고 생각했는데... 너무 무서웠는데.. 미안해요.. 미안합니다.

두 사람 사이에 낀 채, 끅끅..흑.. 아이처럼 울먹이기 시작하는 교생. 해준과 윤영, 그런 교생을 가만히 보다, 어깨를 가볍게 두드려주는 데서.

씬52.　거리. 밤

인적 없는 길 위를 혼자 걷는 해준, 그 위로.

윤영(E)	정말... 혼자 가도 괜찮겠어요?
해준(E)	그냥 얼굴만 보고 오는 건데요, 뭐.

씬53.　봉봉다방. 밤

'봉봉' 스티커 붙은 투명한 다방 문을 열고 들어서는 해준. 딸랑— 종소리 들려온다. 손님 없이 한가한 다방 안 풍경을 가볍게 슥, 둘러보는 위로.

해준(E)   운이 따라준다면, 이주영 씨가 없더라도 같은 시간, 같은 장
         소에 그놈이 나타나 줄지도 모릅니다.

구석진 테이블에 홀로 자리를 잡고 앉는 해준, 조용히 앞을 응시하면, 카
운터 뒤에서 모습 드러내는 청아, 과거에 그랬던 것처럼, 그저 무심하게
걸레질 시작한다. 해준, 힐끗 손목시계를 보면, 10시 10분이다.

윤영(E)   운이 따라준다면, 그 얼굴... 꼭 확인해줘요. 그 인간이 곧,
         34년 뒤에 우리 엄마를 죽인 범인이 될 테니까.

그 말을 곱씹는 해준, 결연해지는데.. 얼마쯤 시간 지난 뒤*, 딸랑― 문
열리는 소리 들려온다. '!!!' 해준, 긴장 속에 천천히 고개를 들면.. 파란색
모자를 푹 눌러쓴 채 들어서는 누군가. 그리고 그의 손에 들린 무언가가,
장난이라도 치듯 허공으로 휙 올랐다 내려오는데.. 다시 손으로 착지하
는 그것... 바로, 교생의 나무반지다. 파란색 모자 곧 천천히 고개를 들어
올리면, 모자 아래로 조금씩, 조금씩 드러나는 얼굴. 바로, 낯선 듯 차가
운 눈빛을 한... 희섭이다!

희섭   (텅 빈 시선을 들다, 해준과 눈이 마주치면)
해준   ??!!! (당황한 채 질끈 악물곤) 미치겠네... (읊조리는 데서)

어쩌다 마주친, 그대 / 제 5회 엔딩

---

* 실제로는, 희섭이 들어오기까지 7분쯤 기다린 상황. (시간 흐름이 꼭 있어야 합니다)

씬54.   에필로그 – 우정리 강가 상류. 밤

강 너머 어둑한 산을 비추는 위로, 분노로 떨리는 목소리 들려온다.

순애(E)   ... 말도 안 돼.. 이걸 어떻게...

보면, 강물에 선 채 바들바들 떠는 순애(53세), 누군가를 보며 조금씩 뒷걸음질 친다.

순애   ... 어떻게 그런 짓을 해놓고 34년이나 감쪽같이..! 오지 마.. 가까이 오지 마...!! (하면서 점점 더 뒷걸음하다) 아악...!!

순간, 풍덩 — 빠지는 소리와 함께 순애의 손에서 빠져나오는 무언가. 보면, 성냥갑이다. 깊은 물 속으로 함께 빠졌던 문제의 그 성냥갑, 곧 물살을 타고 저만의 길을 가기 시작한다. 윤영에게 발견되기 위해서...!

어쩌다 마주친, 그대

chapter 6

거짓말의 거짓말의 거짓말

씬1.   해준의 집 앞 골목길. 밤

인적 없는 밤. 가로등 불빛 아래 홀로 천천히 서성이는 해준. 이따금 제 집 대문 앞에 멈춰 손을 올렸다 내렸다.. 들어서길 망설이는 중이다.

해준   ......(윤영을 어떻게 마주해야 할지, 쉽지가 않은 것인데)

마침내 결심이 선 듯 우뚝 멈춰서는 해준, 순간 휙 돌아서 대문을 붙잡는 동시에, 안쪽으로 문이 확 당겨지며 막 나오던 윤영의 얼굴과 부딪칠 듯 가까이 닿는다.

해준   (!! 헉― 소리 내며 가까스로 대문을 붙잡아 거리 유지하는데) ??!
윤영   (빠르게 주변 둘러보더니, 그런 해준을 잡아 훅 끌어당기는)

씬2.   해준의 집, 마당. 밤

쾅 닫힌 대문에 다짜고짜 해준을 밀어붙이듯 세워놓고, 바짝 붙어 서는 윤영.

윤영   (이글이글한 눈으로, 작고도 빠르게) 혹시 지금이 몇 신 줄 알아요?!
해준   (?! 당황한 채 껌벅껌벅 보면)
윤영   그럼, 혹시 이 밤에 혼자 살인범 만나러 나간 사람 기다리는 심정은 알아요? 얼굴만 잠깐 확인하고 온다더니 세 시간 넘게 깜깜무소식, 와.. 뭐지 이게..?! 저번처럼 막 쫓아가다 어디 다치기라도 한 거 아닌가, (하다) 다쳤어요?

해준	(얼떨결에 빠르게 내젓는) 아뇨.
윤영	(안도하면서도) 그렇다고 경찰에 신고를 해볼 수가 있나, 나가볼 수가 있나, 빌어먹을 87년도라, (들고 있던 핸드폰 땅땅 치며) 전화 한 통을 해볼 수가 있나! 아주 미쳐버리는 줄 알았다구요!
해준	(역시 얼떨떨한 채) 미안합니다.
윤영	(멱살 꽉 잡은 채) 병원도 못 가는데 어디서 다치기만 해봐!
해준	(곧장 끄덕)
윤영	외딴 시대에 나만 남겨놓고 혼자서 위험해지기만 해봐!?
해준	(끄덕 끄덕)
윤영	나타났어요, 파란 모자?
해준	(!! 멈칫한 채, 보면)
윤영	(그제야 여린 얼굴 툭 내보이며) 누구... 였어요, 그게?
해준	(깊어진 눈길로 가만히 윤영을 본다. 그 위로, **E** 딸랑― 종소리와 함께)

씬3.　　봉봉다방. 밤 (5부 엔딩 이어)

작고 예쁜 종 흔들리며 투명한 문이 열리고, 그 위로 자막 [세 시간 전] 뜨면. 들어서는 파란 모자. 허공으로 튕겨 올린 나무반지를 잡으며 천천히 드러나는 희섭 얼굴 위로,

해준(E)	**... 당신의 아버지... 백 희섭.**
해준	(그 모습 보며, 악문 채) 미치겠네... (읊조리는데)

동시에 해준 쪽으로 향하는 희섭의 눈길. 그대로 두 사람의 시선이 마주

치는가 싶지만 사실 해준은 중앙의 커다란 어항 뒤쪽 구석진 자리로, 시야가 닿지 않게 자리 잡은 상태다. 희섭, 그저 뒤쪽에 걸린 벽시계 '10시 17분' 가리키는 바늘만 힐끗 확인하고는 입구 쪽 테이블에 등을 보인 채 털썩 앉고 나면, 충격으로 숨을 몰아쉬는 해준 위로.

해준(E)   **1987년 5월 14일... 첫 번째 살인사건이 벌어졌던 바로 그날,**
           피해자 이주영을 만났던 게 그 사람의 아버지라고..?
           만약... 파란 모자가 진짜 범인이라면,

해준   (저만치의 희섭, 손 안의 나무반지를 가만히 굴리는 뒷모습
           보는)

해준(E)   **그 사람의 어머니, 그러니까..**
           자신의 아내까지도 죽였다는 건데..

해준   (혼란 속에 제 성냥갑을 꺼내 보며) 그리고, 날...?

해준, 도저히 이해할 수 없단 듯 희섭의 뒷모습을 보다, 가다듬듯 빠르게 고개 내젓곤.

해준(E)   **치우쳐서 생각하면 안 돼.. 침착하게, 냉철하게.**
           정리해 보자.

해준, 옆으로 휙 고개 돌리면, 홀로 흑백인 (상상 속의) 교생, 저쪽 테이블에 앉아있다.

해준(E)   **원래대로라면 이주영이 7분 전 먼저, 도착해 있었어.**

〔 인서트 – 씬. 해준의 집, 거실. 낮 (당일) 〕

소파에 앉은 교생(옆에는 윤영도 떨어져 앉은), 제 천가방 꼭
끌어안은 채.

교생   원래대로라면 오늘 밤, 학교 마치고 다방에
            갈 계획이었어요. 혼자서 커피 마시구..
            읽던 책이나 마저 읽으려구요.
            (앞에 선 해준 향해) 누굴 만날 약속 같은 건,
            정말 없었어요.

테이블에 앉은 흑백의 교생, 홀로 커피 마시며 책*을 읽는다.
그 모습 보는 해준 위로,

해준(E)   **그런데, 계획에 없던 누군가를 마주치게 된 거야.
            파란 모자.. 백희섭.**

희섭   (파란색 모자를 쓴 채, 천천히 고개 돌려, 교생을 바라본다.)

교생   (역시 천천히 고개 들어 희섭을 마주 본다.)

해준(E)   (그런 둘 지켜보며) **어떤 이유였든 두 사람 사이엔 다툼이
            시작됐고 같은 시각 그 상황을 지켜봤던 유일한 사람.. 봉
            봉다방의 사장이,** (보면, 카운터에 있어야 할 청아**가, 어
            디에도 보이질 않는다) !?
            ... 어디 간 거지?

_____

• (5부) 살인 현장에 있던 버지니아 울프의 낡은 책.

•• 이미 희섭이 들어설 때부터 사라진 상태. (해준 입장은 10시 10분, 희섭 입장이 17분, 그 사이에.)

둘러보던 그 순간, 딸랑— 문 열리는 소리에 멈칫 보는 해준. 막 들어서
는 이.. 범룡이다. 가방 걸친 채 들어서다 입구 쪽 희섭 발견하곤 "여어
~!" 외치며 반갑게 다가가는 범룡.

해준   (?!! 굳은 채 보는) 사람이... 더 있었어.

씬4.   봉봉다방, 입구 근처 테이블. 밤

신이 난 듯 싱글벙글 미소 띤 범룡, 희섭 맞은편에 얼른 앉으면,

희섭   (파란 모자 더 깊숙이 눌러쓰며) 왔냐.

범룡   미안 미안~ 엄청난 소문을 듣고 오느라고 쫌 늦었네, 내가.
            (찡긋)

희섭   (? 보면)

범룡   아침에 학교 완전 뒤집어진 거 말야. 그 교생 선생... 왜 그런
            건지 알아? 알고 보니까, (후딱 주변 둘러보곤, 가까이 훅 얼
            굴 맞대고) 빨갱이였대..!

희섭   (! .. 묵묵히 보면)

범룡   (? 답답하단 듯) 뉴스 안 봐? 대학생들 막 미쳐 돌아가지고
            데모하는 거. 저번에 우리 소풍 때 그 여자가 불렀던 그 이
            상한 노래, 것두 그런 데서 부르는 거래. 결국 우리까지 싹
            물들일 생각이었겠지.. 완전 오싹하지 않어?

희섭   (가만히 시선 내린 채) ... 오싹허지.

범룡   그치~?! 진짜 아찔하다니까! 울 엄마 아빠두 아주 큰일 날
            뻔했다시면서, (신나게 떠들다 멈칫, 테이블을 내려다보는)
            ...

희섭   (나무반지를 막 내려놓은 참이다. 범룡 보며) 친구가 이딴
        짓을 허는디.
범룡   (순간 싹 가시는 웃음기, 나직하게) 어떻게 알았어?

씬5.   봉봉다방, 구석진 테이블. 밤

테이블에 대고 제 성냥갑을 톡톡, 두드리듯 굴리며 듣고 있던 해준. 가만
히 시선 올려 본다. 저만치의 범룡이 테이블 위 반지를 집어 드는 모습이
들어온다. 해준, 그런 범룡의 얼굴을 주의 깊게 지켜보는 데서.

씬6.   봉봉다방, 입구 근처 테이블. 밤

희섭, 찌푸리고 본다. 나무반지를 만지작대는 범룡의 얼굴에 완전히 확
신하는.

희섭   ... 똥을 싸는디 왜 맨날 냄새가 안 나는가 혔다..

        〔 인서트 - 씬. 남학생 화장실. 낮 (회상, 당일 오전) 〕
        입구에 반쯤 걸쳐 선 희섭, 어수선한 복도 쪽을 힐끗 둘러보
        다, 안쪽 향해.

        희섭   유범룡, 너 안직 멀었냐?
        범룡[E]   (끙.. 소리 내가며) 어. 오늘따라 양이 좀 많네에..
        희섭   (으 드러.. 찌푸리다, 다시 복도 쪽 보곤) 뭔 일인
                가 모르겄지만 학교가 난리여.. 경찰들이 죄 몰려
                와선 교생 선상님을 막 찾는디,

범룡   (순간 서있던 그대로 벌컥 문 열고 보며) 누굴 찾아?

희섭   (?!) ... 교생.. (하는데)

범룡   (!! 호기심과 불안 뒤섞인 채 냅다 복도로 뛰어나간다.)

희섭   저 자슥...... (묘하게 돌아보다) 물 안 내렸어, 드런 놈의 자슥!

귀찮은 듯 투덜대며 범룡이 있던 칸 앞으로 가는 희섭, 발로 문을 툭 걷어차곤 대충 내리려는데.. 흔적 없이 깨끗한 내부.. 벽돌 하나만 꽂히다 만 듯 비뚤어져있다.

멈춰 선 희섭, 고개를 비스듬히 꺾고 그 벽돌을 바라보는 데서.

희섭   (범룡 손에 들린 반지 보며) 거, 교생 선상님 꺼 맞제. 훔친 거여?

범룡   ... 말할 거야?

희섭   ... 뭐어?

범룡   (불안한 눈빛으로 애써 웃는) 이거.. 말할 거냐구, 다른 사람한테.

희섭   (뜨악해 좀 보다, 허― 웃고는, 발끈) 말 못 할 짓인 걸 알믄서 했냐? 남으 물건 훔쳐다가 뒷간 구석에다! 하.. 너 이딴 짓한 거 순애씨가 알믄,

범룡   (!? 예민해져선) 순애? 니가 내 여자친구 이름은 어떻게 알어?

희섭   (!!!) ... 알믄, 얼마나 상처받을지, 생각 안 허냐고.

범룡   (뭘까 싶어 뚫어져라 가만히 보는데)

희섭   (지지 않고 똑바로 마주한 채) 좋아허는 사람헌티 부끄러울

짓 하지 말어. 사내새끼의 기본이여, 그건.. (하곤, 반지 획 빼
앗듯 챙겨 일어나 가는)

씬7.　　　봉봉다방 앞. 밤

굳은 얼굴로 계단을 내려오는 희섭. 그 뒤를 급히 따라 나오는 범룡, 간
신히 붙잡고는.

범룡	알았어, 알았어! 그래... 돌려줄게. 괜한 호기심에 못난 짓 했다고 직접 죄송하다고 사죄하구 돌려준다구 그러니까 그거.. (손 내밀며) 줘.
희섭	(?! 찌푸린 채 속내를 가늠하듯 보면)
범룡	(안경 벗고 머리 헝클며 한숨) ...진심이야.. 니 말대로 좋아하는 여자한테 그리고 뭣보다 좋아하는 친구, 너한테, 부끄러울 짓 안 하고 싶어서 그래.
희섭	...... (한숨 섞어 읊조리듯) 비밀로 해줄게.
범룡	(!? 보면)
희섭	누구헌테도 말 안 헌다고.. 못 본 걸로 해줄 테니께, 너도 약속 꼭 지켜. 이?
범룡	(그제야 픽 웃곤) 고맙다. 내 짝꿍.
희섭	(못내 답답한 얼굴로 반지 툭, 건네는데)
유섭(E)	희섭아!

보면, 저만치 기다리듯 서있던 유섭이다. 범룡, 얼떨결에 꾸벅 인사하면,
"그래.. 우리 희섭이랑 잘 지내라." 해주는 유섭, 희섭 향해 얼른 오라고
손 까딱인다. 희섭 가볍게 뛰듯 가면, 애정 섞인 장난으로 희섭의 파란

모자를 마구 문지르며 가는 유섭. 지켜보던 범룡, 돌아서 간다. 그제야 입구로 나오는 해준.. 반대 방향으로 가는 이들을 보는.

해준(E)   **이주영의 반지를 훔친 건 유범룡, 그날 밤 다리 위에서 도망친 파란 모자는 백희섭..** (각자 멀어져가는 뒷모습 차례대로 보며, 갈등하는) **당시 백희섭에겐 동행이 있었고, 유범룡은.. 피해자와 방향이 같았어.**

해준   ... 이주영의 동선... (때마침 해준의 등 뒤로 걸어나오는 흑백의 주영, 그녀가 걷는 방향의 끝을 보면,) !!

앞서 걷던 범룡, 길 끝에서 여관으로 향하는 (5부 씬34 인서트) 옆 골목으로 막 꺾어 들어간다. 해준, 서둘러 범룡의 방향으로 걷기 시작하는.

씬8.   **우정여관 앞 골목. 밤**

어둑한 길을 고요히 걷는 해준. 저만치 앞을 주시하면, 막 여관 앞에 도착한 범룡, 문득 멈춰 주변을 살핀다. 얼른 근처 지물 뒤로 몸을 숨기는 해준, 범룡이 여관 안으로 들어서고 나면, 다시 나와 빠른 걸음으로 뒤를 따르려는데. 그 순간, 어디선가 "빨리 오라고..!" 짜증스런 (고민수의) 목소리 들려온다. 해준, 돌아보면, 방금 지나친 곳으로 좁게 난 샛길 입구 보인다.

해준   (!?) 고민수...?! (떠올리면)

        〔 인서트 - 씬. 우정리 어느 카페. 밤 (회상 - 3부 씬5 같은 날) 〕
        해준과 마주 앉은, 서글픈 얼굴의 민수(56세).

민수   정말 억울한 일이죠. 사건이 있었던 그날, 전 우
정리 이 동네에 있지도 않았으니까요. *(해준의
시선 느끼곤)* 아.. 그 당시, 지방의 한 기숙학원에
머물고 있었거든요. 어머니가 집중하라고 보내
주신 곳인데, *(소탈한 미소로)* 전화도 없는 까마
득한 산중이었죠..

해준   (!!) 고민수가 왜...!

씬9.   좁은 골목. 밤

남자의 커다란 손에 머리채를 완전히 휘어 잡힌 여자, 헝클어진 머리칼
로 얼굴 가려진 채 길바닥으로 홱 내동댕이쳐진다. 차분히 그 곁으로 다
가서는 남자... 고민수다. 민수, 침착한 얼굴로 여자의 배, 어깨, 허벅지 등
을 (드러나지 않는 부분만) 퍽퍽 차고 밟으며,

민수   오빠가아, 달라구 하면, 빨리 주고, 끝낼 것이지, 혓바닥이,
길어, 개년이. *(한쪽 손에 쥐고 있던 지폐 흔들어 보이며)* 이
게 니 돈이야? 응? 어차피 너도 엄마 지갑 털어온 거잖아, 안
그래.. 미숙아?

미숙   *(누운 채 드러나는 얼굴, 고통 속에 힘겹게 웃는)* 찌질한 새
끼. 결국 엄마한테도 쫓겨난 주제에, 허세는.

민수   와... 하하.. 얠 진짜 어떡해야 되냐.. 어? *(다시 발길질 시작하
려는 순간)*

옆구리를 퍽— 걷어차이며 나가떨어지는 고민수. 억 소리도 내기 전에,

다시 걷어차는 이, 차갑게 가라앉은 해준이다. 그 모습을 놀라 보는 미숙인데. 민수, 분노로 겨우 "아악!!" 외치며 해준에게 달려들면, 그 결에 목 뒤쪽을 획 긁히는 해준. 그러나 아랑곳없이 민수를 휘어잡아 다시 내동댕이치곤, 연달아 짓밟고 찬 뒤에야—

해준	(널브러진 민수의 먹살을 가까이 들어 올려) 너 같은 쓰레기를 살렸던 미래가 후회된다.. 널 어떡해야 되냐?
민수	(!! 고통과 분노로 울부짖는) 이게 다 너 때문이야, 이 새끼 야악! 너 때문에, 흑, 갑자기 거지 같은 촌구석에 처박혀서 씨발.. 흑흑.
해준	(그저 미숙 향해) 너 괜찮니?
미숙	(!...)
해준	가까운 공중전화로 뛰어가서 경찰에 신고부터 해. 별로 믿을 곳은 안 되는 거 같지만.. 빌어먹을 기록은 남겨둬야 되니까. 이번엔 내가 무슨 일이 있어도 제대로 죗값 받게 도와줄게.
미숙	(!... 해준을 본다. 이렇게 말해준 어른은 처음이라, 묘하게 보는데)
민수	야, 고미숙. 너 잘 생각해라. (하다 해준에게 머리 쾅 처박히곤) 윽..
미숙	(그러나 천천히 내젓는) 신고... 안 하고 싶은데.
해준	(?! 보면)
미숙	(고개 돌려 바닥에 흩뿌려진 지폐들 보며) 어차피 돈 받았으니까 좀 놀다 기분 풀리면 돌아갈 거예요, 기숙학원으로. 그럼 됐어요.. 저 새끼 문제 또 생겼다간 엄마한테 제가 죽을 거라.. (씁쓸히 웃다, 순간 묘한 눈빛 되어 지그시 해준 보는) 그러니까 이건, 선생님이랑 저랑.. 둘만 알고 싶은데.

해준   (!! 복잡한 얼굴로 보는 데서)

씬10.   우정여관 앞. 밤

인적 없는 길. 여관에서 툭 나오는 범룡, 불 꺼진 (교생이 머물던) 3층 창
문 아쉽게 보다 주머니에서 나무반지를 꺼내 본다. 순간 골목에서 불쑥
걸어나오던 해준을 발견하곤, 흠칫 ― 놀라는 범룡. 해준 역시 범룡을 보
는데. 때마침 반대편에서 막 들어서던 희섭과도 마주치는.

희섭   (?! 들어서다 멈칫, 갸웃해서 해준과 범룡을 보고)
해준   (!!) 하... 돌아버리게 돌아다니네들, 진짜.. (두통에 이마 매
           만지면)
범룡   (!? 지레 겁먹은 채 얼른 반지 쥔 손부터 뒤로 감추는 데서)

씬11.   읍내 거리. 밤

나무반지를 꾹 쥔 채 걷는 손. 올려 보면... 해준이다. 굳은 얼굴로 생각에
빠진 해준, 빛나는 간판들과 활발히 지나는 사람들 속으로 걷는.

해준(E)   **오늘 밤 이주영의 동선.. 그 안에 있던 이들 중 하나가 범
           인일 확률이 가장 높다. 그런데 오늘 밤.. 용의자였던 세
           사람이 모두 거기 있었고,**

           〔 인서트 – 씬. 봉봉다방 계단참. 밤 (회상) 〕
           계단참에 몸을 숨긴 해준, 그의 시점에서, (씬7의) 희섭 옆얼
           굴 보면

희섭   (범룡 향해) 비밀로 해줄게. // 누구헌테도 말 안
              헌다고..

〔 인서트 - 씬. 남학생 화장실 앞 복도. 낮
(해준의 상상, 훗날의 과거[•]) 〕
앞씬의 얼굴에서 이어지듯, 이번엔 벽에 기대선 희섭의 옆얼
굴 보인다. 무심한 듯 텅 빈 눈빛으로 형사1, 2를 향해 알려주
듯이, 화장실을 가리키는 데서.

〔 인서트 - 씬. 봉봉다방 계단참. 밤 (회상) 〕
역시 해준의 시점에서, 이번엔 (씬7의) 범룡 옆얼굴 내려다
보면

범룡   (희섭 향해) 돌려줄게. // 죄송하다고 사죄하구,
              돌려준다구.

〔 인서트 - 씬. 남학생 화장실. 낮 (해준의 상상, 훗날의 과거) 〕
이어지는 범룡의 멍한 옆얼굴... 보면, (희섭이 알려준 대로)
마지막 칸을 뒤지고 나온 형사1, 2가 누런 봉투 탁탁 털어보
자, 나무반지와 낡은 헤어핀이 나온다.

〔 인서트 - 씬. 좁은 골목. 밤 (회상 - 씬10에 이어) 〕
한편, 지폐를 주머니에 구겨 넣는 민수, 상처투성이의 얼굴

• 살인사건이 일어났던, 원래대로의 과거에 있었던 일.

로, 해준 향해.

민수 (굴욕스럽지만) 다신, 이 동네에 안 나타나줄게.
됐지?

〔 **인서트 - 씬. 차부집. 낮 (해준의 상상, 훗날의 과거)** 〕
그러나 이어지는 민수의 얼굴, 제 말을 스스로 비웃듯 시외
버스에서 툭 내린다. 매표소 안에서 꾸벅 졸던 형만, 순간 놀
라 깨어나면, 그런 민수가 보인다. 형만, 무심코 고개 돌려 옆
에 걸린 일력을 쳐다보면, (5월) **'16일'** 이다.

해준(E) **거기 있었던 모두가, 저마다의 거짓말을 하고 있다..**
(멈춰 선 채) **왜? 대체 왜...?** (혼란스러운 눈빛에서)

씬12. 해준의 집, 마당. 밤 (현재, 씬2에 이어)

이어지듯, 혼란스러운 눈빛의 해준, 여린 얼굴로 자신을 올려다보는 윤
영을 본다.

윤영 왜.. 말이 없어요? 그 파란 모자, 우리 엄마를 죽였을지도 모
르는 그 남자.. 보고 온 거잖아요. 그쵸?

해준 (그대로 바라본다. 윤영의 간절한 눈빛에 점차 어떤 확신이
서고)

윤영 (조금 떨리는) 누구.. 였는데요? 혹시, 우리가 아는 얼굴이었
어요?

해준 (잠시 시선을 내렸다, 이내 담담해져선 보며) 확인을.. 못 했

어요.

윤영   (!? 보면)

해준   지난번처럼 놓치는 바람에.. 내 잘못이에요. 미안합니다.

윤영   ..... 거짓말.

해준   (!?)

윤영   (불쑥 손 뻗어, 해준 뒷목의 생채기를 발견해내며) 안 다쳤
         다더니 다쳤으면서.. (옷깃 접어주는) 스칠 때마다 아팠,

해준   (! 윤영의 손길을 피하듯 슬쩍 제 상처 가리며) ... 별거 아녜
         요. (커튼 쳐진 거실 쪽으로 시선 돌리며) 이주영 씨는 좀 어
         때요.

윤영   (? 해준의 태도 의식하면서) ... 괜찮아요. 좀 불안해하기는
         해도..

해준   (? 보면)

윤영   혹시라도 경찰들이 눈치채고 이쪽으로 찾아올까 봐요. 그럼
         우리까지 곤란해질 거라구..

해준   걱정하지 마요. 오늘 밤엔 아무도 못 올 테니까. (손목시계
         힐끗 보는데)

그 순간 쾅쾅쾅—! 대문을 두드리는 누군가. 화들짝 놀란 윤영, 굳어선
해준을 보면, '??!' 해준 역시 굳은 얼굴로 빠르게 거실 쪽을 본다. 역시
안쪽에서 소리를 들었는지 달려와 커튼을 급히 열고 내다보는 교생, 겁
에 질린 얼굴이고. 다시 쾅쾅쾅— 소리! 해준, 윤영을 제 뒤쪽으로 숨기
듯 세우곤, 천천히 대문 향해 다가서는데..!

순애(E) (대문 사이로 곧 조그마한 소리) 윤영아, 윤영아아—?

해준, 윤영 (?!! 순간 황당한 얼굴이 되어 서로를 쳐다보는)

씬13.   해준의 집 앞 골목길. 밤

대문 앞에 착— 붙어 선 순애, 두 손 모아 입에 대고 열심히 불러보는.

순애	(소리는 작게) 윤영아, 집에 없어? 윤영아아―! (다시 두드리려는데)
해준	(안쪽에서 대문 훅 열고, 예민한 얼굴 슥 내밀며) ... 속삭일 거면 두드리질 말든가, 두드릴 거면 속삭이질 말든가, 전략을 한쪽으로 정해야했지 않을까?
순애	(! 민망해선, 헤헤..) 죄송해요, 선생님, 밤늦게.. 윤영이 집에 있어요?
해준	(깊은 한숨으로 누르며, 문을 좀 더 열어젖히면, 안쪽의 윤영 드러나고)
순애	(걱정과 반가움으로 발 동동) 윤영아! 너 괜찮아?
윤영	(다가와선) 어? 나.. 왜?
순애	(경계 가득한 눈으로 안쪽을 째리며) 울 아부지한테 다 들었어. 낮에 차부집에서 막 칼 들이대고 무서운 일 있었다며.. (울상으로) 많이 놀랬지?
윤영	아아.. (제 목가를 매만지며, 미소로) 괜찮어. 별일 아냐, (하는데)
순애	별일 아니긴! (불쑥 해준 향해, 어쩐지 이글대는 눈빛으로) 오늘 밤 우리 윤영이를 그 집에 그대로 재우실 생각이신가요? 교생 선생님이랑 같이?!
해준	(!? 어쩐지 뜨끔해선) ..아.. 아니.. 그..
순애	(다시 순해진 눈빛으로) 그럼 저희 집에서 재울까요, 하룻밤만?
해준	... 그.. 래.. 그러는 게 좋겠다.. 내 생각이 짧았네. (윤영 보곤)

	.. 다녀와.
윤영	(? 보다, 얼른 순애 향해) 정말 괜찮아, 오해가 좀 있었던 것 뿐, (하는데)
해준	(그런 윤영을 대문 안쪽으로 슥 밀어, 순애 안 들리도록, 나직이) 그냥 쉬었다 오라구요, 그 핑계로.
윤영	(?! 보면)
해준	돌아가시고 곧장 온 거라면서요, 여기. 단 하룻밤만이라도 편하게.. 엄마 옆에 있다 와요. 좋은 기회잖아.
윤영	(!! ... 보는 데서)

씬14. **순애의 방. 밤**

'와..' 작게 감탄하며 둘러보는 윤영. 보면, 이리저리 취향이 드러나게 꾸며진 방이다. 벽 한쪽에 이리저리 붙은 김승진과 이선희의 브로마이드들, 책상 위에 마구 쌓인 책과 노트, 옆으로 늘어놓은 연필들, 라디오와 카세트테이프 등등.. 열아홉 엄마의 방이 신기한 윤영인데. 부지런히 이불 두 채를 깔고 일어서던 순애, 민망한 듯 보며.

순애	방이 좀 지저분한가? 나름 치우는데도 엄마는 맨날 등짝부터 날려. 나 없을 때 싹 다 버리겠다구 협박까지 한다니까?
윤영	(돌아보며) 오.. 울 엄마도 딱 그랬었는데!
순애	(절레절레) 으.. 엄마들은 다 왜 그러나 몰라. 난 나중에 딸 낳아도 절대 안 그럴 거야. (이내 미소로) 씻고 올게. 편히 쉬고 있어.
윤영	(풋 웃음 참으며) 어. 다녀와.

순애 나가고 나면, 미소 머금고 창가로 향하는 윤영. 작은 창문 너머로 맞은편 집 보이는데. 문득 거실 창 안쪽으로 나타나는 해준, 이쪽은 보지 못한 채 열렸던 거실 커튼을 마저 가리듯 닫아버린다. 그 모습 보다, 떠오르는 생각에 조금 가라앉는 윤영.

윤영   ... 아냐.. 숨길 리가 없잖아.. (애써 떨쳐내듯 내젓곤 돌아서는)

씬15.　　해준의 집, 거실. 밤

닫힌 커튼 앞에 서서 잠시 생각에 빠져있던 해준, 작은 한숨 내쉬며 돌아서고는 걸어가 전화기를 들면, 여태껏 소파에 앉아 지켜보던 교생, 의아하게 보는.

교생   (조심스레) 이 밤에 어딜.. 전화하시게요?
해준   종일 불안해했다면서요.. (번호 누르며) 바리케이드 확인.
교생   (?? 보는 위로, **E** 신호음 울려 퍼지면서)

씬16.　　우정식당 앞. 밤

'우정식당' 간판 붙은 아담한 고깃집 전경. 왁자지껄 사내들의 떠드는 소리와 노래방 반주 소리 소란스럽게 뒤섞인 위로,

병구(E)   (악쓰듯) 뭘 확인까지 하고 그러나!

씬17.   우정식당, 카운터. 밤

막 식당 주인에게서 가게 전화를 넘겨받은 병구, 주인에게 가보라고 좋게 웃어 보이면서.

병구   (다른 쪽 귀 틀어막은 채) 가뜩이나 정신없어 죽겠구만..

형사2   (마이크 든 채 급히 달려나오며) 이사장님! 이사장님 차렌데 뭐 하세요!

병구   (전화에 대고) 기다리게! (잠깐 전화기 뒤집어놓고, 마이크 들고 가면)

씬18.   우정식당 안. 밤

카운터 안쪽으로 드러나는 실내 가득 길게 붙여놓은 좌식 테이블들. 고기와 소주병들 잔뜩 올려진 테이블 앞으로, (5부 씬38의) 강력반 반장과 젊은 형사들, 구석의 동식까지 포함, 우정리 경찰들이 전부 모여 앉은 참이다. 헐레벌떡 신발 벗고 올라서는 병구, 노래방 기계 앞에 서서 좌중을 둘러보며 마이크로 연설하는.

병구   에— 난 노래는 됐고..!! 그저 우리 '범죄 없는 마을', '평화로운 우정리'를 위해 불철주야 노력하는! 우정리 경찰 여러분들의 행복! 그것만 있음 돼!

형사들   (우우~ 박수 쳐가며 호응하면)

병구   말했다시피 이 회식은, 마을 유지로서 내가 화끈하게 쏘는 거니까 오늘 밤은 아무도 집에 들어갈 생각 말고 아주 맘껏 먹고 마시는 거예요, 엉?!

형사들   (웃어가며) 감사합니다, 이사장님~ (다시 떠들썩하게 고기

굽고, 마시면)

병구   (슥 둘러보며, 형사2에게 마이크 넘겨주고, 다시 카운터 쪽
            으로 가는)

씬19.   해준의 집, 거실. 밤

숨죽인 채 방금 상황을 대신 듣고 있던 교생, 해준에게 전화 넘겨주며,
놀란 얼굴로.

교생   어떻게.. 하신 거예요?
해준   (전화 귀에 댄 채) 애초에 전과 있는 사람이 교생으로 오는
            데 몰랐을 리가 없잖아요, 교장이.
교생   (! 당황해선) 그분은.. 절 도와주시려던 것뿐인데..
해준   도와줄 거면 이 정도 계산은 했었어야죠. 시작한 사람이 마
            무리도 하게 하는 것뿐이니까 괜한 신경 쓸 거 없어요. (하
            다, 병구 받은 듯) 예.. 낮에 말씀드린 대로, 날 밝기 전까진
            전부 붙잡아 주셨음 합니다.
교생   (그 모습 멍하니 보는 데서)

씬20.   우정식당 안. 밤

구석진 곳에 끼어 앉은 동식, 홀로 소주를 벌컥 들이켜고는 풀린 눈으로
카운터 쪽을 본다. 통화 중인 병구의 뒷모습을 물끄러미 바라보다, 벌떡
일어서려는데ㅡ

반장   (맞은편에서 소주병 든 채) 앉아.. 누구 땜에 괜히 학교 뒤집

어놓는 바람에 뒷감당 중인 거 안 보여? 서장님이 이사장 얼굴 볼 면목이 없으시댄다.

동식   (불편한 얼굴로 참듯, 구겨 앉으면)

반장   (술 따르며, 픽 비웃듯) 솔직히.. 확실한 혐의도 없었잖아? 너 말해봐, 그냥 서울서 온 데모꾼 하나 잡아다 이미지 세탁 좀 하구 싶었던 거 아냐?

동식   (그 잔 뺏어다 획 마시곤) 수상해보이는 게 죄라고 하신 건.. 반장님이었죠. ... 잡아다 족치면 만들어지는 게 혐의라고 하신 것도 반장님이고.. 이미지 세탁은 누가 해야되는지 모르겠네.. (다시 비틀대며 일어서려 하면)

반장   (!! 소주병 탕— 내려놓으며) 이 새끼가 어디서, (멱살 잡는데)

동식   (짜증스레 뿌리치며, 술기운으로) 놔! 애들 데리러 가야 돼!

일동   (그 소란에 멈칫한 채 두 사람에게 시선 모이는데)

병구   (전화 끊고, 다가오며) 아, 왜들 이래..? 나 이제 막 화난 기분 좀 풀어보려는데. (동식 향해, 친근히) 용우, 용순이가 왜? 집에 없어?

동식   (병구 향해, 좀 누그러져선) 집사람이.. 장인어른 간병 때문에 처가엘 가느라.. 저기.. 아래.. 감나무 집에 애들을 맡겨놨대서..

병구   (가만히 올려다보며, 떠올리는)

〔 **인서트 – 씬. 교장실. 낮 (회상)** 〕
병구 앞에 마주 앉은 해준.

해준   특히 백동식.. 오늘 우리 학교에 형사들 전부 끌고 와서 제멋대로 뒤집어놓은 게 다 그 사람 짓

입니다. 언제 어떻게 움직일지 모를 사람이에요.

병구	(가늠하듯 바라보다, 이내 사람 좋은 웃음으로) 아이고, 난 또 뭐라고! 지금이 몇 신데 이 사람아.. 까짓거 하룻밤쯤 거기서 재우면 될 일이지. 애들은 더 좋아할걸? 그 집 손자가 또래잖아, 그치? 자, 앉아서 한잔해.. 감나무 집 누님한텐 내가 전화 넣어줄 테니까. 날 밝을 때까진 꼼짝 말라고!
반장	(병구 향해 까딱 숙이며) 소란 피워 죄송합니다, 이사장님..
동식	(곤란한 듯 머리 부비다, 결국 병구 손에 끌려 앉아 술 받는 데서)

씬21. 순애의 방. 밤

불 끄고 나란히 누운 윤영과 순애. 그러나 순애, 잠이 오질 않는 듯 이리 저리 뒤척이다.. 결국 퀭한 눈으로 일어나 앉고는, 옆에 놓인 자리끼를 주전자 채로 들어 꿀꺽꿀꺽 마시는데.

윤영	(? 따라 앉으며) 무슨 고민 있어? 아까부터 한숨도 못 자는 거 같던데.
순애	...... 그냥.. 자꾸만 생각이 나서..
윤영	(순애 머리 쓰다듬어주며) 뭐가? 무슨 생각이 나길래 잠을 못 자.
순애	...... 백희섭..
윤영	(그대로 머리 휙 밀치며) 뭐어?! 벌써?! 너.. 아직 남자친구도 있다며!
순애	(히잉.. 두 손바닥에 얼굴 폭 파묻으며) 난 쓰레기야. 어떡해..

윤영	아오, 머리야.. 하룻밤만이라도 편히 쉬긴 뭘 편히 쉬어.. 하아.. 너어.. 백희섭 걔 본 지 얼마나 됐다구 그래? 걔가 어떤 사람인지 잘 알지도 못하면서,
순애	(웅크린 채, 아련히) 나도 그렇게 물었지.. 그날 밤 봉봉에서..
윤영	(?! 뜨악하게 보는 데서)

씬22.　봉봉다방, 다른 일각. 밤 (회상 - 5부 씬16 이전 상황)

오렌지 주스 하나씩 놓고 마주 앉은 희섭과 순애. 희섭, 그저 순애 보는 게 좋아서 자꾸 헤죽 웃음만 나오고, 순애는 도저히 이해 안 된단 듯.

순애	... 아니, 근데.. 대체 뭐가 그렇게 좋은 거예요? 나 잘 모르잖아요.. 전학 온 지도 며칠 안 돼놓구, 내가 어떤 사람인지두 모르면서..
희섭	(황당하단 듯) 왜 몰러요? 처음 본 순간 어뜬 사람인지 바루 알겠든디.
순애	(?) 어떤 사람인데요, 내가?
희섭	... 겁나게 이쁜 사람.. (해놓고, 쑥스러워 고개 톡 떨구며) 옴마..
순애	(!? 황당할 뿐인데)
희섭	(문득 표정 굳히곤) 글고.. 자기 시상을, 가진 사람.
순애	(?! 보면)
희섭	첨 봤을 때.. 그 쬐쬐은 매표소 안에서, 라디오로 좋아하는 노래 따악 틀어놓군 뭘 마악 끄적인다고, 내가 앞에 서있는지도 몰랐잖어요. 자기가 만든 시상 안에 푸욱 빠져선.. 지금 자기가 얼마나 이쁘고 있는지, 그 쬐쬐은 델 얼마나 꽉 차 뵈게 빤짝빤짝 빛을 내는지.. (으쓱) 그딴 건 내 알 바도 아니랑게?

허듯이.. 혼자서 기양 웃고 있었잖아요. (보며) 난... 그라고 멋있는 사람은, 너 말곤 본 적 없어. (멋쩍게 씩 웃으면)

순애   (!! 멍해져 보는 데서)

씬23.   순애의 방. 밤

역시 멍해진 얼굴의 윤영, 얼떨떨한 채 듣고 있는.

순애   반짝반짝.. 빛 같았어.. 그 애가 나한테 해준 그 말이.. 그 말을 할 때 지었던 표정이.. 떨려오던 목소리까지두.. 전부 다..

윤영   (가만히 바라보는 위로, E) ... '끝이 나지 않는 순간'.

씬24.   (1부) 순애의 집, 윤영의 방. 낮 (과거)

교복을 입은 앳된 윤영(19세), 고미숙의 이름이 적힌 낡은 소설책 〈작은 문〉 중간을 펼친다.

윤영(E)   *Y야, 너는 아니?*

                 ... 어떤 순간은 영원히 끝이 나지 않는다는 걸 말이야.

윤영   (그 문장에 천천히 밑줄을 긋는 위로)

순애(E)   *그날 그 사람이 들려준 그 반짝이는 말들을,*

                 나는 몇 번이고 되뇌어 보았어.

윤영   (설레는 얼굴로 읽어나가는데, 문득 그 위로)

순애(43세, E)   (악쓰듯) 나가!! 이럴 거면 나가서 그 사람이나 평생 챙기며 살라구!!

윤영   (또 시작이구나.. 찌푸리며, 책을 탁 내려놓고 일어서는)

씬25.　　(1부) 순애의 집, 거실. 낮 (과거)

희섭(43세), 외투를 팩 챙겨선, 불편한 다리를 끌며 나간다. 현관문 쾅 닫히는 소리 들려오면 그제야 무너지듯 주저앉는 순애, 소리 없이 흐느끼고. 열린 방문으로 그 모습을 보던 윤영, 지겹다는 듯 쾅— 제 방문을 닫고 들어가버리면 홀로 남은 순애 운다. 그 위로,

순애(E)　　앞으로 내게 어떤 어둠이 찾아올지라도.. 그 반짝이는 것들만 놓치지 않을 수 있다면, 아무것도 두렵지 않을 것만 같았어.

씬26.　　봉봉다방, 다른 일각. 밤 (씬23 상황)

목이 타는지 벌컥벌컥 주스 들이키던 희섭, 순애와 눈이 마주치자 설레는 듯 씩 웃으면, 놀란 듯 얼른 고개 내리는 순애, 그러나 역시 발그레해진다. 그런 두 사람 위로,

순애(E)　　내가 가진 세상을 첫눈에 알아본 그 애는,
　　　　　　또 어떤 세계를 가졌을까?

씬27.　　순애의 방. 밤 (현재)

웅크린 채 희섭을 떠올리며 발그레해진 순애, 그 모습을 바라보는 윤영 위로.

순애(E)　　나는 그게 자꾸만... 궁금해지고 있어.
윤영(E)　　.. 엄마의 소설 속에 나오던 '그 애'가 전부..
윤영　　　 (멍한 채로) 백희섭이었구나..

순애	(응? 하듯 보면)
윤영	(착잡한 듯 말없이 누워버린다..)

씬28.   우정여관 앞. 밤

여관 앞에 기대선 해준, 힐끗 올려다보면, (교생이 머물던) 3층 방에 불빛 켜져있다. 인적 없는 골목에서 교생을 기다리며 생각에 잠기는 해준.

해준(E)	... **백희섭...** (하며 다시 고개 돌려보면)

(씬10의) 상황이 이어지듯, 해준을 사이에 두고 양쪽에 떨어져 선 희섭과 범룡 보인다.

범룡	(겁먹은 채 해준을 향해) 도, 돌려줄 게 있어서 왔어요. 교생 선생님한테.
해준	(이번엔 희섭에게 답을 요구하듯 냉담히 쳐다보면)
희섭	... 저는 기양.. 뭐.. (머리 긁적대며 힐끗 뒤쪽을 돌아보다) 산책...?
해준(E)	(!? 의심스럽게 보는) **실제 용의자 중 하나이자, 숨겨져있던 파란 모자. 동선까지 전부 일치하는... 현재로선 가장 범인에 가까운 사람.** (그러나 혼란스러운 얼굴로 범룡을 봤다가, 다시 희섭을 본다.) **그런데..**
희섭	(별다른 표정 없이 해준을 보는 얼굴 위로)
해준(E)	**훔친 반지를 돌려주려던 사람이, 왜 죽였을까? 뭔가.. 말이 맞질 않잖아.**

그렇게 혼란스럽게 서있던 자신을 바라보던 현재의 해준, 이내 쓸쓸해져 읊조리듯.

해준   ... 맞지 않길 바라는 건가..?
교생   (그때, 꾸린 짐 챙겨 내려와서는) 중요한 건 다 챙겼어요,
         선생님.
해준   (깨어나듯 담담히) 갑시다, 그럼.

씬29.   차부집 일각. 새벽
어슴푸레한 시간. 인적 하나 없이, 한쪽엔 텅 빈 버스들만이 가득 세워져 있는데. 갑자기 그 사이로 슥— 나타나는 누군가...! 썬그라스를 끼고, 스카프로 입과 코를 가리고, 어두운 추리닝을 갖춰 입은 형만이다!

형만   (떨리는) ... 하.. 어쩌다 저런 위험한 이웃을 만나가지군..

형만, 썬그라스를 슬쩍 들어 아무도 없는 걸 확인한 후, 버스 하나에 조심히 올라타는.

씬30.   차부집 매표소 앞. 새벽
역시 인적 없는 매표소 앞에 마주 선 해준과 교생.

해준   일단 마을만 벗어나면 위험할 일은 없겠지만 혹시 모르니
         까.. 친구란 사람 집에 도착하는 대로 연락 줘요. 우리 집 번
         호는,

교생	알아요. 저 여기 처음 도착했던 날, 벌써 알려주셨잖아요.
해준	... 아..
교생	(잠시 망설이다, 작게 웃곤) 말도 안 되는 소리라는 거 아는데..
해준	(? 보면)
교생	윤 선생님은 꼭.. 절 살려주려구 일부러 찾아오신 분 같애요... 제가 여기 올 걸 미리 알고 기다렸다거나, 어떻게 구해줘야 할지 오랫동안 고민해놓은 사람.. 같달까.
해준	.. 그럴 리가요.
교생	그쵸? 그럴 리는 없지만.. 꼭 그런 것처럼 도와주셨어요. 감사해요. 윤 선생님 아니었음 지금쯤 어떻게 됐을지 모르겠어요. 정말.. 감사합니다.
해준	(대답 대신 주머니에서 나무반지를 꺼내 내밀며) 다신 잃어버리지 말고,
교생	(?! 놀란 얼굴로 받아 보면)
해준	잘 살아요.. 할머니 될 때까지, 오래, 건강하게.
교생	(! 미소 지으며) 선생님두요.

때마침 천천히 앞으로 와 서는 버스, 문 열리면, 운전석에 앉은 형만. 불안한 듯 주위를 철저히 둘러보고는 소리 안 내고 손짓으로만 타라고 신호 보내는.

씬31. 차부집 근처 길가. 새벽

인적 없는 길을 홀로 비척비척 걸어오는 누군가... 바로, 퀭한 동식이다. 벽을 붙잡은 채 겨우 몇 걸음 나서다가 헛구역질 올라오면 '오옥..' 겨우 참는데. 문득 버스 한 대가 천천히 옆으로 지나간다.

동식   ... 버스가.. 벌써 다니나.. (힘겹게 시선 올려 보는데) 어.. 어?!

보면, 홀로 좌석에 앉아 창문 밖을 물끄러미 내다보던 교생, 눈 마주치자 화들짝, 좌석 아래로 푹— 고개를 숙이고. 버스는 갑자기 속도를 높이기 시작하는.

동식   (!! 제대로 말도 못 하고, 얼굴만 벌게져선) 어어! 어! 어? 어어!

버스를 쫓아가보려다, 택시를 잡아보려다, 정신없이 이쪽저쪽 왔다 갔다 하는 동식. 그러나 도로엔 차 한 대도 지나질 않는다. 동식, 문득 멈춰 다시금 눈을 끔—뻑 감았다 뜨곤.. 겨우 정신이 들자 머리를 굴린다. 문득 휙 돌아서선, 차부집 쪽으로 성큼성큼 향하는.

씬32.   차부집 앞. 새벽

길을 휙 꺾어 들어서던 동식, 마침 걸어오던 해준과 딱 마주쳐 선다.

해준   (짐짓 태연한 시선으로 보면)
동식   (!!) ... 너, 너, 이 새끼! (버스 간 곳 가리키며, 으르렁) 너어
           어!! (냅다 해준의 멱살 잡으며) 너 이 새끼, 그날 다리 밑에
           서 감히 경찰한테 데모쟁이나 도와주라고 몰래 신호까지 보
           내는 그 꼬락서니에.. 그저 눈치 더럽게 없는 어리버리 선생
           인가보다 했더니.. 아예 한 패였던 거냐? 그래?!
해준   (뿌리치곤, 코 막으며) 술을 얼마나 마신 겁니까. 무슨 패를

말하는 거예요? 난 그냥 지나가던 중이었는데.

동식   (악문 채) 정확한 건 캐보면 알겠지. 서에 가서 얘기해보자
         구. 어? (끄는데)

그 순간, 정적을 뚫고 시끄럽게 울리는 사이렌 소리. 두 사람, 멈칫하고
소리 나는 방향 보면, 곧 저만치서 소방차 두 대가 급히 지나쳐 간다. 그
소리가 멀어질 때 즈음 건너편 미용실에서 스웨터를 꿰어 입으며 허둥
지둥 뛰어나오는 여자, 소방차 간 곳을 향해 종종 가려는데.

동식   ... 미용실! 뭐야, 어디 불났대?

미용실   (휙 돌아보곤) 어휴, 저 아래 감나무 집 있잖아요! 불이 아주
         크게 났나 봐!

동식   뭐? 어디...?

미용실   아, 그 왜 할머니랑 손자랑 둘이 사는 감나무 집 말예요! 무
         사하실는지, 원!

동식   (!! 순간 멍해지고)

해준   (멈칫한 위로, E) **15일.. 화재 사건.. 사상자는 없었는데..**

동식   ... 우리 애들.. 그 집에 있는데..

해준   (?! 굳어, 다가가선) 무슨 소리야. 거긴 두 사람만 있어야..

동식   ... 어젯밤에 내가 데리러 갔어야 되는데.. 못 가는 바람에..

해준   (!!! 순간 눈빛 바뀌어선, 홱 돌아 전속력으로 뛰어가고)

동식   (!! 그제야 정신 들어선 같은 방향으로 빠르게 달리는)

씬33.   감나무 집* 앞 골목. 낮

좁은 골목을 꽉 메우듯 선 소방차 두 대. 그 사이로 미친 듯이 달려오는 해준과 동식, 한가득 모여 웅성이는 마을 사람들을 헤치며 앞으로 나아가면, 마침내 보이는 감나무 집.. 이미 한바탕 화재는 진압한 듯 까맣게 탄 흔적들에, 곳곳에 남은 작은 불길들만을 향해 호스로 열심히 물을 쏘는 소방대원들의 작업이 한창인데.

눈이 시뻘게진 동식, "용우야! 용순아!" 외치며 주변을 빠르게 훑으면, 어디선가 "여기요!!" 외치며 끌어안고 있던 어린 용순을 옆 사람에게 넘겨준다. 곧장 이어받는 동식, "용순아..!" 울컥해 안으면, 그제야 콜록대며 깨어나는 용순. 주변 사람들 "에구.." 신음하는데. 해준, 초조한 채 계속 둘러보다 저만치에 혼절한 듯 업혀나가는 할머니 마침 발견한다.

해준	(급히 다가가선) 나머지 애들은 어딨습니까?
할머니	(겨우 눈뜬 채, 울먹) 모르겠어.. 내가.. 우리 손자는 데리고 나온 거 같은데..
해준	(!! 불길한 예감에 감나무 집을 휙 돌아보고)
동식	(!! 동시에 빠르게 쳐다보는데)

때마침 소방대원이 쏜 물줄기를 맞고 우지끈— 기우는 기둥 하나. 동시에 "안 돼!!" 외치는 해준과 동식. 그러나 타버린 일부 지붕마저, 훅 무너지듯 꺼지면. 놀란 두 사람, 빠르게 뛰어드는.

---

* 옛날식 초가에 슬레이트 지붕만 얹은 형태.

씬34.　　감나무 집 안. 낮

일부가 무너진 집 안으로 뛰어드는 해준과 동식에, 도리어 놀란 소방대원들. "안 돼요, 위험합니다! 나와요!!" 외치지만, 들리지 않는 듯 더 깊이 들어가는 두 사람. 동식, "용우야! 용우야!" 부르며 움직이다 거센 기침이 나자 입과 코를 틀어막는데. 그저 정신없이 폐허가 된 내부를 마구 뒤지는 해준, 점점 거칠어지는 그 숨소리 위로.

해준(E - 씬19) (담담한 목소리) 날 밝기 전까진 전부 붙잡아 주셨음 합니다.

> 〔 **인서트 - 씬20 인서트. 교장실. 낮** 〕
>
> 해준　　　*특히 백동식.. 오늘 우리 학교에 형사들 전부 끌고 와서 제멋대로 뒤집어놓은 게, 다 그 사람 짓입니다.*

> 〔 **인서트 - 씬32. 차부집 앞. 새벽** 〕
>
> 동식　　　*... 어젯밤에 내가 데리러 갔어야 되는데.. 못 가는 바람에..*

점점 더 거칠어지는 해준의 숨소리.. 붉어진 눈으로 잔해들을 마구 치워내던 와중에 드디어 움푹 패인 공간 안에 깔려있던 용우를 발견한다! 해준, 얼른 주변 잔해를 치워내고 들어가 용우를 꺼내 안으면, 같은 기세로 다른 쪽을 뒤지고 있던 동식, 급히 달려와 받아 안는다. 겨우 눈을 뜨는 용우, "아빠아.." 울음 터지면 눈시울 뜨거워지는 동식인데. 그러다 문득 시선 가면, 넋이 빠진 듯 선 해준. 그런 해준의 손은 온갖 잔해에 찔리고 찢겨 상처투성이다.

동식   (!! 보는)

씬35.   감나무 집 앞. 낮

빠른 속도로 골목을 달려오는 이, 파란 모자를 쓴 희섭이다. 마침 용우와
용순을 양팔에 끌어안고 나오는 동식과 마주치자, 목 메인 소리로.

희섭   ... 작은 아부지...!!
동식   (괜찮다고 끄덕여주며, 낮게) 너희 담임선생님 좀 병원에 모
          셔야겠다.
희섭   (?! 보면)
해준   (하얗게 질린 얼굴로, 터덜터덜 나오는)
희섭   (그 손에 시선 멈추자 놀라선) 어유, 씨게도 다쳤네. 얼른 가
          요, 병원!
해준   ... (멍하니 보면, 희섭의 파란 모자가 들어오는)
희섭   (그 시선 모른 채 잡아끌며) 아, 뭣 허냐고요. 빨리 가장께요?
          (하는데) !?
해준   (희섭의 손을 휙 뿌리치고는 힘없이 걸어나간다)

터덜터덜 인파 속으로 들어가 사라지는 해준을, 가만히 바라보는 희섭
에서.

씬36.   해준의 집 앞 골목길. 낮

초췌한 얼굴로 천천히 걸어오는 해준, 충격이 가시지 않은 듯 멍한 상
태다.

해준[E]   **이주영을 무사히 빠져나가게 하려고 한 행동이**
        또 다른 변수가 됐고, 그 변수가... 또 다른 상황을 만들었어.

〔 인서트 – 씬. 차부집 앞. 새벽 〕
출발 전 버스 좌석에 앉은 교생, 해준을 향해 빙긋 ―
미소 지으며 손을 흔든다.

해준[E]   **죽을 뻔했던 사람을 살게 한 대신,**

〔 인서트 – 씬34. 감나무 집 안. 낮 〕
해준의 시선에서, 불길 속에 죽은 듯 쓰러져있던
용우의 모습.

해준[E]   **살아야 했던 사람을.. 죽일 뻔했다고... 내가.**

순간 휘청하는 해준, 겨우 담벼락을 붙잡고 기대선다.
애써 마음을 가라앉히려는.

씬37.   **해준의 집, 거실. 낮**

초조하게 서성이는 윤영, 손에는 꾸깃해진 고미숙의 소설 원고를 든 채
같은 페이지를 몇 번이고 반복해 읽는 중인데... 그때, 문 열고 들어서는
해준.

윤영   이주영 씨는 잘 보내고 왔, (하다 해준 보곤) 무슨 일 있었어
      요...?!

해준	(보다, 천천히 내젓곤) 아녜요. 아무 일도.
윤영	(!! 가까이 다가가 살펴보려는데)
해준	(감추듯 한 걸음 뒤로 물러서, 주방 쪽으로 향하며 태연히) 어머니랑은 시간 잘 보내고 왔어요? (힐끗 원고를 가리켜) 그건 왜?
윤영	(!? 해준의 태도에 멍한 채로) ... 알아낼 수 있을 거 같아서요.
해준	뭘?
윤영	파란 모자 말예요. 그게 누군지.. 어쩌면 이 안에 있을지도 몰라서..
해준	(! 이내 지나쳐 주방으로 들어가는)

씬38.　　해준의 집, 주방. 낮

냉장고에서 물을 꺼내 컵에 따라 마시는 해준. 따라 들어온 윤영, 멀찍이 선 채로 이해 안 되는 듯 그 모습 바라보다, 일단 이어가는.

윤영	소설은 보고서가 아니잖아요? 진짜 있었던 일을 썼다고 실제 이름까지 그대로 넣었을 린 없죠. '그 애'라고 지칭하는 게 누군지.. 열혈 독자조차도 영영 모르고 지나갈 수 있는 것처럼.
해준	(듣는지 마는지, 그대로 물만 마시는)
윤영	고미숙 소설에 파란 모자 얘긴 없다고 생각했었는데, (원고 가리켜) 여기 좀 비슷한 구절이 있단 게 떠올랐어요. '파란 머리를 한 남자..', 여기서 이 '파란 머리'가 난.. 그동안 머리카락의 색을 뜻하는 줄만 알았거든요?
해준	(돌아서 싱크대에 컵을 넣다, 통증에 찌푸리면)

윤영	(더 못 참고) 무슨 일이 있었던 건데요!
해준	(!! 짜증스레 돌아서며) 다 얘길 해야 되는 겁니까, 내가?!
윤영	(?! 당황해 보면)
해준	여기서 일어나는 일 하나하나 전부 다 공유해야 되는 거냐구. 그쪽은 그러고 있어요? 그럴 만큼 가깝기나 했던가, 우리가?! (차갑게 보다, 획 지나쳐 거실로 나가면)
윤영	(잠시 멍하니 있다, 어떤 생각에) !!

씬39. 해준의 집, 거실. 낮

욕실로 향하는 해준을 쫓아 빠르게 나오는 윤영, 해준의 가까운 곳에서 멈춰 선다.

윤영	... 알고 있는 거죠?
해준	(!! 그대로 멈춰 서면)
윤영	파란 모자... 하나도 안 궁금해하고 있잖아. 누군지.. 알게 된 거죠? 어젯밤 다방에서 놓친 게 아니라.
해준	(무시한 채 다시 가려는 순간)
윤영	(따라가 해준의 팔 획 잡아 돌리며) 알려줘야 될 이유는 없지만 숨겨야 될 이유도 없지 않아요?! 왜.. 대체 왜,
해준	(통증에 눈 질끈 감았다 뜨고는, 가까이 다가서며) 뭔가 착각하는 거 같아서 알려주는 건데.. 잘 생각해 봐요. 내가 정말 취재 때문에 온 사람이면, 뭐 하러 이렇게까지 과몰입해 범인을 쫓는 건지.
윤영	(?! 보면)
해준	죽은 피해자들이 안타까워서...? 이 세상에 널린 게 그런 비

극입니다. 그런 사람들 다 구하러 다닐 만큼 한가한 사람 아니에요, 난.

윤영   (이해할 수 없단 듯) 그럼.. 뭐 때문에,

해준   ... 나도 피해잡니다. 다섯 번째 피해자.

윤영   (?!! 보면)

해준   여기서 제대로 못 잡은 범인 땜에 당신 어머니처럼 나도, 죽게 될 거였다고. 그래서 순전히 내 목숨 구하려고 1987년 이 마을에서 일어난 모든 일들...!! 신문, 뉴스, 경찰 자료들까지 전부 다 입력해 왔는데, 고작 작은 변수 하나에 다 뒤틀려버릴지도 몰라. 그것만으로도 내 머리가 터질 지경이라고요, 지금! (차갑게 가라앉아선) 근데 그거 알아요? 여기서 제일 큰 변수가 누군지?

윤영   (!! 가라앉아선) ... 그래서 어젯밤 엄마한테 보낸 거였어요?

해준   (? 순간 이해할 수 없어 보면)

윤영   변수 따위는 아무것도 궁금해하지 말고, 끼어들지도 말고 그렇게 얌전하게, 편하게.. 빠져 있으라구?

해준   (! 그런 뜻이 아니지만, 답답함에 그저 고개 돌려버리면)

윤영   미안하지만 그건 안 되겠어요. 나도 여기까지 온 이상, 바보처럼 앉아서 기다리긴 싫거든. 알려주기 싫음 그렇게 해요. 내가 알아서 찾아낼 테니까. (휙 돌아서 밖으로 나가버리면)

해준   (하아.. 보는 데서)

씬40.   해준의 집 앞 골목길. 낮

대문을 쾅— 닫고 빠르게 나오는 윤영, 그러나 순간 갈 곳을 찾지 못해 황망히 멈춰 서는데. 마침 맞은편에서 가방 메고 나오던 순애, 반가운 얼

굴로.

순애　어? 윤영아! 학교 가? 같이 가자.. (다가와, 친근하게 팔짱 끼고 이끌며) 뭐 급히 찾아볼 거 있다고 뛰어가더니, 잘 찾아봤어?

윤영　(애써 표정 감추며) 어.. 그냥 뭐..

순애　있잖아. 나... 어젯밤 곰곰이 생각해봤는데, 유범룡이랑.. 헤어져야겠어!

윤영　(생각에 빠진 채 걸으며, 대충) 그래..?

순애　응! 편지도 미리 다 써놨어. 이따 3교시 끝나고 쉬는 시간에 줄 거야. (수줍은 미소로) 남자반 교실에 가면 혹시.. 백희섭도 볼 수 있으려나?

윤영　... 그렇겠지.

순애　내 마음을 인정하고 받아들이니까, (가슴에 손 얹고) 여기가 너무 편해!

씬41.　여자반 교실. 낮

쉬는 시간. 몹시 불편한 얼굴로 가슴에 손을 대고 앉은 순애, 접힌 쪽지 든 손을 달달 떨며

순애　여기가 너무 불편해...! 범룡이가 혹시 울면서 매달리면 어떡하지? 걘 이 세상에 나 하나뿐이라고 했었는데.. (하다) 뭐 해..?

옆자리의 윤영, 노트 위에 자신이 써놓은 고미숙 소설의 문장들을 골똘히 보는 중이다.

「첫 번째 여자의 죽은 몸이 발견된 오후,

마을에는 몇 가지 수상한 장면이 목격되었다.

파란 머리를 한 남자는 해와 달 사이에 하염없이 서있었고,

안경을 쓴 남자는 마지막 칸에서 오래도록 나오지 못했으며,

기억을 잃은 남자는 다리 밑에 누운 자신을 깨닫지 못했다.」

그중 두 번째 문장에 밑줄을 긋고, '파란 머리'와 '해와 달'에 연신 동그라미를 치는 윤영.

윤영(E)	*이주영이 죽은 채로 발견된 건 오늘이니까, 이건 오늘 오후일 거고 파란 머리를 한 남자가 정말 파란 모자를 말하는 거라면..*
윤영	해와 달 사이가 어디일까...? (슥 고개 돌려 순애를 보면)
순애	(옆에서 들여다보다) 몰라.. 뭐야, 이게..? 무섭게..?
윤영	... 다녀오기나 해, 유범룡한테. 어차피 한번은 겪어야 될 일이잖아.
순애	(! 다시 쫄아든 얼굴로) 알았어.. (일어서다, 문득 뾰로통해선) 근데 너 그런 거 쓰는 애랑 놀지 마. 맘에 안 들어.
윤영	(흘려들으려다, 문득 보며) 내가 쓴 게 아닌 건 어떻게 알구?
순애	(황당하단 듯) 자기가 쓴 문장을 자기가 모를 리 없잖아.. 쓴 사람은 다 알지. 단어 하나하나, 일부러 골라낸 사람인데.
윤영	(!! 고개 들어 앞을 본다. 자리에 앉아 책 읽는 미숙 뒷모습이고) ... 30년 뒤에 쓴 걸 알 리는 없잖아..

씬42.　　　해준의 집, 지하실. 낮

작은 소파에 구겨지듯 누운 해준, 상처 입은 팔을 이마 위에 올린 채 괴로운 듯 끙끙.. 식은땀 흘리며 꿈을 꾸는 중이다. 그 얼굴에서.

〔 인서트 - 씬. 어느 강가. 낮 (해준의 꿈, 2부 씬1 장소) 〕

구름처럼 신비롭게 휩싸인 안개.. 그 사이를 저벅저벅 걸어나가는 해준. (핏자국 없는) 하얀 눈길을 밟아나가다,

얼어붙은 강물 위에 도착하면.. 깨끗하다.

해준, 의아하게 주변을 둘러보다 멈칫... 불안한 예감에 뒤를 돌아보면 동시에 벽돌을 든 누군가가 해준의 얼굴을 그대로 퍽 — 퍽 — 쳐버린다.

피투성이의 해준, 쓰러진 채 겨우 눈을 뜨면, 희미하게 보이는 벽돌 든 사람. 그 얼굴... 일순 또렷해지면 파란 모자를 쓴 '희섭'이었다가.. 곧 다시 흐릿해지고,

다시 또렷해지면 안경을 쓴 '범룡'이었다,

다시 빠르게 반복되며 '고민수'의 얼굴까지 덧입혀졌다 사라진다. 시야가 흐릿해지는 해준, 가쁜 숨을 몰아쉬고 있으면, 뿌연 시야 아래 저만치서 허겁지겁 달려오는 중년의 남자 연우(50대).

연우　　　(울부짖으며) 해준아! 해준아아..! 안 돼, 내 아들..!

병구(87세)　(그 옆에 서서 충격으로 털썩 주저앉고)

해준　　　(그런 두 사람을 바라보다, 스르르 눈이 감기는 데서)

헉 — 놀라며 깨어나는 해준, 거친 숨을 몰아쉬며 주위를 둘러보는데. 문

득 벽에 붙은 달력의 '**14일**' 아래 적혀있던 글씨 '**첫 번째 살인**'이 스르륵― 사라지더니 '**16일**' 아래 적혀있던 '**두 번째 살인**'이 '첫 번째 살인'으로 변하는. '!!' 해준, 재차 확인하려는 듯 급히 서류철을 뒤져보면, 첫 번째 피해자(이주영)의 사진과 인적사항이 빼곡하게 적힌 종이가 나오는데.. 역시 스르륵 빛을 내며 내용이 전부 사라지고 백지만 남는다. 그나마 안도하듯 털썩 앉는 해준, 그러나 이내 다시 무거워지는 얼굴에서.

씬43. 여학생 화장실. 낮

아무도 없는 세면대 앞에 선 미숙, 블라우스 소매를 슥 걷어 올려 손을 씻는다. 그런 미숙의 손목과 팔 위로 검붉은 멍 자국들이 선명한데.. 그때, 불쑥 문을 열고 들어서는 윤영. 태연하게 소매 내려 가린 뒤 다시 손 씻는 미숙.

미숙	(시선 주지 않은 채) 국어 선생님 다치셨다며?
윤영	(옆에 툭 기대선 채, 씁쓸히) 역시 아는 게 참 많네..
미숙	도움 필요하면 얘기해. 아직까진 네가 해준 짓이.. 맘에 드니까.
윤영	고민수.. 그렇게 돼서 좋아하고 있었구나.
미숙	(답 없이 그저 싱긋 웃고, 먼저 나가려는데)
윤영	(망설이다) '한 남자가 해와 달 사이에.. 하염없이 서있었다.'
미숙	(? 그 생뚱맞은 말에 돌아보면)
윤영	... 만약 이런 문장이 있다면.. 해와 달 사이는.. 뭘 의미하는 걸까?
미숙	... 그걸 내가 어떻게 알아. (찬바람 풍기며 나가면)
윤영	(깊은 한숨으로) 괜히 물었어.. (하는데)
미숙	(순간 휙 고개 내밀고는, 냉랭히) 레코드 가게 이름 아냐?

윤영   (... !!? 보는 데서)

씬44.   우정고등학교, 계단. 낮

급히 달려 내려가는 윤영, 때마침 올라오던 순애와 탁— 부딪칠 듯 마주친다.

순애   핫 깜짝야! 어디 가, 윤영아.. 이제 곧 4교시 시작할 텐데?
윤영   어, 잠깐만 다녀올게. (가려다) 편지는 잘 줬어?
순애   (시무룩하게, 손에 든 편지 보이며) 없어.. 유범룡도, 백희섭
             도. 둘 다 오늘 학교에 안 나왔대. 무슨 일 있나...?
윤영   (? 보다, 대수롭지 않게 생각하며) 일단 다녀올게! (달려 내
             려가는)

씬45.   읍내 거리(1부 씬53 장소). 낮

빠르게 달려오는 윤영, 저만치 앞에 '해와 달 레코드' 간판이 보이자, 멈춰 선다. 윤영, 어쩐지 세차게 뛰는 가슴으로 조심스레 다가가는.

씬46.   해와 달 레코드 앞. 낮

천천히 걸어오는 윤영, 조심스레 고개를 기울여 안쪽을 들여다보면, 카세트테이프와 음반, 각종 가수들의 포스터로 화려하게 둘러싸인 상점 안... 그 안에 홀로 서있는 남자의 뒷모습이 언뜻 보인다. 높은 진열장에 가려 그 어느 것도 보이지 않지만, 위로 솟은 모자 하나만은 선명하게 보이는데.. 그 진한 파란색 모자에 숨을 멈추는 윤영.

윤영	(!! 천천히 가게 안으로 한 발.. 들여놓는 데서)

씬47.　해준의 집 앞 골목길. 밤

인적 없는 밤. 가로등 불빛 아래 홀로 선 해준, 초조함 참으며 기다리는 중이다. 그때, 저만치 골목 끝에서 윤영이 나타난다.. 곧 해준 앞으로 천천히 다가와 서면.

해준	(나직이) 혹시 지금이 몇 신 줄 알아요?
윤영	(?! 보면)
해준	그럼 혹시 학교 땡땡이 치고 나갔다는 사람 기다리는 심정은 알아요? ... 빌어먹을 87년도라 전화 한 통을 해볼 수가 없고..
윤영	(겨우 작게 픽 웃는데)
해준	미안해요.
윤영	(! 보면)
해준	(어렵지만, 진심으로) 알려줘야 된단 걸 알면서도... 내 멋대로 판단하고 숨겼어요. 그치만 어젯밤 보낸 건.. 그런 뜻 아니었어요.
윤영	... 알아요.
해준	... (잠시 망설이다, 결심한 듯, 힘겹게) 파란 모자는.. 당신의,
윤영	알아요, 그것도.. 제가 직접 봤거든요. 왜 나한테 숨길 수밖에 없었는지 그 이유도 알 것 같아요. (보며) .... 가족이니까..
해준	(! 보다, 얼른 침착하게) 용의자 중 한 사람일 뿐이에요.
윤영	(쓸쓸히 웃곤) 미워하긴 했지만, 그런 사람일 거라 생각한 적은 없었는데. ...우리 아버지가 끔찍하게 생각했던 사람이

거든요.. 우리보다 더.

해준   (무겁게 듣다가, 순간 멈칫) .. 뭐라구요?

윤영   ...네?

해준   ...지금 누구 얘기하고 있는 거,

윤영   (당연하다는 듯) 파란 모자 얘기하고 있는 거 아니었어요?

해준   아니, 그러니까, 백희섭이 왜 본인을 끔찍하게 생각,

윤영   (!) 파란 모자가 우리 아버지란 뜻이에요, 지금?

해준   (?) 누굴 보고 온 거예요, 그럼..?

〔 인서트 - 씬. 해와 달 레코드 안. 낮 (씬46에 이어) 〕

긴장한 채 천천히 다가가던 윤영, 조심스레 파란 모자의 등
을 톡 쳐보면, 카세트테이프를 든 채 천천히 돌아보는 얼굴..
하얀 얼굴의 무표정한 유섭이다..!

윤영(E)   ... 우리 큰아버지요, 백유섭...

해준   (이해할 수 없단 듯) 백유섭은 당시 용의자도 아니었고, 어
           젯밤 동선 안에 있지도 않, (하다 멈칫)

〔 인서트 - 씬7. 봉봉다방 앞. 밤 〕

희섭의 곁에서 다정하게 붙어 가던 유섭.. 돌아보던 그 얼굴...

해준   (!!! 그제야 확신으로 보며) 하... 이제야 말이 맞네...

윤영   (?? 더없는 혼란으로 마주 보는 데서)

어쩌다 마주친, 그대 / 제 6회 엔딩

씬48. 에필로그 - 봉봉다방 계단참. 밤

음악이 멀게 흘러나오는 봉봉다방 앞.. 투명문 앞에 선 유섭, 파란 모자를 푹 눌러쓴 채 안쪽을 훔쳐본다. 손님은 보이지 않는 다방 안을 연신 흘깃대던 유섭. 그 순간, 누군가 어깨에 툭— 손을 올리면 화들짝 놀라 돌아보는데, 보면, 희섭이다.

희섭   (반가움에) 어? 성!! 여긴 웬일이여? 주말도 아닌디 왜 온 거여, 이?

유섭   (겨우 침착하게) 어.. 만날 사람이 좀 있었는데, 안 온 것 같네.. 넌?

희섭   나도 만날 사람이 좀 있어가꼬.. (하며) 들어가서 얘기 허까?

유섭   아냐.. 안은 답답해. 너 금방 끝나는 거면 내가 요 앞에서 기다릴게.

희섭   아, 그려? 나야 좋제! 금방 끝낼 수 있어. 쫌만 기둘려, 이? (하다 유섭의 파란 모자 만져보며, 웃는) 이야, 멋지다, 성..

유섭   (픽 웃곤, 바로 벗어 희섭에게 씌워주며) 얼른 나와라.

희섭   (!! 좋아라 투명문에 얼굴 비춰보며) 아따 나헌티 더 잘 어울리는디?!

곧 희섭, 파란 모자를 제대로 눌러 쓰고는, 표정 굳히고 주머니에서 나무 반지를 꺼내 다방 안으로 들어간다. 돌아서 계단을 내려가는 유섭, 순간 다정한 미소를 거두고 무표정한 얼굴로 성큼성큼 다방을 떠나는 데서...!!

어쩌다 마주친, 그대

chapter 7

가리워진 길

씬1. 해준의 집, 지하실. 밤

철제책상 곳곳에 이리저리 쌓인 서류들을 거친 손길로 뒤적이는 해준. 여전히 상처 가득한 손.. 스스로의 생각에 몰입한 채 바짝 곤두서 있는 위로,

해준(E) **그래.. 어쩌면 처음부터 틀렸는지도 몰라.**

그런 해준의 뒤쪽으로, 입이 허— 벌어진 채 지하실 풍경을 둘러보고 선 윤영, 마침내 한쪽 벽에 시선이 가 닿는다. **'우정리 연쇄살인사건 용의자'** 적힌 글씨 아래 나란히 붙은 고민수와 범룡, 그리고 희섭의 증명사진들 앞으로 다가가는 윤영, 멍하니 들여다보는.

해준(E) **1987년, 세 명의 용의자...**
해준 (미처 윤영 쪽으론 신경도 쓰지 못한 채, 책상 서랍 하나를 거꾸로 탈탈 털어, 그 안의 서류들을 헤집어 보는)
해준(E) **제대로 범인을 잡지도 못한 경찰들이 만든 그 선택지 안에서 답을 찾으려고 했던 것 자체가... 틀려먹었던 거라고.**
해준 (악문 채 들고 있던 서류 뭉치를 탕— 내려놓다, 아차.. 싶어 보면)
윤영 (그저 미동도 없이 같은 벽면을 보는 뒷모습이고)
해준 ...... 괜찮은 겁니까?
윤영 (애써 털어내곤, 돌아서서 으쓱) 감당할 수 있다고 했잖아요. (범룡과 민수 사진 가리키며) 이 둘 빼곤 그렇게 새로운 사실도 아니구. (힐끗 희섭 눈짓하며) 비록 5분 전에 알긴 했지만.. 서프라이즈긴 했지만..
해준 (? 가만히 보고 있으면)

윤영	(희섭 사진 향해) 아, 근데 이런 건 어떻게 구했지..?! 나도 첨 보는 건데.. (감탄하듯 해준 보며) 조사를 진짜 철저하게 하셨나 봐요.. 기자 짬바, 와.
해준	(! 정상이 아니구나.. 애잔하게 보다가, 툭) .. 없어요.
윤영	(? 보면)
해준	백유섭에 대한 거. 이 많은 자료 중에 하나도 없어. 의심해야 될 사람이라고 전혀 생각 못 했어서..
윤영	(가라앉아 시선을 내리면)
해준	... 어떤 사람이었습니까? 당신 큰아버지, 백유섭.
윤영	(! 보다, 씁쓸히) 글쎄요.. 잘 안다고 생각했었는데.. 오늘 거기서 마주치기 전까진. (떠올리는)

씬2.   해와 달 레코드 안. 낮 (회상 – 6부 엔딩 인서트)

상점 주인의 곡 변경과 함께, 유재하의 〈가리워진 길〉 잔잔히 울려 퍼지기 시작하는 가운데 긴장한 윤영, 조심스레 다가가 파란 모자의 등을 톡 쳐보면, 유재하 1집 카세트테이프를 하나 든 채 천천히 돌아보는, 차갑도록 무표정한 유섭의 얼굴. 예상치 못했던 그 존재에.. 충격으로 멍해져 보는 윤영 위로.

윤영[E]	... 가족이라기엔 너무 멀었고.. 남이라기엔 너무 가까웠던 사람..
유섭	(? 윤영을 가만히 내려다보는)
윤영[E]	그런데.. 지겹도록 익숙했던 그 얼굴은 거기, 조금도 없었거든요.

씬 3.　　　(1부) 순애의 집, 윤영의 방. 낮 (과거)

교복 차림의 윤영(19세), 방으로 막 들어오다 놀라 입을 틀어막은 채 내려다보고 서있다. 보면, 마구 흐트러지고 찢겨진 채 바닥에 쏟아져있는 윤영의 책들... 곁에 내동댕이쳐진 라디오에서는 (씬2와) 같은 노래가 조악한 음질로 흘러나오는 중이고. 그 한가운데 서서 책 한 권을 잡아 뜯고 있던 유섭(47세), 멍한 얼굴로 돌아본다.

윤영	지금.. 뭐 하시는 거예요, 큰아버지?!
유섭	(초점 없는 눈, 불분명한 발음으로 겨우) ...책... 책...
윤영	(!! 분노로 그렁해져) 남의 방에 함부로 들어오지 마시라고 했잖아요, 매번 저한테 왜 이러세요, 진짜! (달려들어 빼앗으려 하면)
유섭	안 돼.. 안 돼..! (안 뺏기려 안간힘 쓰다, 인상 쓰며 책으로 홱 밀어버리는)
윤영	(그 힘으로 하드커버 모서리에 팩 찍혀 이마에 피 맺힌 채 엎어지며) 아..!!

순간 뛰어들어오는 희섭(43세), 묵묵하고도 재빠르게, 유섭에게서 책을 뺏어 던지곤 싫다고 몸부림치는 유섭을 끌어다 옆에 놓인 휠체어에 억지로 앉혀 나가려는데. 그사이.. 찢긴 이마로 내려다보는 윤영의 시선에, 가장 엉망으로 찢긴 책 〈작은 문〉 보인다.

윤영	(울컥한 채 떨리는 눈으로) 사과하세요.. 사과하시라구요!!!
희섭	(겁먹은 유섭에, 홱 돌며) 소리 지르지 마라. 우리 가족이야.
윤영	(?!! 서럽고도 기막혀 보다) ... 아버지 가족이죠.
희섭	(?! 보면)

윤영	그 안에 엄마랑 내 자리는 있지도 않았잖아요, 첨부터. 모를
	줄 아셨어요? 그래서 나한테도.. 가족 아니에요, 아버진.
희섭	(! 덜컥 내려앉아 붉어진 눈으로 외면하듯 고개 돌리다, 멈칫)

열린 방문 앞에 언제 와있었는지, 장바구니 든 채 멍하니 섰던 순애와 시
선 마주친다. 무거운 침묵 속에 굳은 가족들.. 그 사이의 유섭, 문득 얼굴
을 일그러뜨리더니 "흐.. 으흐.. 흐." 기이한 소리를 낸다. 꼭 웃는 듯 보
이는 유섭의 그 묘한 얼굴 위로.

윤영(E)	모르겠어요.. 내가 알던 그 사람이 정말 맞는지..
	어떤 사람이었던 건지.
해준(E)	그럼 알아내야죠. 여기서부터.

씬4.　　동식의 집, 마당. 밤 (현재)

파란 모자를 눌러 쓴 희섭, 커다란 쇼핑백에 급히 짐을 챙겨 담는 중이
다. 툇마루에 놓인 옷가지와 속옷, 양말들, 댓돌 위 낡은 슬리퍼 따위를
서둘러 구겨넣고는 빼먹은 거 있나, 아무도 없는 집안을 휘— 둘러보곤,
곧장 나가려 대문을 열어젖히는데.

| 희섭 | (!! 화들짝 놀라 주저앉으며) 흐미 시부럴 깜짝여!!! |

보면, 대문 앞에 귀신처럼 우뚝 서있던 해준, 침착하게 마당 안쪽을 슥
둘러보고는 엎어져 있던 희섭의 팔을 붙잡아 일으켜선 끌고 나가는.

씬5.   동식의 집 앞. 밤

닫힌 대문 앞에, 쇼핑백 끌어안은 희섭을 바짝 밀어놓고, 가까이 보는 해준.

해준   지금부터 내가 아주 간단한 질문 몇 개 할 건데 대답에 거짓
       섞었다간 내일 아침.. 학부모 상담이야.

희섭   (!! 뜨헉 놀라) 그딴 게 어딨데요?! 학부모 상담만은, 시상이
       두 쪽 나도,

해준   그러니까 잘해, 대답. (파란 모자 반쯤 휙 들어올리며) 이거..
       누구 꺼야.

희섭   뭐.. 이 모자요?! 아니 오밤중에 갑작스레 찾아와가꼰 남으
       모자는 왜,

해준   (손목시계 힐끗 보며) 내일 할까? 작은아버지 모시고 8시까지,

희섭   (! 급히) 우리 성 껀디, 왜요...!! 엊저녁에 잠깐 빌려가꼬 써
       본 건디..!

해준   (... 잠시 보다) 어젯밤 우정여관 골목에 갔던 진짜 이유는 뭐야.

희섭   말했잖어요, 기양 산 (책 하려는데)

해준   헷갈리는 거면 더 정확히 물어줄게. 어젯밤 네가 걷던 방향
       을 틀면서까지 그 골목에 가게 만든 게 누구야.

희섭   (순간 멈칫해 보면)

해준   (흔들림 없이 보며) 같이 걷다 혼자서만 사라진 사람, 내 앞에
       서 산책 따위 허접한 거짓말하게 만든 사람 그게.. 누구냐고.

희섭   (!! 곧 요동치는 눈빛에서)

〔 인서트 - (6부) 씬11. 우정여관 앞. 밤 (희섭의 시점) 〕
골목 초입으로 들어서던 희섭, 저만치 여관 앞에 선 해준과
범룡을 보곤 멈칫,

가웃한 얼굴로 보다 말고 슬쩍.. 불 꺼진 3층 창문을 올려다
본다. 그 위로.

희섭(E)   ... 3층에 불이 켜져있는지.. 고것만 확인해달라구 혀서..

〔 인서트 – (6부) 씬28. 우정여관 앞. 밤 〕
해준, 희섭에게 답을 요구하듯 냉담히 쳐다보는 모습 위로,

해준(E)   **누가.**

희섭   (머리 긁적대며 힐끗 뒤쪽을 돌아보던 그 시선에)

〔 인서트 – 씬. 골목 초입 코너 뒤쪽. 밤 〕
그때껏 코너 뒤에서 여관 쪽을 몰래 지켜보고 있던 유섭,
급히 몸을 획 돌려 제 모습 보이지 않도록 선다.
긴장한 듯 굳은 유섭의 얼굴 위로 다시금,

해준(E)   **누가 그런 걸 시켰냐구, 너한테.**

희섭   (역시 긴장한 듯 굳어 보면)
해준   (몰아세우듯) 네 입으로 직접 말해. 누구야!!
희섭   (! 떨리는) ... 우리.. 성이요..
해준   (! 착잡하게 그런 희섭을 보다, 신경 쓰이는 듯 코너 끝으로
          시선 옮기면)

씬6.　　　동식의 집 코너 뒤, 담벼락. 밤

그 시선 이어받듯 코너를 돌자, 구석진 담벼락 앞에 기대 서있던 윤영, 드러난다. 전부 들은 윤영, 역시 복잡한 마음에 질끈.. 다리에 힘이 풀린 듯 스르륵 앉아 생각에 잠긴다. 그러나 약해지려는 마음을 다잡으며 이내 단단해지는 얼굴 위로.

윤영(E)　　　전부... 백유섭이었던 거네요.

씬7.　　　우정리 강가 근처, 다리 위. 밤

생각에 잠긴 채 걷는 해준. 그 옆으로, 열심히 쫓아 걷는 윤영, 자못 과한 열정으로.

윤영　　　하필 이주영 씨가 묵고 있던 3층 방을 궁금해했단 거잖아요...! 어젯밤 봉봉다방에 이주영이 나타나지 않았는데도 그랬단 건 첨부터 딱.. 이주영을 노리고 있었단 뜻이죠.
해준　　　(힐끗 윤영의 옆얼굴을 보면)
윤영　　　(그 시선 모른 채, 열띤) 게다가 저번에 여기, 이 다리 위에서 도망쳤던 거, 것두 결국 저 아래 있던 이주영을 몰래 훔쳐보다 그랬던 거잖아요? 역시.. 파란 모자.. 백유섭이 범인인 게, (끄덕이다, 옆을 보곤) ...?!

그제야 해준이 없단 걸 깨닫고 놀라 휙 돌아보면, 뒤쪽에 그대로 멈춰 서 있던 해준.

해준　　　(가만히 지켜보고 있다, 툭) 그렇게 앞서 나가다, 멀미할 것 같은데.

윤영	(!? 보면)
해준	백유섭이 진짜 범인이면 더 기다릴 것도 없이 내일 밤, 다시 마주치게 돼 있어요. 두 번째 피해자.. 죽여야 될 테니까.
윤영	(!! 어쩔 수 없이 떨려오는 손 감추려 꾹 힘을 주면)
해준	(그 기색 놓치지 않으며, 침착하게) 그걸, 진짜 마주할 자신이 있는 거예요?
윤영	(!! 흔들리는 눈빛으로 보면)
해준	(역시 착잡한, 그러나 이내 앞으로 다가가) 억지로 누르고 감출 필요 없단 거예요. 힘들고 괴로운 게.. 당연하잖아. 아무리 멀었대도 결국, 가족이니까.
윤영	(!... 받아들이기 싫다는 듯 휙 돌아서 성큼성큼 가면)
해준	(... 그 뒷모습을 보는 데서)

씬8.　　해준의 집 앞 골목길. 밤

성난 듯 성큼성큼 앞서 걸어가는 윤영. 그 모습 보며 천천히 뒤따르는 해준인데. 대문 앞에 멈춰 서는 윤영, 들어서려다 갑자기 휙 돌아선, 치밀어 오르는 괴로움으로.

윤영	너무.. 끔찍해요, 내 마음이 복잡하다는 게.
해준	(멈춰 보면)
윤영	근데, 딱 거기까지예요. (단단히 보며) 나머지 내 마음은 우리 엄마, 그리고 당신.. 그 끔찍한 인간으로부터 꼭 지켜내야겠단 것뿐이라구요.
해준	(!! 잠시 보다, 곧 그대로 윤영 향해 성큼성큼 다가가면)

윤영	(제 곁을 휙 지나쳐 가는 해준에 '?!' 돌아보는데)
해준	(대문 열고는 고개 까딱, 주변 힐끗 가리켜) 온 동네에 소문 다 낼 거예요? 어머님이랑 내 얘기.
윤영	(!... 얼른 안으로 들어서는)

씬9.   해준의 집, 마당. 밤

대문 닫히기 무섭게 해준을 향해 돌아 마주 서는 윤영, 진지하게 가라앉아선.

윤영	좀 혼란스러웠다뿐이지.. 백유섭, 나보다 잘 아는 사람 없어요.
해준	(! 보면)
윤영	빼먹은 자료, 비어있는 정보.. 필요한 건 내가 다 채워줄게요. 지금부터.
해준	... 지금부턴 뭘 보게 될지 모르는데.. 정말 자신 있어요?
윤영	... 네.

씬10.   우정리 읍내 병원, 복도. 밤

파란 모자를 푹 눌러쓴 희섭, 구깃해진 쇼핑백을 옆에 낀 채 홀로 걸어오다 우뚝 선다. 구석에 놓인 쓰레기통을 내려다보고 선 희섭, 괴로운 듯 입술을 꽉 비틀어 깨무는.

윤영(E)	... 누가 어떤 짓을 하든, 그게 내가 알아야 될 진실이라면,

문득 고개를 휙 돌려 아무도 없는 걸 확인하는 희섭, 곧 파란 모자를 휙

벗어 쓰레기통에 처박아버리곤, 도망치듯 불 밝혀진 병실로 들어간다. 그 위로,

윤영(E)   절대 도망치지 않을 거예요. 그래야.. 지킬 수 있을 테니까.

그때 누군가 천천히 다가와 쓰레기통 앞에 선다. 올려 보면.. 쇼핑백 하나 든 미숙이다. 쓰레기통으로 가볍게 손을 집어넣어 파란 모자를 꺼내 보는 미숙, 재밌단 듯 피식 웃으며 희섭이 들어간 병실을 쳐다보는데. 계단을 내려오던 의사 가운의 미숙모, 힐끗 보는.

미숙모   왔니?
미숙   (모자 감추고, 쇼핑백 보이며 생긋) 네. 갈아입으실 옷 챙겨
             왔어요, 엄마.

씬11.   해준의 집, 마당. 밤
해준을 마주 보고 선 윤영, 단단한 눈빛으로.

윤영   이제 어떡하면 되죠?
해준   알아야겠죠. 두 번째 피해자가 누군지부터.
윤영   (?) 누군데요, 그게...?

씬12.   순애의 방. 밤
책상 앞에 앉은 순애, 집중한 채 수학 문제를 풀다 말고 멈칫, 원망스레 고개를 휙 돌려 옆을 쩨려보면... 벽에 붙은 거울 앞에 선 경애.

시퍼런 눈두덩이, 붉은 루즈, 치렁치렁 원피스 차림으로 (6부 씬11 인서트 속) 헤어핀을 왕관인 양 정성스레 제 사자머리에 꽂고는, 통통한 무릎을 살포시 꺾었다 펴며.

경애 (거울 향해, 빙긋 미소로) 안녕하십니까아. 참가번호 2번, 미스 경기 이, 경, 애, 입니다아. (방가방가 화려한 손인사하는 데서)

씬13.　해준의 집, 뒷마당. 밤

구석진 마당 한쪽에 무릎 꿇고 앉아 구역질하는 윤영. 그 옆에 앉아 등을 두드려주는 해준, 미안한 기색으로.

해준 결국 멀미하게 만드네.. 정말 조금도 눈치 못 채고 있었어요? (순애집 힐끗) .. 없던 이모를 만난 셈인데.

윤영 (퀭한 채 겨우) 몸이 약해서.. 병으로 일찍 떠났대서.. 그런 줄.. (하다) 이거 말고 더 얘기 안 해준 거 있어요, 없어요?

해준 지하실 오픈했잖아요.. 그럼 이제 다 깐 거야..

윤영 (좀 약해진 얼굴로) ... 이번에도.. 계획이 있는 거죠?

해준 (잠시 보다, 힐끗 순애네 돌아보며) 맞은편에 집 얻은 게, 우연처럼 보여요?

윤영 (!!) 그럼.. 처음부터 다..! (얼얼한 채 해준을 보다, 천천히 고개 돌려 보면)

씬14.   해준의 집 앞 골목길. 밤 → 낮

시선을 이어받듯 맞은편 순애의 집, 그중에서도 환한 불빛이 새어나오는 순애의 방 창문이 비춰진다. 여전히 공부 중인 순애와 미스코리아 연습 중인 경애의 모습 보이고. 맞은편 해준의 집 마당을 비추면, 그런 두 자매 쪽을 비장히 바라보는 해준과 윤영이다. 컴컴한 밤하늘 아래 마주한 두 집... 그 위로, 서서히 날이 밝아오면서.

해준(E)   그동안 지켜본바, 오늘이 가장 어렵고 까다로운 날이 될 거예요.

씬15.   순애의 방. 낮

얼굴 위에 덕지덕지 오이를 붙여놓고 자던 경애, 순간 눈을 팟— 뜬다. 곧장 오이 하나를 떼서 입에 넣고 우적우적 씹다 문득 어떤 생각에 벌떡! 튀어나가는.

해준(E)   우리가 구해야 하는 건.. 보통 사람이 아니니까.

그 옆으로, 꼴딱 밤을 샌 순애, 간밤의 자세 그대로 책상에 앉아 채점하는 중인데. 연달아 네 문제를 쫙쫙 틀리고 나자 헉.. 충격으로 머리를 쥐어뜯는다. 그러다 가방에서 책 〈자기만의 방〉을 꺼내는 순애, 맨 뒷장을 열어 몰래 끼워뒀던 지폐 몇 장을 세어보다 무겁게 한숨 내쉬는.

씬16.   순애의 집, 옥상. 낮

잠옷 차림에 오이 붙인 경애, 집중한 채 이쪽저쪽 항아리를 들어 밑을 살펴보는데.

경애   (순간 화색으로) 찾았다...! 아부지 비상금!! (구겨진 누런 봉
                투 하나를 꺼내 그 안의 지폐 세어보며) 진작 이 생각을 했
                어야지, 경애야.. 호오..!! 쫌만 더 모음 되겠다!! (신나서 덩
                실덩실 춤추면, 오이가 후두둑 떨어지고)

씬17.   해준의 집, 거실. 낮

창가에 나란히 선 해준과 윤영, 맞은편 옥상의 그런 경애 모습 올려다보
고 있다. 한쪽에 꼬불쳐뒀던 소주병을 까서 벌컥벌컥 들이키는 경애, "와
하하—" 행복한 웃음 터뜨리며 돈봉투 들고 빙그르르 돌면.. 뜨악하게
보는 윤영.. 이미 익숙해진 듯 담담한 해준.

해준   일명 우정리 망나니... 이 동네 최고의 미친 자.. (천천히 내저
                으며) 뭘 하는지, 왜 하는지, 감히 논리적인 생각으로 이해
                하려 들면 안 돼요.
윤영   (끄덕) ... 그래서 특별히 앞집인 거였구나.. 어디로 튈지 몰
                라서..

돌아서는 윤영, 탁자 쪽으로 향하면, 전날의 작전(?) 흔적이 여실히 드러
나는 풍경. 흐트러진 소파와 탁자 위 어지러이 놓인 관련 문서들이고.

윤영   (소파에 앉아, 서류 한 장 들어보며) 당시 경찰들이 밝혀낸
                동선 자체도 더는 믿기 어렵다는 거고요...?
해준   (시선 계속 경애에 둔 채) 놓친 게 너무 많아요. 어젯밤 이후

로 그 사실이 더 확실해졌고.. (하며 힐끗 윤영을 돌아보곤, 다시 경애 보는데, 그 짧은 사이에 소주병 들고 뱅그르 돌다 엎어지는 경애고..) ... 하아.. (이마 짚는)

윤영   (계속 서류 훑으며) 어쨌거나 그 사람들이 찾아낸 마지막 행적은, '오늘 밤 9시 봉봉다방'이었던 거네요. (힐끗 올려다보곤) 이주영 씨랑.. 같은 거죠?

해준   (경애 보며, 무겁게 끄덕이는) 거길 떠난 뒤에.. 범인을 마주친 거겠죠.

윤영   (! 유섭 생각에 잠시 어두워졌다, 이내 *꿋꿋하게*) 오늘은 다르잖아요. 그 뒤에.. 우리가 있을 거니까. 이번엔 진짜, 제대로.

해준   (어렵게 돌아선 윤영과 시선 맞추곤) ... 그럴 겁니다, 반드시.

윤영   (천천히 *끄덕*이며 보다, 문득) ... 그럼, 우리 학교는요..?

씬18.   **우정고등학교, 교장실. 낮**

기분 좋게 전화기를 붙잡고 선 병구, 젤리를 입에 툭 던져넣고 씹다, 문득 놀란 얼굴로.

병구   뭐어? 열이.. 39도오?!

씬19.   **해준의 집, 거실. 낮**

소파에 앉아 집중해 서류를 넘겨보는 윤영, 허공에 대고 건성으로 그저 "콜록.. 콜록.." 가짜 기침하면, 전화기를 들고 선 해준, 역시 건성으로.

해준   어쩌죠? 보호자라곤 저 하나뿐이라..

씬 20.   우정고등학교, 교무실. 낮

병구, 전화기에 대고 열성적으로.

병구   그럼 지금 학교가 문젠가? 빨리 병원부터 가야지! 읍내 사
       거리에 거기, 알지? 수업 생각일랑 말고 딱 붙어서 간호나
       잘하라구. 그래.. 웅. (끊고) ... 오늘은 안 되겠는데? (하며 그
       제야 슥 고개 돌려보면)

동식   (소파에 앉아있다, 가만히 보며) 병원에서 보면 되겠네요.

병구   어, 가는 길이지, 참? (젤리 봉지 들고 다가가 앉으며) 애들
       은 좀 괜찮구?

동식   퇴원해도 된다는 거, 하루 더 둔다고 했습니다.

병구   잘했어, 잘했어. 이참에 먹고 싶단 거 실컷 먹이고 아부지 얼
       굴도 실컷 보여주구, (하면서 품에서 꺼낸 돈 봉투, 동식 주
       머니에 구겨 넣어주면)

동식   (!? 막으려 들며) 뭐 하시는 겁니까, 안 됩,

병구   (순간 엄한 얼굴로) 이거라도 안 하면 나 얼마 있다 우리 아
       들 얼굴 개운하게 못 봐, 이 사람아. 그날 밤 자네 못 가게 붙
       잡은 게.. 나잖아.

동식   ... 일부러 그러신 것도 아닌데요, 뭘..

병구   (! 켕기는 듯 시선 내려, 젤리 봉지를 슥 쓸어보는데)

동식   (? 그제야 알아채선) 연우, 귀국합니까?

병구   (그 이름에 씩 웃음 나선) 웅. 전화 왔어. 지 아부지 보러 곧
       들어온다구. (가벼운 한숨으로) 3년 만이야.. 눈앞에서 재롱
       떨어줄 때 고맙게 여겨. 자식이라구 영원히 품 안에 있어주
       는 게 아냐.. 어엉? (인자하게 보는 데서)

씬21.　　　순애의 집, 주방. 낮

기분 좋게 밥 떠먹던 경애의 이마를 숟가락으로 탁— 때리는 옥자의 성난 얼굴. 식탁 맞은편에 앉은 형만과 오복.. 익숙한 일인 듯 그저 식사 중이고. 순애*, 홀로 골똘한데.

옥자	이런 것도 자식이라구 어우, 속 터져, 증말! 밍크코트가 뉘집 개이름이야?!
경애	(! 씩씩대며) 아니, 사달란 게 아니라 사준다고! 내가 미스코리아만 되면,
오복	사기 치지 말고 술이나 끊어, 망나니야.. 니가 뭔 미스코리아를 해.
경애	누나한테 싸가지 없게, 씨.. 나한테 분명 가능성 있다 그랬거든?!
형만	(국 마시다, 짐짓 엄하게) 너 또 그 50만 원 얘기면 혼난다, 이눔 시키.
옥자	(?! 좀 걱정으로) 너.. 어디서 이상한 사람들 만나고 다니는 거 아니지..?
경애	... 아이, 엄마가 잘 몰라서 그래.. 근데 혹시.. 쪼끔 보태줄 순 있나?
옥자	(!!) 미쳤나, 이게.. 없어! 먹고 죽을래도 없어!! (하는데)
순애	(내내 홀로 심각하다, 드디어 결심한 듯 숟가락 툭 내려놓으며) 저..
일동	(?! 그제야 순애에게 시선 돌리면)

---

* (씬12의) 머리핀, 제 머리에 꽂고 있는.

순애	수학 과외 좀 시켜주시면 안 돼요..? 요즘 부쩍 어려워서.. 학력고사도 얼마 안 남았구.. (고요한 분위기에 조금 당황해선) 제가 모아둔 돈에 조금이라도 보태주시면..
경애	(헐.. 배알이 꼴린다는 듯 째려보면)
오복	(젓가락 문 채, 절레절레) 쟤는 저렇게 눈치가 없어서 어뜩하나, 진짜..

씬22.   순애의 집 앞 골목길. 낮

시무룩한 얼굴로 책가방을 메고 나오는 순애. 뒤이어 도시락통 들고 빠르게 나오는 형만.

형만	(순애 머리 바쁘게 부벼주며, 작게) 여윳돈 생기믄 그때 꼭 시켜주마.. 아부지 늦었다! 잘 다녀와, 내 새끼? (방긋 웃고, 먼저 달려가면)
순애	(물끄러미 보다, 문득 고개 돌려 반쯤 열린 대문 안쪽을 보는데)

씬23.   순애의 집, 마당. 낮

역시 책가방 한쪽 어깨에 걸치고 나오는 오복, 곧 그 뒤를 종종 따라 나오는 옥자.

오복	(신발 끈 묶으며, 무심히) 아 엄마, 나 책 몇 권 사봐야 되는데.
옥자	어, 그래, 그래. (얼른 주머니에서 지폐 몇 장 꺼내 넣어주며, 작게) 더 필요하면 말해. 누나들한텐 얘기 말구.

씬24.   순애의 집 앞 골목길. 낮

'헐..!' 배신당한 얼굴로 휙 돌아서는 순애. 곧 대문을 나온 오복, "간다~" 하고 뛰어가면. 순애 역시 쿵쿵 걸어가기 시작한다. 그 뒤로 나오는 경애, 순애 뒷모습 쏘아보다 따라가면, 뒤이어 맞은편 대문을 열고 조용히 나오는 해준과 윤영, 저만치 가는 순애와 경애 확인하곤 서로를 향해 끄덕.. 얼른 그 뒤를 따른다. 곧 코너를 꺾어 사라지는 순애와 경애.

해준   (빨라진 걸음으로, 낮게) 들켜서도, 놓쳐서도 안 돼요, 절대.
윤영   (보폭 맞추며, 낮게) 미용실 다닌다구 했죠? 그럼 일단 출근 하는 건가?
해준   (내저으며) 그렇게 평범할 리가. 땡땡이.. 무단결근했고, 그 사이에 뭘 했는지는 남아있는 기록이 없어요. 쫓아보면 알 겠죠. (하며 자연스럽게 코너를 꺾다 순간 획 돌며, 윤영을 붙잡아 골목길 안쪽으로 훅 붙어 서면)
윤영   (??! 당황해 눈만 껌벅껌벅) 왜..
해준   (그저 쉿— 해 보이는데)
경애(E)   이순애 너, 아까 일부러 그랬지?!

씬25.   코너 너머 골목길. 낮

"내가 뭘..." 퉁명스레 답하는 순애의 머리에 예쁘게 꽂힌 (씬12의) 머리핀. 그 앞에 마주 서있는 경애, 그 머리핀마저 아니꼽단 듯 뚫어져라 쏘아보면서.

경애   내 꿈 자체를 우습게 보니까 그렇게 낼름 끼어들어서 니 얘 기한 거잖아. 저만 한심한 데다 돈 쓰지 마시구, 똑똑한 저한테다 쓰세요~ 한 거잖어!

순애   끼어든 건 미안한데.. 정말 몰랐어. 언니 얘기 안 듣고 있었
        어서..

경애   (!? 부르르) 허 — 와아 — 이젠 대놓고 개무시했다는 거냐?!

순애   ... 아니.. 그 뜻이 아니라..

경애   넌, 너만 잘났다고 생각하지?! 그 뻰.. 그것도 내가 갖고 싶다
        구 한 거 굳이 너한테만 사줬잖아, 아부지. 전교 1등 했담
        서. 근데 너 예쁨받는 거, 것두 딱 거기까지다..? 아부지가 진
        짜루 돈이 없어서 과월 안 시켜주는 줄 알어?

순애   ... 그게 무슨 소리야?

경애   (괜히 조금 의기양양해져선) 너, 대학 보낼 생각 없어, 아부
        지는.

순애   (!!? 덜컥 내려앉은 얼굴로 보면)

씬26. 순애의 집 앞 골목길. 낮

숨죽인 채 듣고 있던 해준과 윤영, '?!' 이게 무슨 상황인가.. 잠시 어색하
게 시선 마주친다. 그러나 윤영, 이내 걱정스러운 듯 슬쩍 고개만 빼고
내다보면, 충격받은 순애 얼굴 보이는.

씬27. 코너 너머 골목길. 낮

순애   그걸.. 언니가 어떻게 알어?

경애   너만 몰라, 너만! 아부지 소원이 애초에 뭐게?! 너랑 나는 좋
        은 집안에다 일찌감치 시집 보내 물 한 방울 안 묻히고 살게

하는 거, 오복이는 공부시켜 폼나는 직업 갖구 살게 하는 거, 거 두 개야. 넌 그쪽 방향이 아니라고..!

순애   (!! 애써 침착하게) 그래서.. 언니는 그렇게 살 거야?

경애   (?! 멈칫, 뚱하게) ... 뭐?

순애   아부지가 해주는 대로, 그렇게만은 안 살 거야, 난.. (주섬주섬 가방 열며) 까짓거 과외 좀 안 받아도 할 수 있어.. 언니두 그러는 데 필요한 거면 ... 먼저 보태 써. 이거라두. (씬15의 책을 꺼내 툭 안겨주고)

경애   (!! 얼떨떨한 채 책을 내려다보면)

순애   ... 우습게 생각 안 해. (보다, 먼저 획 돌아서 성큼성큼 가버리는)

경애   (!?) ... 읽구 똑똑해지란 거야, 뭐야..? 저게 끝까지 무시를, (하며 대충 스르륵 넘기다, 마지막 장에 꽂힌 지폐들 발견하곤) !! ..... 아이 씨..

씬28.   우정리 강가 근처, 다리 위. 낮

핸드백 멘 채 시무룩한 얼굴로 성큼성큼 걸어가던 경애, 문득 멈춰 서선 다리 밑을 쳐다본다. 난간 앞으로 가 잠시 더 내려다보다가 이내 다시 터덜터덜 가버리는 경애. 곧 그 뒤를 이어 나타나는 해준과 윤영, 역시 같은 방향으로 걸어가는데. 윤영, 슬쩍 시선 돌려 경애가 내려다보던 방향을 쳐다보면.. 저 아래 자갈밭 한쪽 구석에 바짝 웅크리고 앉은 순애, 홀로 멍하니 강물을 바라보고 있는 게 보인다. '!!' 그 모습에 마음이 무거워지는 윤영인데.. 앞서 걷던 해준, 힐끗 같은 곳을 돌아보곤.

해준   ... 나 혼자 가도 돼요.

윤영	(! 고개 돌려 보자, 벌써 저만치 길 끝으로 가는 경애고) ... 아니요. 지금은 저쪽을 따르길 바랄 거예요, 엄마도.. (애써 외면하고, 가는)

씬29. 거리 + 맞은편 거리. 낮

좁은 차도를 사이에 두고, 맞은편 길을 걷는 경애를 쫓아 나란히 가는 해준과 윤영. 두 사람, 시선은 계속 경애의 뒷모습에 둔 채 걸으면서.

윤영	할아버지가 원망스럽게 느껴지는 건 처음이네요. (씁쓸히 웃곤) 울 엄마 평생의 소원이었는데.. 결국 못 갔거든요, 대학.
해준	(담담히) 그렇게 드문 일은.. 아니었을 거예요, 여기선.
윤영	(? 힐끗 보곤) 흔하다고 비극이 아닌 건 아니죠.
해준	.. 모르셨을 거란 뜻이에요. 딸을 막은 선택을 나중에 어떻게 돌아보게 될지.
윤영	... ? (보려는 순간, 맞은편 경애 문득 공중전화박스 안으로 휙 들어서면) !?
해준	(! 근처 둘러보곤, 자판기 뒤쪽으로 윤영을 슥 끌어당겨 멈추는)

건너편의 경애, 누군가와 진지하게 통화를 나누고는, 이내 툭 끊고, 마음 편치 않은 듯 공중전화박스에 머리를 쿵쿵 박아본다. 자판기 뒤에 숨은 채 그 모습을 지켜보는 윤영.

윤영	... 또 뭘 하는 거지...?
해준	(유심히 지켜보다) 뭘 하든, 범인이 나타나기 전까진 우린

그냥 지켜만 보는 거예요. 더 이상 어떤 변수도 만들어선 안 되니까.

윤영   ... (해준의 손 가득한 상처로 힐끗 시선이 가는데)

그 순간 어디선가 빵빵—!! 커다란 경적 울린다. 두 사람, 고개 돌려 보면, 검은색 봉고차 한 대 신나게 달려오더니 끼익—맞은편 공중전화부스 앞에서 멈춰 서는. 해준과 윤영, '...?!' 찜찜한 시선을 주고받는 데서.

씬30.   맞은편 거리. 낮

봉고차 문이 스륵— 열리면, 그 안에 탄 건장한 체격에 장발머리를 한 사기꾼1(30대, 남). 굵직한 금반지와 목걸이 치렁치렁한 채 경애를 향해 방긋 웃으며 "안녕 안녕~~" 외친다. 사내의 뒤쪽으로는, 저마다 포동포동 맑고 귀여우나, 다소 촌스러운 화장을 한 채 옹기종기 긴장한 얼굴로 앉아있는 20대 초반의 여자들. 봉고차 앞으로 나와 서있던 경애, 역시 긴장한 얼굴로 핸드백 끌어안고 꿀꺽 침을 삼키는.

사기꾼1   (감격한 듯) 잘 있었어, 이쁜이? 드디어 준비 했다매!! (달랑 달랑 손 내밀면)

경애   ... (가방에서 누런 봉투 반쯤 꺼내다 말고, 뚱하게) 근데 재들은 다 뭐예요?

사기꾼1   너랑 같이 미스코리아 준비할 친구들이지. 얘는 일단 전남 선 먼저 할 거고, 쟤는 대구 진, 저기 쟤는 경북 미, (하는데)

여자1   (안쪽에서 화들짝 놀라선) 저 50만 원 냈는데요?! 선 시켜준 댔는데!!

사기꾼1   어, 미안, 선, 선! (경애 봉투 향해 미소로) 우리 이쁜이는 경기, 뭐 할 거야?

경애   (갈등하다) ... 선. (두둑해진 봉투를 비장하게 내밀곤, 이내
        입술을 깨무는)

씬31.   다른 거리. 낮

당황한 채 그대로 굳어 서있는 윤영. 보면, 이쪽에서는 봉고차에 가려져
경애가 잘 보이지 않는 상황이다. 까치발도 해보고 이쪽저쪽 몸을 기울
여보는 윤영.

윤영   뭐.. 하는 걸까요, 저게 지금?!
해준   (봉고차 속 사기꾼 알아보곤) 설마 오늘이었나.. 사기당하는
        그날이.
윤영   (?! 동그래져서) 사기라니, 무슨...?
해준   무슨.. 50만 원에 미스코리아 시켜준다는 놈들인데, 내가 여
        기 처음 왔을 때부터 이미 작업 중이었어요. 뭐.. 막상 돈이
        생겨도 중간에 술값으로, 깽값으로 다 써버려서.. 좀처럼 당
        할래야 당할 수가 없던 사기였지만.
윤영   (기막힌 채) 그럼 그 돈.. 아까 우리 엄마 돈도..!
해준   ... 어쩔 수 없죠.
윤영   (저도 모르게 해준 어깨 찰싹 때리며) 어쩔 수 없긴 뭘 어쩔
        수 없어요! 50이면 등록금도 되잖아! 부잣집 살았죠? 외동
        이죠? 딸로 안 살아봤죠?! 그러니까 아까부터 그렇게 속 편
        한 소리만 하지..!
해준   (?! 당황해 보며) 지금 그게 무슨..
윤영   아까 다 들었잖아요, 저게 어떤 돈인지. (좀 울컥해선) 저렇

게 가고 싶어 했는데.. 그냥 살짝.. 아주 살짝만 끼어들면, (하며 나서려는데)

해준   (! 휙 잡아 세우며, 순간 조금 날카로워져선) 내 말뜻 이해 못 했어요?! 섣불리 끼어들었다가 뭐가 바뀔지 모른다구.

윤영   (!! 보면)

해준   이모 목숨 걸고 상황 바꿔볼 겁니까? 정말 감당할 자신 있어요?

윤영   (!! 할 말을 못 찾고 입술을 깨무는데)

경애(E)   (순간 악쓰듯) 내놓으라니까요?!

해준, 윤영   (?! 고개 돌려 보면)

씬32.   맞은편 거리. 낮

봉투 속 돈을 세던 사기꾼1, 황당한 얼굴로 휙 봉투를 들어 손 안 닿게 높이 올리면, 그 팔에 매달려 봉투를 잡으려는 경애. 그 소동에 어린 여자들, 당황해 동공지진이고.

사기꾼1   애가 갑자기 왜 이래...? 우리 같이 서울 가야지, 얼른!

경애   (끙끙 애쓰며) 아무래도 안 되겠어서 그래요.. 내년에 나갈게요, 내년에! 우리 집에.. 되게 멍청하구 똑똑한 애가 하나 있는데 걔가 자꾸 걸려가지고.. 내년이면 걔 학력고사 끝나거덩요? 그때 나갈게요. 네?

사기꾼1   뭐라는 거야, 이 기지배가. (우악스럽게 발로 훅 걷어차 털어내면)

여자들   (!! 나동그라지는 경애에 놀라서 꺄악— 소리치며 요동하고)

경애   (!! 곧장 일어나며, 울먹) 이 씹새끼가..? (달려들어 사기꾼

바지 붙잡으면)

사기꾼1   (당황해 운전석 쪽으로 냅다) 야, 뭐 해! 출발해!!

씬33.   다른 거리 + 차도. 낮

예상치 못한 상황에 깜빡이며 멍하니 보는 해준.. 맞은편의 봉고차, 소란
속에 흔들흔들 대며 출발하기 시작하면, 그 안에 탄 여자들, 꺄아악— 내
리겠다 소리치며 이쪽저쪽 창문을 탕탕— 때리고 운전석의 사내 붙잡고
난리 난다. 지나던 몇몇 행인들, 놀라지만 어쩔 줄 몰라 보고.. 초조한 해
준, 결국 저도 모르게 휙 뛰어들려는 순간,

윤영   (! 이번엔 제가 붙잡고, 역시 초조한 채 혼란스러운) 괜
         찮...을까요?
해준   (!... 순간 빠르게 스쳐 지나가는)

〔 인서트 – (6부) 씬32. 차부집 앞. 새벽 〕
*(감나무 집 소식 들은 후) 무너지듯 멍한 표정을 짓던 동식,
먹살을 툭 놓는.*

〔 인서트 – (6부) 씬33. 감나무 집 앞 골목. 낮 〕
*까맣게 타 버린 감나무 집 잔해들. 그 사이에서 무너지듯 훅,
꺼지던 나무 기둥.*

〔 인서트 – (6부) 씬34. 감나무 집 안. 낮 〕
잔해 속, 움푹 패인 공간 안에 죽은 듯 깔려있던 용우의 모습.

해준	(!! 빠르게 덮쳐오는 두려움에 그대로 굳은 채 가쁜 숨을 몰아쉬면)
윤영	(!... 어쩐지 그 모습에 더 보낼 수 없어, 손을 놓지 못하는데)
건너편 행인1[여]	어머, 어떡해.. 저기 사람 매달렸는데..?!
해준, 윤영	(!? 보면)

지그재그 요동치며 가느라 그제야 드러난 봉고차의 반대편, 반쯤 열린 문으로 경애가 질질 매달려가는 중이다. 헉.. 놀라서 보던 두 사람, 곧 누가 먼저랄 것도 없이 뛰어들고. 곧장 봉고차 앞을 향해 빠르게 달려가는 해준, 가로막듯 훅— 멈춰 서면 가까스로 해준의 코앞에서 끼이익 — 멈춰 서는 봉고차. 그러자 곧 운전석과 조수석에서 각각 내리는 거구의 사내 둘, 험악한 얼굴로 해준을 향해 달려든다. 한편, 시뻘게진 얼굴로 매달려 있던 경애에게로 달려간 윤영, 이리저리 살피며 털어주다 고개 들어 보면.. 저만치 앞에서 두 명의 사내와 엎치락뒤치락 몸싸움 중인 해준. 사내1의 멱살을 꽉 붙잡은 해준, 연달아 주먹을 날리는 동안, 잠시 엎어져 있던 사내2, 잽싸게 일어나 해준의 뒤통수를 가격하려 든다. 놀란 윤영, "안 돼...!!" 외치며 일어서는데 그 순간, 빠르게 달려 들어와 나무 궤짝으로 사내2의 뒤통수를 내려치며 등장하는 이.

유섭이다...! 그 등장에 굳어서 보는 윤영. 역시 멈칫해 돌아보는 해준. 봉고차에 타있던 사기꾼1, 뒤늦게 달려나가자, 들고 있던 궤짝을 아예 정면으로 집어 던지며 날렵하게 맞서 덤비는 유섭의 모습에서 순간 겹쳐지는..

〔 인서트 - (5부) 씬4. 골목길들. 밤 〕
해준의 얼굴을 향해 나무 궤짝을 획 집어 던지곤,
빠르게 돌아서는 파란 모자.

해준	(!! 역시 맞구나.. 하는 얼굴로 보는 틈새에)
사내1	(기습적으로 해준의 얼굴에 주먹을 날리려는 순간)
윤영	(달려와 경애의 핸드백으로 사내1의 얼굴을 냅다 퍽— 쳐버리는)
해준	(!? 놀란 눈으로 윤영 붙잡아주는데)
유섭	(마침 사기꾼1 완전히 제압해 바닥에 눕힌 채, 둘 향해) 괜찮으세요...?
해준, 윤영	(!!! 덜컥.. 굳은 얼굴로 천천히 유섭을 보는 데서)

씬34.　　우정고등학교, 남자반 교실. 낮

맨 뒷자리에 앉은 희섭, 의자를 흔들흔들.. 어두운 얼굴로 창밖을 바라보고 있다. 한쪽 손으로는 티셔츠 밖으로 슬쩍 꺼낸 (4부) 씬27의 열쇠 목걸이를 매만지고 있는데. 범룡, 옆에서 교과서를 읽다가, 흘낏 시선을 돌려 그 목걸이를 쳐다본다.

범룡	(작은 미소로) 순애 말야.
희섭	(?! 얼른 목걸이를 티셔츠 안으로 집어넣으며) 뭐..?
범룡	어떻게 아는 거야? (뒷머리 긁적대며) 곤란한 거 같아서 더 안 물어보려구 했었는데.. 아무래도 너무 궁금해서 말야. 전학 온 지도 얼마 안 됐잖아.
희섭	(시선 내린 채 잠시 묵묵히 있으면)
범룡	... 아이, 됐다! 친구끼리, 뭐. 우리 사이만 좋으면 되지, 안 그래?
희섭	(덤덤히) 니 생각이 맞어.. 좋아허는 사람. 첫눈에 반했다는 그,
범룡	(!! 굳어 보면)
희섭	근디 결과 알잖어. 고백했다 대차게 차인 거.. 애인이 있어서

딴 사람 맘 못 받는댔으니께.

범룡   (! 그제야 스륵 풀어져선, 미소로) 짜식, 솔직하긴.. 말해줘서
       고맙다. 응?

희섭   (장난스레 제 옆구리를 콕 찌르는 범룡에, 저도 픽 웃으며)
       꺼져, 자슥아.

범룡   (키득키득, 파고들며) 얌마, 얌마.. 일루 와. 짜샤. (하다 가볍
       게 툭) 줄까?

희섭   (받아주며, 웃음기 머금은 채) 뭐? 뭘 줘, 짜슥아.

범룡   순애, 줄까?

희섭   (!! 순간 웃음 싹 거두며, 보면)

범룡   농담, 농담! (다시 해맑게 웃고)

때마침 들어서는 교련, 굵직한 교편으로 탕탕— 치며 입장하면, 서둘러
조용해지는 교실. 희섭, 굳은 얼굴로 범룡의 옆얼굴을 바라보는 데서.

씬35.   차도. 낮

사기꾼1을 제압한 채 올려다보는 유섭. 그런 유섭을 보고 선 해준과 윤
영, 긴장해 있는데.

유섭   (맑은 눈으로 두 사람 둘러보며) 괜찮으세요? 다친 덴 없으
       세요?

해준(E) (믿을 수 없단 듯, 찌푸린 채) **... 왜 지금이지? 왜 벌써..**
       마주쳐야 될 타이밍은, 여기가 아니잖아.

윤영   (역시 혼란스러워 유섭을 보는데)

유섭   (해준을 향해 지그시 시선을 두고 올려다보면)

해준(E)	**그날 밤 쫓은 게 나란 걸 알고 있다면..**
	백유섭이 이 상황에 끼어든 게 설마,
	나 때문인가..? 이경애 때문인가..?
	그렇다면 이건 원래 일어났던 일일까,
	아님.. 새로 일어난 일일까. (혼란스레 고개 돌리다) ?!
경애	(봉고차 앞에 주저앉은 채, 홀린 듯 멍하니 유섭만을 바라보고 있는)
윤영	(부러 해준을 깨우려, 유섭 향해) ... 저흰 괜찮아요. 괜찮으세요?
해준	(! 그제야 겨우 생각에서 벗어나) 고맙습니다. 뛰어들기 쉽지 않았을 텐데.
유섭	전 그냥 우연히 지나다.. 뭐라도 도와야 될 거 같아서.
해준	... 우연히..
유섭	(그저 미소로 답하는데)
행인1(여)	(전화부스에서 달려나오며) 아유, 큰일들 하셨네! 다들 여기서 조금만 기다리시래요. 내가 방금 경찰에 신고했거든..?
유섭	(! 그 말에 멈칫..)
해준	(? 그 모습 놓치지 않고 보는데)

때마침 저만치서 걸어오던 동식, 해준과 윤영 쪽으로 지그시 시선 고정한 채 다가온다.

동식	... 무슨 일들이야?!
윤영	(!?) 아 그게.. 길을 지나다가.. 우연히 사기꾼들을..
해준	싹 다 잡아가세요. 인신매매 가능성도 있어 보이고, 좋은 건수 채우겠네.

얼떨결에 해준에게서 사기꾼을 넘겨받는 동식. 그러자 봉고차에서 하나 둘 나오는 여자들, 이미 눈물 콧물로 번진 화장들.. 헝클어진 머리로.

여자1   (뾰족구두 끌어안은 채 다가오며, 울먹) 저 엄마한테 전화 좀 넣어주시면 안 돼요? 울 엄마 나 찾고 있을 텐데..

여자2   (역시 따라오며, 속상한) 저 사람들 사기꾼이에요? 그럼 미스코리아는요?

동식   (순식간에 제 쪽으로 마구 몰려드는 여자들에 정신이 없는데)

그 소란 속의 해준과 윤영, 문득 어떤 느낌에 시선을 돌려보다, 유섭이 사라졌음을 깨닫는다! 놀란 둘, 급히 돌아보면, 봉고차 옆에 앉아있던 경애의 자리도 비어있는..! 황급히 주변을 둘러보아도 두 사람 보이질 않자, 얼른 옆으로 빠져나가는 해준과 윤영. 정신없는 틈에도 그런 둘의 모습을 놓치지 않고 보는 동식에서.

씬36.   거리 일각. 낮

서둘러 달려오는 해준과 윤영, 초조한 채 이리저리 두리번대며 찾아보지만 유섭도, 경애도 보이질 않는다. 일각에 멈춰 서는 윤영, 숨 몰아쉬며.

윤영   정말.. 둘이 같이 사라진 걸까요?! (하다 멈칫, 보면)

해준   (어느새 식은땀에 흠뻑 젖은 채 초조함에 입술까지 파랗게 질려있는)

윤영   (!! 걱정스레 보는데)

해준   (그 시선 의식하지 못한 채) 어젯밤 우리.. 만약의 상황에 어떻게 움직이기로 했는지 기억해요?

윤영	(일단 얼른 끄덕이며, 차분히) 네. 기억해요.
해준	... 그럼, 조심해요. (잠시 보다, 먼저 빠르게 달려나가면)
윤영	(반대편으로 향하려다, 다시금 해준의 뒷모습을 돌아본다. 그 위로)
해준(E)	만약에, 아주 만약에.. 그런 일은 절대 없어야겠지만,

씬37. 해준의 집, 거실. 밤 (회상 - 지난밤)

잔뜩 늘어놓은 서류들 틈에 끼어 앉은 해준과 윤영, 각자 펜과 문서 든 채 대화 중인.

해준	혹시라도 어떤 변수가 생기고.. 피해자를 놓치게 된다면, (하고 심각하게 찌푸리는 순간 코 한쪽에서 불쑥 피가 흘러나오면)
윤영	(화들짝 놀라선) 어...?! (서둘러 휴지를 뜯어 건네주며) 괜찮아요?!
해준	(넘겨받아 막은 채, 익숙한 듯) 별거 아녜요. 금방 멎으니까.
윤영	(허.. 보다) 여기 와서 제대로 잠들어본 적 있어요? 내가 알기론 없는데.
해준	그게 뭐 중요합니까? (넘어가려는데)
윤영	세상 널린 게 비극이라더니... 왜 이렇게까지 하는 건데요?
해준	(? 보면)
윤영	... 그쪽한텐 결국 다, 남이잖아요. 꼭 모두를 살려야만 그쪽이 살 수 있는 것도 아니고... 범인만 찾아내도 되는 거라면, 더 쉽고 편한 방법이 얼마든지 있었을 거 같아서.
해준	... 너무, 차가웠으니까. 그 바닥이.

윤영   (?! 보는 데서)

씬38.   어느 강가 근처. 낮 (2022, 회상)

인적 없는 고요한 강가 한쪽으로 끼익— 멈춰 서는 해준의 차(타임머신). 굳은 얼굴의 해준, 고개 돌려 창밖의 얼어붙은 강물을 바라본다. 드센 바람 소리 들려오고..

해준(E)   ... 처음 내 죽음을 알고 찾아갔을 땐, 이미 상황이 다 끝난 뒤였어요. 3월이었거든. 사건은 그로부터 두 달 전에 일어났고.

계기판을 흘끗 쳐다보는 해준, 반짝이며 빛을 내는 디지털 숫자, '2,0,2,2' 떠있는.

해준(E)   정할 수 있는 목적지는 연도뿐이라, 거기서 범인을 마주치고 싶었다면 기다리는 수밖에 없었겠죠. 같은 1월이 돌아올 때까지, 꼬박 열 달을..
해준   (2부 씬2의 신문을 집어 들어 차에서 내리는)

씬39.   어느 강가. 낮 (2부 씬1 장소)

얼어붙은 깨끗한 강물 앞에 서서 다시금 둘러보는 해준, 비교해 보듯 신문을 내려다보면, 1면에 실린 커다란 현장 사진 속 같은 장소... 그러나 사진 속 강물 위로는 붉은 핏자국들이 흩뿌려져있고, 그 옆으로 역시 핏자국 묻은 '봉봉다방' 성냥갑이 하나 놓여있다. 그리고 아무렇게나 놓인 신발 한 짝.. 내려다보면, 현재 해준이 신고 있는 바로 그 신발이다!

해준(E)	어차피 한 번은 죽는 게 사람이라지만.. 너무 지독한 결말인 거죠.

신문을 접어 옆구리에 툭 끼우는 해준, 다시금 강물 위를 보면, 곧 (2부 씬1과 같이) 엄청난 피를 흘리며 쓰러져있는 자기 자신의 환영이 흐릿하게 생겨난다.

해준(E)	단지 그 시간, 그 장소에서.. 어느 쓰레기 같은 인간을 마주쳤다는 우연 하나 때문에.. 모든 게 한순간에 다 끝나버렸으니까.

천천히 다가가는 해준, 쓰러진 자기 자신의 환영 위로 가만히 손을 올려보면, 실제로 손에 닿는 것은 그저 하얗게 얼은 강물일 뿐이다.

해준(E)	... 너무, 차갑겠더라구. 버려진 채로 누워있기엔..

씬40.　　해준의 집, 거실. 밤 (씬37에 이어)
어느새 멎은 피에, 휴지를 접어버리는 해준, 여전히 담담한 얼굴로.

해준	근데, 그런 바닥이, 그런 사람이.. 다른 어딘가에 더 있었단 걸 알게 되고 나선 그제야 덜컥 겁이 나더라구요.
윤영	(보고 있으면)
해준	... 알면서도, 막지 못할까 봐.
윤영	(! 보는)
해준	... 안다는 건 바꿀 수 있다는 뜻이고, 그건.. 꽤 무거운 희망

이니까.

윤영   (그런 해준의 얼굴을 물끄러미 보는 데서)

씬41.   거리 일각. 낮 (현재)

이어지듯 빠르게 멀어져가는 해준의 뒷모습을 바라보던 윤영. 그가 짊어
진 무게를 알 것만 같아, 안쓰러운 동시에.. 역시 같은 책임감과 두려움
으로 질끈 입술을 깨문다. 곧 반대 방향으로 빠르게 달려가기 시작하는
위로.

해준(E)   (간밤의 대화에 이은) 백유섭이 찾아갈 만한 곳, 거길 맡아요.

씬42.   몽타주 – 마을 곳곳을 살피는 두 사람. 낮 → 밤

1. 동식의 집, 마당. 낮

조심스레 대문을 열고 들어서는 윤영, 둘러보는데,
아무도 없이 비어있는 집. 더욱 긴장하는 윤영,
이리저리 기웃대보지만.. 역시 고요하기만 하다.
초조한 한숨을 내쉬는 윤영, 돌아서는 그 위로.

윤영(E)   그럼, 그쪽은요...?

2. 우정리 뒷산 일각. 낮

(경애가) 살해됐던 장소부터 찾아온 해준, 이리저리 둘러보
지만 개미 한 마리도 없이 깨끗하기만 한 현장이다.. 초조함

에 더 깊은 곳으로 들어가보는.

/ 산 곳곳을 헤매며 돌아보는 해준, 그러나 아무도 없다.

/ 이어, 경사진 길을 급히 내려오던 해준, 발을 잘못 딛어

혹 미끄러지는 위로.

해준(E)   난... 실제 범행이 일어났던 장소들로 가볼 겁니다..

3. 읍내 거리 일각 / '해와 달' 레코드점 /
주택가 골목길 등등. 낮

급히 달리는 윤영, 어느새 땀에 젖은 채 이리저리 빠르게

훑으며 찾는다. 공간마다 고개를 내밀어보는 윤영,

그러나 유섭의 모습은 어디에도 보이질 않고.

윤영(E)   (두려운 얼굴 위로) 그게.. 어떤 의미인지, 아는 거죠?

4. 우정리 강가 일각. 낮

뒷산 일각에서 미끄러지듯 내려오는 해준, 온통 흙이 묻어

엉망이 된 옷으로 강가에 도착한다. 벌떡 일어서서 빠르게

둘러보지만, 잔잔한 강물밖엔 보이질 않고..

/ 자갈밭을 달려 (이주영의) 살해 장소로 달려온 해준,

그러나 아무도 보이질 않는다.

다리 밑, 수풀 속 등 강가 주변 이곳저곳을 샅샅이 살피는

해준, 날이 저물어갈수록 충혈된 눈빛 점점 수척해지는..

해준(E)   내가 찾아내는 일이 없기만을 바랄 뿐이에요.

5. 거리 일각. 밤

어둑해진 시각. 역시 땀에 절은 윤영, 정신없이 이곳저곳을 뛰어다니다 인파에 부딪쳐 털썩.. 넘어지면, 점점 커지는 두려움에 질끈 눈을 감는 윤영.

6. 우정리 뒷산, 굴다리 앞. 밤

인적 없는 그곳. 컴컴한 굴다리 앞에 선 해준, 막막한 얼굴로 깊은 어둠 속을 들여다본다. 끝내 찾을 수 없을 것 같단 불안감에.. 텅 빈 눈빛이 되는 위로..

해준(E)   그건... 이미 늦었다는 뜻이 될 테니까.

씬43.   차부집 앞. 밤

완전히 탈진한 윤영, 힘없이 걸어오다 문득 고개 들면, 마침 맞은편에서 걸어오던 초췌한 몰골의 해준과 마주친다.

윤영   ...... 늦었.. 다고 생각해요?

해준   (겨우 내저으며) 아직.. 아무 흔적 없었으니까. 아닐 겁니다. 아직은..

윤영   그럼 대체 어디서 뭘 하고 있는 걸까요. 길이란 길은 다.. (하다 멈칫) 그래.. 뭘 '하고' 있을지도 모르잖아요?!

해준   (?)

윤영   정말 아직 아무 일도 일어나지 않은 거라면.. 그럼 어디서 뭐든, 하고 있을 거잖아요. 근데 우린 너무, 결과가 있을 장소만 골라 다닌 거 같지 않아요? 범죄가 일어날 만한 그런.. 곳만?

해준	백유섭이랑 같이 있었다면 당연히, (하다, ! 그제야 아닐 수도 있단 생각에, 그러나 여전한 혼란으로) ... 그렇담 범위가 너무 넓어져요.
윤영	지금 몇 시예요?
해준	(손목시계 보며) 9시 10분..
윤영	(! 눈 반짝이며) 봉봉다방...! 경찰이 기록해 둔 마지막 행적은요?
해준	상황이 바뀌었어요, 이미. 이젠 거기 있을 수가,
윤영	없단 법도 없죠. 변수 때문에 두려워진 거.. 알고 있지만.. 혹시 모르잖아요? 어떻게 해도 결괏값은 같아지는, 그런 문제도 있는 거니까.
해준	(?! 그 말이 도리어 두려운 듯.. 흔들리는 눈빛으로 보는 데서)

씬44.   봉봉다방 안. 밤

조금 멍해진 듯 입을 벌리고 선 해준. 그 곁에 선 윤영, 같은 곳 보며 사르르 미소 짓는다. 보면, 흥겨운 포크음악과 함께 복작대는 다방 입구에 나란히 선 해준과 윤영. 두 사람의 시선이 향하는 끝엔... 여러 명의 젊은 이들과 테이블 하나를 차지하고 앉은 경애. 이미 술까지 한잔 거나하게 걸친 듯 두 볼 발그레한 채로 왁자지껄 웃으며 커피를 마시는. 쟁반 든 채 그사이를 바삐 오가던 청아, 해준 곁을 스쳐 지나가며 속삭이듯.

청아   입구 막는 건 못 참지... 빨리들 앉아줄래?

해준, 그제야 정신 차리곤 윤영과 함께 구석진 테이블을 향해 가는데.. 그 김에 홀낏 시선 돌려 경애의 테이블에 앉은 면면들을 확인하는 순간..

(좀 전까지 보이지 않던 시야의) 구석진 곳에 앉아있던 고민수, 드러난다. 경애가 뭐라 떠들자, 피식 웃음 짓는 고민수.

해준   (?!! 보는데)

윤영   (! 역시 봤고, 잡아끌며) 들키면 안 된다면서요. 일단 앉자구요.

씬45.   봉봉다방, 구석진 테이블. 밤

구석진 테이블에 마주 앉은 해준과 윤영. 저만치 어항을 통해, 그 너머의 고민수가 흐릿하나마 정면으로 보이는 자리다. 전날 해준에게 맞은 상처가 얼굴에 여전히 남은 고민수, 이따금 피식대고 웃고 있는.

윤영   고민수도... 용의자였던 거죠?

해준   진범이라고 30년 넘게 복역까지 했었죠, 끝까지 부정했지만.

윤영   (?!) 그게 고민수였어요? 왜.. 어떻게,

해준   몇 가지 증거물이 있긴 했지만 방점을 찍은 건 목격자였어요. 살인하는 걸 직접 봤다고 해서.. 동생, 고미숙이요.

윤영   (!!) 내가 아는 그 고미숙..이요?

해준   (끄덕이며, 고민수 쪽을 향해) 둘 중 하나는 거짓말을 한 걸텐데 적어도 오늘 밤엔 확실해지겠네요, 어느 쪽이 진짜였는지.

윤영   (충격으로 허.. 하다 무심코 창 쪽으로 고개 돌리고) ??!

보면, 창밖의 거리를 걷는 사람들 틈으로, 범룡의 손에 이끌려 가고 있는 순애다. 여전히 고민수와 경애 쪽 테이블을 주시하느라 해준은 창밖을 보지 못한 상황인데. "... 헤어지겠다더니..??" 작게 읊조리던 윤영, 문득

떠올리는.

〔 인서트 – 씬1. 해준의 집, 지하실. 밤 〕
'우정리 연쇄살인사건 용의자' 밑으로 나란히 붙어있던 사진
세 장. 그 사이에 있던 범룡의 얼굴을 지켜보던 윤영에서.

윤영	(!! 순간 벌떡 일어나며) 저 엄마한테 좀 가볼게요.
해준	(? 놀라선) 갑자기? 지금?
윤영	누가 거짓말한 건지 꼭 알려줘요. 그리고 이경애, 우리 이모.. 잘 부탁해요. (진심을 담아 보다, 곧장 달려나가면)
해준	(?! 당황해 보는데, 순간 경애네 테이블 일어서자, 빠르게 고개 돌려 보는)

씬46.   다방 앞 거리. 밤

달려나가는 윤영, 저만치 길 끝으로 가고 있는 범룡과 순애 보인다.
범룡, 막 순애의 손을 잡아끈 채 옆 골목으로 꺾어 들어가면..

윤영	(!! 알아보곤) 저건...?! (눈에 불을 켜곤, 더 속도를 내는)

윤영이 떠남과 동시에 떠들썩하게 내려오는 경애와 젊은 친구들, 휘청대며 서로를 끌어안고 시끌벅적 인사를 나누고는 각자의 방향으로 흩어진다. 경애, 비틀대며 가면, 그 뒤로 조금 거리를 둔 채 따르는 이, 고민수다. 곧 다방에서 내려온 해준, 그런 두 사람 뒤를 따르는.

씬47.　　우정여관 앞 골목. 밤

달려오던 윤영, 골목 초입에서 잠시 멈춰 가쁜 숨을 몰아쉬며 보면,
벌써 저만치 앞에서 순애를 이끌고 가는 범룡이고.

윤영　　　(!! 멍하니 읊조리듯) 이주영.. 마지막 동선.. 이잖아.

씬48.　　우정리 강가 근처, 다리 위. 밤

주머니에 손을 찔러넣은 채 지그재그 종종대는 걸음으로 가는 경애. 그
런 경애의 뒤로 점점 가깝게 붙어 가는 고민수. 조금 떨어진 어둠 속에서
그런 두 사람을 바짝 쫓으며 가는 해준.

씬49.　　우정여관 앞 골목. 밤

범룡에 끌려가던 순애, 그제야 여관을 알아보고 화들짝 놀라,
손을 뿌리치며.

순애　　　뭐, 뭐 하는 거야?! 얘기할 게 있다구 했었잖아! (한 걸음 뒷
　　　　　걸음하면)
범룡　　　(돌아보곤) 헤어지자며. 알겠어.. 네가 원하는 거 들어줄게.
　　　　　그럼 너도 내가 원하는 거 하나 들어줘.
순애　　　(!! 충격으로) 유범룡..
범룡　　　아무것도 못 해보고 헤어지는 건 나만 너무 아쉬운 일이잖
　　　　　어.. 그동안 너한테 들인 시간이 있는데.. 안 그래? (손목을
　　　　　툭 잡고, 계단을 오르면)
순애　　　(!! 간신히 버티며, 그렁해져) 놔, 제발.. 도와주세요! 도와주

세요!

윤영   야!!! (외치며 달려들어, 곧장 범룡의 뒤통수를 탁! 때리는
       데서)

씬50.   우정리 강가 근처, 다리 위. 밤

종종걸음으로 가던 경애의 어깨를 탁— 잡아 세우는 이, 고민수다.

경애   (?! 짜증스레 돌아보며) 뭐 하냐...?
민수   (픽 미소로) 말했잖아, 어디 가서 딱 한 잔만 더 하고 가자고.
경애   (같잖다는 듯 픽 웃곤) 야, 같은 테이블에 앉아주니까 내가
       니 친구 같어? 다른 애들 땜에 잠깐 들렀던 거지, 너 같은 쓰
       레기랑은 겸상 안 해, 난.
민수   ... 말 예쁘게 하네?
경애   더 예쁜 말 듣기 싫음 꺼져. 안 그래도 오늘 기분 드러우니까.
민수   하.. 오늘은 얌전히 들어가려고 했더니. (순간 경애의 목을
       확 틀어잡는)
경애   (!! 당황한 채 바둥대며 고민수의 몸을 붙잡으면)
해준   (!! 악문 채 곧장 달려들려는 순간) ...??!

씬51.   우정여관 앞 골목˚. 밤

당황한 채 서있는 윤영. 보면, 뒤통수를 맞고도 멀쩡하기만 한 범룡, 껌
벅껌벅 돌아본다.

범룡   ... 니가 먼저 때렸다? (하고는, 곧장 윤영 향해 손 치켜들면)

순애   ... 윤영아!! (놀라서 보는데)

순간, 그 뒤로 와다다― 빠르게 달려와 범룡을 퍽 때려눕히는 이, 희섭이
다...! "아악!!" 고통스러워하는 범룡을 계단 아래로 홱 패대기쳐버리는
희섭, 가쁜 숨으로 보며.

희섭   괜찮어요, 순애씨...? 야, 괜찮냐, 대가리야?! 다친 데 없는 거
             여?!
윤영   (!! 순간 멍해진 채 그런 희섭을 보면)
희섭   ... 개 잡놈으 새끼, 넌 이제 친구 아녀. (다시 범룡 향해 달려
             들면)
윤영   (그런 희섭을 복잡한 눈길로 보다) 가자.. 순애야..

씬52.   우정리 강가 근처, 다리 위. 밤

당황한 채 멈춰 서있는 해준. 보면, 고민수의 몸을 붙잡은 채 벗어나려
홱 떠미는 경애. 그러자 순간 난간에 다리를 툭― 부딪히며 중심을 잃는
고민수, "어.. 어..?" 하더니 순식간에 난간 너머 다리 밑으로 쿵― 떨어진
다. 놀라서 입을 떡 벌리는 경애, 얼른 난간에 붙어 내려다보면... 자갈밭
아래 죽은 듯 미동도 없이 엎어져 있는 고민수.

경애   ... 어, 어떡해.. 죽었나봐.. 어떡해.. (그렁해지는데)

───────

● 이 씬에서부터, 순애의 머리핀은 없어진 상태. (씬49 소동에서 바닥 한구석에 떨어진 것인데 미리
   짚어주진 않는 게 좋을 것 같아요 - 이후 상황 연결)

해준	안 죽어. (성큼성큼 다가와선, 곧장 난간 너머로 휙 뛰어내
	리면)
경애	(!!! 보는데)

씬 53.   우정리 강가, 다리 밑. 밤

자갈밭으로 툭— 착지하는 해준, 곧장 엎어져 있는 고민수의 어깨를 들어 몸을 뒤집으면 그제야 괴로움에 신음하는 고민수, "아.. 뿌러졌나봐.. 내 다리.. 내 손.." 하며 뒹구는데. 해준, 담담히 고민수의 한쪽 손을 들어 툭툭 쳐본다. 역시 떨어질 때 잘못 짚은 것인지 손가락 하나하나에 죽을 듯이 아파하는 고민수. 그 모습을 가만히 내려다보는 해준.

〔 **인서트 – 씬. 해준의 집, 지하실. 밤** 〕
해준이 들여다보는 사진. 두 손목을 꽁꽁 묶은 붉은 털실이 클로즈업되어 있다.*

해준	(찌푸린 채) ... 당분간 실 같은 건 영 못 묶겠네..
민수	(괴로움에 못 알아들은 채) 우리 엄마 좀 불러줘, 제발.. 엄마아!
해준	(두려움에 내려다보는 경애를 올려다보며) 가자.. 이경애.

씬 54.   해준의 집 앞 골목길. 밤

나란히 걸어오는 해준과 경애.

---

* 누구의 시신인지, 전체 모습은 보이지 않도록, 손만 가까이 클로즈업된.

해준	대체 아깐 왜 사라졌던 거야? 경찰 올 때까지 있으란 말 못 들었어?
경애	(그저 다른 걱정에) 진짜 저대로 둬도 돼요? 쟤 술도 먹었는데.. 저러다 잘못되기라도 하면..
해준	(참으며, 짐짓) 괜찮아. 목격자는 나뿐이니까. 네가 미는 거, 나만 봤어.
경애	(! 흠칫 놀라선) 모, 목격..자..?
해준	(부러 겁주듯) 당분간 조심해야 돼. 술도 적당히 마시고. 집에도 좀 일찍 들어가고. 쟤 깽값은 좀 클 거야, 걸렸다간.. 알지?
경애	(! 문득 멈춰서 그렁해지며) 술도 적당히 마시고.. 집에도 일찍 들어가면 엄마 아부지 얼굴은 어떻게 봐요.. 동생 얼굴은 어뜨케 봐요.. 챙피해서.
해준	(?! 예상치 못한 반응에 당황해선) 어..?
경애	스물두 살이나 먹고 제대로 할 줄 아는 것두 없어서 가뜩이나 한심한데 사기까지 당했잖아.. 이제 어뜩해요, 난. 살 자격이 없어. (흐엉 — 터지면)
해준	(잠시 보다) ... 미스코리아는 솔직히, 아니었잖아.
경애	(!?? 부릅뜨고 보면)
해준	근데 내가 그동안 좀 지켜보니까.. 우정리 김완선인 건, 대충 맞어.
경애	(??! 동그랗게 뜨면)
해준	클럽에서 맨날 춰대는 그 춤이 제법 나쁘지 않고, 친구들 앞에서 웃기기도 꽤 잘하잖아. 꾸미는 것도 뭐.. 감각 있어. 미스코리아 아니어도 TV 나오는 사람은 많어. 방향만 잘 잡으면 그까짓 스물두 살.. 어려, 괜찮아.
경애	(?!!) ... 진짜.. 그렇게 생각해요? 사기 치는 거 아니죠?!

해준	돈도 다 뺏긴 주제에 사기를 또 어떻게 당하게.
경애	(울컥) 씨.. 그 돈 그거.. 순애 기지배 등록금 해줄라 그랬는데..
해준	사기 치는 거 아니지, 너야말로? 술 먹는 데다 다 써 봐, 아주.
경애	(짜증스레 올려다보며) 에?
해준	(품에서 경애의 누런 봉투 슥 꺼내며) 슬쩍 뺐어.. 갖고 들어가.
경애	(!!! 격한 감동으로) ... 뽀뽀해줘도 돼요?
윤영[E]	안 돼. 들어가.

해준과 경애, 고개 돌려 보면, 어느 틈에 와 서있던 윤영과 순애. 순애, 먹먹한 얼굴로 "언니...!" 다가가 툭 끌어안고 울먹이면, 곧 서로를 보는 해준과 윤영. 안도와 복잡함 섞인 시선 주고받으면, 그 위로 가느다란 빗줄기가 떨어지기 시작하는 데서.

씬55.   해준의 집, 거실. 밤

어느덧 쏴아아 — 거세진 빗줄기를 보며 창 앞에 선 해준과 윤영. 건너편 환하게 불 밝혀진 창문으로, 순애의 머리를 말려주며 웃는 경애의 모습 보인다.

윤영	... 고마워요. 오늘 일, 전부 다.
해준	... 범인은 결국 못 봤어요. 드디어 안갯속 좀 벗어나나 했더니.. 뭐가 또 꼬여버린 건지.. 이제 기회는, 딱 한 번 남은 셈이네요.
윤영	(! 유섭 생각에 조금 가라앉으면)
해준	(애써 털어내려, 맞은편 향해) 그래도 꽤 선명해졌으니까. 오늘은 저 그림 얻은 걸로 족하죠, 뭐. (힐끗 보면)

| 윤영 | (끄덕이며, 고마움으로 작게 웃는) |

나란히 서서 빗소리를 듣는 두 사람. 자못 편안해진 그 정적 위로, 문득 전화벨 울린다. 곧 돌아보는 해준과 윤영, '?!' 울리는 전화기를 보다, 다시 맞은편으로 고개 돌리면 경애와 순애, 여전히 같은 풍경으로 까르륵 웃고 있는 게 보이는.

| 해준 | (? 대수롭지 않게 다가가, 전화를 들며) 여보세요. (하는데) |
| | (수화기 너머 쏴아아— 빗줄기 소리 크게 들려오는) |

씬56.　　거리. 밤

인적 없는 거리. 떨어지는 거센 빗줄기를 맞고 선 공중전화부스. 그 안에 서서 전화기를 붙잡은 누군가의 뒷모습, 빗물에 흐려 잘 보이지 않는다.

| 해준(F) | ... 여보세요. |

씬57.　　해준의 집, 거실. 밤

찌푸리는 해준, 전화 너머 미세하게 들려오는 숨소리에 점점 예민해지면 그 표정을 불안하게 살피며 다가서는 윤영인데.

해준	... 누구야, 너. (하는 순간)
범룡(F)	... 죽었어요.
해준	(??!) ... 유범룡?

씬58.　　거리, 공중전화부스 안. 밤

한참 비를 맞은 듯 온몸이 젖어 있는 범룡, (희섭에게 맞은) 얼굴은 상처 투성이로 부었고. 전화기를 붙잡은 손에도 치고받고 싸운 흔적들이 한가득 새겨져있다.

범룡　　(떨려오는 목소리로, 다시금 멍하니) 죽었어요.. 선생님.

씬59.　　우정리 강가 일각. 밤

쏴아아― 쏟아지는 비. 넘실대는 강물 옆으로 멀게 보이는 무언가. 조금씩 다가가면 아무렇게나 벌려진 채 놓인 천가방.. 목과 두 손에는 빨간 털실이 칭칭 묶인 채 하얗게 누워있는.. 누군가의 시신이다.

범룡[E]　　... 죽었어요.. 결국, 그렇게 됐어요.

동시에 드러나는 시신의 얼굴을 비추면.. 바로, 교생 이주영이다!

씬60.　　해준의 집, 거실. 밤

전화기를 붙잡은 채 선 해준, 멍하니 윤영을 바라본다. 밀려오는 불길한 전운을 감지한 듯 그렇게 굳은 채 서로를 바라보는 두 사람에서.

어쩌다 마주친, 그대 / 제 7회 엔딩

어쩌다 마주친, 그대

chapter 8

변곡점

씬1.　　　해준의 집 앞 골목길. 밤

우르르─ 쾅! 천둥과 함께 쏟아지는 거친 빗줄기 속에 무겁게 가라앉은 골목길. 전에 없이 스산하게 느껴지는 그 풍경 위로 들려오는, 차분하고도 또렷한 목소리.

미숙(E)　　　넌... 사람이 가장 위험해지는 순간이 언제라고 생각해?

때마침 벌컥 대문 열리며 뛰쳐나오는 해준과 윤영, 곧장 빗속으로 빠르게 달려가는.

씬2.　　　다른 골목길. 밤

흠뻑 젖은 채 흙탕물 위를 정신없이 달리는 해준과 윤영, 하얗게 굳은 얼굴들 위로.

미숙(E)　　　모든 잘못을 바로잡을 수 있다는 희망,

씬3.　　　우정리 강가 일각. 밤

쏟아지는 빗속에 선 범룡, 싸늘히 누워있는 이주영의 시신을 내려다보며 가쁜 숨을 내쉰다. 떨려오는 손을 제 주머니에 넣어 뒤적이는 범룡, 꺼내보면.. 교생의 나무반지다. 터질 것 같은 머리를 감싸 쥔 채 고민하다, 결국 다시 제 주머니 깊숙이 넣어버리는 범룡.

미숙(E)　　　모든 실수를 없던 일처럼 덮을 수 있다는 착각,
범룡　　　　(!! 억세게 악문 채 울먹이는)

씬 4.   우정리 강가 근처, 다리 위. 밤

전속력으로 달려오던 해준, 저 멀리 강가를 향해 고개 돌려 보는 순간, 굳은 듯 멈춰 선다. 뒤이어 도착한 윤영, 역시 같은 곳을 보면.. 저만치 보이는 이주영의 시신. 그 앞에 등 돌린 채 비를 맞고 섰던 범룡, 이쪽을 향해 시뻘게진 눈으로 천천히 돌아본다.

윤영	(!!! 충격으로 굳는)
미숙(E)	그 가련하고 달콤한 헛꿈에 정신없이 빠져들다 어느 순간, 깨닫게 되는 거야.
해준	...... (거칠게 떨려오는 숨으로 멍하니 보는 위로)
미숙(E)	아... 세상에 돌이킬 수 있는 죄 같은 건 없는 거구나.

씬 5.   봉봉다방. 밤

음악이 흘러나오는 한적한 실내. 구석진 테이블에 여유롭게 턱을 괴고 앉은 미숙, 김 모락모락 나는 뜨거운 커피잔에 각설탕 하나를 톡— 떨구고는, 천천히 스푼으로 저으며.

미숙	그치만 그걸 깨달았을 땐 이미 운명의 수레바퀴 아래 무참히 짓이겨진 뒤겠지. 중요한 건... 방향이거든.

앞을 향해 씨익 웃어 보이는 미숙. 커피잔 하나 더 놓인 맞은편 자리에 누군가 앉은 듯하다. 그러나 이내 바깥 창만을 슬쩍 비추면, 비 내린 흔적 없는 까만 밤이다.

씬6.   우정리 강가 일각. 밤

창백하게 식은 이주영의 시신 위로 가느다란 빗줄기 여전히 떨어지고.
흔들리는 발걸음으로 천천히 다가서는 해준, 힘껏 조른 듯 목 위로 칭칭
감긴 빨간 털실, 역시 결박하듯 두 손목 위를 거칠게 감아 묶은 털실들...
그 모든 고통이 이미 지나간 듯 평온해 보이기까지 하는 이주영의 얼굴
을, 믿을 수 없다는 듯 내려다본다. 윤영, 두려운 눈으로 교생의 시신을
내려다보다 문득 주변에 널브러진 교생의 소지품들로 시선이 옮겨간다.
아무렇게나 벌려진 채 놓인 천가방 옆으로 흘러나온 버지니아 울프의
책 한 권, 동전지갑, 구겨진 솔담배... 그러다 무언가가 없다는 생각이 든
윤영, 순간, 급히 다가가 무릎을 꿇고 앉아선, 교생의 천가방을 뒤적이기
시작한다. 급기야 천가방을 거꾸로 들어 털면..
그제야 안에서 툭 떨어져나오는 '봉봉다방' 성냥갑! 황급히 열어보면, 그
안에 든 쪽지. 펼치자 익숙한 문구* 드러난다.

윤영	(!! 역시 맞구나.. 끔찍한 확신이고)
해준	... 어떻게 된 거야...
범룡	(?! 뒤쪽으로 조금 물러서 있다, 뜨끔 놀라 보면)
해준	... 설명해야지. (그제야 돌아서선, 핏발 선 눈으로 응시하며) 날 부른 이유가 있을 거 아냐. 이 시간, 이 장소에 네가 왜 있는 지.. 네가 본 거, 네가 한 거.. 처음부터 끝까지 다 설명해야지.
범룡	(! 겁에 질린 채 저도 모르게 뒷걸음질하는)
해준	(그대로 따르며, 무섭도록 차분히) ... 왜 말을 못 해... 네가 죽였어?

---

* 조악하게 흘려 쓴 글씨. '책을 읽는 여자는 위험하다.'

범룡	(화들짝 놀라 내저으며) 아니야.. 아니에요!! (하는 순간)
해준	(범룡의 멱살 확 끌어당기며, 끓어오르는 분노) 왜 죽였어, 이 새끼야.. 도대체 왜!!
범룡	(찢어질 듯한 해준의 외침에 더욱 패닉에 빠진 채 두 손 비비는) 자, 잘못했어요, 살려주세요, 살려주세요, 선생님..!
해준	(!! 그 말에 더 폭발, 반쯤 돌아버린 눈빛으로) 넌 멀쩡하게 살아있잖아.. 살아있잖아, 넌..!! 도대체 왜 죽였냐고!!
범룡	(울먹이며) 저, 정말 아녜요, 아니라구요!!

씬7.　동식의 집, 안채. 새벽

불 꺼진 작은 방. 옆으로 누워 곤히 잠든 동식, 그런 그의 널찍한 한쪽 팔을 나란히 베고 사이좋게 누운 용우와 용순, 역시 쌔근쌔근 잠들어있다. 아이들을 사이에 둔 채 마주 보듯 모로 누운 미자 역시 한참 깊은 잠에 빠져있는데. 문득 그 고요함을 뚫고 울리는 전화벨 소리. 홀로 얼른 깨어나는 동식, 눈도 다 못 뜬 채 뒤척이는 아이들부터 빠르게 토닥이며 조심조심 팔을 빼고는 서둘러 전화를 받는다.

동식	(낮은 소리로) ... 여보세요. (두 눈을 비비며 듣다, 순간 굳어선) !!!

씬8.　우정리 강가 일각. 새벽

비 그친 뒤 서서히 밝아오는 검푸른 하늘 아래... 빨간 털실로 묶인 교생의 새하얀 열 손가락을 비추면, 무언가 비어있다...!

해준	... 반지 어디 갔어.
윤영	(! 보면)
범룡	(!! 해준 앞에 막 무릎 꿇고 앉아선, 허겁지겁 주머니 속 나무반지를 꺼내 보이는) 이거, 이건.. 진짜 아무것도 아녜요, 선생님. 어제 낮에 읍내에서 마주쳤을 때, 그때 받은 거란 말이에요...!
해준	(?! 순간 멈칫해 보면)
범룡	(못 알아챈 채 그저 급한) 근데 그거랑 이거랑은, 정말 아무 상관없어요. 그냥 또 우연히 마주친 김에 잠깐 얘기 나누다, 그러다 제가 먼저 갔는데 다시 와보니 이렇게 돼 있었단 말예요.. (울컥해) 정말이에요, (하는데)
해준	... 언제라고?
범룡	... 네?!
해준	(한 대 얻어맞은 듯, 반지 내려다보며) 이걸, 언제..
범룡	어제 낮이요.. 그랬단 거, 이제 경찰들이 다 알게 될지도 모르잖아요.. 빨갱이라면서요. 두 번이나 보고두 신고 안 했단 걸 걸리게 되믄, 전...!
해준	(혼란스러운 와중에) ... 니가 무서운 게, 그거야?
윤영	(역시 혼란스러움에, 천천히 일어나 교생 보며) ... 떠나질.. 않았었다구?

그 순간, 저 멀리서 빛을 뿜어내며 나타나는 경찰차. 강가를 낀 길 위로 급하게 달려오면.

범룡	(!! 사색 되어, 해준을 보고) 벌써 신고하셨던 거예요?!
해준	(?! 역시 경찰차 쪽을 바라보는데)

윤영   (놀란 채 방향 지켜보다) ... 이쪽이.. 아닌 거 같아요.

동시에 빠르게 획— 지나쳐 달려가는 경찰차. 그 뒤로, 연달아 경찰차 한 대가 더 따르고. 좀 더 뒤로, 낡은 승용차 한 대가 라이트 뿜으며 그들의 뒤를 쫓아 쌩하니 달려간다. 다시 찾아온 고요 속에 순식간에 등줄기가 서늘해지는 셋... 믿겨지지 않는 불안한 예감으로 괴로운 신음이 천천히 새어 나오는 해준의 창백한 얼굴... 해준, 순간 폭발하듯 전속력으로 달려 나간다. 그 모습을 멍해져 보는 윤영.

씬9.   우정리 뒷산 아래, 폐가 앞. 새벽

미친 듯이 달려오던 해준, 곧 눈앞에 드러나는 풍경에 멈춰 서선, 떨리는 숨을 몰아쉰다. 오래전 버려진 듯 서있는 낡은 폐가 한 채.. 그 앞으로 벌써 소문 듣고 모인 몇몇 주민들 기웃대며 웅성이고 있고, 밧줄 든 순경 두 명이 그들을 옆으로 밀어내며 라인을 치려다, 빗물에 물러진 흙을 밟고 미끄러져 넘어지느라 저들끼리 시끌벅적 난리 중이다. 한쪽에 세워져 있는 경찰차 두 대는 비어 있고. 그 뒤로, 낡은 승용차에서 주섬주섬 내리는 기자들, 각각 카메라와 수첩, 펜 등을 챙겨 들며 흥미롭단 듯 주위 둘러보는데.

그런 그들을 스쳐 지나는 해준.. 점점 걸음이 빨라져선 곧 폐가를 향해 돌진하듯 뛰어든다. 뒤늦게 놀란 순경들, "어어..?!" 외치며 해준을 막아 서지만, 거친 기세로 획 떨쳐내는 해준. "안 돼요, 안 돼!" 외치는 소리를 뒤로 한 채 폐가 안으로 달려 들어가는데.

씬10.   폐가 안, 마당. 새벽

바깥의 소음들은 다른 세상의 일인 듯, 무섭도록 고요하게 가라앉은 마당 안. 막 뛰어들던 해준 역시 순간 바짝 굳어선 앞을 본다. 마당 중앙에 탁 버티고 서서 시야를 가린 강력반 반장과 건장한 체격의 젊은 형사들, 그리고 조금 떨어져 선 동식, 모두 굳은 듯 서서 한 곳(마루 위)만을 멍하니 보고 있는 뒷모습들이고. 그 주변으로는, 곳곳에 물웅덩이가 생긴 흙바닥 위로 이리저리 아무렇게나 겹쳐 찍힌 수많은 발자국들.. 그 사이사이로 떨어진 누군가의 시뻘건 핏자국들로 난장판인데. 누구 하나 입을 열지 못한 채 바라보고 섰던 형사들 중 하나가 급기야 욥— 토악질하며 옆으로 튀어 나가면, 그 결에 드러나는 틈으로 천천히 다가가는 해준. 그렇게 멈춰선 해준의 시선 끝으로 마침내 조금씩 드러나는 광경... 바로, 목이 뒤로 꺾인 채 마루 위에 처참하게 누워있는 여자 시신, 경애다.

해준   !!! ..... (믿을 수 없는 광경에 숨이 턱 막혀오는)

경애, (이주영과 동일하게) 목과 손목이 결박되듯 빨간 털실로 묶인 채 굳어 있고. 뒤로 꺾인 채 마루 밑으로 떨군 뒤통수에서 떨어진 피들이 댓돌 위로도 한가득 고여있다. 마루 위 아무렇게나 널브러진 경애의 핸드백과 소지품들.. 립스틱 따위의 작은 화장품과 아기자기한 빗, 거울 등의 사이로 (씬6과 같은) 봉봉 성냥갑이 자연스레 섞인 채 놓여있고. 그 참혹한 광경에 하얗게 질려 보고 있던 동식, 초췌해진 얼굴로 무심결에 고개 돌리다 그제야 곁에 선 해준의 존재를 발견하고 멈칫.. 찌푸린다.

동식   ??! ..... (미심쩍게 보는 데서)

씬11.   폐가 앞. 새벽

뒤늦게 따라 달려온 윤영, 주변에 밧줄 둘러 묶은 채 막아선 순경들에 곧장 가로막힌다. 어떻게든 뚫고 들어가려 정신없이 애를 쓰던 그때, 곁에서 수군대는 소리들 들려오는.

주민1(여)   내 언젠가 이 사달이 날 줄 알았어.. 좀 그러구 돌아다녔어, 걔가?

주민2(여)   허유, 그래도 그렇지.. 우리 마을에 이런 짓을 할 인간이 어딨다구요. 얼마나 흉측했으믄, 첨 발견한 순천댁이 아주 거품을 물었다잖아요.

기자1(남)   (펜과 수첩 든 채 스윽 끼어들며) 죽은 여자가 누군지.. 아십니까들?

윤영   (! 퍼뜩 쳐다보는데)

주민1   그 왜 있어요, 맨날 요만한 치마 입구 술 먹고 밤늦게 돌아다니던 여자애.. 차부집 이 씨네 첫째라든가..

윤영   (!! 무너지듯 곧장 눈물 차올라선) ... 말도 안 돼.. 어떻게.. 어떻게..

씬12.   순애의 방. 낮

그 소리를 들은 듯 번쩍 — 잠에서 깨어나 앉는 순애, 악몽이라도 꿨는지, 식은땀 가득한데.

옥자(E)   (밖에서) 이순애! 이경애! 빨리들 안 나와?!

순애   (곤란한 얼굴로, 비어있는 제 옆자리 이불을 보는)

씬13. **순애의 집, 주방. 낮**

차려진 식탁 앞에 슬그머니 와 앉는 순애, 눈치 살피면. 이미 식사 중인
형만과 오복 곁에 선 옥자, 뒤집개로 계란 후라이 두 개를 각각 놓아주며.

옥자　　하여튼 망할 기지배들, 다 차린 밥상 놓고 몇 번을 불러야
　　　　돼?! 도와주진 못할망정 늦잠이나 처자구, (하다 빡ㅡ) 경애
　　　　저건, 아직도 자?!

순애　　(!) 아.. 아니.. 그게..

오복　　(젓가락질하다 힐끗 순애 보곤, 멈칫) 아 씨, 이경애 또 밤에
　　　　기어나갔다.

형만　　(별로 놀라지도 않은 채) 뭐야? (순애 향해) 진짜야?

순애　　(결국 못 숨기고) ... 그, 금방 들어온다구 했었는데, 분명히..

옥자　　(!!) 아직두 니 언닐 몰라? 걸 믿고 순순히 내보냈단 말야?!
　　　　어유, 머리야.. 이누무 기지배, 또 어디서 술 처먹고 길바닥
　　　　에 퍼질러 자고 있는 거 아냐?

형만　　... 하루라도 리어카 안 끌게 하믄 우리 딸이 아니지, 뭐어..
　　　　(엉덩이 반쯤 들고, 얼른 떠먹으며) 한 바퀴 돌구 오께.

그 순간, 쾅쾅쾅ㅡ 누군가 다급히 문을 두드리더니, 곧장 벌컥 현관문 열
고 들어선다. 가족들 놀라서 껌벅껌벅 쳐다보면, (2부 씬15의) 마을이장,
벌게진 얼굴로 멈춰서 보는데.

형만　　(대충 알겠단 듯, 숟가락 내려놓으며) 예~ 갑니다. 가려던
　　　　중이에요. 오늘은 또 어디래요? (오복 향해) 얼른 인나, 누나
　　　　데리러 가야지.

이장　　... 이보게, 형만이...

옥자	(멍하니 이장을 쳐다보다, 순간 어떤 느낌에, 뒤집개를 툭 떨어뜨리면)
순애	(순식간에 가라앉은 정적 속에, 옥자를 올려다보는 데서)

씬14.　폐가 앞. 낮

북적이는 인파들 틈에 홀로 주저앉은 윤영, 그저 멍하니 눈물을 떨구고 있는데. 마침 사진기를 든 기자들, 안쪽을 찍어보려 이리저리 발을 내딛다 윤영의 손을 질끈 밟는다. 그러나 윤영, 차마 소리도 못 내고, 그런 윤영을 더 파묻듯 분주하게 몰려드는 기자들인데.. 순간 그들을 홱 밀치며 불쑥 뻗어 들어오는 손, 빠르게 윤영의 손을 붙잡아 일으킨다.

윤영	(?! 보면)
해준	(그대로 윤영의 손을 잡아끌며) ... 가요. 갑시다.. 가야 돼.
윤영	(넋이 반쯤 나간 채 해준에게 붙들려 그저 따르려는데)
형만(E)	(저 멀리서) 경애야! 경애야아...!!
해준, 윤영	(그 목소리에 굳어 천천히 돌아보면)

허겁지겁 달려오는 형만과 오복.. 술렁이던 주변 모두가 멈칫, 두 사람에게 이목이 집중되고. 때마침 해준을 따라서 급히 나오던 동식, 그런 형만과 덜컥 마주치자 내려앉아 보는데. 형만, 자신에게 모여든 그 시선들을 잠시 어색하게 둘러보며 침을 꿀꺽 삼키고는..

형만	... 동식이, 나.. 내 딸래미가 여기 있대서, 델러 왔는데...
동식	(차마 시선 못 맞춘 채, 괴로운) ... 형님..
형만	(애써 침착하게) 근데 여기, 왜 이렇게 사람이 많어..? 우리

경앨 어딨어? 응? (하다 접근 막아둔 밧줄에 시선 닿자, 애
써 외면하고는) 그 왜.. 왜, 이런 먼 데까지 왔지, 우리 애가..?
(하다 다리에 힘이 풀려 휘청이면)

오복   아부지!! (울컥한 채 부축하고)

동식   (동시에 얼른 반대쪽에서 형만을 붙잡아주는데)

형만   ... 아니, 아냐아.. 우리 애가 원래 아무 데서나 잘.. (이번엔 마
당 안쪽에 고인 선명한 핏자국이 눈에 들어오자, 시선 못 뗀
채 그렁해지며) 알지..? 그거 쪼끄말 때부터.. 아장아장 걸을
때부터 아무 데서나 잘 먹구 잘 자구.. (하다 순간 안쪽으로
획 달려들며 소리치는) 경애야!! 경애야, 내 새끼..!! 뇌, 이
새끼들아!! 놔아!!

기자들   (가로막힌 채 울부짖는 형만의 모습을 타이밍 맞춰 열심히
사진 찍어대고)

윤영   (소리 죽인 눈물로 형만 지켜보다, 곧 악문 채 기자들을 노
려보는데)

해준   ...... 가요. (윤영의 손을 붙잡곤 획 돌아서 간다)

동식, 목 놓아 울부짖는 형만을 붙들어 맨 채 그런 두 사람에게서 시선을
떼지 않는데. 그때 "형님, 동식이 형님!" 외치며 급히 다가오는 순경, 동
식의 귓가에 무어라 속삭인다.

동식   ...... 뭐?

기자1   (저만치에서 역시 제 동료에게 전해 듣고는, 작게) 시체가
또...?! (형만을 찍고 있는 동료2 향해 다급히 손짓) 이봐! 나
와, 가자구!!

오복   (다시금 웅성대는 사람들 속에서, 아랑곳없이 안쪽 향해) 누

나! 누나아..!!

동식   (이 엄청난 소란과 믿을 수 없는 현실에 서서히 끓어오르는
데서)

씬15.   해준의 집 앞 골목길. 낮

빠르게 걷는 해준의 속도에 맞추느라, 거의 뛰듯이 이끌린 채 오는 윤영.
해준의 생각을 알 수 없어 그저 굳은 뒷모습만을 혼란스럽게 보는데.. 대
문 앞에 이르자 곧장 안으로 윤영을 이끄는 해준.

씬16.   해준의 집, 마당. 낮

안으로 들어서서야 윤영의 손을 놓고, 대문을 걸어 잠그는 해준. 이번엔
차고 쪽으로 향한다.

해준   (바쁘게 차고 문을 열고 들어서며) 돌아가야 돼요, 우리 둘
다. 난 원래 내 자리로, 당신은 당신 자리로.
윤영   (!) 그게 무슨.. (얼른 따라서면)

씬17.   해준의 집, 차고. 낮

햇빛이 들지 않아 어둑한 차고 안. 천장에 달린 전구 불빛을 차례로 하나
씩 켜는 해준. 입구로 막 따라 들어서던 윤영, 멈칫해 잠시 해준의 차(타
임머신)를 내려다보는데.

해준   (급한 손길로) 고쳐줄 사람이 도착할 때까지 기다릴 생각이

	었는데 이제 그럴 여유가 없어요. 한시라도 빨리 떠나야 하니까.
윤영	정말 이대로 그냥 돌아가자구요...?! 것도 원래 있던 그 시간으로? 어떻게 지금 이 상황을 보고도 그런,
해준	(예민해진 얼굴로 휙 보며) 지금 이 상황을 봤으니까!! 그런 거잖아..
윤영	(!! 보면)
해준	... 당신 말이 맞았어.. 뭘 어떻게 해도 결괏값이 같아지는 그런 문제, 그게 이 빌어먹을 시간에도 통하는 얘기였다고. (구석에 놓였던 공구통 챙겨 들며) 애초에 끼어들면 안 되는 일이었어.. 거스를 수 없는 거, 거슬러선 안 되는 거, 그런 걸 건든 거였다고.
윤영	(혼란스레 보다, 애써 또렷하게) 그렇다고 이대로 돌아가면.. 당신은? 피할 자신 있어? 저 끔찍한 걸..?
해준	... 주어진 만큼 살면 그뿐이야.
윤영	(!! 끓어올라선, 해준을 휙 돌려세우며) 어떻게.. 어떻게 그런 말을 해요?!
해준	(휙 뿌리치며, 떨리는 목소리로) 처음 보는 데였다구요...!!
윤영	(?! 보면)
해준	아까 그 집... 그런 데서 죽었던 적은 없다구. 내가 몰랐던 곳이야. 장소도, 시간도 다 바뀌었는데, 사람은.. 사람은 그대로 죽었어. 그뿐입니까...? (눌러뒀던 두려움과 죄책감에 울컥 터지듯) 분명히 버스에 태워 보냈는데.. 이주영이 마을에 남아 있었단 것도 몰랐잖아. (순애 집 쪽 가리키며) 분명히 집에 있는 걸 봤는데.. 어떻게.. 어떻게 거기에.. 내가 놓치지만 않았어도, (괴롭게 시선 마주치곤, 무너지듯) 당신 가족.. 지

킬 수 있었잖아.

윤영   (!! 역시 울컥해 보는데)

해준   (질끈 감았다 뜨곤, 단호히) 약속 못 지켜 미안한데, 더는 안
        돼요. 여기서 아무것도 더 헤집지 말고.. 그냥 돌아가는 게
        맞아. ... 모든 게 원점이고.. 여기가 우리 끝인 겁니다.

윤영   (!!!)

해준   (눈물 대충 문질러 닦곤) 다 고치면 알려줄 테니까.. 그때 나
        랑 같이 돌아가주면 돼요. (돌아서면)

윤영   (... 차마 더 말 못 잇고, 슬픈 눈으로 보다, 힘없이 돌아서 나
        간다)

해준   (!! 그런 윤영마저 마음 쓰여 미칠 것 같지만.. 도리어 걸어가
        차고 문을 닫아 잠그곤, 어둑한 그 앞에 털썩 기대앉는 데서)

씬18.   거리. 낮

밝은 대낮의 거리. 마이마이 이어폰을 꽂은 채 홀로 걷고 있는 누군가..
미숙이다. 미숙, 산뜻한 얼굴로 길 끝을 바라보면, 둘 셋씩 무리 지은 몇
몇이 저마다 웅성대며 서둘러 한 방향으로 꺾어 들어가는 게 보인다.
그 틈에는 겁먹은 얼굴로 찰싹 달라붙은 유리와 은하, 어두운 표정의
해경도 섞여 있는데.* 유리와 은하, 맞은편 미숙을 알아보곤 "어!?" 다
가가는.

유리   어머, 미숙아! 너도 소문 듣고 온 거야?! 너무 무섭지?!

---

* 17일, 일요일이라 다들 등교는 안 하는 상황.

미숙	(이어폰 빼며, 여느 소녀들처럼) 그러니까, 무슨 일이야 이게..
은하	(끔찍하다는 듯 진저리 치며) 대체 어떤 싸이코가 그랬을까?
미숙	(생각하기도 싫단 듯) 너무 끔찍해.. 어떻게 우리 동네에서 이런 일이.
유리	그치! 이제 무서워서 어디 돌아다니겠냐구, 어흐.. 아무튼 빨리 가보자.
미숙	(먼저 앞서가는 두 사람 보면서, 슥 해경 향해) 왜 그렇게 심각해, 넌?
해경	(! 당황한 채) 어...?
미숙	... 누가 보면 네가 죽인 줄 알겠다. 표정 좀 풀어.. 다 티 나잖아.
해경	(!! 더 바짝 굳어버리는데)
미숙	(그런 해경의 팔짱을 툭 끼며, 이내 친근하게) 가자.. 재밌겠다.

씬19.   우정리 강가 일각. 낮

이주영의 시신을 앞에 둔 채 몰려 서있는 강력반 반장과 형사들, 심각하게 내려다보며.

형사1	얘, 그때 걔 아닙니까...? 서울서 데모하다 도망쳐 온?
반장	(피로한 얼굴로) 이 마을 사람도 아닌 게 왜 하필 여기까지 와서 죽어갖곤, 골치만 더 아프게 생겼다. 갑자기 뭔 난리냐, 이게. (품에서 담배 꺼내 무는)
형사2	(얼른 품에서 성냥갑 찾으며) 묶어놓은 꼴 보면, 같은 놈인 거 같죠?
형사1	(형사2가 못 찾자, 제 품을 뒤지며) 어떤 새낀지, 하룻밤에 둘씩이나 참..

형사3	(형사1도 못 찾자, 저도 뒤적) 그나저나 우리 서장님, 이번에 경찰국장 후보되셨단 거.. 지장 없으실까요??
반장	없겠냐, 새끼야? (하다 발끈해선) 성냥갑 하나 챙겨다니는 새끼가 없어!
형사2	(뜨끔했다가, 문득 교생의 옆에 떨어져있는 '봉봉다방' 성냥갑에 시선 가면)
반장, 형사들	(동시에 같은 곳으로 시선 갔다, 이내 황당한 듯 찌푸리고)
반장	... 기지배가, 담배는.. (혀를 차고 마는데)
동식	(떨어져 서있다, 저벅저벅 다가와선 불쑥 그 성냥갑을 집어들며) 이거.. 아까 이경애 소지품에도 있지 않았습니까...?
반장	(그랬나 싶고, 대수롭지 않게) 야, 어차피 든 김에 한 개비만 슬쩍 뽑아봐.
동식	(기막히단 듯 그런 반장을 보는데, 문득 어떤 가벼움에, 성냥갑을 흔들곤) ... 소리가 왜.. (찌푸린 채 슬쩍 열다, 쪽지 발견하는) !?
반장, 형사들	(그제야 쳐다보면)
동식	(서둘러 펼쳐 읽는) ... 책을.. 읽는 여자는.. 위험하다?
반장, 형사들	(!? 잠시 멍하니 서로와 눈 마주치다가, 그만)
반장	별 그지 같은 걸 다 써갖고 댕기네.. 야, 됐고, 아무튼 이 미친 놈 최대한 빨리 잡고 상황 종료시켜야 돼. 이주영, 이경애랑 털끝이라도 스친 놈들, 그밖에 전과 있는 놈들, 동네 양아치 새끼들 하여튼 뭐 하나라도 구린 거 있는 놈들은 싹 다 내 눈앞에 델따 놔, 당장!
형사들	옙!! (하고 빠르게 흩어지면)
동식	(여전히 심각한 얼굴로 성냥갑과 쪽지 들여다보고 있는)
반장	(그 모습 마뜩잖아) 안 들려? 또 혼자 튈 생각 말고 움직여,

백동식.

동식   ...... (찜찜하지만, 일단 꾸벅.. 가는)

반장   (착잡한 듯 고개 돌리다, 저만치 보곤) 아이구, 씨, 좋은 구경
          들 났다..

씬20.   우정리 강가 근처, 다리 위. 낮 (씬4 장소)

반장의 시선이 향한 다리 위, 북적북적 모여든 사람들, 두려움과 호기심
섞인 얼굴로 난간에 바짝 붙어 상황을 구경 중이다. 그 틈에는 서로 찰
싹 달라붙어 무섭다고 울상 짓는 은하와 유리, 어쩐지 창백하게 얼어붙
은 채 교생의 시신 쪽을 내려다보는 해경도 있는데. 해경, 슬쩍 고개 돌
려 옆을 보면, 난간 앞에 서있던 미숙.. 별다른 표정 없이 내려다보다 힐
끗 다른 쪽 옆을 쳐다본다. 그 시선 끝에는, 몸 이곳저곳에 상처가 난 희
섭, 서있다. 사람들 틈에 파묻히듯이 섞여있는 희섭, 어쩐지 식은땀에 젖
은 채 괴로운 듯한데. 희섭, 겨우 고개를 들어 동식이 저만치 사라지는
걸 확인하고서야, 조심스럽게 시선 돌려 교생의 시신 쪽을 바라본다.
'!!!' 곧 후들후들 떨려오는 무릎을 붙잡는 희섭. 그러나 이내 눈치 살피
듯 주변을 빠르게 둘러보는데, 그제야 아까부터 자신을 뚫어져라 보고
있던 미숙과 시선이 마주치고 만다.

희섭   (?! 굳은 듯 보면)

미숙   (별 뜻 없단 듯 으쓱, 예쁘게 웃어주곤, 이내 다시 앞을 내려
          다보는)

희섭   (!? ... 시선 내린 채 파르르 떨려오는 숨을 조용히 내쉬는 데서)

씬21.　　해준의 집, 마당. 낮

마당 한쪽에 잔뜩 웅크리고 앉은 윤영, 차고 쪽을 바라보면, 굳게 닫혀있는 문. 그 너머는 그저 잠잠하기만 하다. 자신의 슬픔만큼이나 해준의 무너짐이 걱정스럽고 겁나는 윤영, 어쩌면.. 정말 이대로 떠나는 게 맞을지도 모르겠단 생각인데.. 그때, 쿵쿵— 대문 두드리는 소리 들려오면, 긴장하는 윤영.

순애(E)	... 윤영아, 윤영아...?
윤영	(!! 더 웅크린 채 애써 버텨보려는데)
순애(E)	(조금 울먹이는 소리로) 아무도 없어요? 나 좀, 나 좀 누가 도와줘..
윤영	(!!!)

씬22.　　해준의 집 앞 골목길. 낮

벌컥— 못 참고 대문 열고 나오는 윤영, 그렁그렁한 채 초조하게 떨고 있던 순애를 마주한다.

순애	(꾹꾹 눌러 참으며) 윤영아, 우리 언니 있잖아, 우리 언니가..
윤영	(그런 순애를 와락 끌어안아주며 괴로움에 질끈) 알아.. 알아.. 미안해..
순애	(무너지고 싶지만, 겨우) ... 엄마가 이상해, 윤영아.
윤영	(?! 보는 데서)

씬23.　　　순애의 집, 주방. 낮

멍한 얼굴로 나란히 선 윤영과 순애. 보면, 멀쩡히 설거지를 하고 있는 옥자의 뒷모습이다. 맨손으로 수세미 들고 박박 힘주어 프라이팬을 닦는 옥자.

옥자　　　(그러나 문득 혼잣말처럼, 중얼) 밤엔 위험하다고, 세상 무
　　　　　섭다고 그렇게 누누이 얘길 했는데.. 맨날 지 엄마 말을 귓등
　　　　　으로두 안 듣더니.. 응? 대체 그 시간에 거길 왜 가냐구.
순애　　　(조심스럽게) 엄마아...
옥자　　　대체 그 시간에 거길 왜 가.. 나쁜 년.. 우라질 년.. 사람들이
　　　　　뭐라고들 떠들지 빤해. (하다 신경질적으로 팩 고개 돌려선)
　　　　　아, 그놈의 전화기 좀 그만 울리게 하래두?!
윤영　　　(?! 고개 돌려서 보면)

거실에 놓였던 전화기, 이미 코드까지 완전히 뽑힌 채 박살 난 듯 바닥을 뒹굴고 있는데.

옥자　　　(이번엔 과도 닦으며, 중얼) 개 같은 것들.. 남의 일들이라고
　　　　　수군수군.. 뭘 더 구경하고 싶어서 자꾸 전화하고 지랄들이
　　　　　야...! (하다 휙 어긋나면)
순애　　　(옥자 팔목에 흐르는 핏줄기에 사색 되어) 엄마!!! (달려가고)
윤영　　　(!! 하얗게 굳은 채, 문득 어떤 불길한 생각에 다다르는) ?!

씬24.　　　해준의 집 앞 골목길. 낮

"엄마아..!!" 울며 옥자를 부축해 대문을 뛰어나오는 순애. 그저 멍하니

껌벅이는 옥자, 팔목의 상처에는 수건 따위로 돌돌 묶어 응급처치가 되어있다. 급히 따라 나온 윤영, 그러나 병원 향해 달려나가는 순애의 뒷모습을 잠시 보다가, 홀로 돌아서서 다시 해준의 집으로 뛰어드는.

씬25.　　해준의 집, 마당. 낮

상기된 얼굴로 달려 들어오는 윤영, 그대로 차고 문 앞으로 다가가 열어보는데. 여전히 굳게 잠긴 채 열리지 않는다. 곧 다급히 쿵쿵 두드려보는.

윤영　　이봐요...! 나.. 뭐 하나만 좀 물어보면 안 될까요? 이거 열고
　　　　나 좀 봐요. 네?!

씬26.　　해준의 집, 차고. 낮

열어놓은 본네트 앞에 두 손을 올려놓고 선 해준, 그러나 움직일 수 없을 만큼 무기력하고. 바깥소리가 들리는지, 어떤지.. 그저 본네트 안을 멍하니 들여다볼 뿐이다.

씬27.　　해준의 집, 마당. 낮

안쪽의 고요함이 불안한 와중에, 계속 두드려보는 윤영.

윤영　　저기... 우리 할머니요. 언제 어떻게 돌아가셨는지, 혹시 알고
　　　　있어요? 내가 태어나기 한참 전이었단 것만 들었지, 어떻게,
　　　　왜 그렇게 되셨는진.. 한 번도 들어본 적이 없었거든요. 혹
　　　　시.. 그게 오늘 일이랑 상관이 있는 거예요? 네??

씬28. **해준의 집, 차고. 낮**

'!!!' 눈빛이 조금 흔들리지만, 이내 모두 지워버리려는 듯 내젓는 해준.

씬29. **해준의 집, 마당. 낮**

그 침묵에 서러운 듯 입술을 깨무는 윤영.

윤영　　　　진짜 이럴 거예요?! 이제 정말 누가 어떻게 되든 상관없다 구?! ... 누군 뭐 겁 안 나는 줄 알아요?! 나도 여기 같이 있었 잖아.. 나 때문에 뭔가 뒤틀린 걸까 봐, 결국 이렇게 다 끝나 버릴까 봐 무서워 죽겠다구요...!

씬30. **해준의 집, 차고. 낮**

해준　　　　(!!... 괴로울 뿐인데)

씬31. **해준의 집, 마당. 낮**

윤영　　　　근데 내가 봤잖아.. 그 사람들 구하겠다고 죽도록 뛰어다닌 그 시간들, 그 마음들.. 내가 다 봤잖아. 이런 건 아무것도 아 닌 거예요? (잠잠하기만 한 차고 문을 원망스레 보다) 원 점?! 말도 안 돼.. 우리가 서로 모르던 그때로 돌아갈 수 있 는 게 아니면.. 그게 어디라도 원점은 아닌 거예요. 끝도 아 닌 거라구요!!

씬32. 해준의 집, 차고. 낮

'!!!....' 닫힌 차고 문을 먹먹히 바라보는 해준, 그러나 여전히 선뜻 용기가 나질 않고. 복잡한 머릿속에 이내 극심한 두통이 밀려온다. 제 머리를 감싼 채 괴로워하는 위로,

연우(E) 자... 이제 앞으로 나아갈 건지, 뒤로 물러날 건지,

씬33. 공항, 로비. 낮

캐리어를 옆에 둔 채 벤치에 앉은 연우(25세)*, 장난기 가득한 얼굴로, 커다란 후드티를 편하게 뒤집어쓴 채, 옆자리에 제 엄마와 함께 앉은 꼬마(8세, 남)를 내려다보며.

연우   선택은 네 자유야, 어떡할래?

꼬마   (심각하게 고민하다) Go.

연우   (씩 웃으며, 영어로) 좋아. 한 번 더. 숫자 세.

꼬마   (!! 집중한 채, 영어로) 5.. 4.. 3..

연우   (순간 집중한 얼굴로, 손에 들고 있던 큐브 퍼즐을 빠르게 돌려 맞추며) 2, 1... (동시에 완성된 퍼즐 탁— 내보이며) 예!

꼬마   (! 감탄하다, 찌푸리며) 내기는 내기니까..? (막대사탕 툭 내밀면)

연우   (귀엽단 듯 꼬마 머리 쓰다듬어주며) 쫌 아네? (받아 드는데)

병구(E)   (우렁찬) 연우야! 아들! 내 아드으을!!

---

* 평소 영어가 훨씬 편하고, 상대가 누구든, 알아든든 말든, 제멋대로 섞어 쓰는.

연우, 소리 나는 곳 보면, 저만치서 하와이 셔츠를 입고 헐레벌떡 달려오는 병구. 활짝 웃는 연우, 달려가 곧장 병구와 포옹한다.

연우   (기분 좋은 미소로) 오랜만이에요, 아버지. 보고 싶었어요.

씬34.   도로, 병구의 차 안. 밤

운전석에 앉은 병구, 그저 싱글벙글.. 좋아서 자꾸만 힐끗 옆을 보면, 편한 자세로 다리를 올리고 앉아 큐브 퍼즐 돌리던 연우, 민망하단 듯 씩 웃으며.

연우   닳아요, 아부지.
병구   옛끼 윤석아, 내가 너 보고 싶은 걸 3년 동안 어뜨케 참았는데 고작 30분 쯤 뚫어져라 봤다고 벌써 닳어?!
연우   (피식 웃으며) 학교가 너무 바빴어요, 죄송해요.
병구   (웃으며) 성적 죽여주드라. 습― 우리 윤씨들이 머리가 좋은가? 너! 나! 글고 요즘 내가 아주 예뻐라 하는 선생이 하나 있는데, 윤 해준 선생이라고, 거기가 또 윤씨걸랑.
연우   어? 해준...?
병구   (힐끗 보곤) 왜.
연우   (으쓱) 내가 엄청 좋아하는 이름인데, 그거.
병구   안 그래도 너 오면 소개시켜준다 그랬어. 뭘 고칠 게 하나 있다던데.. 그 방면에 울 아들만 한 전문가가 있겠냐, 이 코리아에? 응?! (껄껄 웃는데)
연우   (문득 저만치 앞을 보곤) 동네에 무슨 일 있어요?
병구   응...? (하며 시선 따르는 데서)

씬35.   우정리 거리 일각. 밤

굳은 듯 차에서 내려서는 병구, 멍하니 앞을 보면, 저만치 어느 가게에서 나오는 형사1, 반항하는 젊은 남자1의 머리끄덩이를 사정없이 끌고, 서둘러 뒤따라 나온 가게 주인(여, 50대), 울먹이며 발을 동동 구르는.

병구   ... 갑자기 이게 뭔.. (하다, 저 옆을 보고 찌푸리는)
형사2   나와, 이 새끼야!! (다른 곳에서 젊은 남자2의 뒷자락 끌고 나온다)
연우   (어느새 따라 나와선 바라보며) ... 웰컴 투 코리아네..

씬36.   해준의 집 앞 골목길. 밤

어둑한 골목길. 팔에 붕대 감은 옥자를 업은 형만, 천천히 걸어온다. 그 뒤로 오복과 순애, 따라 걷는다. 아무도 말없이, 그저 멍한 표정들로 터덜터덜 걸어선 제집 대문을 열고 들어서고 나면.. 맞은편 대문을 열고 나오는 윤영. 안쪽에서 계속 기다리고 있었던 듯 울적한 얼굴로 순애네 집 불빛이 켜지는 걸 바라본다. 그제야 힘없이 돌아서 들어가려는데, 저 멀리서 문득 들리는 소리.

연우(E)   거기가, 해준 집이야?
윤영   (? 돌아보는 데서)

씬37.   해준의 집, 마당. 밤

먼저 앞서서 자연스럽게 대문으로 들어서는 연우에, 당황해 따라 들어서는 윤영.

윤영	... 아니, 누구신데..
연우	(씩 웃곤, 큐브 퍼즐 가볍게 돌려 섞으면서, 마당 안을 휘 둘러보는) 이 집에 뭘 좀 고칠 게 있다길래 왔는데.
윤영	(? 이 사람인가 싶으면서도, 경계 놓치지 않고 보는데)
연우	오늘은 날이 아닌가? 그럼 이것 좀 전해줄래요? (다 섞은 큐브 퍼즐을 차고 문 앞에다 톡— 내려놓으며) 5초 안에 성공하면 뭐든 고쳐준다고. 성공 못 하면, 쫌 고민해보고.. 난 똑똑한 사람이 좋그든.
윤영	(?)
연우	그럼 빠이—. (미소로, 슬렁슬렁 떠나면)

곧 나직한 한숨을 내쉬는 윤영, 여전히 잠잠하기만 한 차고를 바라보는.

씬38.   순애의 집, 거실. 밤

불 꺼진 거실... 소리를 죽여놓은 TV만이 홀로 불빛을 뿜어내고 있는 앞에, 혼자 오도카니 앉은 옥자, 화면을 바라보고 있다. TV 속 뉴스에선 앵커가 우정리 사건 소식을 전하는 중인 듯 자료화면으로 우정리 강가와 폐가에서 급히 실려 나오는 시신들 및 웅성이는 군중들, 그 틈에서 오열하고 몸부림치던 형만과 오복의 모습들까지 차례차례 나오는데.. 남의 일인 듯 멍하니 바라보던 옥자, 문득 TV 앞으로 다가가 채널 돌린다.
곧 바뀌는 화면들, 87년도의 몇몇 프로그램과 광고를 지나 한 화면에서 멈추면, 화려한 드레스를 입은 미스코리아들이 잔뜩 잡히는데.*

---

* 실제 87년도 미스코리아 선발대회는 5월 12일에 TV 중계되었음. (녹화 비디오로 변경 가능)

옥자	...... (아리따운 그녀들을 바라보다, 가만히 고개 돌려 보면)
옥자(E)	밍크 코트가 뉘집 개이름이야?!

씬39.　순애의 집, 주방. 낮 [7부 씬21 상황으로 이어지는]

그날 아침의 상황 그대로, 기분 좋게 밥 떠먹던 경애의 이마를 숟가락으로 탁 때리는 옥자.

경애	(씩씩대며) 아니, 사달란 게 아니라 사준다고! 내가 미스코리아만 되면,
오복	사기 치지 말고 술이나 끊어, 망나니야.. 니가 뭔 미스코리아를 해.
경애	누나한테 싸가지 없게, 씨.. 나한테 분명 가능성 있다 그랬거든?!
/옥자	... 너.. 어디서 이상한 사람들 만나고 다니는 거 아니지..?
/경애	... 아이, 엄마가 잘 몰라서 그래.. 근데 혹시.. 쪼끔 보태줄 순 있나?
/옥자	미쳤나, 이게.. 없어! 먹고 죽을래도 없어!!

씬40.　순애의 집, 거실. 밤 [현재]

그 모습을 멍하니 바라보던 옥자, 이번엔 물끄러미 고개 돌려 현관문 쪽을 바라보면.

씬 41.   순애의 집, 거실. 낮 (씬39 이후의 상황으로 이어지는)

순애와 형만, 오복이 차례대로 가방 챙겨 급하게 현관 밖으로 뛰어나가자, 배웅하려 얼른 신발을 꺾어 신고 나가려는 옥자인데, "엄마, 엄마!!" 다급히 외치는 소리에 돌아보면, 뒤에서 우당탕— 뛰어오는 경애, 홀로 남은 옥자를 뒤에서 꽉 끌어안는다.

옥자   왜 이래, 얘가 또오..!

경애   (재롱떨듯, 뒤에서 고개 쏙 내밀며) 엄마, 나 진짜 농담 아니다? 이번에 미스코리아 되믄, 아니 아니, 미스코리아 안 되두 꼭 돈 많이 많이 벌어서 엄마 밍크코트 해주께, 응?

옥자   어디서 뭔 바람이 들어서 저번부터 자꾸 밍크 타령이야?

경애   옛날에 옆집 승진이네 엄마 입고 다니는 거, 엄청 부러워했었잖어, 엄마가.

옥자   (?!) 승진이네...? 너 아홉 살 때 이사 간 그 승진이네?

경애   그래에. 그때부터 내 꿈이 울 엄마한테 저거랑 똑같은 걸루, 아니, 쩌거보다 훨 예쁜 걸루 사줘야지, 그거였다구. (헤— 웃곤, 더 꽉 끌어안은 채) 이제 곧 될 거 같애. 그니까 쫌만 기다려, 알았지? 응? 엄마아— (붙들고 늘어지면)

옥자   (웃음 나면서도 괜히) 아유, 징그러, 놔아— (떨구고 가면)

경애   (그런 옥자의 뒷모습을 보는)

씬 42.   순애의 집, 거실. 밤 (현재)

그렇게 남겨진 경애의 모습을 멍하니 보는 옥자.

옥자   ... 냉정한 년... 그것 좀 안아주지... 쫌 안아주지, 그걸...

... 그럴 수 있을 때.. 맘껏 안아줬어야지..

가만히 읊조리며 제 가슴을 툭 때리던 옥자, 순간 홀연히 자리에서 일어난다. 얼마간의 시간이 흐른 뒤, 방에서 나오는 순애, 보면, 옥자가 있던 자리 비어있고. 현관문은 펄럭 열려 있다. 쿵 내려앉는 순애. "엄마.. 엄마!!" 그러자 동시에 각자의 방에서 화들짝 튀어나오는 초췌한 형만과 오복, 놀란 눈으로 보는 데서.

씬43.　　　해준의 집, 마당. 밤

멍하니 밤하늘을 올려다보고 있던 윤영, 문득 밖에서 "엄마!" "여보!!" 외치며 쏟아져 나오는 순애네 가족들 소리가 들려오자 덜컥 놀라서 대문 쪽을 보는데, 그보다 먼저 벌컥 열리는 차고 문. 그리고 냅다 튀어나오는 해준.

윤영　　　　(?! 놀라서 보면)
해준　　　　(!! 더 초조한 얼굴 그대로 윤영과 잠시 눈을 마주치곤, 곧
　　　　　　달려나가는)

씬44.　　　해준의 집 앞 골목길. 밤

황망히 서서 이쪽저쪽 둘러보고 있는 형만과 오복, 순애... 어디로 어떻게 가야할지 갈피를 잡지 못한 채 우왕좌왕하던 그 순간, 대문 열어젖히며 빠르게 튀어나오는 해준. 해준, 형만과 순간 마주치자 잠시 복잡한 얼굴을 했다가, 이내 쏜살같이 달려나간다. 곧 그 뒤를 따라 나온 윤영, 확신으로 해준의 뒤를 쫓아 달려가고.

| 형만 | (?! 하다, 어쩐지 그래야겠다는 느낌에, 그 뒤를 쫓아서 달리면) |
| 오복, 순애 | (!! 역시 따르는) |

씬45.   우정리 뒷산. 밤

어둑한 밤. 경사진 산길 위를 헉헉대며 오르는 형만과 오복, 순애. 마음은 급하나 길이 쉽지 않아 자꾸만 뒤로 쳐지던 순애, 급기야 흙길에 철퍼덕 엎어지면 그런 순애를 부축해 일으키는 형만과 오복이고. 그들보다 한참 앞선 곳을 빠르게 가는 해준, 차오르는 두려움을 지우려 숨이 턱 끝까지 차도록 달려 올라가면, 윤영, 역시 그런 해준을 놓치지 않으려 기를 쓰고 달리는데.

해준	(문득 어딘가에 다다르더니, 외치는) 안 돼...!!!
윤영	(!? 그 소리에 덜컥 놀라 멈춰 보면)
형만, 오복, 순애	(!! 역시 끔찍한 상상에 하얗게 굳어 올려다보는데)

씬46.   우정리 뒷산 일각. 밤 (1부 씬9 장소)

낭떠러지 끝에 맨발로 아슬아슬하게 걸쳐서 있던 옥자, 역시 놀라 돌아본다. 보면, 식은땀 가득한 채 미친 듯이 숨을 몰아쉬는 해준이 홀로 서있는.

해준	(괴롭게 내저으며) ... 안 돼.. 제발... 제발 그러지 마세요.. 제발..
옥자	(슬픔에 천천히 내젓는데)
해준	버티셔야 됩니다.. 죽도록 힘드시겠지만.. 지금 이 순간을 버티지 않으면 남아있는 자식분들.. 순애, 그리고 오복이, 그

두 사람한테 어머니가 없는 삶이, 어머닐 잃은 삶이 적어도 40년, 아니, 그 이상 주어지게 될 테니까요.

옥자 (! 돌아보면)

해준 ... 그런 삶을 남겨주고도 편해질 자신 있으십니까..

옥자 (!! 괴로운 신음으로 저 먼 곳을 내려다보는데)

해준 어머님 선택에 많은 게 달려 있어요. 그러니까.. 버틸 수 있다고, 그럴 수 있다고.. 제발 그렇게 말씀해주세요.. 예?

옥자 !!......

그때, 저 뒤쪽에서 눈물범벅으로 "엄마아!!" 외치며 달려 올라오는 순애와 오복. 두 아이들 모습에 무너지듯 왈칵하는 옥자.. 결국 떨리는 손으로 해준의 손을 탁 붙잡는다. 빠르게 달려오는 순애와 오복, 그리고 형만, 옥자를 끌어안은 채 서글픈 울음을 터뜨리고. 머리를 맞댄 채 오래도록 그렇게 슬픔을 나누는 네 식구의 아래로, 멀리 고요하게 흐르는 우정리 강물을 내려다보는 해준. 눈물 머금은 윤영, 그런 해준을 오래도록 바라보는 데서.

씬47.　　해준의 집, 마당. 밤

가라앉은 얼굴로 천천히 걸어 들어오는 해준과 윤영. 조금 앞서 걸어나가던 윤영, 슬쩍 뒤로 돌아 해준을 마주 보듯 멈춰 서고는, 잠시 본다. 고맙기도, 미안하기도, 걱정스럽기도 한 마음을 어떻게 표현해야 할지.. 말을 고르는데.

해준 (역시 가만히 보다) ... 그냥 잠깐 안아줄까요, 우리?

윤영 (?! 보면)

해준	너무 많은 일들이 있었잖아요, 오늘. 그러니까 그냥.. (하는데)
윤영	(! 먼저 다가가 곧장 폭 안으면)
해준	(! 곧 자신도 팔을 뻗어 윤영을 안아주는)
윤영	(묘하게 밀려오는 안도감에 북받쳐 순간 울컥 눈물이 나고)
해준	(그런 윤영을 천천히 도닥여주는)

그렇게 잠시 서로를 안은 채 말없이 마음을 주고받는 두 사람. 두렵고 막막하지만, 함께여서 안도가 되는 그 마음으로 체온을 나누다, 천천히 떨어지곤.

윤영	더... 해볼 거죠? 범인도, 세 번째 피해자도..
해준	끝일 수가 없잖아요. 모르는 사이가 되는 건 원치 않으니까.
윤영	(!! 힘없이 웃다) 아.. 누가 찾아왔었는데.
해준	(이미 알고 있다. 힐끗 돌아보곤, 다가가 차고 앞에 놓인 큐브를 줍는)
윤영	좀 이상한 사람이었어요. 뭐라더라.. 5초 안에 성공해야 고쳐, (하는데)
해준	(대수롭지 않은 듯 빠른 손길로 큐브를 순식간에 맞춰버리는)
윤영	(?!) 아니.. 어떻게.. (하다 문득) 정말 고쳐달라고 하게요?
해준	그럴 수 있는 사람이에요. 언젠간 돌아가야 하잖아요. 지금이 아니더라도.
윤영	누군데요, 그 사람이? (차고 향해) 저걸.. 보여줘도 되는 거예요?
해준	다루는 법은 내가 잘 알아요, 우리 아버지거든요.
윤영	아.. (하다 순간 놀라선) 네에?!

씬48.   해준의 집, 지하실. 낮

이어서 들어서는 해준과 윤영, 한결 편해진 분위기로, 전구 불빛을 켜면서.

윤영   숨기는 거 더 없다더니, 완전 제일 큰 걸 숨기고 있었어.. 가족이 있었으면서 어떻게 지금까지 얘길 안 할 수가 있어요?

해준   좋은 타이밍을 찾고 있었죠, 지금처럼.

윤영   그럼 맨날 보던 그 교장 선생님이.. 그러고 보니 성이 같았네.

해준   (민망함에 곧 말 돌리는) 일단 제외시킬 놈들이 있어요.

윤영   (! 곧장 표정 바뀌선) ... 두 명 다?

끄덕이며 (7부 씬1의) 벽 앞으로 가는 해준. 그 옆으로 따르는 윤영. '우정리 연쇄살인사건 용의자' 아래 붙은 세 장의 증명사진을 함께 나란히 들여다본다. 그중 고민수의 사진을 먼저 가리키는 해준.

해준   내가 본 바에 의하면.. 어제 그 손가락으론, 불가능했을 거예요.

〔 인서트 - (7부) 씬49. 우정리 강가, 다리 밑. 밤 〕
해준, 고민수의 한쪽 손을 툭툭 쳐보자,
죽을 듯이 아파하며 뒹구는 고민수.

해준   ... 당분간 실 같은 건 영 못 묶겠네..

해준   피해자... 두 사람 다 빨간 털실로 결박된 채 발견됐으니까. 손가락 말고도 성한 데가 별로 없기도 했고, 고민수는.

윤영   (고민수의 증명사진을 뜯어내버리곤, 범룡을 가리키며) 유범룡이 두려워하고 있던 건.. 살인에 대한 게 아니었죠.

〔 인서트 – 씬8. 우정리 강가 일벽. 새벽 〕

겁에 질린 채 해준을 올려다보던 범룡.

범룡   *빨갱이라면서요. 두 번이나 보고두*

            신고 안 했단 걸 걸리게 되믄,

해준   *... 니가 무서운 게, 그거야?*

해준   엄청난 연기를 한 게 아니라면, 심지어 다른 사건이 더 있었
            다는 것도 전혀 몰랐던 눈치였고. (범룡의 사진도 뜯어내면)

윤영   (이제 마지막 희섭의 사진 앞에 다가서는데) ... 떠올릴 변명이
            없네요. (애써 냉정히) 여기에, 진짜 파란 모자.. 백유섭까지.

해준   한 사람 더 있죠, 이제.

윤영   (? 보면)

해준   제일 큰 거짓말을 했던 사람... 고미숙이요.

윤영   (! 보는 데서)

씬49.　　봉봉다방. 밤 (현재)

(씬5의) 차림을 하고 같은 자리에 앉은 미숙, 제 앞의 커피잔을 가만히
매만지다 '딸랑—' 하고 다방 문 열리는 소리가 들리자, 입구 쪽을 바라
본다.

미숙   (싱긋 미소로, 이쪽이라고 가볍게 손을 들어 보이는)

윤영(E)   왜 그런 거짓말을 했는진, 어쩌면 알 것도 같아요...

씬50.　　[4부 씬37] 산길 일각. 오후

뜻모를 미소로 윤영을 마주 보던 미숙.

미숙　　　　우리 오빠 말야.. 결국 그렇게 된 거. 그걸 내가 좋아할 거라
　　　　　　고 생각해.. 아님 그 반대일 거라고 생각해?

씬51.　　[6부 씬44] 여학생 화장실. 낮

손을 씻으며 윤영 앞에 대화하던 미숙.

미숙　　　　도움 필요하면 얘기해. 아직까진 네가 해준 짓이.. 맘에 드니까.

씬52.　　해준의 집, 지하실. 밤

나란히 선 해준과 윤영, 굳은 얼굴로 서로를 보는.

윤영　　　　고민수가 그렇게 된 걸 좋아하고 있었거든요. 나한테 했던
　　　　　　짓을 생각하면 아마 자기 동생한테도.. 좋은 오빠는 아니었
　　　　　　겠죠.

해준　　　　(이미 목격했기에, 끄덕임 없이) 중요한 건, 얼마나 알고 있
　　　　　　냐는 건데.

윤영　　　　(? 보면)

해준　　　　고민수한테 죄를 덮어씌우기까지, 고미숙이 뭘 얼마나 알고
　　　　　　있었는지 그걸 어떻게 알고 있었는지, 그 정황이 중요하겠
　　　　　　죠. 적어도 자기 소설에 적어놓을 만큼은 자세히 알고 있었
　　　　　　던 거니까.

윤영	(끄덕이며) ... 그렇겠네요.
해준	(문득 손목시계를 확인하고는) 일단 지금은 백희섭 쪽이 먼저.
윤영	(? 보면)
해준	... 30분 뒤면, 첫 번째 용의자로 지목될 겁니다. 경찰들한테..
윤영	(!! 보는 데서)

씬53.　　경찰서, 강력반. 밤

전에 없이 북적이는 강력반 내부. 동네 양아치와 전과자들을 전부 모아둔 듯 각양각색의 남자들이 잔뜩 모여든 가운데, 각자 윽박지르거나, 가벼운 구타와 함께 타자기를 두드리며 조서 쓰고 있는 형사들. 그 틈의 동식, 홀로 책상에 앉아 무언가를 집중해 내려다보고 있다. 보면, 각각의 현장에 있던 '봉봉' 성냥갑과 접힌 쪽지 두 개, 나란히 놓여있다.

| 동식 | (!! 골똘히 보는) |

씬54.　　동식의 집 앞. 밤

어둑한 길. 주머니에 손을 찔러 넣은 채, 생각에 빠져 걸어오는 희섭. 문득 어떤 느낌에 힐끗 시선을 들면... 그 앞에 나란히 서서 기다리던 해준과 윤영이다.

| 희섭 | (? 보는 데서) |
| 희섭(E) | 아, 뭣들 헌당가요?!! |

씬55.   동식의 집, 희섭의 방. 밤

창고처럼 좁은 희섭의 외딴 방으로, 밀쳐지듯 들어서는 희섭, 당황한 얼굴로 보면, 막 문을 닫고 따라 들어선 해준과 윤영이다. 윤영, 슬쩍 희섭의 방을 둘러보면, 좁고 낡았으나, 백두산과 여러 밴드들의 포스터 및 어디서 주웠는지 좋아하는 풍광이 담긴 잡지 사진들을 한껏 예쁘게 붙여놓은, 그만의 취향이 한껏 드러나는 방 안 풍경인데.

희섭   뭔 가정방문을 이딴 식으로 헌대요, 예?!

윤영   (얼른 다잡고) 너희 형은 지금 어딨어? 마지막으로 본 게 언제야?

희섭   (! 조금 예민해져선) 다들 잘 모르는가본디.. 우리 짝은아부지가 경찰이시거등요?! 아무리 선상님이라도 저번부텀 이란 식으로,

해준   그 짝은아부지가 곧 너 잡으러 올 거야, (손목시계 힐끗) 5분 뒤쯤.

희섭   (?! 보면)

해준   (그제야 발견한 듯, 천으로 가려놓았던 서랍장으로 다가가면)

희섭   (!! 얼른 막으며) 아, 뭣 허는 거냐고요!!!

달려드는 희섭을 뿌리치곤, 곧장 맨 아래 서랍을 여는 해준. 곧 드러나는 옷가지.. 완전히 피에 젖은 채 급히 숨긴 듯 구겨지고 뭉쳐진 셔츠다! 당황해 보는 윤영인데.

해준   (셔츠를 쥔 채, 희섭의 앞으로 가까이 다가서며) 뭐야, 이거.. 이걸 여기 왜 숨긴 거야.

희섭   (!! 하얗게 질린 채 보는 위로)

미숙(E)   넌... 사람이 가장 위험해지는 순간이 언제라고 생각해?

씬56.   봉봉다방. 밤 (희섭의 회상, 씬49 상황 − 두 시간 전)

딸랑— 종소리를 내며 입구로 들어서는 이, 바로 희섭이다. 저만치서 이
쪽을 향해 싱긋 웃으며 손을 흔드는 미숙을 바라보는 희섭 위로.

미숙(E)   모든 잘못을 바로잡을 수 있다는 희망...
             모든 실수를 없던 일처럼 덮을 수 있다는 착각...

삐딱한 얼굴의 희섭, 그러나 미숙을 향해 저벅저벅 다가가는.

씬57.   봉봉다방, 구석진 테이블. 밤 (씬5의 상황)

구석진 테이블에 여유롭게 턱을 괴고 앉은 미숙, 커피잔을 스푼으로 저
으며.

미숙   그 가련하고 달콤한 헛꿈에 정신없이 빠져들다 어느 순간,
             깨닫게 되는 거야. (픽 웃으며) 아.. 세상에 돌이킬 수 있는
             죄 같은 건 없는 거구나. 그치만 그걸 깨달았을 땐 이미 운
             명의 수레바퀴 아래 무참히 짓이겨진 뒤겠지. 중요한 건...
             방향이거든. (싱긋 웃어 보이면)
희섭   (맞은편에 앉은 채) ... 뭔 귀신 씨나락 까먹는 소리여... 헛소
             리 말고 본론이나 말혀. 너 뭔디 날 보자고 헌 거여?
미숙   네 약점 말야, 그거 내가 덮어줄 수 있을 거 같아서.
희섭   (탐탁지 않게 보며) 뭔 약점?

미숙	(테이블 아래, 제 가방에서 꺼낸 파란 모자를 툭 놓으며) 버리려면 제대로 버렸어야지, 바보같이 이게 뭐야.
희섭	(!!! 보면)
미숙	넌 누군가를 지키고 싶고, 난 누군가를 버리고 싶은데.. 잘하면 우리가 서로 도움이 될 수 있거든?
희섭	..... 나랑 뭘 허자는 거여?
미숙	(앞으로 가까이 몸을 슥 숙이고는) 너희 형이 한 짓 말야... (귓속말하듯 희섭에게 무어라 속삭이면)
희섭	(!!? 하얗게 굳어가는 데서)

씬58.   희섭의 방. 밤 (현재)

해준과 윤영의 앞에 마주 선 희섭, 하얗게 질린 얼굴로 가만히 보다가, 문득 읊조리는.

희섭	... 바보 같은 기지배... 지가 아는 게 뭔지도 모르구.. (픽 웃으면)
해준, 윤영	(?! 보는데)
희섭	(순간 서늘해진 눈으로 보며) 뭘 어떻게 알고 왔는지 모르겠는디 (해준에게서 피 묻은 셔츠를 툭 빼앗고는, 똑바로 보며) 이거, 내 꺼여요.. 다.. 내가 헌 짓이라고요.
해준, 윤영	(!!!)

이건 또 어디로 흐르는 방향인 걸까... 더없이 또렷한 희섭을 마주한 채, 각자의 혼란과 충격으로 보는 해준과 윤영에서.

어쩌다 마주친, 그대 / 제 8회 엔딩

1. 〈어쩌다 마주친, 그대〉를 어떤 계기를 통해 기획하게 되셨는지 궁금합니다. 작품을 통해 꼭 전하고 싶은 메시지가 있었을까요?

약간의 TMI가 될 수 있겠는데요, (웃음). 이전 작품을 준비하던 2019년에 제 부모님은 다소 어두운 시기를 보내고 있었던 것 같습니다. 모든 관계에는 종종 먹구름 끼는 시간이 존재하는 법이니까요. 모처럼 쉬려고 집에 가면 부모님 사이의 천둥 번개를 그대로 맞고 있는 기분이 들어서 차라리 작업실에 박혀 글을 쓰는 게 마음이 편하다고도 생각했습니다. 그렇게 작품을 끝마친 11월에 엄마와 단둘이 짧은 여행을 갔어요. 여행 내내 아버지에 대한 얘기는 한마디도 꺼내지 않던 엄마는, 여행지 중 마침내 당신에게 가장 좋다고 여겨지는 장소에 도착했을 때 불쑥 한마디를 꺼냈습니다. "왜 너네 아빠는 평생 고생만 하는 걸까?" 좋은 곳에 함께 오지 못한 게 사실은 내내 속상했던, 가장 미워하는 순간마저도 아빠를 연민하던 엄마의 그 옆얼굴을 잠시 들여다보았습니다. 그러자 이따금 듣곤 했던 젊은 시절의 두 사람 이야기들이 머릿속을 스쳐 갔고, 곧 의미를 넓혀 새로운 상상들이 덧붙었어요. 그렇게 집에 돌아와서 곧장 A4 10장의 페이퍼를 정리해 썼고 그게 〈어쩌다 마주친, 그대〉의 시작이었습니다. 그 시작에서 제가 바랐던 것은, 우리 곁에 가까이 있는 사람들을 한 번쯤 들여다보고 싶게끔 만드는 이야기가 되는 것이었어요.

2. 많은 드라마 팬들이 작가님의 작품을 보고 탄탄한 서사가 강점이라고 꼽습니다. 이번 작품 역시, 등장인물이 많은 데다 추리 요소까지 있어 캐릭터 구축과 서사 설계에 공이 많이 들었을 것 같습니다. 처음 인물과 사건을 설정하면서 가장 중점에 둔 부분은 무엇이며, 처음의 기획과 가장 많이 달라진 내용이 있다면 무엇일까요?

살인사건이 들어가는 이야기에서 범인이 궁금해지는 것은 당연하고도 자연스러운 일이지만, 이 이야기에서는 범인 그 자체를 묘사하는 것보다 그로 인해 삶이 뒤틀리고 꺾였던 사람들에 대해 조명하는 것이 더 중요하다고 생각했습니다. 저마다 다른 가능성을 품은 채 반짝이던 사람들이 마을에서 일어난 비극적인 사건으로 인해 오래전 많은 것들을 잃게 된 일이 있었고, 타임머신이라는 매개체를 통해 먼 시간에서부터 그것들을 되찾아 주려는 용기 있는 사람들이 있었다는 이야기를 해보고 싶었기 때문이에요. 그래서 오히려 범인을 찾아가는 과정을 역으로 이용해 피해자들의 이야기에 가 닿게끔 구성을 했습니다. 누군가를 한껏 의심하게 만들어 그 인물에게 시선을 집중시킨 뒤 인물이 용의선상에서 제외되는 순간 그가 품고 있던 사연이 하나씩 밝혀지는 방식으로요. 이 사건에 잘못 얽혀들어 굴절된 인물 역시 피해자로 볼 수 있기 때문에 그들의 사연을 비추는 일도 의미가 있다고 생각했어요. 살해된 피해자 역시 그 사람이 어떤 인물이었는지를 더 가까이 들여다보는 방식으로, 범인은 직접적인 묘사보다 그 반짝임을 단절시킨 인간으로서의 우회적인 묘사를 쌓아가려고 했습니다.

그 밖에 고민했던 것은, 워낙 등장인물이 많고 기본적인 설정 자체가 많은 이야기였기 때문에 이들을 효율적으로 전달할 방법을 찾는 일이었는데요. 전체를 끌고 가는 주인공인 해준과 윤영 두 사람을 제외한 인물들에게는 초반에 비교적 강하고 분명한 캐릭터성을 부여해 짧게 강조하는 반면, 주인공에게는 독특하게 규정되는 캐릭터를 따로 설명하기보다 상황적으로 점차 풀어가는 방식을 택하고자 했습니다. 예를 들면, 1부에서는 정말 많은 일들이 벌어져야 했기 때문에 윤영의 경우, 보시는 분들에게 '이 사람은 그냥 나야. 내 얘기야.' 하고 단박에 감정을 붙여 친밀하고 빠르게 쫓아갈 수 있는 상황이 먼저 필요했고, 해준 역시 자신에게 주어진 독특하고 놀라운 상황에 반응하는 방식과 그 선택을 보여줌으로써 인물을 소개하는 쪽이 효과적일 거라 생각했어요. 이후에도 벌어지는 사건에 대한 각자의 생각과 행동으로 인물을 조금씩 쌓아가고자 했는데, 여기에는 물론 실제 배역을 맡은 배우분들이 아주 섬세하게 덧입혀 주신 색채의 도움을 크게 받았습니다. 기본적으로는 이렇게 정해놓은 틀 안에서 이야기를 꾸려나가려 노력했고, 그 과정 속에서 사건의 디테일들은 조금씩 달라지기도 했지만, 전체적인 라인은 대체로 처음의 계획을 지키면서 써나갔습니다.

3. 집필하면서 가장 어려웠던 점은 무엇인가요?

균형을 잡는 일이었던 것 같아요. 다양한 톤과 장르가 섞이는 이야기였던 만큼 보는 분들마다 원하는 방향이 크게 달라질 수 있는 위험이 있었어요. 사건의 빠른 전개를 원할 수도 있었고, 관계의 진전을 원할 수도, 사람 이야기가 더 많이 다뤄지길 원할 수도 있었죠. 실제로 대본에 대한 피드백에서도 회차마다 기대하는 다음이 저마다 완전히 다른 경우가 종종 있었고, 그때마다 어느 한쪽도 제대로 만족시킬 수 없을지 모른다는 두려움이 생기곤 했습니다. 하지만 뒤집어 생각하면 하나의 흐름 안에서 다양한 재미를 가져갈 수 있다는 장점이 있었기 때문에 그 희망에 더욱 힘을 싣는 쪽으로 노력을 기울였던 것 같아요. 어떻게든 중심을 붙들고 써나가면 될 거라 믿었고, 물론 그 중심은 해준과 윤영이라는 두 사람이었습니다.

4. 주인공을 죽인 사람이 주인공의 아버지라는 설정이 신선했습니다. 연우로 범인을 설정한 이유는 무엇인가요?

해준과 윤영 두 사람 모두 시작점부터 많은 것을 잃어야 했음에도 자신이 어디서부터 무엇을 잃게 되었는지조차 모른 채 살아가던 이들이었습니다. 그런 두 사람이 마주쳤고, 결국 서로가 꼭 마주해야만 하는 시기에 다시금 새로 만날 수 있는 기회를 얻었죠. 그런 이야기를 하고 싶었기 때문에 범인의 정체는 시작부터 연우였습니다. 아마 해준과 윤영 중 한 사람이 혼자서 시간여행을 하고 혼자서만 그 진실을 마주했다면 결코 좋은 끝을 맺을 수 없었을 거예요. 두 사람이 모든 과정을 함께 통과했기에 지금처럼 앞으로 나아갈 수 있었겠지요. 마치 우리의 부모 순애와 희섭이 그랬던 것처럼요.

5. 윤영이 너무 안쓰러우면서도, 또 부럽기도 했습니다. 과거로 돌아가 잘못을 바로잡을 수 있는 기회가 주어졌으니까요. 윤영을 통해 작가님이 전하고자 한 메시지가 있다면 무엇일까요?

어쩌면 16부에서 윤영이 미숙에게 했던 마지막 대사를 전하고 싶었는지도 모르겠습니다. 미래에서 보면 결국 지금의 이 시간도 과거에 속할 테니 아마 아직 늦지 않았을 거라고, 그러니 지금 우리 곁에 있는 사람들에게 조금이라도 따뜻한 사람이 되어주자고, 어쩌면 그게 다른 누구보다 우리 자신을 위한 일인지도 모르겠다는 생각들이요.

6. 범인이 누구인가에 대한 추측도 드라마를 보는 재미였습니다. 관련한 에피소드가 있으실까요?

모든 촬영을 마친 기념으로 가진 자리에서 범룡(주연우 배우)이 슬쩍 들려준 일화가 있습니다. 우리 작품에는 공교롭게도 총 3명의 '연우'가 존재했는데요. 윤연우(정재광 배우), 유범룡(주연우 배우), 고민수(김연우 배우)입니다. 그런데 후반부 촬영을 준비하던 어느 날 범룡 배우가 현장에서 우연히

"범인은 연우.."라는 이야기를 듣게 되었대요. 아마 촬영 일정상 뒤 회차 대본 일부가 미리 나갔기 때문일 텐데, 아무튼 그때부터 범룡의 가슴은 콩닥콩닥 뛰기 시작했고, '내가 범인이로구나!'라는 고요한 확신으로 남몰래 거울을 보며 범인의 서늘한 얼굴을 여러모로 열심히 준비했다고 합니다. 그런데 그가 받아 든 것은 12부 대본이었고... 범인인 내가 왜 폐가에서 죽음을 맞아야 하나, 한동안 어리둥절했던 그의 얼굴을 보며 어쩐지 미안한 기분이 들어 저 역시 남몰래 식은땀을 뻘뻘 흘린 기억이 납니다.

방송이 나가는 중에는 범인에 대한 시청자분들의 다양한 추리에 감탄하기도 하고, 또 역시 식은땀을 흘리기도 했는데요. 거기서 오는 어떤 긴장감 때문에 결국 14부는 본 방송을 챙겨 보지 못했습니다. 그 시각 밖에서 열심히 맥주를 마시곤 '이젠 모두가 범인을 알게 됐겠지...' 하고 조금은 홀가분해진 마음으로 늦은 밤 집에 돌아왔는데, 그때까지 기다리고 있던 아버지가 단호한 얼굴로 저를 보며 이러시는 겁니다. "아니야. 범인은 연우가 아니야. 범인은 교련이야. 그게 맞아.. 그게 진실이라고.." "아..." 그때 제 귓가에 들린 천둥소리는 무엇이었을까요. '솜사탕 씻은 너구리'가 된 저는 가족조차 믿어주지 않는 엔딩을 껴안고 울먹이며 그렇게 한 주를 더 기다려야 했습니다..

7. 2021년 엄마를 잃고 후회로 괴로워하는 윤영을 보며 많은 것을 느꼈다는 평이 많았는데요, 만약 윤영이처럼 과거의 부모님을 만날 수 있다면, 하고 싶은 것은 무엇이며 건넬 첫 마디는 무엇일까요?

아주 맛있는 밥을 한 끼 사주고 싶습니다. 의심스러워서 저랑 같이 밥을 안 먹어줄 것 같기는 한데, 그렇다면 제가 고마워해도 될 만한 일을 좀 하게 만들어놓고, 그 구실로 맛있는 걸 함께 먹는 거죠. 식당을 나와서는 마지막 인사를 나누는 척 아직 뽀얗고 통통할 그 손을 한 번씩 잡아보고 싶습니다. "고마워요. 정말로 고맙습니다." 그런 말들을 건네면서요.

8. 우리 작품은 인간이 느낄 수 있는 복합적인 감정을 모두 아우르고 있습니다. 덕분에 모든 캐릭터가 주인공처럼 느껴지기도 했습니다. 가장 공감이나 애정이 가는 캐릭터는 누구이며, 그와 관련한 못다 한 얘길 풀어주신다면요?

모든 인물에 크고 작은 마음을 얹혀 놓기 때문에 누구 한 사람을 꼽는 일이 어려운데요. 주인공인 해준과 윤영을 제외한다면, 지금은 희섭이 떠오릅니다. 아마 그가 지내온 시간들을 상상했던 제 시간이 길기 때문일 거예요. 겉으로는 밝아보이기만 했던 희섭이 록 음악을 좋아하는 데에는 사실 그가 이따금 홀로 들어야 했던 환청이나, 시끄러운 제 마음을 덮어주는 소리였기 때문이라는 설정이 있었는데요. 1987년을 배경으로 삼았던 이유 중에는 희섭의 이러한 역사와 연결고리가 있기도 했습니다. 마침 국내에서 헤비메탈의 전성기를 맞이한 시기이기도 했고요. 어떻게든 자신의 시간을 살아보려고 노력했던 희섭이 끝내 자신의 언어마저 버리면서까지 겪였었다는 걸 생각하면 마음이 아픕니다. 그래서 더 애착이 가는 캐릭터입니다.

9. 해준처럼, 어느 날 타임머신이 눈앞에 나타난다면 사용하실 건가요? 과거와 미래 중 가고 싶은 곳은 어디인가요?

제 자신을 위한 용도라고 한정한다면, 그다지 사용하고 싶지 않습니다. 물론 저도 제 과거의 몇몇 순간에 찾아가서 정신 차리라고 뺨을 좀 때려준다든지, 울지 말고 떡볶이라도 사먹으라고 로또 번호를 좀 쥐여준다든지 하고 싶기는 한데 어쩐지 조금 귀찮은 기분이 드네요. 또 어차피 저는 제 말을 잘 안 들을 것 같습니다. 그렇다고 미래로 가보자니 스포 당한 제 인생을 살아가는 일은 별로 재미가 없을 것 같아요. 포기하겠습니다. 그런데 이렇게 적어놓기는 했지만 제가 과연 정말로 참을 수 있을까요. 인간의 호기심이란... 아마 타임머신을 줍기만 한다면 목적지가 어딘지는 몰라도 거의 고장 날 때까지 열심히 타고 다닐 게 분명합니다. 휴, 줍지 못해 다행이네요.

10. 작가님의 대사는 가끔 함축적인 특색을 띠는데, 때문에 곱씹어 볼수록 의미가 드러나 보는 맛이 있기도 한데요. 글을 쓰실 때 가장 중점에 두는 부분은 무엇이며, 작품을 그리실 때 절대 넣지 않는 요소나 금지 철칙 같은 게 있을까요?

제 나름의 리듬과 균형을 만드는 일을 중요하게 생각하는 편입니다. 구성을 짤 때나, 장면 전환을 할 때, 대사를 쓸 때 비록 어설플지라도 어쨌든 제 스스로 끄덕일 수 있는 리듬으로 낙차를 만들고 이어가는 게 저한테는 중요합니다. 그렇게 해야 한 회차가 한 덩어리로 보이는 느낌도 들어요. 가끔 대사를 쓸 때 작품 안에서 두 가지 의미로 읽힐 수 있는 문장을 쓰게 되면 기분이 좋습니다. 그건 혼자만의 작은 재미를 위한 것이기도 한데, 나중에 시청자분들이 꼼꼼하게 발견하고 공유해 주실 때면 몇 배로 더 좋아집니다. 아직 경험이 많지 않아 따로 금지 철칙 같은 것을 정해두진 않았지만, 언제나 다양한 사람들을 상대로 정해두고 쓰려고 합니다. 세상의 여러 사람들 중에 누군가는 글 안의 어떤 부분 때문에 자칫 상처받을 수도 있다는 가능성을 늘 염두에 두고, 가급적 그런 길을 가지 않으려고 부단히 노력합니다.

11. 전작도, 이번 작품에서도 느꼈습니다만, 로맨틱 장르도 정말 잘 쓰실 것 같다는 생각이 들었습니다. 몇 대사는 너무 설레기도 했는데요. 추후 로맨틱 장르를 쓰실 계획은 없으신지요?

따뜻한 용기를 북돋아 주셔서 감사합니다. (웃음). 서랍 속에 얌전히 넣어둔 이야기가 있기는 한데, 어쩌다 보니 그것도 여덟 글자의 제목을 가지고 있네요. 꺼내 들 수 있는 날이 오면 좋겠습니다. :)

12. 시즌2에 대한 요구가 많습니다. 주인공 해준 역의 김동욱 배우도 그렇고요. 다음 시즌에 대한 계획이 있나요?

제게는 너무나 감사한 상상일 따름입니다. 물론 저도 몇 가지 새로운 시작점에 대해 슬쩍 그려본 적은 있습니다. 비록 고장이 잘 나는 연약한 붕붕이

(타임머신)일지라도, 그 친구만 있다면 우리가 함께 가지 못할 곳이 없지 않을까요?

13. 마지막 회에서 윤영과 해준이 "과연 미래가 바뀌었을까요?"라고 기대하면서 굴다리를 통과하는데요, 두 사람의 바람답게 모두가 행복하게 사는 미래로 바뀌어 있었습니다. 보면서, 참 행복했는데요. 작가님이 가장 바꿔주고 싶었던 인물의 과거는 무엇이며, 앞으로 다음 시즌이 있다면 바꿔주고 싶은 인물의 미래는 무엇인가요?

아픈 사연이 많았던 만큼 모든 인물의 미래가 잘 바뀌어있기를 바랐고, 그렇게 매듭지어 줄 수 있어서 다행인 마음입니다. 만약 우리에게 다음이 있다면 우선 다시 살아날 주영과 경애, 그리고 범룡의 새로운 미래를 그려보고 싶고요. 또 무엇보다 봉봉다방을 꿋꿋하게 지키는 청아의 삶을 그려보고 싶습니다. 아직도 청아를 떠올릴 때면 바닷가의 작은 집 평상에 홀로 앉아 영원히 뜨개질을 하고 있을 것만 같아서 마음 한쪽이 아려오는데, 한 번 더 과거를 바꿀 수 있다면 그녀에게도 또 다른 삶을 선물할 수 있지 않을까요. 여기에 조금 더 욕심을 부려보자면, 새로운 인물들이 또...! (웃음)

14. 마지막 장면에서 해준과 윤영은 다시 과거로 떠나기로 합니다. 두 사람은 정말 더 잘 해냈을까요? :)

물론입니다. :) 해준과 윤영이는 섬세하고 다정한 사람들이니 모두에게 최선의 방향이 무엇인지 찾아주려고 했을 거예요. 그리고 이번엔 모든 일을 잘 마친 뒤에 슬쩍 87년에서만 가능한 데이트를 즐겼을지도 모르지요. 강냉이와 함께하는 영화관 구경이라든가, 문 나잇트 디스코 클럽 무대에 오른 희섭의 공연을 함께 본다든가.. 두 번째 시간여행의 '짬바'란 그런 것이니까요.

15. 1987년, 2021년을 살고 있을 극 속 인물들에게 인사를 해주세요.

"모두들 거기 잘 있지요? 다들 행복하게 지내고 있다고 들었어요. 정말 다행입니다. 생각날 때마다 종종 놀러 갈게요. 함께해 줘서 고맙습니다. 오래오래, 기왕이면 영원히, 건강하게 잘 살아주세요!"

16. 대본집을 읽게 될 팬들께 인사 부탁드립니다.

〈어쩌다 마주친, 그대〉를 함께해 주신 여러분들께 진심으로 감사드립니다. 헤어지기가 못내 아쉬운 마음에 주절주절 부끄러운 이야기들을 늘어놓으면서 최대한 작별의 시간을 늘려보았어요. 그럼에도 부족하게만 느껴집니다만, 부디 이 기록들이 우리의 또 다른 따뜻한 마침표가 될 수 있기를 바랍니다. 방송이 나가는 동안 여러분들이 들려주신 애정 어린 말씀들 덕분에 저 역시 많은 감동을 받았습니다. 그 소중한 마음에 보답하는 글을 쓰기 위해 노력하겠습니다. 감사합니다.

김동욱 해준 역

1. 〈어쩌다 마주친, 그대〉를 어떤 작품으로 해석하셨는지 궁금합니다. 이 작품이 사람들에게 하고 싶은 이야기는 무엇일까요? 작품을 통해 이 메시지는 꼭 가슴에 남았으면 한다는 게 있다면요.

미스터리와 스릴러적인 요소도 있지만 그 안에 있는 다양한 사람에 대한 이야기를 먼저 보게 된 것 같아요. 가족이나 사랑하는 사람들에 대한 이야기요. 오해하고 미워했던 누군가를 이해하고 용서하게 된다든지, 결국은 그로 인해 사랑이라는 감정을 깨닫게 된다든지 하는 감성적인 요소가 잘 그려져 있는 작품이라고 생각합니다. 물론 타임머신을 타고 과거로 돌아가 잘못된 일을 바로잡거나 운명을 바꾼다는 것은 현실에서는 있을 수 없는 일이겠지만, 정해져 있다고만 믿고 운명에 순응하기보다는 해준이처럼 용기 있게 운명을 개척해 나가는 모습을 보시고 다시 한번 자신의 삶을 돌아볼 수 있는 계기가 되셨기를 바랍니다.

2. 해준 역을 제안받았을 때를 기억하시나요? 시간이 좀 지났긴 했지만, 해준을 만났을 때 어떤 느낌이 들었고, 어떻게 캐릭터를 해석하셨나요? 해준을 표현하기 위해 노력한 점과 해준의 서사 중 놓쳐서는 안 될 부분이 있다면 무엇일까요?

시간이 정말 많이 지난 것 같아요(웃음). 〈돼지의 왕〉이라는 작품 촬영 중에 대본을 보게 된 것 같은데요. 시간이 오래 지나서 정확한 느낌은 기억이 안 나지만, 해준은 본인의 죽음을 그 이전으로 되돌리기 위해 타임머신을 타고 과거로 돌아가게 되잖아요. 그 과정에서 해준이 보여주는 이타적인 모습들이 본능적으로 누군가를 돕고자 하는 모습으로 비춰지길 바라는 마음이 있었어요. 삶의 방향을 결정하려는 강한 의지 안에서도 배려심이 깊은 캐릭터였으니까요. 이 부분이 해준의 가장 멋진 부분이기도 한 것 같습니다.

3. 초반 회차에서 해준이 1987년으로 불시착해 황당한 순간들을 겪는데요, 연쇄살인이라는 무거운 소재가 있지만, 김동욱 배우 특유의 유쾌한 연기가 곳곳에 드러나 극의 숨통을 틔워주는 듯했습니다. 극의 텐션을 유연하게 조정하는 역할로 김동욱 배우의 매력이 돋보이는 부분이었는데요, 〈어쩌다 마주친, 그대〉 같은 복합장르를 만났을 때와 〈손 더 게스트〉 〈돼지의 왕〉 같은 특정 장르물을 연기할 때, 배우로서 더 까다롭다고 느끼는 장르는 무엇이며, 어떤 부분에 집중하려 노력하나요?

특정 장르라고 해서 어떤 작품과 다르다는 것보다는 각 작품의 캐릭터들이 다 다르기 때문에 새롭게 만난 캐릭터에 대한 고민을 조금 더 하는 것 같아요. 〈어쩌다 마주친, 그대〉의 경우에는 타임머신이 등장하고, 현재와 과거를 오가는 이야기이기 때문에 오히려 그것을 더욱 의식하지 않으려고 했어요. 1987년에도, 2021년에도 그 시대 안에 맞는 현실적이고 자연스러운 모습을 보여드리려고 노력했습니다.

4. 유독 달리는 씬이 많습니다. 심지어 물에 빠지고, 언 호수에 갇히기도 하는데요, 촬영하면서 가장 힘들었던 장면이 있다면 무엇일까요?

질문 주신 것처럼 달리는 씬이 힘들었던 것 같습니다(웃음). 촬영했던 여름이 유난히 더 더웠던 느낌이 있는데요, 작품의 특성상 현대적인 느낌이 나지 않는 곳을 찾기 위해 먼 지방으로 전국 팔도를 돌아다니며 찍었는데 현대 문물이 없다 보니 조금 힘들었던 기억이 있고, 산을 뛰어오를 때가 가장 힘들었던 것 같아요. 무릎이나 발목에 무리가 가기도 했고요.

5. 이 작품은 '지나간 시간을 돌이킬 수 있다면'이라는 전제로 시청자에게 말을 겁니다. 배우 김동욱은 시간을 되돌릴 수 있다면, 어느 시점으로 돌아가 어떤 것을 되돌리고 싶나요?

2002년 월드컵이요. 결과를 미리 알고 보면 더 재미있을 거 같아요(웃음). 그리고 작품 안에서처럼 1987년도로 돌아간다면 야구장에 가서 김용수, 선동열, 최동원 등 최고의 투수들의 경기를 직관해 보고 싶은 마음도 있습니다. 스포츠 보는 걸 워낙 좋아하기 때문에 축구, 야구를 더욱 재미있게 보고 싶네요.

6. 극처럼 실제로 타임머신이 내 손에 들어왔다면 해준처럼 사용해 볼 의향이 있으신가요? 반대로 누군가가 먼 미래에서 왔다며, 내 말을 믿어달라고 한다면 어떻게 대응하실 건가요?

완전 있죠!! 왜 사용을 안 해요(웃음). 타임머신으로 복권 번호를 미리 알게 된다면 주위 사람들에게 나눠주고 똑같이 당첨되고 싶어요(웃음). 반대로 누군가가 미래에서 온다면 첫 마디는, '일단 이야기해 봐.'일 것 같아요. 그 사람이 무슨 이야기를 하려고 하는지, 미래에는 무슨 일이 있는지 들어본 다음에 판단할 것 같아요.

7. 배우 김동욱이 꼽는 작품 속 결정적 장면과 가장 기억에 남는 대사가 있다면 무엇일까요?

모든 장면에 최선을 다했기 때문에 정말 모두 기억에 남아요. 한 가지만 꼽는다면 윤영이와 바닷가를 걷는 마지막 장면이요. 실제로도 마지막 촬영이었는데 개인적으로는 연속으로 세 작품째 마지막 촬영을 동해에서 진행해서 기억이 남기도 하고요. 다음을 기약할 수 있는 장면인 것 같아서요. 대사도 마지막 대사가 가장 마음에 남습니다. "만약에 딱 한 번만 더 다녀오면 어떨 거 같아요?"라는 윤영의 질문에 "이번엔 제대로 해볼 수 있을 것 같은데 한 번만 더 다녀올까요? 이번엔 확실하게"라는 답변을 하는데요 타임머신을 타고 또 다른 시대로 가는 시즌 2를 기대해 보며 꼽아보았습니다(웃음).

8. 범인이 밝혀지고, 해준에게 너무 외롭고 가혹한 결말은 아닌가 하는 생각이 들었습니다. 작품을 시작하면서 주인공 두 분께만 누가 범인인지 작가님께서 미리 오픈하셨다고 들었는데, 결말을 들었을 때 어떤 생각이 들었나요?

예상하지 못했던 인물이라 많이 놀랐어요. 드라마가 방영되고 나서 범인이 누구인지 알려달라는 질문을 주위에서 많이 들었는데 끝까지 말하지 않았어요. 저희 회사 분들도 범인 누구냐는 질문을 많이 받으셨다고 해요. 다들 끝까지 비밀을 지켜주셨다고 하더라고요. 범인이 누구인지 궁금해하고 추리하면서 보면 드라마를 더욱 재미있게 보실 수 있잖아요. 시청자분들도 나중에 깜짝 놀라셨다는 반응을 많이 보여주셨던 것 같아서 알고 있는 저로서는 재미있게 관전했습니다.

9. 작품을 마치며, 나의 '해준'에게 해주고 싶은 말은?

한마디만 하겠습니다. '또 만나자.'

10. 〈어쩌다 마주친, 그대〉를 사랑해 주신 분들께 인사 부탁드립니다.

〈어쩌다 마주친, 그대〉를 시청해 주시고, 사랑해 주셨던 시청자 여러분 정말 너무 감사드립니다. 해준이와 함께한 시간여행이 즐겁기도 하고 때로는 힘들기도 했지만, 여러분들이 보내주시는 응원과 사랑으로 모든 보답을 받은 기분이에요. 해준이의 시간도, 여러분들의 시간도 온전하고 행복하게 흘러가기를 바라겠습니다. 우리 곧 또 만나요.

진기주 윤영 역

1. 〈어쩌다 마주친, 그대〉를 어떤 작품으로 정의하셨는지 궁금합니다. 작품 속 윤영을 통해 시청자께 전달하고 싶은 메시지는 무엇일까요?

소중한 사람에 대한 드라마라고 생각했어요. 소중하다는 사실을 잘 알지만, 너무 익숙해져서 '소중'이라는 단어의 의미가 희미해지기 쉬운 존재에 대한 드라마요. 메시지보다는 작품을 통해 가슴이 따뜻해지고, 힐링이 되고, 일상에서 소중한 것을 다시 상기시킬 수 있는 시간이 되길, 또 어느 한편으로는 대리만족도 드릴 수 있기를 바랐습니다. 그리고 어떤 분이 남겨주신 댓글이 참 인상 깊었어요. 9부 희섭이의 이야기가 그려진 날 남겨주신 댓글인데, '겪어보지 않고는 그 사람의 인생과 행동을 이해하기 쉽지 않다는 것을 깨달았어요.'라는 말씀이 참 감사했습니다.

2. 오래전이긴 합니다만, 윤영 역을 제안받았을 때를 기억하시나요? 어떤 계기로 제안받게 되었고, 하겠다고 마음먹은 결정적인 이유는 무엇이었나요?

이전 작품 촬영 중 어느 휴차 날, 조용히 읽어내려간 대본이었어요. 1부가 끝나고, 이 흡입력은 뭐지? 싶었죠. 완전히 대본에 빨려 들어갔다 나온 저를 발견했어요. 그리고 지금에서야 깨달은 사실인데, 하필 제가 그 대본을 읽었던 장소가 저희 엄마의 침대였습니다. 제가 매료되었던 내레이션이 있어요. 제작발표회 때도 한번 말씀드린 적이 있는 부분인데, 그 내레이션을 읽고 이거 해야겠다, 이건 내가 꼭 해야겠다. 마음먹었습니다. 저도 또 한 명의 윤영이기 때문이에요.

3. 배우 진기주가 소개하는 윤영은?

이것은 열어두고 싶어요. 저는 윤영이는 어디에나 존재하는 인물이라고 열어두고 싶거든요. 누구에게나 있어요, 윤영이는.

4. 2021년에는 갑질에 시달리는 편집자로, 부모님에게 분노와 연민을 느끼는 딸로, 1987년엔 고3 학생으로 분해 엄마를 만나는 역할로 시청자를 만났는데요, 다양한 캐릭터를 동시에 소화하느라 고생한 흔적이 느껴집니다. 캐릭터를 준비하면서 혹은 연기하면서 어려운 점은 없었나요? 캐릭터마다 어떤 점을 부각하려고 노력했는지 궁금합니다.

우리 드라마의 대본은 캐릭터성이 강하지는 않은 대본이에요. 감정선, 사건, 상황은 선명하고 강하지만, 대본이 캐릭터에 대해 정해주는 것은 강하지 않은 편이죠. 이건, 어찌 보면 자유롭게 캐릭터를 만들 수 있구나로 들릴 수도 있지만, 제 입장에서는 굉장히 조심스럽고 어려운 부분이었어요. 제가 어떤 방향을 선택하냐에 따라 윤영이는 한없이 시니컬해질 수도 있는 아이였고, 한없이 자기중심적이기만 한 인물이 될 수도 있는 아이라고 생각했거든요. 제가 하는 표현들이 드라마를 보시는 분들에게 설득되지 않고 공감되지 않는 순간, 응원받지 못하는 인물이 되어버릴 요소가 굉장히 많았기 때문에, 그래서 많이 조심스러웠고, 그럴수록 감정선에 더 집중하려고 노력했습니다. 분명 우리는, 살면서 언젠가 한 번쯤 '윤영'이었기 때문에, 모두가 이미 알고 있는, 겪어본 그 감정으로 집중하면 윤영이를 오롯이 전달할 수 있을 거라 믿었어요.

5. 유독 눈물씬이 많았습니다. 초반 회차에서 엄마를 잃고 흘리는 후회와 참회의 눈물, 과거로 넘어가 열아홉 살의 엄마를 마주했을 때 흘리는 미안함과 감사함의 눈물은 보는 이로 하여금 공감과 아픔, 안타까움을 느끼게 해 호평을 받았는데요. 감정 연기를 하면서 가장 신경 쓴 부분은 무엇이며, 몰입할 수 있는 원동력은 무엇인가요? 그리고 윤영에게 감화되었던 순간이 있나요?

감정 연기는, 대본을 읽을 때 느꼈던 감정과 모든 상황이 세팅되어 있는 현장에서 캐릭터의 의상을 입은 저에게 액션이 외쳐졌을 때, 그 공간과 공기에서 순간적으로 느껴지는 감정들이 합쳐져서 나오는 것 같아요. 때로는 그것들이 정확히 일치할 때도, 때로는 전혀 다른 새로운 것이 튀어나올 때도, 때로는 두 가지가 혼합되어 나오기도 해요. 감정 연기를 할 때 신경 쓰는 것은 단 한 가지예요. 느껴지는 대로. 이것 한 가지입니다.

몰입할 수 있는 원동력은 아무래도 촬영 스태프분들과의 합 아닐까요. 연기는 제가 맡은 몫이기 때문에, 어떤 악조건에서도 몰입할 수 있어야 하지만, 모두 한마음이 되어 임해주시면 그만한 원동력도 없는 것 같아요. 안치실의 엄마를 본 윤영이를 촬영할 때가 생각이 나네요. 그 씬도 촬영 감독님의 배려가 많은 도움이 되었던 씬이에요. 액션이 외쳐졌을 때, 제가 어떻게 움직이게 될지, 말 그대로 저도 찍어봐야 알 것 같은 순간들이 있거든요. 그때가 그랬어요. 정해놓은 동선과 약속된 액션 없이 제가 움직이는 대로 카메라에 담으려면 촬영팀, 조명팀 모두 언제든 저를 따라 움직일 수 있는 준비를 해주셔야 했는데요, 윤영이를 담고 있는 제 감정에 동의해 주시고 이해해 주셔서 제가 마음껏 연기할 수 있는 환경을 만들어주셨어요. 그렇게 한마음으로 함께 만들어갈 때 정말 큰 원동력이 돼요. 매 순간, 지금도 윤영이에게 감화됩니다. 저는 윤영이 덕에 더 좋은 딸이 되어가고 있고, 더 나은 삶을 사는 사람이 될 수 있을 것 같아요.

6. 윤영은 미래에 자신이 없는 인물이 될 수도 있다는 위험부담을 알고 있으면서도 엄마의 불행을 막기 위해 고군분투하는데요, 만약 실제 나에게 이런 일이 벌어진다면, 같은 선택을 할 수 있을까요?

같은 선택을 할 것 같아요. 더 나은 최선이 없을까 고민하지 않을 것 같아요. 정말 간절히 원하는 일은 위험부담이 있다고 해서 망설이지 않으니까요. 잃게 되는 것이 있어도 원할 만큼 간절한 거죠.

7. 작품을 시작할 때 이미 범인이 누구인지 알고 있었다고 들었습니다. 연기하는 입장에서 결말을 아는 것과 모르는 것 중 어느 것이 더 도움이 되나요? 회차를 거듭하면서 연쇄살인범 찾기가 과열되었는데, 관련해서 들었던 혹은 겪었던 재밌는 일화가 있을까요?

둘 다 상관없는 것 같아요. 진기주가 알고 있다고 해서 윤영이가 알고 있는 건 아니기 때문에 윤영이로서의 표현에 영향을 미치지는 않아요. 또, 진기주가 모르고 있다고 해서 윤영이의 표현이 달라지지도 않을 거고요. 범인이 누구냐는 질문을 많이 받았어요. 저는 물었죠. "진짜 알려줘?"라고요. 그럼 다들 "아니야. 내가 맞혀볼게."라고 했어요. 그들이 추리하는 내용을 재밌게 들었죠. 같이 드라마를 만들었던 어떤 친구는 일부러 다른 인물로 말해줬대요. "범인은 백동식 형사야!"라고요. 그랬더니 "와! 생각지도 못한 인물이야!"라고 하면서 믿더래요. 저도 그런 장난을 쳐볼걸 그랬어요.

8. 유독 쫓고 쫓기는 씬이 많았습니다. 촬영하면서 가장 힘들었던 장면이 있다면 무엇일까요?

살인현장에 비도 참 많이 왔잖아요. 저보다도 피해자를 연기한 친구들이 정말 힘들었을 거예요. 이주영 선생님 같은 경우에는 제대로 서있기도 힘든 울록볼록 돌멩이 바닥 위에 손이 묶인 채 누워있느라 너무 고생했고, 같은 날 범룡이도 비를 다 맞은 상황이었기 때문에 온몸이 젖은 채로 한참 촬영을 해야 해서 너무 아팠을 거고. 희섭이도 고문 장면을 촬영할 때 시야가 가려져 있으니 정말 공포스러웠을 거예요. 12부 대본을 받고는, 순애한테 꼭 위아래 긴옷으로 챙겨 입으라고, 아주 두툼한 소매의 옷으로 입으라고 여러 번 이야기했어요.

그리고 수중 촬영 날을 잊을 수 없어요. 제가 수영도 못하고 물을 무서워하거든요. 하지만 소화해내야 하는 앵글이 있으니 도전을 해야 했는데, 수영할 줄 모르는 사람은 당일에 절대 수중 촬영을 못 한다고, 동욱오빠가 촬영 전날 직접 연습을 시켜줬어요. 차근차근 하나씩 정말 잘 가르쳐줘서 정말 많은 도움을 받았는데, 심지어 촬영 날 현장에도 와준 거예요!

수영선수와 코치의 모습 같았습니다. 제가 뭐 하나 성공할 때마다 응원을 해줬어요. 촬영하다 발을 깊은 곳으로 헛디뎌 잠시 물에 빠졌다가 주변에서 대기하던 스태프분들에게 건져 올려지기도 했었는데, 때문에 공포감이 다시 심하게 커지기도 했었거든요. 그런데 스킨스쿠버 지도자 자격증도 있는 능력자 선배님 덕에 절대 못 할 것 같은 공포감도 이겨내고 무사히 마칠 수 있었습니다.

9. 이 작품은 '지나간 시간을 돌이킬 수 있다면'이라는 전제로 시청자에게 말을 겁니다. 배우 진기주는 시간을 되돌릴 수 있다면, 어느 시점으로 돌아가 어떤 것을 되돌리고 싶나요?

돌아가고 싶은 순간은 없어요. 물론 그때 그러지 말걸, 그때 이렇게 해볼걸, 그때 이랬어야 하는데 같은 사소한 일들은 종종 있죠. 그치만 그때의 경험을 후회보다는 앞으로 더 나은 선택과 행동을 할 수 있는 과거의 가르침으로 두려고 노력하는 편이에요. 인생에서의 큰 선택들도 그때 그 선택을 했던 순간에는 그것이 최선이었던 것을 잘 알고 있고, 그때의 나를 존중하기 때문에 후회도 없고 돌이키고 싶지도 않습니다. 하지만 윤영이와 같은 상황이라면 저도 무조건 돌아가요. 윤영이가 1부에서 아버지에게 쏟아내었던 그 말들을 저는 잊을 수가 없어요. 촬영 당시에도 감정이 너무 주체가 안 되어서 정말 열심히 참고 누르며 찍느라 힘들었을 정도로 아픈 말들이에요. 마침 나타난 아버지에게 쏟아내고는 있었지만, 사실 나 자신에게 퍼붓고 있었으니까요. 윤영이의 간절함이 윤영이를 그 굴다리로 데려간 거라고 생각해요.

10. 실제로 타임머신이 극처럼 내 손에 들어왔다면 사용해 볼 의향이 있으신가요? 반대로 누군가가 먼 미래에서 왔다며, 내 말을 믿어달라고 한다면 어떻게 대응하실 건가요? 첫 마디는?
사용해볼 의향 있습니다. 그런 기회가 쉽게 주어지는 게 아니잖아요. 저는 미래로 가볼 거예요. 너무 가보고 싶어요. 첫 마디는... "나도 미래로 가볼래."

11. 배우 진기주가 꼽는 결정적 장면과 가장 기억에 남는 대사가 있다면 무엇일까요?
윤영이가 엄마의 스카프를 목에 두르는 장면을 개인적으로 크게 좋아합니다. 촬영 당시에 정말 많은 감정이 들었던 씬이고, 너무 마음 아리지만 아름다운 행동이라고 생각했거든요. 엄마를 떠나보낸 강가에 앉아 엄마의 마지막 편지를 읽다가 그토록 기대고 싶었던 아버지를 만나 후회가 터져버렸고, 어디로 가는 길인지도 모르는 길을 무작정 아무렇게나 걸어가다가 결국 제 발에 걸려 넘어져 버리죠. 그러고는 엄마와 같은 스카프를 내 목에 둘러버려요. 그리고 다시 일어나 또 걸어요. 기억에 남는 대사는 "정말... 정말 행복한 하루였어요. 내 인생에 그렇게까지 완벽하게 행복한 날은 없었던 것 같아요."인데요, 이 내레이션 대사가 기억에 남아요. 말 그대로, 정말 너무 행복한 말인데 이상하게 마음이 아프기도 하더라고요, 저는.

12. 작품을 마치며, 나의 '윤영'에게 해주고 싶은 말은?
고생했고, 고마웠고, 다시 만나고 싶다. 내가 너무 부족했던 순간들이 많아 미안했고... 근데, 너무 어려운 네 덕분에 나도 좀 고생했다. 그건 너도 알지? 그래도 나한테 와줘서 고마워. 많이 배웠어, 네 덕분에.

13. 대본집을 읽게 될 분들께 인사를 남겨주세요.

우선, 대본집을 소장해 주시다니 정말 감사합니다. 그만큼 이 드라마를 사랑하신다는 뜻이잖아요. 정말 감사하고 감동적인 일인 것 같아요. 대본으로 접한 〈어쩌다 마주친, 그대〉는 어떤 느낌이실지 궁금합니다. 부디 새로운 즐거움, 새로운 힐링이 되셨길 바라요. 여러분의 Y, 오래도록 예뻐해 주세요. 감사합니다.

극본	백소연
연출	강수연, 이응희
출연	김동욱, 진기주, 서지혜, 이원정,
	김종수, 임종윤, 박수영, 이규회,
	김정영, 이지현, 장서원, 최영우,
	정가희, 정재광, 홍승안, 주연우,
	김연우, 권소현, 정신혜, 강지운,
	홍나현, 김예지, 지혜원, 송승환
	[특별출연] 김혜은, 진영

책임프로듀서	윤재혁
제작	안창현
프로듀서	이승범
제작총괄	김신아
제작투자	Viu
제작프로듀서	강수경, 권령아

촬영감독	김시형, 이우경, 박재인, 한상현
촬영A팀	포커스 최형길, 정광기
	윤종섭, 김동완, 이철진, 홍채영,
	황태웅, 유재근
촬영B팀	포커스 김이륜, 조위진
	임지현, 주재형, 이병훈, 김민선,
	김태현, 이한석
촬영장비	[신영필름] 김민재
DIT	[파라블럼]
	손진우, 유근욱, 한채현, 서인주
조명감독	[별빛] 유철, [Shiny] 이승수
조명A팀	박동주, 원태선, 김찬기,
	이창훈, 여기성
조명B팀	김두환, 황인규, 박상필,
	이예림, 이경희
조명지원	이종용, 김광수, 남상민
발전차	[서울발전기] 서성재, 임근상
	[HS발전기] 이효석
조명장비대여	[라이트버드] 이병관

동시녹음A팀 [조은소리]

  모정훈, 장윤훈, 박기성

동시녹음B팀 [오디오나무]

  김경습, 임성묵, 김태백

그립A팀 [프로스피드]

  김형성, 임성규, 길병국

그립B팀 [아톰] 강찬모, 김기철, 오승준

미술 [디자인그린글]

미술감독 이철호

미술팀장 홍은아, 곽효정

세트 [라온(RAON)] 김양곤, 전재현,

  최윤정, 윤영배

세트진행 [라온(RAON)] 윤영배, 최윤정

소품팀 [(주)이룸프로덕션] 최성원,

  안형태, 강유리아, 남궁경, 조예림,

  천예진, 신예지, 김은정

소품탑차 김용준, 허문욱

의상팀 [가온미디어패션] 이수진, 박지연,

  노경이, 김서경, 이경신, 정다이

의상차량 정동권, 권은일

분장/미용 [제이엠J.M] 박진아, 장혜령,

  권미경, 정하형, 김현주, 엄유진

특수분장 [에이도스 스튜디오] 김민수,

  조형준, 장주은, 박솔지, 김채린,

  양효진, 박나림, 이윤정

특수소품 [율아트] 엄세용, 이태욱, 박정빈,

  강대환, 구용우, 조경문, 김설희

특수효과 [몬스터특수효과] 최병진,

  김윤현, 최용준, 함동현

차량배차 [(주)유진네트관광] 장호정

스태프버스 시영수, 김범진, 배광택, 김선진

연출승합 정찬주, 송남헌, 정택열, 김성호

카메라승합 서성영, 최두영, 이상흔, 곽민식

제작승합 한지수, 나병춘

타임머신 및 특수차량 [(주)퍼스트애비뉴]

  김용욱, 이준협,

  민경한, 김명복,

  복혜연

소품차량 [디바인카] 황의선, 김도현

  [금호클래식카] 오병연, 백영희,

  김성민, 윤정욱, 김용기

캐스팅 [제이엔에이전트] 정치인, 이은샘

아역캐스팅 [(주)티아이] 노태민, 김석호

학생캐스팅 [수 엔터테인먼트] (3부~16부)

보조출연 [하늘예술] 김재희, 서영준,

  최민국, 이환, 박새한

무술 [서울액션스쿨]

무술감독 권태호

무술지도 김대연

음악감독 개미

음악팀 이성구, 박정환, 이규옥, 박윤서,

  박미선, 유민호, 이준화, 전찬웅

스코어믹싱 구자훈, 고혜민

OST 제작 ㈜블렌딩

OST 프로듀서 구교철

뮤직수퍼바이저 고성필

OST 하현우 "내 얘길 들어주오"

  이재훈 "오 나의 사랑"

  하현상 "그대가 나에게 그러하듯"

  적재 "스잔"

  손디아 "발걸음"

홍이삭 "그 밤을 내게 줘요"
손디아 "우연같은 운명"

사운드 [엠스튜디오]
Sound Master 이택환
Dialogue 김은웅
Amblence 김승민
foley 박효진, 이규범

특수영상 [강철금포스트프로덕션]
VFX 강철금, 김우진, 임해인, 김영태,
정지은, 김현정, 황서범, 박혜린,
김희원, 황효비, 마수민, 김수민,
정준표, 강민지, 김유진, 조예원,
강채원, 이지원, 신유수, 신지영,
김영은, 신혜주, 우지연, 김소희,
김태영, 하담은, 진지환, 한정원,
박현지, 홍재영, 김금옥
아트 이상원, 김은지, 김예린, 정하늘,
고은비, 김시아, 김경란
프로젝트메니저 양은진, 전다은,
신세영, 김미라
디지털 메이크업 [호두 나무]
3D 김준기, 김하정, 손영준, 김민수, 김나영
타이틀 제작 [nineconcept]
이정명, 임현석, 장희승
DI [DH Media Works Lab]
이동환, 이한슬
DI Assistant 박주현 김혜정
제작편집감독 안영록
제작편집C.G 나유선

편집 백해경, 김성원
편집보 문선해, 김수지

[KBS홍보]
프로모션총괄 박소현, 이수정
디지털프로모션 전가영, 채지원, 임주리
디자인 추서진
온라인홍보 [KBS미디어]
콘텐츠기획 민지선
웹디자인 박현진
외주마케팅 [미스터피알] 나연화, 박예원
외주홍보대행 [와이트리컴퍼니]
노윤애, 남안우, 김지은
스틸/메이킹 [블리스콘텐츠]
김호빈, 손은정, 유해린, 남소영
박진서, 장은진
타이틀로고/포스터디자인 [Van D]
이용희, 이윤정
포스터사진 [스튜디오 다운] 김다운

매니지먼트 [해준 버팀목]
김형대, 정지건, 고근중, 윤만영,
최예지, 염규창, 권예빈
[윤영 버팀목]
김재웅, 이정호, 김솔빈,
정지은, 김선
[순애 버팀목]
이창오, 오정태, 서윤석
[희섭 버팀목] 남성열
대본인쇄 [슈퍼북] 김은경, 권세나
제작행정 최유빈, 최서희

로케이션   [153스튜디오]

       박정만 ,김광호, 김기현, 원종은

보조작가 이화주

SCR   김수현, 권현주

연출팀 A 지동만, 박장수, 조은아, 신제광

연출팀 B 이진희, 임진향, 김규영,

       최효빈, 황용연

조연출 손석진, 김현희

기획   KBS

제작 아크미디어

어쩌다
마주친,
그대